天体悬浮

田耳 作品

上海文艺出版社
Shanghai Literature & Art Publishing House

目录

第一章　派出所来了个年轻人 …… 1

1. 左道封闭 …… 2
2. 打野食 …… 6
3. 鬼才 …… 14
4. 智多星有用 …… 18
5. 白骨成精 …… 25
6. 跑不脱 …… 32
7. 道士命 …… 38

第二章　穷风流 …… 45

1. 禁毒月 …… 46
2. 春姐 …… 52
3. 金风玉露 …… 57
4. 在开始时结束 …… 63
5. 小末 …… 71
6. 荒村院落 …… 76

第三章　恋爱时总要看星星

- 83
- 84　　1. 公汽流氓
- 90　　2. 引蛇出洞
- 94　　3. 香港美女
- 99　　4. 暮山村
- 106　5. 小公鸡开叫
- 112　6. 牌友
- 117　7. 星空

第四章　同床异梦

- 123
- 124　1. 抄赌档
- 130　2. 猪头何冲
- 136　3. 梦窟
- 145　4. 有产者
- 151　5. 我们的狗窝
- 156　6. 神算子
- 163　7. 捉奸未遂
- 169　8. 天空很近

第五章　发迹史

- 177
- 178　1. 春光灿烂
- 184　2. 请稍后再拨
- 191　3. 老大生日快乐

198	4. 小毛贼
204	5. 枪都打不穿
213	6. 赖毛信

第六章　沧水营79号

221

222	1. 证人
227	2. 夏新漪
234	3. 哑巴周壮
240	4. 后事
245	5. 专案二组
251	6. 残余听力
259	7. 失意者

第七章　杞人俱乐部

271

272	1. 扫兴人
279	2. 重逢时刻
286	3. 入门课
293	4. 星光婚礼
297	5. 洞房
304	6. 卧底

第八章　独门生意

313

314	1. 兄弟
322	2. 南湾村17号402

329	3. 杰出青年
334	4. 锐器、钝器
341	5. 凶宅经纪人
348	6. 惑星

359	**第九章　星空漫步**
360	1. 各有所归
368	2. 散财宴
376	3. 夜晚的宝盒
384	4. 星迹
390	5. 法制连线
395	6. 辩护律师

403	**第十章　真相就是命运**
404	1. 马桑
409	2. 破茧而出
414	3. 命案脉络
420	4. 安乐死
427	5. 毒药
433	6. 昆虫记
440	7. 尽在掌控
446	8. 闲棋一着
453	9. 认命

第一章 派出所来了个年轻人

1
左道封闭

那天外面下雨,别的人都挤进备勤室架子床上睡觉,只有我在值班室守着电视。当天电视里是 NBA 的现场。一个黑家伙忽然一蹦老高,身体先拉成反弓形,接着又向前拉成正弓形,球眼看要扣进筐里。NBA,果然牛逼啊……我等着啪的一声,说时迟,那时快,光哥突然摁了另一个台。

这龟儿子哪时拱进来的?我只有在心里嘀咕一句。

光哥是所里的专聘司机,敢跟我抢台。干警手里有枪,他手里有一辆车,我们手里只有警棍和手铐。这么一比,他自我感觉更NBA。他喜欢看《春光灿烂猪八戒》。外面在下雨,我只有待在房间看那头史上最恶心的猪八戒。如果我是孙悟空,会把这二呆子当妖孽一棒子敲死,免得他到处搞女人,生下一大群不人不猪的东西祸害人间。

电视里，猪八戒又在泡妞，光哥哧哧地笑，我脑袋倏忽肿大。桌上电话铃响了。电话在光哥那边，他只消抬抬手就能拿起话筒，但他装作没听见。我绕到他身后去接电话。"你好，这是洛井派出所，请问有什么需要？"

"你们所在哪个地方？"打电话那个人说，"我是新来的，找不到地方。"

"洛溪四桥后面，过了四桥，左边就是。"

那个人又问："四桥是哪座桥？"

"就是'左道封闭'。"

"呃，知道的。"那个人挂了电话。

我踱到窗前看向外边，目光穿过雨雾，看见"左道封闭"那块牌子远远地立在桥头。洛溪江上大大小小的桥实在太多，若无标志性物件，四号桥没法和别的桥区分开。但要说"左道封闭"，俚城人都知道是这里。去年有个人寄个包裹给所里干警老彭，忘了洛井这地名，遂写"左道封闭派出所"，邮差准确地把包裹投递到值班室。洛溪四桥刚建好时，就说一侧的桥基有问题。如果要修理，必须把整桥拆除重建。所以公路局的人把桥的一半用障碍架封闭起来，桥基的问题留待条件成熟时处理。封桥那天公路局的人疏忽了，找来两块牌子写的都是"左道封闭"。从我们所这一侧看去，桥上被封的应该是右道。牌子一直没有被换，若干年下来，"左道封闭"成了更广为人知的地名。

值班室的门被一个人推开。他冲我说："刚才是你接的电话吧？"我嗯一声。来人个不高，身体相当板实。他问："所长在吗？市局要我今天来报到。"

光哥忽然搭话说："所长不一定来。所长不是说来就来。"

3

"所长这么牛啊？"

"跟所长没关系，所长的车怕水淋。"我这么回答。

来人笑了。我看见他暴露出一槽好牙。在派出所，我几乎没见过好牙，丑的倒是应有尽有，一个个还成天吧唧吧唧嚼槟榔，搞得牙医出身的刘队老想重操旧业，撑开一张张臭嘴然后用大钳在里面一通猛捣。我问他："以前也是干辅警的？"

他答说是，原来在葫芦嘴镇派出所，打错了人，所以不能再在那边待。又问他在那边干了几年，他举起一个巴掌，想想又把拇指屈起来。

"四年？"我有些惋惜地说，"你建的那套人际网络算是浪费了。"

"事在人为，什么时候也不为迟。"他还是蛮乐观，又说，"我叫符启明。你呢？"

"丁一腾。"

"喏，我们两个是蛮有缘分的。"

我点点头，这缘分真是和尚头上爬狗虱，明摆着。

他说话时脸上老是凝结着笑容，强调自己喜欢当辅警，但我估计他只是个巡逻员。辅警是派出所直接雇来的，巡逻员在居委会发工资。一旦惹出什么事情，能够拿巡逻员替罪，派出所就不会让辅警出面。在所里待了两年，我才慢慢搞清这些规则。这个基层派出所，人不多，但地位分层十分明晰。四十多个人可以划分八九个层次，高低依次为所长、教导员、副所、几大家（队长）、干警、司机、辅警、炊事员，最后才是巡逻员。这个秩序千万不能搞乱，大家心里都有个准谱。譬如，我们所请来的那炊事员小马屁股很大，谁都忍不住拍那个年轻炊事员的屁股，你一拍他就掉过头来，眨巴着眼，受宠若惊的样子。唯独巡逻员不行。如果巡逻员拍小马的大屁股，他就敢开小灶给巡逻员专炒一盘，往菜里吐唾沫——啐一口痰也说不定。他善于翻炒得了无痕迹。

刘所和童副所从楼上下来。刘所喷着哈欠伸了个懒腰，光哥赶紧将遥控器双手奉上。刘所喜欢听歌，那歌手长得不如实力派，唱功又不如偶像派，真不知是怎么混出来的，难得还有刘所这号老粉条。

"刘所!"那歌手终于从荧屏消失之后，符启明不失时机走过去递烟，并凑火上去，又说，"我就是从葫芦嘴过来投奔你的。贾所给你打过电话了吧?"

"投奔？呵呵哈哈。水泊梁山看多了吧？我这个庙小哦，好汉收不起，好孩子我要。"

"什么年代都一样，四海之内皆兄弟，五洲震荡风雷激。"

"你还通个四言八句，看样子是读书不少。老贾电话里说了的，你是他手底下一个顶好用的角色，什么事情一说就能明白，举一反三。要不是出了事，他还舍不得放你走咧。"

"那是贾所长抬爱。"

"抬爱？嗯，有文化。我喜欢有文化的人。你好像不是警校出来的？"

他点点头，说正在佴城电大司法分校里搞大专文凭，虽然没有刑侦科目，但他自己也在看这方面的书，每天晚上看得津津有味，兴奋不已，浑不知月上中天，更不觉东方既白。

刘所说："看什么看？用不着看。破案就像打牌和拔牙一样，都是无师自通，哪有几个是从学校里学来的？"这倒是刘所一贯的看法，我们每个人刚来时都被他灌输过。他提醒警校毕业生不要以专业人士自居，也提醒非专业过来的不要气馁。有一次，刘所在周一例会上无边瞎扯时，公然剽窃邓爷爷，放出一句"不管黑猫白猫，能破案就是福尔摩斯"。讲完觉得这句话有点像名人名言，于是大手一挥，对记录员说，"喏，都记下来！"

符启明凑近了又说："刘所也不是一毕业就搞警察的吧？"

"又被你说对了。刑侦那一套，不要往我身上来哦？你猜猜我以前是搞什么的？"

"我猜你是当医生的。"

"哦，你这个家伙。"刘所忽然把脸转向光哥，跟他说，"你看，你要是有人家这种眼力，就用不着一辈子当司机了。人哪，要有上进心。"

符启明后来跟我说，哪有用拔牙打比方的？我不好意思猜刘所以前是拔牙的，就说他是医生。我告诉他，刘所也是半道出家当了警察。以前他干牙医时我就认识他，他帮我拔过牙的，拔了一颗，旁边两颗马上迎风摆柳似的松动起来，不敢再拔，他拔牙像倒多米诺骨牌。

此时，刘所吩咐："你刚来，小丁带你去熟悉一下环境。去厨房报个到，跟小马打个招呼。吃饭用不着买饭票，月底一起扣。还有，找地方住下没有？四楼有单间，你可以搬东西过来住，钥匙在杨会计那里。"

"好的，我明天搬东西过来。"

2
打野食

雨转眼间收住，天光顿开。我带着他去看厨房。从值班室后门走出，有一块草坪，两个篮球场，一个篮球场用来停车。厨房在西北角，我俩往那边去，刚走到草坪中间，他鼻头就耸了几下，问我什么味儿。

我指了指厨房一侧。

"那是什么？"他还没闻出来。

那是所里最古老的建筑，平楼砖房，瓦顶开着一溜气窗。那是老式蹲坑厕所，据说里面经年的陈粪，干结板滞，一层层淤积起来，枪都打不穿。我刚来时，是老彭带我熟悉环境，厕所也是环境的一部分，他跟我就这么介绍。我当时收不住嘴，问他："哦，那一枪是谁打的？"老彭看着我呵呵地笑起来。那以后，所里的人再跟新人介绍起那个厕所，说到打枪，便会连带地说，小丁还问是谁打的枪哩！所里头的掌故可能正是这样，听着好笑，一不小心自己却成为掌故中新的主角。

"厨房怎么能和厕所搞在一起？我请你到外面吃。"符启明皱了皱眉头，又说，"食堂的饭，你还没吃腻啊。我今天刚来，认识你是缘分，晚上去喝一点。"

"不请刘所？"

"你把我当什么人了？领导了不起啊。我钱虽然不多，但请兄弟才痛快。兄弟！"他在我肩头热切地拍一掌。我知道他只不过是自来熟的性情，果子催熟得太快硬着心，人熟得太快也只是一种客套。他又说，"我刚来，这里面什么人什么脾性我也搞不清楚。你觉得还有哪些兄弟够意思，等下一块叫来吃饭。你引见引见，我也认识认识。"

"今天太突然，过两天，不急。要不，你就请一顿消夜吧，消夜一吃，想扯多久就扯多久，人熟悉起来也快一点。"

他点点头："去哪消夜合适？"

我手一指："还能去哪？就在桥上啊。我们所里人消夜全都是去那里。"

"兄弟，那就改天。我先去把东西取来，明天就住进所里。你住哪里?"

"你隔壁。"

第二天晚饭过了,他卷着铺盖卷来到所里,搬到404。四楼全是单身宿舍,有五套,只住了我和连宝,剩三套。单身宿舍都很简单,一架床,一套淘汰的办公桌椅,一架文件柜。我那间房,刘所住过,童副所也住过,历史悠久,传承有序。老彭爱到我房间里抽烟扯淡,骂骂领导,坐在床沿就止不住感叹,当年泡妹子,带到这里过夜,床响得虎虎生风,让人心惊肉跳。于是他又给床钉了一只脚。我帮着符启明搞一搞卫生。房间只十来个平方,他嫌床摇得响,听着烦躁。我建议,是不是再钉一条木脚?以前的单身汉,嫌床摇晃就加木脚。

"不了不了,抽刀断水水更流。"他说,"反正,我又不会带妹子来这里搞。"

我不知道床有几条腿和"抽刀断水水更流"之间到底存在什么样的联系。一切忙妥,天色还早。这天夜色晴朗,月亮蹭出来,房间里稍有点闷。

符启明忽然问我:"今天放不放狗?"

"不放,只能跑外围,打野食。"

我们相顾而笑。看来,葫芦嘴派出所的行话和这里是相通的,我们交流无碍。其实,刚来时我受不了"放狗"这个说法,因为我们就是所谓的"狗"。比如嫖和赌这种事,每个地界每一天都在发生,我们把抓这些叫抓情况。情况是不是天天抓?抓得严了,这一片的治安是搞好了,但这叫"给别的片区增加治安负担"。赌牌的人不会因为罚他几次就洗手不干;嫖哥不会因为关他几天就挥刀自宫。他们会流窜到别的宽松片区,该怎么撒欢照样撒欢。所以,情况不能天天抓,有时候还得"封山育林,封地蓄草",让"情况"好好发育一阵。

可以放肆"抓情况"的夜晚，就叫"放狗"。干警都是国家干部，公务员编制，有身份的人，不屑于干这种体力活。"放狗"之夜，是我们辅警、巡逻员四面出击，把人逮到所里，视具体情况定个价码，让这些倒霉的家伙交钱滚蛋。罚没的款项，85%上交，余下归己，按劳计酬，多劳多得。要是没有这一条款，我们是没法活下去。辅警的底薪非常可怜，香港回归时才四百二，澳门回归时涨到五百五。

每抓到一个嫖客，能罚两千到五千，可以讨价还价。一个月抓到三个，我们手头才能稍显宽松。有时候，抓到所里某兄弟的熟人，辗转着把关系一扯，罚不到款，也要放人，懂事的会请我们好好撮上一顿。每月有那么四五个夜晚，所领导下令"放狗"。多被"放"出去几回，我也真觉得自己像条狗，真想撒开四肢往前奔突，真想用獠牙咬人。

符启明住进来这夜晚不是"放狗"的日子，不能去宾馆酒店里抓人，不能抄人家牌桌子，只能魂一样在区域内游荡，运气好的话能碰到点意外的情况。这叫"打野食"。

符启明问我有没有空，能不能陪他走一走。天断黑，我陪着他头一次走在洛井一条荒僻的街上，看见一只狗在啃泥。路灯一些微光铺在狗身上，狗瘸了一条腿。符启明悄悄问我："现在还是不是吃狗肉的时候？"我说："天还不是太热，再过几天，吃狗肉就不合适了。"刚说完，黑暗中传来一个声音，"好！"我扭头看，符启明已经见不着人了。

两三分钟后，当我再见到他，他手里已多了一条死狗。他摸着死狗得意地告诉我："竟有点肥。"

回所里的路上，迎面走来七个人。当我们擦肩而过，一辆车晃着灯驶过身旁。那七个人的脸正好排成一排,被车灯晃亮。我和符启明继续往前走,过一会儿他才说:"刚才那七个崽子,五个是粉哥。"干这一行久了,有些人会一眼辨认出吸粉打针的人,这需要一定的天赋,我没有这样的本事。我们辅警和巡逻员要干的事不是抓粉哥,粉哥抓住了强制戒毒,不能罚款,这对我们来说没用。我们感兴趣的是吸K粉的,吃摇头丸的,把车开到马路弯子里偷情的,当然还有鸭哥。我们最喜欢抓鸭哥,抓嫖却提不起神。究其原因,嫖鸡已然成为大众消费,而女人找鸭哥,眼下尚属奢侈消费。俚城找鸭的女款婆并不多,一旦捉住,从款婆身上罚下两三万不是难事。相对于男人,女人还是更要脸,何况是有钱有地位的女人。很多鸭哥都是俚城大学艺术系和体育系学生崽的勤工俭学举措,大学生嘛,钱总是不够用。当鸭哥比搞家教来钱快。

晚上如此静寂,我跟符启明走到城南农贸市场一带。这市场位于城郊,主要是供四乡八村的人五天一次赶集的,不逢集时冷冷清清,鬼打得死人。正走着,符启明听见异常的声音,我也隐约听见了,想听个仔细,他已把狗抛给我,抄着警棍再次钻入黑暗深处。我不得不暗自叹服符启明这家伙,他有着狗一样的嗅觉和听觉,很快就刨到声源所在地。里面竟然藏着一男一女。

符启明冲我高叫:"兄弟,拦住他。"

有个人正朝我跑来,挟带着一股阴风。天太黑,他没来得及把我看清,差点撞在我身上。情急之下,我举起死狗照那人面门砸去,砸得他一串趔趄。我不失时机将他扑倒在地上,再摸摸自己的腰,手铐没有带,警棍只能揍人不能捆人。我想剥下他的皮带捆他手,但这人外裤没穿,只有里裤。

同时,符启明拽着一个嘤嘤啼哭的女人过来,他剥下自己的皮带捆人,其操作过程类似打领带。符启明在黑暗中轻车熟路地反捆那人,同时跟我说:"老嫖客一个。"

老嫖客缩在地上不肯起来,符启明就在他尾骶上踢了两下。他那天穿尖头皮鞋,这时候最是用得着。老嫖客冷哼几声站了起来,抱着屁股踉跄着往前走。

"放下来,看你这副样子,当嫖客还怕挨踢。怕疼你回家日老婆嘛。"符启明又冲我说,"你还背着死狗搞屁啊,让他背。"

老嫖客把死狗一扛,说:"哎哟,年轻人,我都这个样子了,你还让我干苦力?"

"扛不动狗,你却干得动年轻女人,什么道理?"符启明喝了老头一声,那妹子扑哧一声笑了起来。符启明不得不严肃地说:"还有你,怎么没皮没脸?"

"哎呀大哥,都是讨生活嘛。"

我们把两人带到所里,值班的老朱一看那个嫖客满脸是血,就嗔怪我们说:"怎么搞的嘛,打人都不会打,满脸是血好看啊?"

我就说:"是死狗身上的血,狗血。"

"怪不得腥得有点邪。"老朱问,"死狗呢?"

符启明嘻嘻一笑,说:"都不忙走,等一会儿请大伙一起吃狗肉,炖半条,烤半条。"

"烤狗肉?没听说过。"陈二刚好跨进来。他是所里资深光棍,却不惹女人,晚上也不打牌,一有空就来所里泡着,派出所仿佛被他当成了夜总会。

"炖狗肉滋阴壮阳,烤的狗肉更厉害,小心等会儿你也和这老头一样,管不住自己哟。"符启明头回见到陈二,依然自来熟地开句玩笑。他说完就揪着老头去讯问,没看陈二什么脸色。若他对陈二稍有一些了解,这种话断然说不出来。

"这小子刚来?"陈二看看我,眉头皱起,又说,"刚来就敢这

11

么油？"

被灯泡子一照，那嫖客越发显得老。他心酸地哭泣着，他的声音像是被开水烫过，听着瘆人。符启明不得不制止："老没脸皮的，哭自己的丧啊？不准哭！"

"那你放了我！"老头哭声霎时间顿住，讨价还价。

"那可不行！"符启明看看他又看看我，我俩在老头的哭声中朗笑起来。

老嫖客自诉，身上只一百多块钱，给了妹子就没法开房了。他竟然还嫌弃妹子的房间有一股刺鼻的霉味，就把妹子带到农贸市场里面搞。他很合作，把他儿子的电话抄给了我们。我打电话过去，要他儿子来领人。

符启明把死狗拿去夜市摊子，找人料理。走出去就有个夜市，在四桥被封闭的那一段里面。那一段老是被封闭着，于是有人晚上进到里面支起摊子卖铁板烧、麻辣烫、烤串、烤麦肠、生煎、鸭霸王……一开始我们所里也去清场子，跟他们说，这是危桥，不是做生意的地方。但桥上的夜市久禁不绝，像脚气一样，一抹药就消停几天，几天后又隐隐约约发作。久而久之工商局也收税了，环卫所也收卫生费了。这桥上夜市就这么固定了下来，生意不错。

我回到值班室，见符启明像是换了一个人一样，正苦口婆心地跟老嫖客说："怎么讲你才好？你关着门搞这种事，声音弄得像打雷我也不抓你，偏偏到外头搞，逞什么能啊？"符启明说着话又去到卫生间扯来一把纸，把老头的眼泪鼻涕擦去。他甩开老头，把那妹子拉到值班室的另一头。符启明和她扯着闲淡，还发烟。妹子也抽，很快和符启明搞得像是老熟人。妹子抱怨说自己干这个很辛苦，钱越来越难赚，现在的嫖客个个喜欢讲价。干这行的妹子多了，价钱不涨反跌，而别的东西价钱却一个劲往上蹿。比如一碗猪脚米粉，上个月四块钱能有油汪汪一碗,这个月就加到五块,盖码还减分量。

符启明一手攀着她的肩,安慰她说:"你别说了,我们比你们还不如。你们小费全拿,台费另算,我们呢?罚上来的款只提 15%,真他妈黑。有时候我都想是个女人,没钱的时候两脚一掰,钱就闻着味道往我身上钻。"

"大哥,你真会骂人。"妹子被符启明逗得笑了起来。

其实我也有同样的感觉,要是拿我们跟她对比一下,不难发现两者有太多的相似之处。她们利用娱乐城卖自己的肉,因为私自在马路上营业容易被抓。同样,我们挂靠在派出所才可以出去抓人、罚款。她们是"鸡",我们是"狗"。有时候我想,她们把老板亲切地叫作妈咪,那我们是不是要把干警叫作呆爹?

这些爹可不呆。

老头的儿子从夜色中钻进来。这家伙不该穿一身名牌西服,进来就给每人发一包芙蓉王。符启明跟我嘀咕说,想都不要想,这老嫖客决不打折。我就跟那人说:"你老子这次性质特别恶劣,竟然就在马路边上搞事了,所以要罚款五千。"名牌西服想把价格压低一点,符启明拢过来,义正辞严的几句话就打消了他的念头,乖乖交足罚款。

快十二点,夜市摊老板跑来说狗肉已经弄好了,喷香的哟。符启明请在场的人去吃狗肉。这会儿他已经和那个妹子聊得像一对老熟人了。陈二坐那里,盯着符启明冷冷地看。符启明察觉到了也不在乎,有了观众他更来劲。那妹子姓苏,他一口一个小苏地叫着,很亲昵。他想把苏妹子也叫去一起吃狗肉,老朱就说:"小符,这么搞显然是不太好,你刚来,要注意影响嘛。"符启明只好作罢。

小苏早就被放了,没有马上走。我们在桥上吃狗肉时,符启明把她送到桥的那一头,搞得像依依惜别。小苏走时,符启明在她臀部拍了一巴掌。她浑身借势泛起水浪。我吃进嘴的狗肉全喷了。

3
鬼才

  那晚上打狗抓嫖，对符启明来说应该算不得本事。吃饭的本事，哪值得多提？虽不值多提，但抓人这活也不好干，生手熟手差距巨大。同样是抓人，抓嫖算是干轻活，掐准时机冲进去，床上光溜溜的男女大都瑟缩不动，手到擒来。说起来丑人，有一次宽哥和连宝抓嫖，撞到一条狠角色。两人揿开电门，挥动警棍一齐上，嫖客随手抄起一个衣架就把宽哥的警棍磕飞了，凌空抓起那根警棍顺势把连宝电倒在地。打架没打赢，两人伏在地上不敢抬头，对方穿好衣裤，吹着口哨扬长而去。
  符启明晚上邀我出去跑外围，我也乐意带着他熟悉环境。不必言明，我俩已经成为新的搭档。伍能升有几次邀我晚上去猴托，我都拒绝，说没空。电话里，他就有怨气："怎么没空？没听说升你当领导嘛。"
  "呃，我晚上要看书，小活就不干了。"
  "你是想考所里的编吧？"伍能升就笑我，仿佛考编是一件丑事。我也不隐瞒，说："你一直考不上，衰人一个，不要拖我一块倒霉！"
  七桥过去，右拐五里，那片小山包被开发成陵园。因在我们所管片之内，陵园动工以后就和所领导关系处得不错，江西来的邱老板时常请领导吃饭喝酒，多喝几顿，喝到称兄道弟捶胸脯骂娘的分上。陵园经过一年多的筹建，马上要正式对外发售，即将迎来第一批"住户"。陵园的开业典礼定好了日期，邱老板给刘所下请帖。刘所是个重感情的人，邱老板一向客气，趁这时机他想送一份别出心裁的礼物。送什么好？光花钱不行，邱老板不缺这个，开业以后死人们会源源不断给他带来财富。刘所想来想去，决定买老椿木板刻一副对联送过去，这东西可以挂在陵园入口的牌坊上面，来来往往每天看得见。周一例会的时候，他把这个意思讲出来，号召全所同志群策群力，想出一副对联。会上鸦寂一片，没人应声。所里一帮兄弟，吃肉喝酒泡妹子个个都有两手，但要从中找出一个秀才，简直是鸡蛋里挑骨头。

刘所性急，一旦有了想法马上就要拿出东西，冲着所里几个写材料的家伙吼："马上给我想，想不出你们马上到网上搜嘛。我还不知道，你们的狗屁材料都他妈这么拼凑出来的。"

那几个家伙赶紧在会议室里上起网，百度的百度，搜狗的搜狗。但关键词是什么？

"还能是什么？"刘所眼一翻，吼道，"死人、陵园、对联、吉祥话！"

这几个矛盾重重的关键词键入，回车，电脑都被搞得神经错乱，一同发出运转不良的嗡鸣。那几个兄弟硬起皮头搞了半个钟头，把电脑敲得死了几回机，对联还是拿不出来。刘所都懒得骂人了，这时他忽然想到符启明。"那个刚来的符启明呢？我记得他爱讲四言八句。"

周一的例会，都是干警们的事，辅警和巡逻员除非被点到名字，才有资格去会议室占一个位子。"我去叫他。"有人赶紧应声，往外面走。

符启明进来的时候点头哈腰，有点受宠若惊。刘所就把自己的意思讲给他听，问他能不能搞出一副对联。符启明四下里看看，谦虚地说："哪位兄弟有好对联？我哪敢献丑？"

"哪来这么多屁话，别狗肉端不上正席啊。"刘所在符启明肩膀上敲了一掌,"这帮饭桶想得出来,我急着叫你干什么?"

"好吧,拿纸笔来!"符启明就挽袖子。

"好的,你办事,我放心!"

纸笔铺开,符启明用魏碑体在上面写了副对联。大半个所的人都围着他看,像是等着看他玩把戏。他运笔一点不抖,笔一落大家就叫好。有兄弟问写的是什么,刘所就念起来:"到日仙尘俱寂寂,坐来云我共悠悠。好!你写的?"

"不是。黄景仁,清朝的诗人。"

刘所竖起拇指:"鼓掌!"

这副对联请人刻在老椿木板子上,上了漆,字绿背黑,扎上白绸送给邱老板。邱老板看了也是赞不绝口。现在讲究文化,陵园也要搞搞文化,死人住进去觉得有档次,死得其所。

邱老板跑来所里,把符启明手书的底联要了去,请吴老板雕刻在牌坊石柱上,永久屹立在陵园入口处。邱老板还跟刘所说:"你送的这两块椿木板子我也不会浪费,我带到老家去,挂在老屋正堂上,每天看它几眼。"刘所说好,回头把邱老板的夸奖告诉符启明,并说:"你看你看,你有这本事,以后我再推销几手,你就可以卖钱了。"

符启明眉头又是一皱,说:"这联当不得中堂。"

"你管那么多,他想挂在卧室都由他。而且……"刘所语重心长地说,"这可不是什么清朝人写的,就是你写的。就是你,知道吗?"

陵园开园那天,邱老板把场面搞得很大,把城南广场包下来半天搞活动。我们全所出动,制服笔挺,负责维持治安。挨到午饭的时候,邱老板拎着酒瓶走到我们这一桌要敬酒,刘所一脸酡色,微笑着陪在邱老板身旁。邱老板问:"谁是符启明符老师?"

"不敢不敢!"符启明赶紧走上前来,恭敬地站在邱老板面前,

"叫我小符就行!"

"不,我要叫你符老师。你有才,写得好。"

"哪有哪有,是邱老板地方选得好,那是一片福地,不发财才怪!"

"不和你讲客气话,冲你这副宝联,我要送你一样东西……你先说,你收不收?"邱老板喝得舌头都打结,刘所在一旁用眼神示意符启明赶紧答应。

"既然邱老板开了金口,那我恭敬不如从命!"

"你看你看!你手底下一大帮卵崽,几时才能出这么一个……公安才子啊。"邱老板手指符启明,脸扭向刘所,又拍拍自己脑门,说,"差点忘了,我要给你什么来着?对了,我要给你一个穴位……"

"穴位?哪个穴位?"兄弟们都喝了不少,一时反应不来。

"正儿八经,穴位。我们陵园VIP专区穴位,符老师任意选一个,我绝不开玩笑!我虽然没读什么书,但是,我心里最崇拜文化人。"

什么东西都可以当成礼送,大家也见怪不怪,送丧葬穴位这事还头一遭听说,而且言之凿凿,谁说邱老板在开玩笑?大家突然不吭声,看符启明脸上什么反应。符启明勾着头慢慢地啜酒,抬起头说:"那就谢啦。邱老板要找有文化的崇拜,实在找不到人,要捉着我顶事,我也只好硬起皮头顶一顶。"

回到所里,大家的酒也醒得差不多了,议论这邱老板怎么搞的。符启明还蛮年轻,二十几岁,得了这么个东西。符启明还是笑,说:"有什么关系?在我们那里,小孩十几岁就置了棺木的也有。退一步讲,也不一定是我用嘛,一转手,那就是钱!你们亲戚朋友要是看得上,我打折出让;你们本人要是看得上,折上折!"

这一手,符启明好歹是赚了,一副对联写下来,抵得上抓几十个嫖客。这事肯定会像老厕所里枪打不穿的陈粪一样,成为洛井派

17

出所的保留段子之一。"鬼才"这绰号是老彭取的,本来叫"鬼财",是说他给鬼写了一副对联,发了一笔财。

4
智多星有用

和符启明做了邻居,好也不好。他这人满肚皮古怪的问题,等着考我。那晚也一样,他走进我房里,若有所思,没头没脑就问:"丁兄,知道我们辅警还有巡逻员,为什么个个凶煞,个个满口脏话?"

我摇头,说所里哪个不说脏话?不凶煞,说话不带脏字,讯问时怎么唬人?难道我们跟那些用手铐铐来的人说:"您好,请问您今天为什么要嫖娼?""您好,您进屋撬窃,您的爱人有没有在外面把风?"

他点点头,跟我说:"知道我们这一行,古代叫什么?倡优皂吏,我们就是这个皂吏,小小的衙役、狱卒,不是官。不要以为吏就是官,不是。皂吏既然和倡优——也就是戏子、婊子摆在一起说,能是官吗?而且,皂吏是永远不能当官的,永远要处在底层……为什么?"他总是停下来考我,用发问启开后面的话题。

我怎么知道?我真想冲符启明说,请问,我 TM 怎么知道?

"……也是,你以前肯定不会考虑这个。"他在我对面坐下来,脸色凝重,"这些吏专管抓人收税的活,所以为人必须狠毒,不狠的话不管用,该收两块老百姓打发你一块。所以,官老爷永远不给皂吏出头的机会,世袭罔替,懂吗?就是世世代代贱下去……可难道不让他们升官,就能保证他们永远狠毒?"

我踌躇一下,还是告诉他,对这个没兴趣。

"那你对什么有兴趣？泡妹子？你知道你为什么泡不到妹子？"

我摇摇头，倒想听他就这话题扯一扯。和他相处一阵，我已相信这家伙一开口，总能抛出一些离题万里却又歪打正着的看法。没准，哪条看法搞得我忽然开了窍，从此泡妞手到擒来，岂不是好事？

他确定我集中精力在听，才说："你是个温和的人，这就不好。为什么男人不坏女人不爱？这其实大有门道。因为人就是动物嘛，既是动物，就意味着母的跑公的追，追到以后摁在地上搞一搞，这就需要一股子坏劲。斯文是后天教化形成的，坏却是男人先天就有的。你要知道，后天得来的，永远比不上先天所得。你想，男人的坏就是往空气中一把一把地散布雄性荷尔蒙；而斯文却相反，把荷尔蒙憋住怕被女人闻到，那女人还怎么泡啊？"

"怎么才能把自己变坏？"

"难！你要泡在女人堆里把自己泡坏。"

我知道这些道理都似是而非，但认真地点点头，若有所悟。他喘口气还待继续就这问题深入，我就问他："那你泡了几个女人？"

"我泡女人的本事，你是看不出来的，看出来也学不到。"

"你怎么什么都懂？"我不禁又问，倒真是起了好奇心。

他学历不高，正在司法电大里混专科。但我想，有的人，不见得要有什么文凭，他们天生就是用来对某些事物发表一通看法的。他回答说："看书多了，自然而然就这样。"

"你说你的书多，拿过来，推荐我两本看看！"

"眼下还不是时候。"他环顾了屋子，都是单身宿舍，我这间跟他那间一样小。他说："现在不行，这地方不够摆。"

有的夜晚他不在，我照常跟伍能升混。我俩毕竟是老搭档。伍能升对符启明有看法，他说："我一眼看出来，这小子就是混混，就爱噘起嘴巴放狗屁！"

"何以见……怎么了？"

伍能升不屑地说："他的字也写得并不好，敢拿出来丢人现眼，骗骗邱老板、骗骗你们还行。"伍能升的父亲是伻城书协的一个理事，城南很多牌匾都由他题写。伍能升死活不肯练毛笔字，但自小在那种家庭里长大，鉴识字的好坏的能力总归比一般人强。

伍能升跟我提到这点，不足以说明符启明就是混子，或者爱放狗屁。相反，符启明对这些有着清醒的认识。比如写字的事，他之前就跟我说过，自己那几笔纯粹是在糊弄人。但现在，人那么好糊弄，不糊弄几个，多可惜啊。他还说："我这几年才练，缺童子功，入不了门，但看得出好坏。以前老说什么书画是文人的雅好，其实依我看，现在书画倒是最庸俗的事情。大家看不出好坏，只认名气，有机会就去要，跟讨钱差不多。反过来，这又造就了很多混子自我炒作，糊弄别人。"

伍能升的话我随意听听，我对他多少有点看不起。他要在我面前贬损符启明，我也不去驳他，心里暗想，就你这货，还敢看不起这个，看不起那个？伍能升是个胸无大志的人，好几次考编制没考上，现在挨过了年龄，看样子只能一直当辅警。当辅警也不是丑事，但他竟然不敢去踩点抓人。伍能升刚到所里，也曾加入行动队伍，去抓捕现场找找刺激，但缩头缩脑跟在最后头，随时打算掉头往后跑。多有几次，大家都看出来他什么心思，骂他，"就你聪明，我们抓人，你他妈这叫捡干鱼！"再以后，没人理他了。但不干活也不行，后来我来到所里，他主动跟我勾搭上。收入多少他不是很在乎，能够一起出勤，他就不算吃空饷。摊上这么个搭档，我们也干不下重活，常去猴托一带抓抓私家车上搞车震的狗男女，十有八九都是偷情；偶尔抓着两口子也不用道歉，骂一句，扯了证还搞什么车震？时髦啊？遇到反抗，我对付男的，他擒女的，还是不成问题。在女人面前，他不会显得太弱，要是扭打起来，黑虎掏心猴子偷桃之类的招式，他使出来一板一眼。

刘所器重符启明，像要把他当师爷用。符启明的确也比一般人多长个心眼。比如，有一段时间，刘所到了吃饭点懒得回家，老是在所里的食堂里吃。食堂小马见刘所光顾，那几天菜都炒得格外卖力，以前豆腐里掺几片肉，现在肉里点缀几块豆腐。刘所夹在我们堆里一起吃，我们客气地跟他打个招呼，自顾去吃。符启明偏就晓得知冷知暖问一句："刘所，最近怎么老在这里吃啊，这里的东西能跟家里的比吗？"

刘所侧头看看符启明，似乎觉得这小子开窍。"是有烦心事咧。哦对，吃过饭，你到我办公室里坐坐。"

刘所家里出了些状况，事不大，但磨人，搞得他有家不想回。"我算是明白了，大禹为什么三过家门而不入。他的妈肯定天天弄苋菜，吃坏了胃口。"说起家里的变故，刘所只能嘿嘿地笑。他母亲七十多岁，一辈子勤快惯了，每天必须去菜场逛一圈。最近，他母亲天天都买同样一个菜，毛豆。一开始只是一小碗，后来非但天天买，而且越买越多，现在每天要弄两海碗，堆得起尖。刘所苦着脸说："我天天都跟她说，买点别的菜咯。一连吃了这么多天，我看到桌上堆的两座绿坟，心里就发毛咧。但转天，她照样买毛豆，越买越多。你帮我分析分析，这怎么回事？"

符启明略一沉思，就问："你家老太太冬天是不是要熏腊肉？还有，最近毛豆是不是一直在垮价？"

刘所说熏腊肉不假，老太太年年都要熏半扇肥猪，而晒干的毛豆荚是必不可少的熏料。至于毛豆是不是在垮价，刘所也搞不明白，把会计杨亚琼叫来一问，是这么回事，不但垮价，而且可以说是跳水。再不跳水，过一阵毛豆就发育成黄豆了。毛豆可以带荚称重，黄豆就只能剥出净卖，菜贩再怎么跳水也要赶紧卖掉。

"……这就对了。股票是买涨不买跌，你家老太太反着来。她看见毛豆昨天卖三块，今天垮到两块，心子就疼，昨天买贵了。怎么办呢？她就发狠地买，昨天买一斤今天买两斤，扯平一下，每斤合着两块三，老太太这才稍稍安心。过了两天再去看，毛豆垮到一块钱一斤。得了？赶紧再多买几斤。"符启明总结地说，"这是老人常见的一种心态，他们倒不是觉得便宜就多买，而是要把以前花的冤枉钱找回来。"

刘所恍然大悟，"你看这事怎么解决？"

"这其实和你自己有关。她端上来一海碗，你是个孝子，不好意思扫老太太的兴，她做得多，你就拼命吃，老太太还以为你喜欢吃……刘所，我直言不讳啊，所里的人都发现了的，最近半个月，你老人家放屁突然比以前多，多得多。"

"你们背后都破我的案了？"

"这么重要的线索都发现不了，还出去破什么案啊？"

"倒也是，"刘所竟然承认，"毛豆吃得多，放屁都是一股绿烟。"

符启明说话有他的分寸，换一个人当着面说刘所爱放屁，肯定自找苦吃。他又说："这事要解决也不难。老太太再弄这两样菜，你就和嫂子、你儿子打好商量，一口都不吃，任那菜臭馊，倒掉。至于熏腊肉嘛，你就跟老太太说，隔一个月出黄豆时，到乡下收一车干豆荚，要多少有多少。不就是烧火的东西嘛，何必为了烧几把火，就逼得全家人放屁？"

"嗯，不能为了烧火就弄得全家放屁，说得好！"

刘所将信将疑，回去试了两天，果然就把问题解决了。老太太倒了几盆煮毛豆，终于痛下决心，把买菜的权力下放给儿媳妇。

解决了刘所放屁的问题以后，符启明在所里的知名度进一步提高，所里人碰到有烦心事，就来找符启明说一说，求他指点迷津。光哥在符启明面前，不再像当初那么阴阳怪气。他打算离婚，因为外面又认识了一个女人。他觉得这辈子碰上了爱情，与这爱情相比，当初结婚便是最愚蠢的决定。那天下了班，光哥这铁公鸡一定要拽着符启明找一家馆子吃饭。我正好和符启明走在一块，他就跟光哥说，要去一起去。光哥脸上挤出难色，仿佛有些话不便于让我听到。

"不要摆出这个样子嘛，你外面偷人、想要离婚的事，还有哪个不知道？要想解决问题，就摆到桌面上，集思广益。"

"丁狗子哪晓得这些事？他都没结婚。"

"那你另请贤能，我也没结婚。"

"呃……那走吧。"光哥晃了晃车钥匙。

找定饭馆子点了几个菜后，光哥急着要通报情况。符启明手一摇："不急，吃了再说嘛。你那点破事，办法总是有的。一千个难题，总有一千零一个解决办法。"

"名人名言？谁说的？"

"阿凡提。认得不？"

光哥用力点着头，符启明打着响榧子，叫服务员妹子上几瓶冰啤酒。妹子问上几瓶，光哥晃起两枚指头说："我不喝酒的，两瓶。"

"两瓶够个屁。来一件，喝不完可以退。"

一个捆皮裙的伙计用塑料箱扛来一件冰啤，符启明转眼就放空了两瓶。光哥脸色稀烂，符启明安慰地说："这啤酒不错，等我喝够了，保证给你两个方案，任你选，都管用。"我俩埋头喝了五六瓶，光哥看着心疼，一咬牙，也喝下一瓶。菜还没夹几筷子，一件酒搞完了。符启明放任自己响亮地打了几个嗝，这才说："好的，你自己先选一选，离婚这事，你是想用农村人的办法，还是城里人的办法？"

"两个都说一说，我好有个选择嘛。"既然符启明说了有两个办法，光哥要是只听来一个，肯定觉得亏了血本。

"听好了！我的办法保证都是简单易行。先说乡里人的办法：你回去就打你老婆，天天打，见一次打一次，打得她怕你，主动求着跟你离婚。"

光哥说："你真是开心，我要敢动手打她，何必找你讨主意？"

我也听所里兄弟说过，光哥老婆庞姐练过武术。别看身体胖大，庞姐找一棵锄柄粗的树，双手握紧了，暴喝一声"起"，就能够玩"扯旗"，扯得硕大身板横在半空随风招展。要是哪个教练有眼光，帮庞姐搞一通系统训练，以后代表国家去摘金夺银，也不是不可能。

符启明龇牙一乐，又说："不急，不是还有城里人的办法嘛。更简单了，你马上从家里搬出来，住到你新搞的那女人家里去，抢先一手，把下一招推给你老婆。这叫占有心理优势，把问题推给对方。"

光哥不胜酒力，一瓶啤酒就搞得他有点呆。他努力想了一会儿，怯怯地说："这个，这不就是净身出户嘛！"

"谁敢净你身了？净你身了，后面这个女人也不要你啊。"

"我十来年攒的钱，都扔在那套房子了。我这一走……"

"真不知道你怎么想的，房子还不是转到你儿子名下？现在不转，迟早也是遗产，有什么区别？你脑子卤熟了？"符启明脸上高高挂起仁至义尽的表情，说，"光哥啊光哥，要是你既想离掉婚，又想让你老婆净身出户，那我就实在没办法了。早知道你是完美主义者，我今天就不敢来喝你的酒。"

符启明支给我一个眼神，我俩起身就走，把光哥扔在桌前继续发呆。

5
白骨成精

电话响了，符启明坐得近，他顺手接。他和对方说了几句，眼神就很兴奋，用笔在纸上记下地址和联系电话。放下电话，他大声地跟值班室别的人嚷嚷："有情况，大情况！猴托那里挖出白骨，不止一个人，也不止两三个人。"

"怎么啦？"老彭故作懵懂状。

"还能怎么啦，大案子。几个人的骨头都堆在一起，搞不好是灭门案。"

"怎么灭的门？"

"我怎么知道？去查一查嘛。"

别的兄弟一齐呵呵哈哈笑起来。小个子马凯提醒他："符哥，你想想，挖出来都是白骨了，人死了多久？搞不好，是八年抗战时死掉的人，也说不定。"

"八年抗战？那也赶紧去看看。这叫什么？叫万人坑，叫侵华铁证！一旦能发现新的铁证，上头十二分重视。这事搞好了，比办一件命案更抢功。"

别的人越发笑得开心，符启明竟还没有省悟过来。他比一般人聪明，但一般的人都聪明的地方，他又会显得呆。再说，他毕竟刚来，好多的事情摸不清楚。

干警陈二说："你搞昏头了吧？日本人只打到常德，在芷江投的降，没搞到我们这边。"

"日本人也派的有特工队、突击队，跑到佴城这边，被发现了，于是他们就杀人……"

听了他这番话，别的人还能怎样？只好捧着肚皮笑到打哆嗦。

过不久去了他家，从他父亲嘴里听来一些事情，才使我释然。他父亲说他小时候就有这毛病，先是崇拜爱因斯坦爱迪生，一心想搞出个发明，在全国获奖。鼓捣了一两年，发明出来的物件拿来用一用，总是让简单的事情变得相当复杂。譬如，他做出来的捕鼠器有二十几道机关，机关太多触发的势能就要够大，一条老鼠不够一二十斤，就没法触发。他还发明了一种光诱触发爆竹，夜晚，当蟑螂、飞蛾、檐鼠（蝙蝠）等小东西撞上了，这玩意儿就会爆响，将小东西炸成齑粉。当时他从小人书里看到的，檐鼠这东西会吸食人血，吸脑髓。没看小人书他倒也不怕，看了以后，晚上睡觉就睡得不好。这东西发明出来，试一试，果真爆死了两只檐鼠。他父亲赶紧制止："你妈有神经官能症，晚上猫一叫她都整晚不睡，你要把她弄死啊？"发明难搞，他也迅速地转移阵地，崇拜起了哥伦布和牛顿，想有了不起的发现。那时候，他捡到一些奇怪的石头，就拿去问自然老师是不是陨石，在岩场里拣到一些有纹路的页岩片子，就拿去问是不是化石。自然老师说这块不是，那块也不是。他被这回答搞得不耐烦了，喝问："你他妈到底懂是不懂？"自然老师不是班主任，破天荒到他家家访，其实是告状。他父亲只好将他打一顿，并把他拣来的一箱石疙瘩宝贝扔进河里。那以后，他开始看武侠，想学功夫报复自然老师，但看了古龙全集以后，他竟然对破案有了浓厚兴趣。

时隔多年，他内心深处仍有一鸣惊人的愿望。

他闹笑话的那天晚上，廊上没了动静。我拍开他的门，见他脸上仍是沮丧的模样。坐下来，他问我猴托的那堆白骨到底是怎么回事。

"白骨的事情，所里个个都知道。这个地方，你不熟悉，我还是跟你多讲一讲。"

"你也才来了两年，熟悉得很？"

我在洛井派出所只混了两年，来城南可远不止两年。我十二岁离开县城来读俚城一中，一中位于城南，一读六年。高中毕业后，我回县城混了一年预备役，却没当上兵，又进到警校读书。也许是读预备役那年看破案小说看傻了，我忽然发现自己的理想是当刑警，哲瑞·雷恩般地破开重重疑案。警校出来，父亲帮我联系县公安局。我不想待在县城，找关系来洛井派出所当辅警。我到派出所时，俚城刚启动开发城南的计划。以前，城南多是菜地农田以及坡度平缓的小山，现在全都变成了工地，挖掘机每天做着移高填低的事情。城南几条主街搭积木一般建了起来，新城轮廓已隐约可见，发廊和娱乐城正朝这几条街麇集蚁聚。

这两年来，工地上的工人挖地基和桩洞时，也顺便挖出几堆白骨。他们打电话报案，我们出警，或者因为年代久远，或者因为根本无法确认身份，大都立不了案。

去年，市政府认为城南开发的速度达不到预想，遂有了个重要决定，打算把市政府迁往城南。这给城南开发注入一针强心剂，观望的开发商们将因为这个消息而趋之若鹜。市政将新址选在七号桥过去那片缓坡，据说是城南最老的一块坟地，有大风水。基建的范围圈定，那里面的"住户"率先遭到强迁。动土那天，全所的工作人员都去治安维稳，以防不测。我们把该有的装备（我们辅警也就一根警棍）都带上，开赴现场。当天，现场的情况相当的良好，没有活人赖死赖活地阻止动土；而那些死人里头更是冒不出钉子户。他们也要顾全大局，为俚城新的市政府腾地方。一切都按部就班，有条不紊。现场也有附近不少老百姓围观，他们温顺的脸上，看不出任何闹事的企图。有人认领的老坟被小心翼翼地挖开，请来道士收捡骨殖。这片坟地起码有两百年历史了，在公布期内无人认领的老坟为数也不少，既然无人认领，就区别对待，用抓斗车刨，埋得浅的基本上一刨一个，刨地瓜似的。偌大一片老坟地被刨了个底朝天。挖出的骨头或者择地再葬，或者回炉炼成灰，装进匣子放到家中祭台上。

回炉也是要钱的，火葬场那边要焚化费，民政局拖着不拨款。那次动土迁坟以后，有一堆骨头在我们所里一个车库堆了两个多月。所里有几个兄弟闲得无聊，还进到车库拣了几个"长得好"的颅骨拿回家去当摆设，棒骨、瓢骨、铲骨当然就没人要了。后来刘所发话，那堆骨头，摆到车库等他们还魂啊？赶快请个人把骨头都埋掉！

符启明听我说完那堆骨头的事，苦笑起来："原来是这样！"

"你是刚来不知道。我也没想到，猴托那地方也有人在搞开发，开发商手脚真是太快了。"

"那当然，政府都往这边迁了嘛，手脚慢一点的哪还能捡到便宜。"他又说，"要是我们当所长，就有人往我们手里一把一把塞钱了。"

我不由得喷笑起来。我再怎么大胆，也只想混个正式编制，但他已经想要取代刘所，狼子野心，太憋不住了啊。我劝他："也不要太急啊，我们所的编制并不太多。"

"唉，只能排着队等……你还排在我前面哩。"

符启明是个好面子的人，白骨的事情让他感到丢脸。隔不多久出一件事，让我觉得他是个有福之人，哪里跌倒哪里爬起。又一堆白骨，仿佛是为着符启明而出现的。那天我在备勤室里睡得舒服，派出所门外忽然车声大作，接着是纷杂的人声。所里几辆车悉数出动。刘所脸色出土文物般地严峻、凝重。我也被叫上了车。上车以后，我发现符启明不在，赶紧给他发了短信。他交代过我，一有案子马上通知他，他要尽量争取机会，不能错过案发现场。看样子是有命案，市局刑侦队老梁也来了。他是从我们所出去的，半道出家，现在成了尸检专家，回到洛井便有一股衣锦荣归的架势。

车队来到郊区的一户农家院落。院子很大。这一带的院落，经常是把自家住房和几畦菜地一起圈起来。独居的老女人已被控制。邢副所从一辆车里拽出几把大铁锹，指派几个人在这个院里挖土。有人报案，这家院子的菜地里埋的有死人。

我刚在门口守了一会儿，就被叫进去挖土，分派到中间那畦菜地。我挖个坑，落下来的雨很快在坑里积了起来。我知道这个地方挖出死人的几率很小，那死人十有八九会被埋在墙根一带。我想象着死人被挖出来，面相狰狞，但报案的说那人是四年前被杀的，埋在地下，是不是早就成了一堆白骨？

车上有四把锹，所以第一拨是四个人在院子里挖土。旁边的群众被惊动了，先是有两个老汉冒着雨骑上墙头往里边看。其中一个老汉问，你们在挖什么呢？没人回答，他就跳进来自己看。老彭把老汉重新撑回墙上，禁不住老汉反复询问，回答说："金子！"

两个老汉跳下墙走掉了，老彭都奇怪，难道一说金子还吓着人了？过不了一会儿，墙头像发春笋似的，冒出来好多人，老的小的都有。邢副所只得批评老彭："这种时候，以后再乱开玩笑，小心老子……"

"毙了都活该！"老彭自己接嘴。

墙上围观的群众好半天没看到宝物出土，七嘴八舌议论起来。他们大都知道这家的情况，聊得没多久，马上想到这家的男人失踪四年了，莫不是被谁杀了埋在自家院里？有个小孩从墙上掉下来，掉在一堆泥巴上，哇哇地哭，墙上众人一顿哄笑。符启明刚刚赶到院内，走过去把小孩抱在怀里，哄了几下。符启明把小孩抛给墙上的汉子。汉子们问符启明，是不是这里面埋的有死人？

"你们说呢？"

"肯定有!"几个声音响亮地应和着。

"知道埋在哪一块?"

"那怎么知道?老魏又不是我杀的。"

院子里的泥地被翻开了有四分之三,还是找不见死人。老女人被关在车上,当即进行讯问。她只晓得哭,什么也不肯说。她很老了,一边哭一边向四周投去孤独无助的眼神。这女人长着标准的大妈相,很慈祥,难道也会杀人?我难以想象她杀人的情景,那就像我妈杀我一样不可能。

刘所叫我们四个人休息一下。他不停地抽烟,思考着问题。雨停了,所长叫人继续挖土,这就是他冥思苦想后找到的办法。我们这一拨休息后,剩下的就凑不够四个了。

符启明这时接过一把铲子,在我挖的那个坑不远的地方几锹就铲出了白骨。其他几个人放弃自己挖的坑,不知不觉聚了过去,一齐跟着符启明挖,把这个坑的宽度扩大,加深。符启明时不时嘀咕几句,在指挥别的人。

老彭不耐烦地说:"鬼喊鬼叫什么,你以为你是领导?"

刘所长就走过去冲老彭说:"听他的!"

挖出大的骨架以后,符启明仔细地点点数,汇报说:"刘所,还缺十几块骨头。"

刘所进一步确定:"到底十几块?"

"唔……大概是十来块,哪能这么准确?人是被敲死的,有的骨头裂成了两块。"

"哦,你记得住人身体一共有多少块骨头?"刘所来了兴趣。

"成年人都是204块。"

邢副所说:"不对吧,我以前学解剖学,记得书上说是206块。"

"是204块。206是国际标准答案,以欧美人为标本,但中国和日本人少了两块——第五趾趾骨，我们只有两节，欧洲人有三节。"

他答得很肯定，就像回答他的名字。邢副所知道这不会错的，只得喃喃地说："日怪，原来我们少了两块骨头。要是中国人娶个欧洲人，生下来的小孩，会有多少块骨头？205？"

"刚生下的小孩并没有区别，哪国的都一样，有218块！"

刘所说："少扯白，继续给我找骨头！"

刘所就指派我们几个在泥巴里面翻找零碎的骨头。陆陆续续找到十来块骨头，这时天差不多黑了，剩下是尸检员老梁的事情。临走时，刘所特意走到符启明面前，先在他肩上器重地拍一掌，然后夸奖说："你小子真是，你真是……白骨精啊！"刘所夸人也别出心裁，这以后，"白骨精"代替了"鬼才"，成为符启明好长一段时间内甩不掉的绰号。

这天拖到了下班时间，按规矩，所里包一顿晚饭。人很多，挤挤挨挨足有两桌。上了鸭肉，重辣。我一直在想着刚才那老女人的眼神。她确实杀了人，她男人，骨头被挖出来以后她就承认了。我想象着她杀人的样子，手起刀落万分麻利，虽然麻利手劲不够，又用榔头砸……脑袋里进行着现场还原，胃口也就没了。

老梁挤进了我们这桌，他现在是市局的，屁股一坐下去他把一桌别的人睨了一眼，说："你们所里招的辅警真是多，刘所挺能抓收入的。市局正规多了。"他是搞尸检的，搛菜时想到的也是"部位"，专拣鸭头、鸭翅、鸭脚下筷。忽然，他又搛出一块肉，问："你们看这是哪个部位？"有人鉴定一番，说是鸭翅（鸭屁股），又有人说不是。老梁把嘴巴撇了撇，竟然将那块肉扔回锅里。他又说，"唔，搞我们这行工作，有些部位是不吃的。"

符启明说："是人都喜欢吃脚掌和鸭翅，没人喜欢吃屁股，不管是干什么工作。"

众人哄笑。老梁白了符启明一眼，扒几口饭就走了。符启明把他用过的碗取来当烟灰缸。

这件白骨案，当天晚上我们才知道来龙去脉。老头被老女人以及女儿合谋杀了，因为有癫痫症，讨人嫌。女儿此后嫁了人，婚后夫妻感情甚笃，无所不言。有天，她心眼子一时不开窍，竟跟老公说出杀人的事。"……你不会告诉别人吧？"说出来女人又后悔了，迷惘地看着男人。当时，那男人势必说："怎么会呢？你谁都可以不信，唯独不能不信我。"

有天她老公想甩她了，就一个电话打到公安局，揭发她们娘俩。如果有记者采访她老公为什么报案，他肯定蛮委屈："你们说说，我怎么能和一个亲手杀了父亲的女人一起过日子？"

这件事提醒我：世间最亲密的，只有和你一起杀人的那个人。我觉得我悟出了一个可列入名人名言的道理，想记下来，到身上去摸纸笔。身上无纸笔，我的手摸到了裤腰上。那里也没有别着手枪，只有一截警棍，形状酷似发育不良的线茄。

6
跑不脱

"那天，你到底是怎么测出死人埋的位置？"

之前我也问他两次，他总是含糊其辞应付过去。这次，他依旧喷笑着说："不行，就这个不能随便说给你听。是我积十几年的功力，随口说出来，你也理解不了。"

"不肯说就不说好了，别说是为我好。"

"我这一手功夫，是要拜师的，不拜师，学也学不进去。"他居然认真起来。

"拜师就拜师好啦,只要你愿意教,我现在就拜你为师。"在我看来,符启明或者师傅都只是一个代号。他见我回应得痛快,便又虚晃一枪,"我只比你大两三岁,还没结婚呢,二十几岁就德高望重,德艺双馨,肯定是要折寿的哟。等我把你师母先搞定,然后你再请一桌酒行个拜师礼。三拜九叩那一套就免了,你给师傅师母敬茶就行了。"

"师母也不能太年轻,不一定要漂亮,但要长得慈祥,要不然真叫不出口。"

他打了个响榧子说:"那好办,我马上给你找个师母,到时你把关。"

这一带尽是工地,白天热火朝天,入夜就一片一片地隐入幽暗之中。偶尔有几爿亮灯区域,多是临时搭起的夜市摊,这种摊上吃喝多是民工,花很少几个钱买下酒菜,大口大口吞服散装白酒。符启明和我拣一个位置坐下,叫老板烤两手羊肉串,还点了几瓶冰啤酒。

"还少了些什么?"他擦着嘴角的羊油,环顾四周,然后问我。我看看烤架上嗞嗞沥油的羊肉串、大盘的炒螺以及散放开的酒瓶,说我俩吃完肯定撑。

"忘了?还少一个师母,对不?"

"这么快就搞到了?"

"不信是吧?出家人不打诳语,何况我还是你师傅。"他说着掏出手机打电话。

我告诫说:"宁缺毋滥啊!"

他一边打着电话,一边用手打出个V字。转瞬间,一对姊妹花搭一辆黑摩赶过来,准确地找到我们这个摊位,摆出"双飞燕"的姿势同时骗腿儿下车,朝我俩走来。走前面那妹子我认得,不正是那晚被符启明只手活擒的小苏吗？苏妹子拽着塑胶椅子挨紧了符启明坐下，两人互相觑一眼，既非深情凝视，也不是生意宾主间的敷衍。她说："亲爱的。"他也说："哎，亲爱的。"我只能感叹，这三个字，有的人说得金玉其声，有的人说得像是随地吐痰。

"这是我兄弟。"符启明指了指我。苏妹子朝我颔首示意，然后跟另一个妹子说："你，坐到他那边去。"那妹子胖乎乎，走起路来浑身肉颤，挨我坐下，我礼节性地问她叫什么名。

"大哥，同是天涯沦落人，你管我叫什么？"她一边回答一边还往两个塑料杯子里倒啤酒，咣唧一口喝完。我当然也不好意思小口小口地呷。

"花花，你别搞怪。这是符大哥的朋友，你对人家好点，不要把你那副死样子随时摆出来。"苏妹子颇有几分威严，说不定在她那条道上，她的辈分还不低。

这妹子嘟囔着："我怎么死样子啦？"

"生怕别人看不出来你在破罐破摔，还不是死样子？"

我身边这妹子噢的一声接受了批评，然后柔声对我说："我叫花花。"

"我知道的。"

"咦，你怎么知道？"花花眼珠子倏忽一亮。

花花问她名字好不好听，我当然说好。她喷笑着骂我虚伪，又要我再喝一杯。和她们在一起，我不知道该说些什么，我严重缺乏和异性交往的经验。符启明像是变了一个人，生动起来。我曾经熟悉的那个诲人不倦的符启明已经消失，现在的他像那些游走乡间的木匠，善于把每句话都往裤裆里面扯，又不让人抓住把柄。苏妹子和花花平均每分钟要被符启明搞笑两次，几瓶啤酒下肚，她们一笑就捧肚皮，不知道是笑疼了还是尿憋。

喝了一阵，妹子搭了黑摩回店子，我俩走回派出所。我说："怎么和她搞上了？你就算是需要女人，也多少要挑一挑吧。说老实话，我还以为你会是个蛮挑剔的人。"要是不喝酒，我不会给他提建议。我都要拜他为师了，以后只有他给我提建议的份。

"哪是我去搞她？她打来电话，哪能不接。她邀我出去走走，哪能扫她兴？"符启明向夜色中隆重地喷一个酒嗝，又说，"苏妹子怎么了？倡优皂吏，我们都是一伙的，天生绝配。"

"符兄，不该问也问一句……"

"直说！"

"你是不是把她睡了？"

"你自己侦破吧，我会尽量配合的。"他得意地一笑。

符启明在所里住不惯，打算搬出去另租一套房子。他跟我说，单身宿舍太小，摆放得下他的人，但放不下他的书。这个理由我听着蹊跷，估计真正的原因和女人有关。城南开发已经上了轨道，外来人渐增，城区的出租房价格这一年里打了个滚。符启明觉得不划算，有空时就借马凯或是老彭的摩托车，往和城南毗邻的那些乡村里穿梭。有天一早，他骑摩托回所里，专门跑到我房间告诉我，终于找到房子了。"……是平房，三间瓦屋。前面有个带门的院子，院里有两畦菜地。后面还有老大一个猪圈。我的个天，整个院子统共才一百块钱一个月，水电另算。"他满脸兴奋，像哥伦布一脚踏上美洲却以为到了传说中的印度。

"是个庄园啊，你可以把苏妹子和花花一同搞进来，一妻一妾。"

"哟，你看，才碰一面，你就把花花记得这么牢。你也过来住，我们各占一间厢屋，你家花花搞不好是个喂猪能手。我会杀猪的，杀猪很过瘾啊，好久没杀了。我们都搬进去住。要是高兴了，我们就喂几头肥猪，想吃肉了就摸一个猪崽杀掉下酒。"

我扑哧地笑了，脑里浮现他描述的那种生活：屋里有很多书，屋后有很多猪，想看书就看书，想杀猪就杀猪……这么惬意的生活，真还没几个人过得上。我问他："符家庄园在哪个地方？"

"那地方名字挺怪，叫'跑不脱'。"

"跑不脱啊，怪不得……"

"怎么怪不得？"

那地方我去过。城南周边的乡村发案，也常常是由我们出警。那个地方我只去了一次，这地名着实古怪，忘也忘不掉。那次我和陈二出的警，一个老农种的半亩南瓜一夜被偷了个精光，哭着要我们帮他找回来，找不回来就死给我们看。南瓜一时找不到，找到了也喊不应，哪家种出来的南瓜长得都不像人。陈二掏了二十块递钱给老农，我一咬牙也掏十块，钱虽然不多，按时价也能买十只南瓜。要走，村长死活拽着我们吃饭，他让老婆炖一只老母鸡，翘起拇指夸我们是好人。酒喝了数杯，村长醉眼惺忪地说，以前他以为警察都是黑狗皮，现在看来不是，还是社会主义好。

席间，村长还告诉我，"跑不脱"这地名产生的时间不长。三十年前的事。那一带当时正修着马路，春末夏初下起大雨，路边坡地时常有泥石流。一次，泥石流眼看着要暴发，要从山上滚下来了，山下马路却有四个扳罾客穿着蓑衣路过，打算趁这暴雨多搞几罾鱼。隔河的修路工人眼见山上往下泻泥石流，一齐扯着嗓子叫扳罾客赶紧跑。那几个人听见喊叫，撒腿就跑。路很泥泞，他们要和泥石流抢速度，和死亡赛跑。那天，其中有三个跑赢了，另外一个跑得慢。这边的人隔河看着那个衰鬼边跑边被泥浆裹住，先是脚，接着是腰身和手，最后是那只长脑袋。"我们村好多人都看着那扳罾客一点点死掉，泥浆在他脸上，结成一个面具壳，吓得死人。"村长当时也在场，说到那一幕，他脸上泛起一丝寒意。

我跟符启明说:"跑不脱那地方有名的凶险,怎么想去那里住?"

"凶险?不就是死了人嘛。幸好取了这么个吓人的地名,搞得那一带的农民房基本租不出去。要不然,哪会让我捡这个便宜?"

"你租这么大的房子搞什么?"

"我一直想要有个工作室,用来看书。"他睃我一眼,又说,"工作室。每个人都应该有一间自己的工作室,在里面干任何想干的事情。"

过了午,他又用那辆借来的摩托带我去跑不脱看看他租来的那套房子。他邀我的时候,脸上有炫耀的神情。我那天轮休,跨上他的摩托跟他走。车子驶离柏油路,在杂草丛生的土路上又走了一段,才看见他租下的那个院子。到了院门口,周围荒草堵门,鸣虫的声音扯成一片一片,听着强盛,其实是无限衰败的调子。我问他晚上一个人睡这里怕不怕。

"怕什么怕?我是道士命,就怕鬼神不来找我。"他笑着说,"知道吗,昨晚整晚我都很兴奋,就等着有狐狸精来勾引我。"

"等来了吗?"

"也差不多了。"

"要是等来的不是精,是一只鬼呢?"

"知道吗?《聊斋》里面狐狸精往往有狐臭,不一定漂亮,但鬼一般都漂亮,因为她们会画皮,画成周迅,画成章子怡,画坏了也不比莫文蔚差吧?只是,女鬼好坏各半,喜欢喝人血。和女鬼一块儿睡,半夜她口渴了,你给她水她嫌寡淡没味,不喝,可口可乐也不对味,要从你身上喝200CC,你怎么办?你不给她怪你不够爱她,你心一软亮出动脉血管任她喝,一身的血又够她喝几回?"

"那见了女鬼,你上呢还是不上?"

"我是道士命嘛,不怕鬼上门,就怕鬼不够风华绝代。"他伸手去拉院门,又说,"所以请你过来一起住,我和女鬼搞搞对象,她口渴了我叫她往你那边爬。"

院门开了,风挟着一股霉味往我脸上扑。他打开房门,我没有听到预想中的吱嘎声。

我问他:"你搬到这里住,是想找个妹子同居吧?"

"天哪,你就这么看我?"

"当然,要不是想找个妹子同居,何必到外面找房子?"

我明知他和苏妹子都不是坐怀不乱的人,但此时,他却费力地予以澄清:"我都说了好多遍,租大一点的地方,是我书多。你想想,要是为了泡妹子,我何必费这么大的手脚?这里其实不方便,妹子敢跟你往这鬼地方来?"

那倒也是,要是哄个妹子带往这里,走到半路,妹子心里一准发毛。上床事小,要是这男人像"开膛手杰克"一样,有分尸癖,如何得了?妹子晚上来这里,遇到凶险事,真是跑也跑不脱啊。

7
道士命

我俩准备回所,摩托轧上柏油路面,和一辆黑色奥迪擦肩而过。我听见有人喊我,扭头看看,奥迪里面钻出一个衣服挺括,但脸皮极皱的老头,正冲我打招呼。

他给我俩掏烟,问我:"你不认得我了?"

"哪能不认得你?我在你家里吃过鸡。"跑不脱这个地方,我就认得村长一个老头。其实我不大确定,那年见到村长时,他穿着洗黄的解放鞋,随时圪蹴在地上抽自卷的大炮筒子。眼前这个老头一双尖头皮鞋,抽烟用上了牙白色的烟嘴,杜月笙常用的那款。

"我可忘不了你，你和陈警察，都是好警察……村里又出什么事了？"

"没有，我这个朋友租房子租到你们村里。"

"租谁的？"

符启明告诉他："龚楚良租给我的。"

"哦，是不是臭水塘后面那幢平房？好久都没人住了，对不？"他指了一个方位，我俩都点点头。路拐了一下，看不见那院子，但方位指得准确。那一片也就那一个院子。

老村长面色变得沉重，告诉我们："这个龚楚良，他是害人。知道吗，那是他哥哥嫂嫂的房子，不是他的。他哥哥嫂嫂全都死在里面了。都是暴死，犯什么病一直没查出来。"

"哦？人死了有多久？"符启明却不以为然。

"死得有……"老村长很认真，掐着手指说，"七八年了吧。"

符启明说："七八年了，没事。我是个道士命，一点点凶煞还是镇得住。要不，我叫我爸来做一场。"

"哦，你爸是道士？功力怎么样？"

"怎么了？"

"要是功力了得，以后我们跑不脱的事情都可以放给他做。我们村的道士不行，给小孩祛惊都搞不好。这算得哪门子道士？"老村长脸上现出不满。

符启明说："那你放心好了，祛惊我就搞得来。我父亲可是真道士，只是这里离得太远，我父亲过来做道场，挺麻烦的。"

老村长说："我正愁这个事。你看，一个村子没一个像样的道士，算哪回事？只要你家老头做得好道场，路费和酬劳你不要担心。现在我们跑不脱日子好过了。我们这里有矿！"

老村长和符启明简直相见恨晚，他俩扯得热乎，把我扔在一边。

看样子，就这一会儿工夫，符启明给他父亲拉得一单不小的生意。跑不脱有矿，我估计老村长的职权发挥了作用，他儿子肯定搞得好矿洞，他一家人锄头一扔，皮包一夹，农民就变成了老板。

次日，符启明要我帮他借辆车，到葫芦嘴镇拉他的行李。我去找伍能升帮忙，不但借车也借人。这一阵，我是对伍能升有点冷落，本以为他会借机给我脸色，没想他答应得相当爽快。伍能升开来一辆白色皮卡，送符启明回葫芦嘴镇取东西，我当然也奉陪。

他父亲在镇子上开店赚钱，兼着做道士，专职做道士糊不了嘴的。他一家人都很热情，据说这也是"道士命"的特征之一，必须与人自来熟。进到他家第一件事，我要看看他的书房。符启明的书倒真的摆满一间房，虽多，但残破的、受潮的、有霉斑的少说占去大半，数不清的报纸、杂志及纸片打着捆堆放。

原本打算取了行李和书就回来，但老符拉开留客的架势，八仙桌上摆满了菜，还有酒。一看就知道，当天走不了。老符当然也是能说会道，在他看来符启明确实捡了他的骨血，是条道士命。依老符说来，符启明也是从小就不晓得攒劲，由着性子乱搞，好在脑子管用，成绩还不错。符启明读到初中毕业，想考中专，当时考中专不比考大学容易，进去了，两三年出来就有工作，乡下小孩都想早点工作。他考收分最高的中专，四川的一家航校，据说毕业出来可以当飞行员，有机会还能开航天飞机。他个头也就一米七左右，真去了航校，能赶上神五上天那一拨航天员选拔。如果这样，搞不好后来出名的就不是葫芦岛的杨利伟，而是葫芦嘴的符启明。那一年符启明没考上航校。本来也打算认命了，但听说市里有个领导家的小孩考上了航校。符启明就不甘心，他认定那小衙内考分没自己高，便去市政府告状，要求有关部门追查此事。他往很多单位的报箱里投递了油印的请愿书，在上面赌咒发愿：要是那小孩比自己分高，他就认诽谤罪把牢底坐穿；要是分数高过那小孩，要求航校补录自己就读。每一份请愿书下面都有一枚血手印。

"油印有五六百份，全是用自己的血去揾指纹，肯定失血过多。用的是猪血，我到我舅家里舀了半碗。"老符说到这里，符启明就乐呵呵地补充。

当年，他使尽浑身解数想改变命运，但没人理他。十五岁的符启明，脖子上挂着几尺长的木牌，木牌上写满冤情，天天站在市政府前面影响市容。如能见到市长，他就拼命去扯他裤腿，一次一次被架开也毫不气馁，怕死不是共产党，气馁不当上访户。多有几次，市长见到符启明就像老鼠见到猫。他又不好当着路人的面，赐这小孩一顿饱揍。按谁的管片谁负责的原则，市政府通知葫芦嘴派出所来人将符启明弄回家。

其实市政府也是了解了情况，中专是外省的学校，招生已结束，再塞一个人进去不容易。鉴于符启明成绩很好，属可造之才，市一中，也就是我读过的那学校同意符启明进去读高中。符启明不去，他觉得踏进一中，就是中了市政府的圈套。他在家里歇半年，像发了一场瘟。次年春节过后，他才慢慢回过神来。那时他舅舅在乡场上杀猪杀得热火，扩了摊位，人手不够。符启明就去学手艺，相对于读书，杀猪其实是很容易的事情，什么畜生都一样，养活了要天天管吃管喝，弄死了只消一刀。

符启明跟着舅舅杀猪后，忽然有了难以遏抑的阅读欲望。白天杀猪卖肉，晚上不知道干什么，往床上一躺，无尽空虚。他知道，过几年，自己娶个女人，生两三个孩子，这辈子也就报销了。于是他想读书，书不好找，就去三叔家里翻。三叔搞废收，三叔的家就是废收站。老符问他，学校都不去了，读这些书搞什么。他说读进去了就不想别的屁事。老符说，给你找个女人，也不会想别的屁事。

符启明说，找个女人就是别的屁事。

那天在符启明家，我听到最多的就是"道士命"三个字。在广林，我也听到这种说法。那天我仔细琢磨其中的含义，道士是道士，道士命是道士命，不是一回事。据我揣测，"道士命"通常是指乡村里某些能人，他们的才能又没法用当官、经商、考学、泡妞之类的常见选项加以归类。他们都不安生当农民，"道士命"某种程度上也就是不认命，和自己命运相抗争。他们通常都会离开家乡，凭着自身古怪的才能、百折不挠的韧性以及天马行空般的想象力到处折腾。有了这命，一辈子不甘平静，要么混成一号人物，要么落寞此生。

他父亲次日随我们一起去跑不脱，在那里做了一场法事。法事之前，符启明还买来雄黄和消毒水到处喷洒。他父亲上了道装，仪相端方，在符启明租来的院子里做法事，驱鬼镇煞，祛病祈福。符启明喷完药，站在一旁打铙钹。人手不够，他叫我和伍能升帮着耍响器。

"怎么弄？"我俩都不会。

他笑着说："自由发挥！"

于是我俩套着符启明的节奏，一个打鼓一个敲梆子，村民也听不出板眼。

响器是招人围观的。这院落热闹起来，跑不脱村好多人跑来围观。一堂法事做下后，村里人不会错过机会，请老符给小孩祛惊。他烧一炷香就能起效。因法事做得好，本村人对这凶宅没了芥蒂，竟然打起主意要买走。这块地基前傍山后靠池，倒是村里所剩不多的好地方。这么一来，符启明不得不另找住处。这是他没料到的。当然，这是后话。

我帮符启明在那里面干了整天的活，杂草除尽，墙面用旧报纸裱糊一层。整理之后，院内环境大有改观，和我第一次来完全是两码事。当晚，我整理自己的日常用品，用两只大号收集箱装好，准备也搬到那里住。刚要去，他又打来电话。

"丁兄，你晚一点过来吧，今天有点不方便。"

"怎么了……是不是拉来个女人鬼混上了？"

"兄弟伙里的，不要乱猜嘛。"

"苏妹子吧？"

"你呀你呀，有时候，你他妈真是一针见血啊。"电话那头，他打起了哈哈。

我把收拾好的两箱东西摆回原位，暗骂自己又白痴了一回。他说租个清静地方只是为了看书，我怎么能信？他找到一个绝好的作案地点，却说不是为了女人，我怎么能信？他说希望我一块去住，我就真的去？异性相吸的道理，放之四海皆准，放在一间凶宅当然也行得通。

第二章 穷风流

1
禁毒月

六月底有一个国际禁毒日，对我们来说意味着整整一个月头皮发麻。禁毒日过后，整个七月都是禁毒月，专项打击吸毒贩毒，派出所不得往别处放狗。这是惯例。虽然我们不愿意被人说成是狗，但真的一个月都"不放狗"，我们就成了饿狗。原因很简单：对于那些粉哥，严禁以罚代惩。粉哥不比冷不丁冒出的小毛贼，他们个个要钱没有，要命一条。而且，粉哥通常是半死的人，打还打不得。朗山县公安局出过一回事故：一个新警察蛋子捉住粉哥，嫌人家不老实（粉哥哪有老实的？）就动手抽，一耳光抽上去，把粉哥半边脸皮揭了下来。

洛井这一带就那么几条街区，我们当然摸得很熟，各色各样的人在我们心里都有个谱。这巴掌大的一块地方，如果放开手脚让我们抓人，很快就会纤尘不染。但人是流动的，要是把他们都赶出洛井，势必增添别的警区的负担。平时让他们待在各自的区域，让他们该干什么干什么，我们心里有数，到一定的时候就去抓一抓。

这些粉哥大都被抓皮实了，不会激烈地反抗。粉哥心里最清楚，别看警匪片里的警察大都很白痴，仿佛残联不要的全都塞进警局，一俟抓捕，就知道警察叔叔的厉害。有种你就撒开丫子跑吧，越跑越发现，到处都是派出所的人。抓进来，情节不严重，照例关一阵，还是要放出去。

那天午后，我们例行巡查，瞎猫撞上死老鼠，竟在六桥桥洞下抓着一对粉哥。带到所里一讯问，两人抢着招供，争取宽大，仿佛宽大是独一件的奖品，谁开口慢了谁就抢不着。两人曾是小学同学，感情甚笃，看多了武打片还曾义结金兰，挑破指尖，捏起鼻子，血酒一碗下肚。他俩好几年没见，今天中午在六桥桥头意外撞上了。其中一个想请另一个吃饭，另一个刚吃；想请他去洗脚，他说天热，不用洗脚；请他到发廊里挑个妹子，他说天热，硬不起来。想请客的家伙死活要请点什么，才对得起久别重逢的情谊，于是说："要不，请你打一包？"另一个竟然毫不犹豫地把头点一点。他也到"进补"的时刻了，所以别的事一概不想。两人本想找个酒店，但走到桥洞下，四处看看环境隐秘，瘾头又发作得厉害，遂决定就地搞事。其实那是我们守的死点之一，粉客们常爱聚集，现在风声一紧，这个点一直落空着。都准备撤点了，这对傻兄弟一头撞进来。

一顿盘问，"包子"是从小白蛇那里搞来的。发货的粉客也和派出所差不多，各管一片，而且区域划分严谨，彼此绝不犯境。管洛井这一片的，是两个老油条，一个叫雄马，另一个就是小白蛇。

抓捕行动前，刘所盼咐马凯操着DV把行动过程拍下来，说是尽量争取上市台法制连线节目播一播。年底要评优，先挣印象分。行动很顺利，小白蛇接我们控制着的一个粉哥的电话，去到十一号桥桥洞里交货。DV机早就找好了位置，隐蔽在那里，等待小白蛇自己往镜头里撞。其实，这些小毒贩不是想象中那么心思幽深，难以抓捕。他们自己往往吸毒，成天头昏脑涨，死都不怕了，哪来的高度警惕？小白蛇出货的时候干警就动手了，大伙呈半弧形散开，围了过去。小白蛇知道跑不了，也就没跑，觍颜一笑说："哥哥，又为我设个局啊？其实打个电话就行，我直接去所里向你们报到。"

小白蛇带路去抓雄马。她和雄马住在一块，虽没结婚，却是有名的雌雄毒枭。毒枭说得有些夸张，两人也是先吸后卖，以毒养毒。DV一路跟随，马凯拍摄技术还是可圈可点的。雄马住的房间房门被一脚踹开，雄马睡在床上，看样子快死了，床上的血一摊一摊的，全是咯出来的。

这个案子就这么结了，缴获一批"包子"，和一批做"包子"的工具。所长把市电视台的人叫来看这段刚拍下来的片子，希望能在市台《法制连线》栏目播出。看着画面，市台那女里女气的男人不断地说真他妈的好啊，简直是太好了，中央台都弄不到这么漂亮的画面。看到后面，干警回到所里清理战果，画面上是一堆淡黄色的"包子"。

"缴获的毒品有多少？"市台那人问。

"二十几个'包子'。"刘所响亮地回答。

"那是多少克？"

"嗯嗯嗯……"刘所鼻音忽然很重，在市台那人眼光逼视下，好半天才说，"一个'包子'里足有3毫克，二十几个合起来差不多有……80毫克。"

"80毫克也就是0.08克。"市台那人竟然懂换算，他说，"天哪，我还以为有两公斤。"

"你晓得个屁！"刘所也来火了，他说，"要是有两公斤，那就是毒品大案了，我直接一个电话把中央台叫来，把焦点访谈敬一丹叫来，还叫你来搞什么鸟？"

市台那人屁股一扭一扭地走了，刘所一张宽脸缩得铁紧，骂了句人妖。没人敢笑。

小白蛇是所里常客，进所的时间远在我之前。我第一次见着她，她看我们几个新来的还调笑几句，并说："小孩真是一拨一拨地长大了，我怎么能不老哟？"老彭呵斥她："小白蛇，不要啰里吧嗦！"她就说："彭哥，还小白蛇？叫我老白蛇才对。"

接下来那一整天，我们控制小白蛇和她那只手机，逐个地捕捉向她要货的粉哥。这样的事有点像钓鱼，让人心情愉悦。那一天里，小白蛇的手机不断接到短信，回过去，约好时间、地点、数量，然后邢副所就点兵，该轮着谁谁去，很快将一个个粉客带回。

她被劳教过几回，放出来后照样干这个。她的上线是雄马，雄马的上线已经在省城落马。小白蛇自己当然也吸，打针已经打到颈动脉，这说明她全身的血管都已经扎满针孔，变得硬化。老早就听说，她活不了多长时间。她自己更清楚。

我不知道他们为什么不在身上搁一枚留置针，这样会大大减少针孔数量。当然，我对这个没研究，我是负责抓人，不负责研究怎么让他们更长久地吸下去。

小白蛇的打火机按规定予以收缴（火机上有金属片，理论上可用于割脉），但香烟让她带着。她吵嚷着要火柴，也不给。火柴头有磷，说是可以吞服自杀，其实一两包火柴头吃下去没事，分量不足，顶多就有点不消化。但还是不给她火柴，不为别的，火柴哪都买不到。

小白蛇抽的烟很廉价，是两三块钱一包的雄豹，那烟我抽过，名字取得雄壮，抽起来却有鸡粪味，梗子多了老是断火。我本以为，一个女毒贩起码也要夹着柔和七星慢慢地啮吐烟雾。看来，都是毒贩，也有摆地摊和开 4S 店的区别。她夹起烟朝所有的人说："哪位大哥行行好，借个火。"所有的人都看她一眼，不作理会。符启明这时进来，小白蛇问他借打火机。符启明用打火机给她点烟。小白蛇抽出一支来递给符启明，符启明接过来也一火点燃。

所有的人都挤在值班室内侧看电视，符启明和小白蛇坐在靠窗的一头。那个角落，墙上装有固定杆，手铐可以铐在上面。但小白蛇没有戴手铐，谁都知道她跑不了，包括她自己。她叫符启明给她弄些质量稍好的纸巾，不是厕所用的手纸。符启明给她找来一包原浆纸巾，她掏出来不断擦脖颈上流出来的脓血。"……针都打不进去了。"符启明朝她的伤口瞟一眼，就说，"明年你都过不了年了。何必呢，害人害己。"

小白蛇淡漠地一笑，说："也好，无牵无挂，死了也没有人帮我哭一嗓子。"

有人插一嘴："雄马会帮你哭，只要他不死在你前头。"

"他跟我没关系。"

老彭说："你们天天住在一起。别跟我说你们天真无邪，住在一起相处如亲兄妹。"

"彭哥哎，你的想象力真不知有几多丰富。"小白蛇脸上的笑像是结的疤痂一样灰暗，她说，"我都打这个针了，你说，还需要男人吗？"

我听老干警说过，不吸毒之前，性是一种欲，吸了毒，这种欲就寡淡了。又听人说，一开始吸这个的时候，性欲会迅速增强，但那犹如透支，一两年内就搞得男人弹尽粮绝，搞得女人性趣衰竭。在派出所混了几年，我也知道，一切事物都是做小了怡情，做大了伤身。

小白蛇落寞地坐在角落,和符启明有一搭没一搭地说着往事、爱情、婚姻,还有乱七八糟的人生感悟。我知道这是符启明第一次见到小白蛇,但很快,他们便像是一对老熟人。

又陆陆续续抓到几个粉哥。小白蛇的手机扔在桌子上,每当收到一个短信,我们就知道又一个粉哥憋不住要货了。留置室塞满了粉哥。

这天光哥七点过后摸进所里来,大概是打牌缺人,想拉连宝凑数。也怪,连宝只打游戏,几乎不和人交往,唯独光哥能喊动他去打牌。后来我才知道,这是春姐的魅力。春姐比连宝大了五六岁,但不知道从哪天起,竟成为连宝心目中的女神。

对于春姐,我是早闻其名,知道这女人搞得光哥神魂颠倒,以致光哥下定决心,不怕牺牲,排除万难,去和自己虎背熊腰的老婆搞离婚。现在,虽没离成婚,但他已经净身出户,搬到春姐那里住。春姐来过所里多次,有时候是被抓,有时候是来找领导联络感情,但我都跟她擦肩而过,未能睹其芳容。光哥经过传达室,童副所正在听电视里一头巨兽唱着深情款款的情歌。童副所叫住他,一脸正色地说:"小光,去留置室看看咯,你老婆……"

光哥惊得如丧考妣,走到留置室把粉哥粉妹翻找了一遍,没见到春姐,这才拖着步子走回值班室。他说:"童哥,童大叔,你别日弄老百姓咯,搞得我提心吊胆的。"

"小光,我看走眼了,看谁都像你家许春嫣,有什么办法呢?你家许春嫣长相像全国人民。"童副所开怀地笑起来。

光哥的女朋友春姐被捉到所里两次,把光哥的面子丢尽。她长得漂亮,以前据说是做鸡的,也许,光哥和她是嫖出来的感情。他俩同居以后,春姐还停了原来的生意。但手上一旦缺钱,光哥就会对她说:"喏,你出去再做几天。"许春嫣不想干皮肉生意,那以后倒过瘟猪肉,设个点伙同公汽司机偷油,有时候聚了一堆朋友,一兴奋,就忍不住打K,好几次被抓回所里。光哥对许春嫣很失望,嫌她不晓得干正经事;许春嫣同样对光哥失望,老跟他发脾气,嫌他没有一份正式工作。嫌来嫌去,两人却发现彼此越来越像是一对人。

童副所看见春姐就来劲,因为她确实长得漂亮,在饭桌上又特别擅长搞气氛,讨人开心。童副所找着机会就日弄光哥,其实是有一份嫉妒。而光哥,哪看不出来童副所在涮他?他故意装得信以为真,能让童副所开心他也暗自得意。

2
春姐

好不容易等到"放狗",我和符启明自然又伙在了一起。头一天踩点,就锁定金枪鱼慢摇吧。当晚,我们邀了五六个兄弟一起动手。一帮吸食K粉的小孩被我们捉到所里,有七个。金枪鱼慢摇吧的线人提供的消息,这批小孩大都是富家崽,能全额罚款。在金枪鱼里面不能动手,金枪鱼是市局挂牌的严管单位,派出所在市局严管地面动手,无异于儿子打老子,这还得了?要动手得等这一帮小孩出来走到外面。

守到凌晨一点,才见这帮小孩蔫头耷脑地出来。一路跟随,他们竟然把车开到左道封闭,在桥上搞消夜。于是我们就捉了个干脆利索。这帮小孩先扔在留置室,我们几个已是又累又饿,先去桥上吃东西再搞讯问。我们在留置室的铁栅门上铐了两把手铐,这些小孩花几分钟就捅开了,呼啦啦往外面跑。

我们正在喝酒,伍能升不喝,一眼看见有几个崽子从所里钻出来,往外跑。"小孩,跑出来了!"他焦急地喊了一声。

符启明说:"喊个毛,抓人去!重新洗牌,抓到谁罚款算谁的!"

我们哗啦一声全分散开了,四下去追。我们体力远没有这些半大小孩好,他们细腿长身,跑起来像蚂蚱,一弹一蹦就在几丈开外了。以往抓捕,我们总有精心准备,先把路堵死了再抓人,就像自闷罐里摸王八。好些兄弟肚腩都挺大了,一跑就上下晃,肚皮在前,脚板在后。我也追不上跑在我前头的小孩,追了五六里路,感觉两腿已经不长在腰子下面了。正要感受一下腿的存在,人就瘫倒下去。真他妈热,我觉得我几乎被空气焐熟了。我追的那小孩也不想事,跑一阵发觉我跟不上,还自黑暗中朝我扔几枚石头。

我没有枪,要是有枪,我好歹也要往天上放一响。妈妈的,所以我很想当警察呀。

我灰溜溜地回去,发现好几个人追小孩都追丢了,心里这才稍微找着些平衡。符启明当然追到了,他追着两个,一副铐子铐住,把两个家伙背褡裢似的背回所里。见我两手空空,他靠近了低声说:"你看你……我分你一个!"

"不要!"

只要抓着几个,剩下的几个其实也跑不脱。刘所知道这事后赶到所里,问我们怎么连吸了K粉的小孩都追不上。老彭解释说:"K粉相当于兴奋剂,可增强运动能力。"

刘所脸就变青了,说:"你放屁,这些小孩在迪厅摇头晃脑几个钟头,腿骨都摇软了,你们竟然没追上。"

本来"放狗"是想让我们搞点钱用,没想惹出这么个事。七月底缉毒专项治理一结束,刘所立即想到专项治理我们的办法——让我们去武装部,跟一伙预备役一起军训两周。符启明虽然捉到了两

53

个小孩,照样躲不脱军训。据说今夏气温将勇攀新高。我们在这样的天气里搞军训,每天正步走,负重越野,休息时还要在焦毒的日光下盘腿而坐,声情并茂地拉歌。那边拉一个歌,我们回拉一个。那天,我们正齐声唱着,"妹妹她不说话只看着我来笑,我知道她是等我来抱一抱……"宽哥两手一挥,我们还以为他要应景做抱一抱的动作,人却两眼一抹黑翻倒在地。预备役的小屁孩一开始还敬我们几分,慢慢发现我们这伙还不如他们。见宽哥翻倒,又被急急抬走,对面那帮小屁孩便齐声唱道:"你太累了,也该歇歇了……"

过不多久宽哥自己走回来,扎进人堆,脸拉老长,还问:"刚才,我隐隐约约听见小鸡巴唱什么,是不是骂我哩?"我们都劝他别多想,但他还喋喋不休,摆出想找茬的模样。符启明便说:"就是骂你又怎么啦?你冲过去动手,敢吗?要是动手还打不赢他们,有什么鸟意思你说?"宽哥这才闭了嘴。

整个过程中我很想打打靶,一枪一枪打向靶心,聊以消解暑气。但这次军训偏偏没有安排打靶。再回所里时我们都黑了一圈。

光哥用不着军训,我们回所里,他新刮了个光头对我们表示欢迎。以前他是两片瓦的分头,闹离婚时一发狠剃成秃瓢的,以此明志,非离不可。

哪里跌倒哪里爬起,那以后我们把心思主要放在酒吧和迪厅,狠抓那帮吸食 K 粉摇头丸的家伙。但这么搞很快被刘所制止了。"……你们不能把所有进迪厅的人都抓到所里来,这么搞下去,人家生意不好做。"刘所循循善诱地说,"工作,不是赌气,抓来一堆一堆的学生,学校统一领回去,也搞不到罚款。"

我们领会所长的意思,此后我们把目标定在包房里。包房的情况和大厅不同,包房往往是有单位有工作的人的据点。他们闩了门吃药片跳摇头舞,生怕被熟人撞见。这种人和社会闲杂不同,捉住后老实认罚。

那一晚还是在金枪鱼。这是我的点,我和老板认识的时间不短了,彼此肝胆相照。十点钟,一个侍应生说十一号大包里面有六七个女人,衣服都穿得体面,聚在一起吃药,正摇得起劲。十一点,侍应生反映说那个包挂出了免扰牌,看样子这帮女人吃的量不少,摇猛了,一身臭汗,免不了会脱衣服。我预感到今晚会有很好的收成。十二点多钟,十一号包的女人一窝蜂全出来了,个个像喝醉了酒,醺醺的,而且衣衫不整。符启明跟我使个眼神,他尾随其后,我就跟待在所里的兄弟拨电话。

这伙女人当然一个都没逃脱。她们走到相对僻静的地方,我一声暴喝,吓得她们猛跑,然后我们追,以检验前一段时间军训的效果如何。我追的那个女人穿高跟鞋,鞋尖像枚钉子,一路橐橐橐。我欲擒故纵,放慢速度在她后面大呼小叫,撵着她跑了两里地。她两只脚都崴肿了,一摊泥一样垮在地上,虚弱地冲我说:"哥哥,哥哥哎,搭把手拖我起来咯。"

符启明不知从哪里冒出来,抢上前去,很温柔地将其扶起来,还给她拍拍身上的灰。

等我走进值班室,一个女人的气焰忽然变得极嚣张,口口声声说搞什么飞机呀,把刘哥叫来,快点。问她是哪个刘哥,她就说出所长的名字。我一看,就是刚才我捉到的那女人。她是个漂亮女人,眉眼里还隐藏了一段只有男人能领会的骚情。提到刘所,我可以踢她,但我没这样干。符启明听女人的吩咐,给刘所打了电话过去。

长得漂亮,是可以当钱花的。电话一通,女人一把夺过来:"刘哥,你在搞么子咯?你手底下几个马仔把我请来,我还以为哥哥急着见我。"

刘所来不了,童副所很快从桥上赶来,冲女人说:"春姐,你怎

55

么跑这里来了？"女人瞟了童副所一眼，直呼其名："童二荣啊，你是怎么搞的，请我吃饭打个电话呀。"我心想，这女人什么来头？要知道童副所并不是一个脾气好有耐性的人。

童副所冲我说："苕货，这你都不认识？她就是许春嫣，春姐。"我就明白了。我有幸欣赏她的美貌。她是个懂得审时度势的女人。金枪鱼不在洛井的范围内，刚才她不明白是哪拨警察抓她，从而慌乱。现在，到了洛井派出所，她一颗悬心放下来了。符启明这个聪明人这时更蒙了，他问我这女人是谁。我告他她是光哥的老婆，还没有结婚的老婆。

符启明更是不明白："光哥都要夹起尾巴做人，这女人何以这样神通？"我示意他别问下去。我不说，他迟早也会知道。在这个所，光哥当然没有许春嫣神通。光哥能够一路混下去，说不定是搭帮许春嫣面子硬。春姐不但有模有样，而且落落大方善于交际。所里有招待席，所长和副所长总是叫光哥把春姐叫来。春姐一来，这顿酒就能吃得活色生香，有趣无比。春姐喝了酒会闹会儿发泼，怎么泼都讨男人们喜欢，一板一眼都闹在他们心坎上，泼在他们骨头里。喝到兴头，她会骂几个所领导："你们还他妈当自己是领导呀，在我眼里，你们就是几根嫩黄瓜，哪天我渴了，就随便扯一个解渴。"领导们被她哆嗦子叫成嫩黄瓜，仿佛吃了春药回了春。童副所经常说："要是喝酒少了春姐，茅台都像苞谷烧；春姐一来，苞谷烧喝得出五粮液的味道。"此外，这个女人还像户籍警，洛井地带五花八门的女人都像在她那里做了登记。有时几个所领导外面来了朋友，时兴的招待法是找几个女人作陪，这样似乎才有脸面。于是一个电话就拨给许春嫣了，她立马能找来洛井的四大美女或是五朵金花，而且不会在一般店子里露脸。还有就是所里离了婚的那几个老枪老棍，都会涎着脸去找许春嫣帮忙介绍对象。她介绍的对象都是当天就可以上床的。

我一直没能见到春姐,是因为所里那些招待餐,我没资格上桌。她像一阵风,像一个传说,在我耳畔萦绕许久。没想这次大意外逮了个正着。

光哥后脚就到了。光哥看见她,只是叹口气,哪像上次冲到留置室又叫又嚷。许春嫣被带到楼上所长室问话。别的那些女人可能都是头回被抓,坚持说她们根本没有服用药品,什么K粉什么摇头丸她们根本就没见过。她们以为这样一来我们就没办法了。我们只好把几个女警叫来,用验尿器验。我们拽着验尿器一个一个地进行讯问,她们这才晓得这小派出所也有一套现代化技术手段。

第二天才知道,许春嫣自信过头了。童副所拿出的处理意见,每个女人罚三千,许春嫣可以免除,但跟别的女人不能说。春姐讲义气得很,母鸡护雏地跟童副所摊牌,说当晚的聚会是她邀的,要罚必须先罚她,要免的话所有的人一概免除。刘所听到春姐讲起价,就不乐意了,只好把春姐也一并罚了,三千块,一分不能少。

3
金风玉露

去给春姐赔礼道歉,是符启明的主意。"……毕竟,光哥和我俩都在一起办事,再说春姐和几个领导都熟,大水冲了龙王庙嘛。请一顿饭,道个歉,以后也好继续有往来。"他说钱由他出,面由我出,我去跟光哥摆明这个意思。我去请光哥两口子吃饭,光哥赶紧说好。

光哥开车往城区走,挑来挑去走进顺势斋,这家店经常卖些别处见不到的怪菜,价贵。一坐下来,光哥就抢过菜谱要找价高的点,一解心头之恨。他点了四斤口味王蛇,春姐赶忙将菜谱抢过去。她说:"你是怎么搞的?你这两个兄弟请这顿饭是给你面子,你等着报仇?"在这女人面前,光哥没辙了,只有装憨傻笑。

交了菜谱,春姐把我和符启明紧盯着看了十数秒钟。

"请我吃饭,应该是你的主意吧?那天捉我的时候,我就看出来,你是个与众不同的家伙。"春姐眼睛直勾勾看着符启明。

符启明淡然一笑,说:"妹子好眼力。"

"怎么是妹子呢,你真是口气大。你哪年的?属什么?跟姐说一说。"

一男一女拿着年纪生辰拌嘴,进入话题当然就快了。两人似乎有些相见恨晚,说着说着就挪座。光哥盯着他俩,插不进一嘴。碰了几杯过后,他们两个聊到理想,显然,酒确实已经喝得入港。符启明又想卖弄他的人生哲学,春姐喝起酒来一点也不设防,抢着把自己灌醉似的。一开始她还说得情绪激昂,说自己在洛井有谁不认识?有哪家单位领导不买她三分薄面?说着说着,却又心酸了起来,把自己吃过的苦头一股脑倒出来。

"是不是有人跟你说过,我是发廊里面出来的?"

符启明摇摇头,说从没人提过她的事。

她不信,又说:"别骗我了,你也和所有人一样,虚伪!"

光哥想搂住她:"别说了,你真是的,平时一瓶多没醉,今天才几杯?心里憋着话是吧?走,回家说去。"

"回家?回哪个家?钥匙在我手里,你想回去一边等着。"她喷了嗝,指示光哥,"去给我拿条热毛巾,要是没有,去外面买包湿巾,记得要好说明啊,必须是海藻液浸湿的那种!"

光哥应声就往外走,快快地说:"怪讲究!"

春姐娇叱一声:"少啰嗦!"

春姐一条腿不知几时盘到椅子上去,抽着烟,骂起自己这么多年碰到的男人全都没素质。她知道符启明是派出所里的秀才,给光哥出过主意。"我就想碰到一个像你这样的男人,唉,相见恨晚啊。"

光哥不折不扣执行着春姐的指令,为买一包湿巾不知跑了多远,买来的时候,春姐与符启明已迅速地将话题扯到发展大计上面。春姐说现在想找个项目,认真地搞。目前也有不少项目在找她,直销的、加盟连锁的、卖保险的、卖保健品的、卖性用品的,还有卖酒的。她拿不定主意。

"呃,性用品好。"符启明稍加思索,语气非常肯定,然后陈述理由,"你想啊,卖别的东西需要广泛的社会关系,比如说卖保险、卖直销品,安利纽崔莱、绿之韵、玫琳凯,很多都是官太太在卖,公子衙内在卖,你抢得过人家吗?要是在洛井一带开家性用品店,我看蛮好,现在还没有人做。而且,你和我们所领导关系好啊。"

"是不是,太那个了?我以前……我现在不光要赚钱,名声搞臭了,怎么混?"

"这你就搞不懂了,你啊,观念都跟不上,发不了财,还老不知道什么挣脸什么丢脸。卖性用品怎么了?不但不丢人,而且是真正的为人民服务。"

"你是说,卖性用品就是做好事。"

"白天吃饭的事,饭店多;晚上睡觉的事,就你一个店子管这一片!"

"喏,我就知道你开口就有金玉良言,不像我家光头,狗嘴里吐不出象牙。你看过的书蛮多吧,我出几个对联,你帮我对一对,行不?"

"试试。"

"增广贤文行不?贫居闹市无人问,下面的。"

"富在深山有远亲。"

"呃,狗咬吕洞宾,下面的。"

"这个是歇后语嘛,不是……不识好人心。"

"真厉害。你看你看,你这个猪头。"春姐说着又在光哥头上搞了一丁公,并说,"你就知道好好学习对天天向上,锻炼身体对保卫祖国。祖国都轮到你去保卫,真要完蛋啦。"

符启明说:"要不,我也出一个?金风玉露一相逢,便胜却人间无数。"

"我都是出短的,你的东西一拿出来就这么长,坏死了。"春姐娇嗔道,"老弟,你读的书多,你告诉我家光头,让他沾沾你的才气。"

"这个长了,不为难他。春姐——容许我也这么叫你,和年龄大小无关,姐就是一种敬称,对不?要是你真开一家性用品店,我就送你一副对联……"

春姐眼睛放光:"你自己就会搞?说你是秀才,真没说错。"

"刚才你在说,我就已经想好了。要有纸笔我现在就给你写。"

"哪有纸笔啊,别把我们当文化人搞。你说说,我记下来。"春姐迫不及待,掏出手机准备记录。

"我打出来,发到你手机上。你把手机号告诉我。"符启明掏出自己的手机,很快打了一副对联,春姐也把手机号说出来。春姐收到短信,摁开看了一眼,就大声地说好,有才。光哥要过去看一看,又递到我手里。奇文共欣赏,疑义相与析,我见手机屏上写着:

光哥剃光头光照寰宇
春姐卖春药春满人间

春姐问光哥:"觉得怎么样?"

光哥掐掐指头说:"好,字数一样多。"

"就你这点脑水,还装着看得出好坏。回头找一副纸笔,请符老师写上,到时我开店,就贴出来。"春姐想了想,又冲符启明说,"好像还要有横联吧?"

"早就替你想周全了,横批就是,春光无限!你看,又有春,又有光。"

春姐除了大声地叫好,找不出别的话,要光哥回头就守着符启明把对联写出来。光哥说:"你店都还不晓得几时开张。"

"有了符老师讲的这堆话,还有这副对联,我一定开。"

春姐兴致特别高,来而不往非礼也,她也讲究这个,急于回报些什么,就问我俩:"都泡到妹子了吗?谈恋爱了吗?"我俩都摇摇头,接下来她就说要介绍对象。"哪个妹子能找到你俩,都是福气。老姐我手里面的妹子特别多,要不要给你俩都发一个?"

我赶紧摇摇头,说别客气,春姐就真不客气。我一推辞,她不多说一句话,眼光全铺在符启明脸上,问他:"你可不要跟我客气,直来直去我最喜欢。"

"我不跟你客气。我确实也想找一个了,要不然……"

春姐一通朗笑打断了符启明,并说:"要不然,晚上就只有抱枕头是吧?你们这些二十啷当岁的愣杆子,我还不知道?不管外面天气怎么样,你们都天天撑着雨伞起床。"

"你手里的那些妹子,都是干什么的?"

"就知道你会操这个心。你们男人啊,没有了想着弄到盘里都是菜,真有人介绍,又会挑三拣四。老姐会随便找一个妹子搪塞你?俚城大学的妹子我认识几个,有才啊,琴棋书画样样来的?"

符启明眼睛果然一亮,说:"这么有才?我可不敢高攀。"

"你看你看,小兄弟,你这么优秀,怎么一动真格的就软了?"

符启明正色道:"我文化不高,初中毕业,不过现在还在搞专科文凭。我就想找个大学妹子。我不跟你客套,要是你真给我介绍个读大学的妹子,简直就是……雪中送炭。"

"那就说定了,我还真认识两个,下次拽出来你们见见面。她只差一年毕业,最后一年也不用上什么课,你要是有本事搞下来,她天天跟你泡在一起。"

那天我只当春姐随口说说。喝点酒就滔滔不绝的人,说出来的话哪能当真?

春姐干劲足,性用品专卖店转眼开了起来,就在我们所斜对面,很小一间门面,店外却放着很大一块牌子,上面写着"持久王"、"瞬间增大"、"巨无霸"、"药力持续一晚,无效十倍退款"之类的广告语。我就搞不明白,阳具这东西,每个男人都带在身上多年了,怎么还当那是只气球呢?偏偏有人买。

春姐自有一套生意经。店铺开张,符启明那副对联真的贴了出来,光哥把所里三十五岁以上的男人都请出去吃了一顿饭。这只能是春姐的主意,光哥听命行事。吃饭时,春姐就拿着花花绿绿的药品来搞现场推销。她这样的女人什么话都说得出口,贴着领导们的耳朵,叽叽呱呱说上一阵。经她一说,在座的每个人似乎都有一身毛病,而且性能力也从来没正常过。一句话归总,性这回事上面,前半辈子算是白活了;要是不吃她的药,下半辈子也没什么指望。在座的男人也宁愿相信,在这方面,春姐肯定比他们老婆更有发言权。她一边介绍着功效,一边就动手拆起了药品包装,仿佛听她讲解的人已经答应要买下该药。包装一拆,不买不像话,再讨价还价的,很不男人。一顿饭吃下来,每个人都买下几百块钱的药。

童副所掏了钱又觉得不爽,说:"妹子,你他妈分明是跟我摆鸿门宴嘛。"

春姐与一般女人不同，就在这里。她马上回："哥哥哎，我能赚你们的钱吗？我的药，你们都拿回去先试一试，过一阵，我再请你们吃一桌，真有效果就帮我叫声好，没效果的，当场退钱。"一个女人都这么爽快，那些男人哪能再说屁话？符启明知道这事，跟我赞叹春姐不愧为女中豪杰，玩了一手阴阳招，狠着哩。我不明其意。符启明说："你想想，过一阵她再请一桌，去吃的好意思承认自己晚上不行？凭我们所里那帮老枪老棍们的脾气，到时肯定个个抢着夸自己功力见长，夫妻恩爱如初。春姐抓住这话头，肯定会说，既然效果这么好，还不给老娘多买几盒？"

4
在开始时结束

这段时间，符启明很少在所里待，找机会就出外勤。现在他有了自己的院落，晚上有女人，白天有更投契的朋友。有的傍晚，我在宿舍中待得枯燥，一个人如魂一般在洛井几条街上游荡，远远地看见符启明和春姐在一起。我试图在他们身边再找出一个年轻的陌生的女孩，那肯定是春姐介绍给符启明的大学生花妹子，但一直没找到。

我没有过去同他们打招呼，一打招呼，更显多余。

伍能升又来找我搭帮干活。他知道符启明眼下无暇理我，于是脸上挂着"我心依旧"的微笑找到我，说还是我俩在一起搞事稳固。他说："我可不会随便被哪个女人惹得神魂颠倒。真奇怪，有些男人就是见不得女人，也不管是哪种女人。"

在我印象中，他确实从没表现过对女人的兴趣。我甚至怀疑伍能升被阉过。

那天他提出晚上去猴托，抓一对偷情男女，搞几个零花钱。猴托那一段马路，路僻弯急，近旁还有枫树林，秋冬之际叶面泛红，不是全红，斑红。那一阵，偷情的男女往往最多。"停车坐爱枫林晚"，我一度以为是"晚上在枫林边停下车来做爱"的意思。这句古诗，简直就是写猴托嘛。偷情的男女开一辆车，驶到这一带，情不自禁就停在某个路弯，激情燃烧起来。伍能升喜欢干这种事，抓偷情也最安全，那些躲在车里苟且的男女正火烧火燎难以自持，突然被扰，还回不过神，不会激烈反抗。我想，他们一时还不忍破坏好不容易营造出的气氛。

所里别的男人现在都不往猴托去了，把那一带让伍能升专管。这种生意近乎敲诈，赚钱还不多，既然伍能升喜欢干，他们就要和他有所区分。所里头的男人彼此贬损，都拿伍能升说事，说："你那个熊样，真是跟伍能升一路，也就只有去猴托抓抓偷人、捡捡死鱼的本事。"

我俩在猴托一连守了好几个夜晚，没有一点收成。我站得实在枯燥，冲他说："走吧，傻婆娘守野老公啊？不会来的。"

"那些狗男女，现在肯定换地方了。你猜，他们能往哪里去？"他问我。

"我怎么知道？"

我和伍能升骑着摩托往回走，一路走，月光很炫目。半路上接到符启明的电话。"今天月亮很亮，看见吗？"我顶住耳畔巨大的风声，艰难地告诉他："我正在外面，借月光走路。"他说："没睡就好，今晚有没有兴趣？我好不容易探到个发财的地方，免费带你去。"

"我和伍能升在一起，要来我俩一起来。"

"随你啦。反正见多分少，多一个人要多分一份，你看着办吧。"

我让伍能升停下车,把符启明的话转告给他,问他去不去。他并不犹豫:"去啊,傻瓜才不去。今晚上月亮好,反正也是睡不着。"

我叫伍能升把车往跑不脱开去。符启明把车停在路边,借着月光,我看见他借来的摩托上驮着不少东西。

他冲我们这边说:"伍能升,你也来了啊。"

"是啊,嫌我烦不?"

"哪里,欢迎欢迎!"他边说边踩响摩托。

跑不脱再过去是兴塘乡,我没去过,只知道山高路陡。因这一带天坑、地陷极多,所以山塘水库星罗棋布。往前走了三十几里,来到一处狭窄的山谷,有四尺宽的泥路往谷中延伸。往上面看,月光拉成一线,像盏细细的日光灯。往前又走几里,忽然开阔,溪水在开阔处聚成一个山潭,月光映不进潭中。符启明停下车说:"就在这儿,准备动手吧。"他把车上的东西卸下来,有好大两个筐子。我忽然明白他要做什么。"搞鱼,对吧?"我问他。他点点头,从一个筐子里取出一个罐头瓶,把里面的东西全都撒在潭面幽暗的一侧。我闻到一股怪异的气味。伍能升问:"农药?"

"不是,我自己配的,不是毒鱼药,是赶鱼药,鱼闻见这个就会往反方向窜。"

符启明招呼我俩搭下手,把一副拦河网拉在潭面明亮的一侧,那里水浅,齐到膝头,一道网轻松截断了水面。剩下的事情,就是等。符启明早有准备,他又拿出另一个筐,里面是面包、下酒菜和酒。潭边的石头硕大,随便坐都像是桌椅。

我们坐下来聊天,伍能升还担心地问:"我们说话会不会惊跑潭里的鱼?"

"真是个好孩子!"符启明亲昵地拍拍伍能升,然后给杯里倒白酒。符启明说起捕鱼的事,是他父亲传给他的。他们道士总有些常人通不了的手段，对付山上的野物、河中的鱼鳖，这些手段轻松省力，而且不外传。我们三人喝酒说话，下酒菜动得很快，酒劲差不多要上来，潭面上一阵凉风又吹散了。喝着喝着，月上中天，潭面大亮，竟有点晃人眼目。伍能升情绪沸腾着，他说："我给你们唱一支歌吧？"

"能不能不唱？"我有点疑惑，他平时说话，嗓音低得像母鼠产崽时的呻吟。

"开玩笑！"他清清嗓子唱起来，先是一曲《弯弯的月亮》，接下来是《月亮代表我的心》。这个夜晚，他被月亮激发了情绪，只想唱跟月亮有关的歌曲。一听他唱歌，我就发现那其实是一张唱歌的嘴。伍能升的歌声乍一听女里女气，再一听却近乎童音，有一种猝不及防的明亮。两首歌唱下来，符启明要他继续。他说："真不会影响你捞鱼？"

"没关系，你尽管唱，唱得那些鱼发了情才好，成双成对往我网里撞，被捉了也不冤。"符启明说，"别老是月亮了，唱点别的，《橄榄树》你会吧？"

"不要问我从哪里来，我的故乡在远方……"伍能升说唱就唱，这歌当然不在话下，唱得很齐豫。歌声甫落，符启明剔着牙盯着伍能升，恶狠狠地说："好哇，伍兄，要你敢是个女的，我就敢死皮赖脸地搞你！"

"讨厌！"

其实酒还是喝得过量，我趴在大石块上睡去，天麻麻亮起的时候，是鱼翻水的声音把我搞醒。睁开眼，有几只白鹭细脚伶仃站在不远的滩地，看符启明的收成。符启明正在起网，一点一点地拉拽，网里比巴掌大的鱼不下二十条。

河鱼收了四十多斤，拿到市场上换了小两百块。我和伍能升都不要他分钱,能有这么一个涂满月光的夜晚,就已经足够。我猜符启明现在需要用钱,所以这些生财之道都想到了。

只这一晚过去,伍能升眼里就只认符启明,随时凑过去找他说话,问这问那。符启明忍不住骂他简直蠢得像"十万个为什么",他还反以为荣。

最近符启明拼命争取出外勤的机会,不肯在所里待。他行踪越来越诡谲,我怀疑他又有了个女友。如果还是跟苏妹子搞关系,他不至于这么费神。很快,这样的猜测得到验证,因为苏妹子竟然跑到派出所找符启明。

那天上午电视里直播中央的一个会议,有党的领导和各民族代表盛装出席。陈二看得很认真,他关心国家大事、阿拉法特和非洲旱情。换台无望,我闲极无聊看向窗外,没有什么风吹草动。这时苏妹子就出现了,她穿一身白衣黑裤,一张脸在阳光下泛出两块高原红。我见她是朝这边走来,窝心一紧,赶紧钻里门出去,也不走远,就在门背后抽烟。她穿什么都白搭,陈二一眼就看得出她是干什么的。她走进来,要是一眼认出了我,用惊喜的声音叫出我的名字,如何是好?

我听见她怯怯地问符启明在吗?老朱告诉她不在,要她打电话。老朱亲切地问:"有他电话吗?"接下来是我想象的:老朱翻出电话本,找到符启明的电话正要念,陈二就在老朱肩上拍一下。老朱念出了139,赶紧顿住。于是我听见老朱跟苏妹子说:"哟,后面几个字,被水洇湿了。"

陈二盯着苏妹子看了一会儿,肯定看得苏妹子发毛。苏妹子赶紧说不用,我有他电话。

我估摸了一下时间走进去,陈二还盯着苏妹子。苏妹子退到马路对面,竟然不走。苏妹子站在春姐店外那块广告牌前,继续朝这边张望。这一切当然躲不脱陈二的眼睛,我进去他叫住我,指了指苏妹子要我看。他问:"她和符启明什么关系?"

"朋友,一般朋友。"

"像什么话,这女的一看就是……我不说了。现在的年轻人是越来越不像话了,竟然搞得这种女人找到了派出所。以前我们年轻的时候,这种女人敢用正眼往这边看吗?"

老朱说:"有什么奇怪,春姐都快把我们所当她家了。"

陈二恨其不争地叹口气说:"这个符启明真是,才来几天?还是个巡逻员哩,想一辈子巡马路是不?要是让领导知道这么乱搞,还想不想转正了?你们年轻人啊,总是把前途不当回事,不考虑自己的形象。"他年纪也就三十多,腔调却是老资格。

我走过去,阳光一直弄得我几乎睁不开眼。苏妹子站在一棵广玉兰树下。树叶很稀,阳光毫无顾忌透过缝隙洒在她身上。她认出我,冲我说:"丁哥!"

"你不要站在这里。"我诚恳地说。

"那我站在哪里?"

"符启明又不在所里,你站着也没用。你可以打他电话。"

"他的电话仿佛老是摆在不在服务区的地方!"她忽然有些口吃,又赌气地说,"我要是打得通他电话,也不会在这里站岗。你以为我想站,太阳晒你不晒我呀?"

我掏出手机,要她等着。我给符启明拨了过去,马上就通。他在那头喂了一声,我便说:"你小子不要挂,有人和你说话!"苏妹子将电话抢了过去,那一霎她的整张脸都亮了一下。但转瞬间,她脸色又灰暗下去。她将电话递过来,恨恨地跟我说:"你也骗我!"

我一听,又是不在服务区。我收起电话,应该怎么答复她?难道问她:"你是相信他呢还是相信我?"这么说肯定不行,旁边要有个行人路过正好听见，会以为我在和一个男人争抢这妹子，并且我暂处下风。我说："你可以去跑不脱找他。他一直住在那里。你去过的，不是吗？"

她亮出钥匙串跟我说："钥匙我都拿着，但最近他一直没回那里。他又找了住处，你不知道吗？"

"我不知道。你走吧，回头我碰见他，一定要他给你打电话。我拿枪押着他打，狗骗你！"

她有点依依不舍地离开那棵根本无力遮荫的小树，眼角挂出泪来。

隔一天我碰到符启明，伍能升也在，他现在一有空就鞍前马后围着符启明转。我问符启明是不是又得手了一个妹子？

"有一个，凌倩，可不是春姐介绍的。那天春姐领我去俰大见她堂妹，半道上我开小差，就盯上了这妹子。"说完他又补充，"这些，可不能跟春姐说哦。"

"春姐还赖着你了！"

"现在泡到这个，在大学外面租了一套房，我住她那里。"

"符启明，我真是佩服你。"我确乎感叹了起来，并说，"你几百块的工资，就搞了两处公馆，养两个女人。"

"小末，叫她小末。"他不理我，自顾自地说，"她在文学社当副社长，笔名小末。小末，小末，我这么叫她，她就会听话一点。"他说到新的女友，脸上有掩饰不住的幸福。他是有蛮多见解的人，为证明妓女和我们辅警是同一类人，他可以开个专题讲座；现在他不想和苏妹子谈了，要证明彼此不是一类人，他还可以开几堂讲座。

"你真是反应神速，换女人比解手还快。"我手一挥，说，"你赶紧给苏妹子打个电话去，有什么事跟她讲明。要不然她天天来所门口等你。领导已经注意到这事了。"

"哪个领导？"

我想起来，陈二不是领导，但嘴上说："几个领导都看见了。"

"领导才不会管这些破事，他们二十啷当岁，也是这么过来的。德高望重，也是从小王八蛋混过来的。"

"我说了，见到你一定让你给她打电话，要不然我就是狗。你打一个，别的我不管。我只是不想当狗。"

"你真是幼稚。过不久你也会碰到这样的事，到时我来帮你摆平。我也会跟你的女人发誓，骂自己是狗。那又怎么样？"他朗声笑了起来，又说，"我们本来就是狗！"

"那苏妹子那边怎么办？她还会来。"

"好办，你拿眼睛看！"

次日我不当班，还是去值班室坐了一会儿，往对面马路看，苏妹子没来，广玉兰树下空空荡荡。第三天第四天，她也没来，广玉兰树下摆了一个草药摊，一个赤着胳膊的老头支起一块瓦楞纸板，上书：专治癌症晚期，三天见效！第五天她又来了，站在对面那棵树下，只几天工夫，那棵树叶片粗大了起来，树冠茂盛了起来，像一把伞严实地盖住她。她戴一副墨镜，咬着牙。她手里揣一只水壶，摆出打持久战的阵势。

陈二正好又在值班室，他认出那个女人，皱皱眉头，说："怎么搞的，符启明这家伙才来几天啊，就惹出这一堆破事。"

伍能升开口跟他解释："有些女人就像狗皮膏，谁沾上谁就扯不脱，这事也不能全怪男的，是不？"

"我从不搞这种女人。"陈二发觉了什么，看看伍能升，"小伍，你着什么急呀？你对女人又不感兴趣。难道你对符启明感兴趣？"

"我对你这么大惊小怪感兴趣。你受过什么挫折，才喜欢关心这些破事？"

"你这家伙，今天长毛了是吧？"

伍能升懒得和陈二多说，径直穿过马路走向苏妹子。他站到苏妹子眼前，只冲着她说了两句话，苏妹子就走了。他得意地走过来，看着陈二，又看看我。现在伍能升抢着给符启明帮点什么忙，仿佛是良才逢明主，急于建功立业；好货卖识家，抢着发挥用途。

陈二出去以后，我问伍能升怎么把女人说走的。他说很简单。过去以后，他冲着苏妹子说："妹子，你过来一下。我们刚抓来几个嫖客，都在那边一楼。其中两个嫖客，一个姓陈一个姓丁，隔着窗子都认出你来，说他们的性病都是你传染的。你跟我过去一趟。"苏妹子骂了一句神经病，掉头就走。伍能升说完，得意地笑，并打电话向符启明表功。

5
小末

八小时以外，我越来越难以见到符启明，偶尔遇上，他就没完没了地谈爱情，谈他的小末。但我偏喜欢提一提苏妹子，嘴痒。有一次符启明跟我说，在正式恋爱之前，有过性行为，和不相干的一个女人发生适量的肉体关系，是好事，甚至有必要。男人先把性欲这一块在别处尽情发泄掉，才能更清晰、更理智地去判断，他是不是爱一个女人的灵魂。

我听得耳堵，问他："苏妹子原来是不相干的女人？但你以前泡苏妹子的时候……"

"是她来找我的，丁兄，你要我说几遍嘛。"

"就算是吧，但她和你上床之前，你和她说了什么？爱她？"

符启明拍拍我的肩，说："兄弟，你是不是忘了？我和苏妹子在一起的时候，你也提醒我不能找她恋爱。我承认我也干过丑事，但丑事干完，我还是有资格泡我真正喜欢的女人，追求我的幸福。你要是因为这件事看不起我，我不怪你。"

"怎么又变成你怪我了？"

"我不怪你，女人如衣服，而你永远是我好兄弟！不要提那个妹子了，好吗？"

"提你和你的小末怎么死去活来？"

"想知道我们昨晚是用什么体位？"

"谢谢，我已经金盆洗手不看毛片了。"

"其实，我还没跟她上过床，真的。"符启明脸色刷地又严肃起来，说，"真的爱上一个女人，不急着搞她。如果只想把她往床上弄，那其实是你在替小弟弟当长工，不是搞爱情。"

"打一个神龛供着她？"

"不是，最近几天，出于礼貌，我也要对她下手了。再不下手，她担心我身体有问题，那也不好。"

他不肯带她来，我只能听他说起她。从他只言片语中我得来一些零碎的印象：小末应该高个，身上的裙要么超长，要么超短，永远不会适中。头发又多又粗又密，系起来像麻绳，散开了并没有披肩效果，于是烫成小波浪卷。因为她喜欢小波浪卷，所以他学会了使用卷发棒，能把一尺半的头发盘六圈。那一捆头发在脑后展开了，宽阔有如折扇扇面，蓬松有如一口倒扣的锅。她也二十岁了，脸上仍有雀斑，上排门牙很俏皮地缺了一枚。但这个不经意的缺损，却是符启明印象最深刻的部分。小末应该不是很漂亮，却懂得想尽一切办法让符启明伤透脑筋，这是苏妹子永远学不来的。比如她会把一枚珐琅质的发夹藏在房间某个地方。第一次，她对他说："你爱我不？帮我把那枚发夹找出来！"他在房间里翻箱倒柜，带着一种寻宝的心情,当那枚发夹突然在眼前冒出来,他仿佛就看见了最为具体的幸福。他找出来,给她,她撇撇嘴把它藏到更隐秘的地方。"你爱我不?爱一个人需要不停地寻找!"他又去找。他找了若干遍,她又若干遍地把东西藏起来,问他爱不爱她。他像炎夏时节的狗一样吐着舌头,真的想告诉她,休息一下,我暂时不爱你,行不?

伍能升听得蹙起眉毛,说:"烦不烦啊?"符启明嗤笑一声,没回答。跟伍能升谈一个女人的好,是费力不讨好的事情。他看见女人都没反应,何况是说哩?

我却在猜:"她是不是爱玩SM?"

"SM?呵呵哈哈,你怎么会想到这个?"

"凭你的口味,你喜欢的女人,肯定都有些古怪。"

"你们信吗?到目前为止,我其实还是没跟她上过床,更不用说你以为的SM了。"符启明表情无辜地看着我,再次申明,"我真是喜欢她这个人,所以不急于求成。而她,现在还是把我当太监用。她家里有钱,给她租了套间,一室一厅,带厨带卫。她让我住外间,有事就喊我进去。要是她不发话,我不能随便进去。"

"那不是活活憋着嘛。"

"和她待在一起,在外屋等她叫我进去,比和苏妹子上床还……兴奋!"

伍能升叹了口气,教训他说:"你不应该天天当苕货啊,占着那什么不那什么。你攒一把劲,把她办了,只要你能力足够好,技巧也到位,把她办舒服了,说不定她反过来听你的,你坐到里面那间房,使唤她。现在她这么对你,摆明了就是看不起你。她像一只野马,等着你狠一点,把她驯得服服帖帖的。"

我俩听着都吓了一跳,伍能升一说男女之事,竟有一针见血的效果。符启明乜斜了他一眼,痛心疾首地说:"跟你这畜生讲爱情,不是你的错。"

符启明继续住在小末那里,开支不小,开始问人借钱。

苏妹子一直找不到他,过一阵,也不再打他电话。有一天我在一条巷子里碰见她挽着一个老头的手迎面走来,我们擦身而过,她扭头叫住我,并把跑不脱那个院子的钥匙交到我手里,要我转交符启明。她说她要离开这里。我还想问问她要上哪去,那个发际线退至脑顶、二八开却梳得丝丝不乱的老头在那边叫苏妹子别磨蹭了。我瞪了老头一眼,他一脸的欲火攻心不加掩饰,老人斑竟像青春痘一样泛起了油光。我攥着钥匙的手忽然一痒,很想跟踪抓嫖,但投鼠忌器,只得作罢。苏妹子所在的那家小港湾美容厅,十月份忽然关闭了。

符启明已经和小末不折不扣恋了两个多月,竟还没有上床,我不太肯信,伍能升也不信。两个月啊,不上床不礼貌嘛。符启明说他本打算矜持一个月,但没想到,一个月的矜持却形成了惯性,让他不知道如何开口。现在他打算打破僵局,将他俩的爱情升级换代,达到灵肉合一的新境界。但是,此时开口,他希望能够含蓄一点,技巧一点,要不然,说错了话打破的不是僵局,而是意境。他征询我的意见:"用什么法子?弄一首字谜诗怎么样?"

"好是好,要想得出来。你就下劲想吧。"

他开始构思一首诗,想用每一句扣一个字,搞成字谜诗,谜底是"我很爱你"或者"我想搞你",向小末表达心意。

既然苏妹子已经消失,符启明又回跑不脱去住。他的诗还没改出来,有一天把小末也带到那里去玩。小末竟异乎寻常地喜欢这地方。那天,她也被他鼓噪得想弄两头猪喂养。他本来是煽动她好玩,真的煽动出了她的情绪,他又感到不可收拾。接下来,他只好告诉她,买猪苗也要看季节,一般是在初春。这事和插秧一样,不是随时都可以干。她这才作罢,旋即又有新的发现,说这地方适合观星。

符启明搞不懂了，哪里不适合看星星？但也不好多问。

次日，小末收拾好自己的东西，也搬到了跑不脱去住。符启明等着改好那首字谜诗，摆平小末，但小末已经耐不住，搬去跑不脱的当夜，就穿着蚊帐般的绸纱睡衣，里面什么也没有，白山黑水，沟壑起伏，一目了然，将自己如一幅地图地展现在符启明眼前。符启明吞咽着口水，知道自己也等不下去了。

第三天，符启明还是和小末在房间里缠绵，打来电话，要我给他请假，请病假。

"腿软了下不得床吧？"

"没有，刚才我还走了老远，给她买早餐。"他说，"知道吗？横过马路的时候，我忽然想到，别蹿出来一辆车，把我撞死啊！"

他没说当天的心情，但我完全听了出来。他是真的遇到了梦寐以求的爱情，忽然懂得顾身惜命。平常无聊的日子，哪个男人过马路时会担心被车撞死？他跟我念叨小末很久了，直到听他说这句话，我才突然羡慕起来。我也想找到那种过马路突然担心起来的感觉，但实际上，过马路时我经常闲极无聊地想，有哪辆车冲上来把我撞一下吧！太没劲了。

符启明租来的那处空荒院子一夜之间变成爱巢，他更殷勤地守护他的巢穴，而小末在那里面更是如鱼得水，可以干任何事情，比如给自己的CD机接两个高音喇叭，把蹦迪的音乐调至最高，一个人放松了腰身四肢，大幅扭摆直至抽筋。小末还跟符启明说，会把自己的同伴也带到这个"乡村别墅"里来。看来，这个破院子，她是引以为豪的。

他催促她，尽早带些漂亮的、开朗一点的妹子过来玩，让我还有伍能升认识。她点了点头，说知道你们男人都有这鬼心思，喜欢扩大战果。

75

6
荒村院落

符启明说过,只要她带人过来,他就会给我消息,到时候一起吃饭喝酒。我倒是很想再去他那里,即使泡不到妹子,一群年轻的男女喝酒、聊天,谈理想和孤独,也是很爽。在那偏僻的房子里,每个年轻人都会释放自己性情的一面,要是能感觉我们正一起被这世界遗忘,那该有多好!小末却迟迟没有把她的室友或是玩伴带过来。

某晚符启明忽然打来电话:"兄弟,快来,帮帮忙……带上……"是他的声音,听着细微,却又声嘶力竭,像隔了一段距离冲手机喊话。

"怎么啦?"我重复问了几遍。他在那头要听清我的话,似乎有些艰难。

"你来……不多说。哦对,你一定要把……带来。"

"什么?"

"手……手……匙!"

"什么,再说一遍!"我还是没听清楚。

他发出拼尽老命的声音:"手——铐——钥匙!"

"怎么了?谁敢铐你?要不要带把枪过来?"

"你他妈……别开玩笑……有枪吗?"

这么晚了也不好叫别人的车,我就打了伍能升的电话。伍能升比我还急,开一辆广本来所里接我,然后往跑不脱疾驰而去。

符启明听到动静,在屋子里喊:"丁兄,来了?"我告诉他,还有伍能升,又问他到底怎么了?住这里迟早碰到鬼吧?我一推门,门是关着的。符启明又在里面说:"碰你个大头鬼,开不了门,你们从窗户爬进来!"等我俩站在床头,就笑了。他双手伸长,被一副银亮的铐子铐在床头铁栅上,腿被粗绳子捆住,拴在另一侧的铁栅上。这种捆法搞得他身体尽量摊开,像一只四仰八叉的王八。他身上覆盖着床单,我一拨开,里面是个光人。伍能升这一下笑出了眼泪。我说:"你家小末搞的吧?"

"还能有谁?"

我去给他解铐子,伍能升帮他解腿上的绳子,一看,捆的是很专业的水手结。问他,他也承认脚是自己捆住的,然后小末再往铁栅上拴。他穿好衣服坐了起来,脸色并不沮丧,了解他的人甚至能看出些得意。"你说得不错,这妹子,是有点SM的倾向……"他拿出酒和菜,喝了一杯,才将刚才的事说给我们听。他今天把铐子带在身上,小末看见了,像小孩见着玩具拿过去把玩一阵,不过瘾。两人上了床,她又记起那东西,忽然想要把他的手铐住。他的两只手从铁栅的两根杆子外侧伸出去,任她铐。手铐上了,小末一时兴起也没放过他的脚,但她捆不牢,放开他的手要他自己捆脚,然后把他的手重新铐上,再行云雨之事。

"这一回,我估计她是彻底爽透了……"

"你呢,你觉得爽吗?"我打断,并问。

"我投其所好。"他又说,今天把事情做了以后,发现钥匙找不到了。幸好手机还摆在床头,他一只手拽着拨了号,但是杆不到嘴边,只有艰难地冲着手机喊话。

"她呢?"

"我醒来,她已经不见了。搞不好,她故意把钥匙拿走,晚上等她回来,才肯放了我。"

"说不定她不放你,给你吃喝,拿你当宠物养着……"

"那我也甘心情愿,她又不是随便找个男人就这样搞。挑到我头上,证明她有行家眼光。"

他给小末打电话,向她宣告他已经自行解放。电话一通,那边是银铃般的笑声,问他是不是找了兄弟来帮忙。他回答:"那当然,我又不是科波菲尔,不喊人还能用缩骨功啊?既然我两个兄弟来了,你晚上过来,能不能带几个姊妹,就到我这里搞一搞联欢晚会?记着买些吃的东西,还有酒啊。男女凑在一起,吃什么都香,量要管够。"

电话那头,她说她尽量。

这一段时间,符启明跟我们说得最多的就是这个女人,说得多,但百闻不如一见。这个晚上将要见到她,不知怎的,我心情竟有几分紧张。时间还早,女孩出门都是磨磨蹭蹭,随叫随到的是丑女。

女孩们来的时候,果然老远就听得见声音。她们是打了一辆车过来,的士司机见是一帮大学生妹子,说要去跑不脱也敢送。女孩走乡村的夜路并不习惯,站在马路上,隔了老远就朝这边喊,有没有手电。符启明冲我说:"你拿着电筒,去给她们带路吧。我知道,你这小伙早就等不及了。"

小末带了三个女孩过来,我拿着手电筒照亮了她们。她们每个人手里都拿着装东西的盒子,有的圆有的长,圆的显然是用来吃的,长盒子里装着什么,不得而知。她们脸上的神情,像是要赴一场晚宴似的。在她们四个人中,小末个头得到进一步突出。她比其他三个妹子起码高半头,高跟鞋一穿,符启明大概也没她高。再走近一点,我得以看清楚,小末其实漂亮,和我想象中的每个版本都不一样。我想,这大概是符启明的表述出了问题。他描述别的人总是能一针见血地抓住特征,但一说小末,却言不及义。也许,这一段时间里,小末的形象在他头脑中千变万化,每种形象都妙不可言。小末身材确实很好,要是个头再蹿高一两寸,够当模特。另外三个妹子像是来衬托小末的。小末的气色也是最好，也许是因为她个高，能呼吸到更新鲜的空气。

那么多女孩突然到来，搞得这清寂的院落前所未有的热闹，破屋子有了别墅的气质。进了屋子，坐下来，她们嚷着和我们喝白酒，拦都拦不住。

"这是王琪、沈颂芬、肖伊珊！"

符启明还没介绍小末，小末却已经将她带来的三个妹子按高矮顺序拉成一排，一一做着介绍。大学的妹子还是和我平时见过的警花不一样，她们脸上挂着笑，小末介绍到谁谁就颔首示意，甚至有一个妹子竟然像日本人似的浅浅鞠一躬，冲我们说："嘿，请多多关照。"

和这些大学生妹子围成一圈趁夜喝酒扯扯闲淡，是我从未有过的体验。纵使她们不见得有多漂亮，这种感觉还是来得异常强烈。她们有知识，有文化，未经修饰的脸上带着大学生特有的那种朝气，以及一份说不出来的优越。

我的眼光老是落在小末脸上，她脸上仿佛有磁性，但其实只有错落的雀斑。如果再看仔细一下，她脸颊还有数道疲劳纹。纵使没经验，我也知道这意味着性欲旺盛，或者房事过劳。

这一夜，小末像主妇一样招待着大家，跟我和伍能升有说有笑，仿佛已经认识多时。几个女孩先是扎堆坐在一块，小末看着不高兴，帮我们调了位置，我左右都是女孩。

盯着小末看得一阵，我觉得还是不妥，就把眼光移在别的几个妹子脸上。王琪有点虚胖，沈颂芬嘴里有颗虎牙，肖伊珊穿的那件衣服上面印了许多串英文。其实，我还不太分得清她们谁是谁，张冠李戴哩。

盘里的肉是卤猪头肉，卖肉那老板切开的每一块肉都足有一两多，所以我就不断地喝酒。什么时候醉的，我并不知道，先是眼前影影绰绰，刹那间失去了知觉。我平时也喝，喝多少心里有数。这一晚，我很快就忘了小学数学，算不出来自己喝下几杯。

接下来的梦里，我梦见一架望远镜。在醉酒的睡梦中，这架望远镜却是相当清晰。酒喝得急，我倒得快，像是被人下了蒙汗药，但醒来也快。醒来后，耳畔高低起伏着鼾声。我看见符启明、伍能升睡在我两旁，夹住我。我们都睡在外屋的沙发上，沙发展开了像一张床。我轻手轻脚爬起来，走到院子里想抽一支烟。

院子当然安静，在院子外面，更是辽远的寂静。天上挂了几枚星星，在这季节，星子晦暗不明。我看见一个妹子站在院心，用一架长长的望远镜往天上看。我掐自己痛得钻心，这才肯定刚才不是做梦。酒喝得恍惚时，她们掏出这架望远镜，我亲眼看见的。但那时，我已经失去了正常的判断力，把眼前的实景混入梦境。

黑暗中，那妹子仿佛冲我笑一笑，还是那么甜美。我怀疑她们的大学课程，有一门就是教人如何微笑。我跟她打招呼："你好，王琪，不睡啊！"

"我叫沈颂芬啊，歌颂、芬芳——这名字是不是很土？"她笑着纠正。

"不土不土……"

她呵呵地笑了起来，又说："你刚醒过来是不？刚才你真是能喝，劝你别喝都劝不住，真让人担心。"

我走过去，她让我用望远镜看看天。酒劲还在发挥着余力，我看见天上星子全都摇摇欲坠，天空像一把漏勺罩着大地。我见她手里拿着一块东西，我看不清楚。她看看天，又低下头用那只手电照一照手上拿着的东西。后来我才知道那叫移动星盘，她用以按图索骥，把天上相距遥远的一堆堆星星划分成一个个星座。

见我长时间盯着她，她还有点不好意思，说刚才人多，都想看星星,她就不扎堆了。现在,他们全都睡去,她正好可以一人占有望远镜,把这天空看个痛快。她说:"这地方找得不错,没有光线干扰。就是地势有点低,要是再高一点,在一座山头,那就最好不过。"

"什么?"我跟不上她的思路。

"呃,没什么。你要不要过来看看?"

"不要。你要不要抽烟?"

"我不抽……哎,好的,我也抽一支好了。"她接过烟,我帮她点燃。她轻轻吸了一口,又说,"你一个人抽怪可怜的。"

她果然不会抽,呛得耳朵眼都冒烟。我只好给她拍拍背,跟她说抱歉。她没有躲开我的手,一边呛一边说,没得事,没得事。我听出来她是朗山人。朗山挨着重庆,那边的人才说"没得事,没得事"。我就说你是朗山的吧?她惊喜地说你怎么知道?我的天,哪能听不出来呢?她刚来时没戴眼镜,也许她不愿意让别人看见戴眼镜的样子。其实……我真想跟她说,我就蛮喜欢戴眼镜的女孩。

我俩其实没什么话说。她礼貌性地吸了几口烟子然后扔掉,继续看星星。我坐在一边看着地上那枚烟头缓缓地熄灭,然后看她。每看一枚星星,她都要将三脚架的云台反复调整。我心里忽然闪过一个想法:要是能搞到这能读书的妹子给我当老婆,那多好!活了二十多年,我仿佛是第一次产生这样的念头。其实,有这念头的那一霎,我还没看清她的模样。

第三章
恋爱时总要看星星

1
公汽流氓

连续接到几宗报案,城南出现公汽流氓。在我想来,公汽流氓应是遥远的事物,出现在那些公交线路纵横交错繁复无比的巨型城市,流氓下手可以马上转乘另一路,警察无处追踪。城南几乎就这一路公交,公汽流氓怎么也敢冒出来?但事实无可争辩。

"……慢慢说!"第一次接到报案,我怀疑那妇女有谵妄症。她跟我说:"警察同志,你看你看,那个遭瘟的哟!"她脸上是被强奸状,把一条裤子扔在桌面。我把那条裤子拿起来看一看,并没有看到血斑或血块。

"没有血啊,什么都没有啊。"我大概是有些失望。

"小同志,为什么要有血哟?你年纪轻轻,想哪里去了?喏,你看,看这里。"她手指准确无误地点出一个地方,"你闻一闻,闻一闻就知道了嘛!"

"到底是什么你说嘛?"

"这个,这个……哎哟那个遭瘟的,他做得出来,我都不好意思说。"

"那家伙长什么样?"符启明走上前来问她。

妇女激动地说:"你没看见吗?这东西是……喷,喷在后面,又不是在前面。这个遭瘟的啊,以前只听说有这种事,哪晓得今天自己碰上了。我这么一把年纪他都要乱来,你们晚几天抓到人,年轻妹子不知道要被他祸害多少条!"

"好的,好的,你说的情况我登记下来。请留个电话号码,有情况通知你。"

"通知我搞什么?你们也真是,早点抓住这家伙,结实打他一顿就行,不要通知我。我可是一辈子清白的人哟。"

"呃,大妈,我们都看得出来,你下辈子都清白!"

妇女走后,符启明告诉我,这事情猴托也出现过,所以他见惯不怪。猴托那家伙喜欢用一块灰绿的大氅裹住自己光溜溜的身子,躲在冷僻街角,女人走到眼前,那家伙吹一声唿哨。女人搞不明白发生什么事,扭头一看。那家伙便把灰绿的大氅突然撩开,一个光人便一览无余。女人往往发出尖叫,就正中奸计——那家伙借助这一声声尖叫,一次次达到高潮。

"抓到他了没有?"

"抓到了,关他也没多大罪名,打一顿了事。放出去以后他还是照样干这事,根本停不下来。我就发现,这不是爱好,也不是耍流氓,而是一种病。"

"还是要管一管,不能说一个人病了,就搞得所有人都心惊肉跳。一个人病到危害公共安全的分上,也只能算作罪犯了。"

"唔,你说得对。"

所领导一开始不当回事,还当笑话说。邢副所颇有感触:"公汽流氓,啧啧。年轻的时候我们也喜欢挤公共汽车嘛,闻闻女人味,确实能引起一点点兴奋……但不能过度,过度就臭流氓了。"报案积累了几起,事件有了新的发展。公汽流氓在城南闹得人心惶惶,又一直没抓到,妇女们想出一个办法:弄一把刀磨得锋利,随身携带。俚城的妇女泼辣烈性,在整个地区都是有名的。短短一周之内,公汽上面,有三起误伤事件——妇女们身怀利器,杀心自起,发现臀部被什么东西顶着,也不吱声,偷偷攥紧小刀抽出来回身便是一挥。三起事件里,两个男人手指遭了殃,还有一个伤在大腿上。

所领导这才开始重视公汽流氓的问题。周一例会上,刘所说了,这家伙在城南造成极坏的影响,必须尽快抓住,送不进监狱,也要送精神病院。刘所一时兴起,说其实真逮着这家伙,送到精神病院治,见效非常快。具体的办法,就是让该人看三级片、毛片,或者是日本AV。该人在看片子,旁边主治医生仔细观察他。他正待亢奋起来,主治医生就及时给他一个电击,打得他浑身瘫软,哪里都硬不起来。只消几个疗程,这病人眼前即使出现一个光溜溜的性感妹子,也会像老僧入定,不再有任何亢奋反应。

邢副所听得一脸向往,接着刘所的话说:"这么简单啊,那还送什么精神病院?抓到所里来,我就可以给他治。"

刘所说:"我们只管抓人,各司其职,不要和精神病院抢饭碗。要是派出所和精神病院能合并……要是能合并,说不定就天下太平了,呵呵哈哈。"

邢副所专管这事,点了将,符启明和我都在里头。邢副所很看重符启明,常说这孩子只要系统训练一下,迟早是个刑侦专家。而我,搭帮符启明才进入名单。起初我们觉得抓这人也不是难事,只消穿便装去公共汽车上守候，不难抓他个现场。事实上，情况发生了变化，当我们在公共汽车上蹲守，车上清一色是男人。偶尔见个女性，往往也是执老年证免费坐车的老太太。公汽流氓在城南尽人皆知，年轻的女人都尽量搭的士，或者骑单车、步行。即使万不得已搭乘公汽，她们也裹得像阿拉伯妇女一样严实，让流氓找不着任何理由兴奋起来。而且，前段时间悍妇伤人事件频发，即便车里站着个女人，周围的男人起码也离女人两尺远，以免被免费做了包茎手术。

那家伙忽然收手，好长一段时间没露脸。符启明分析，这家伙也许是间歇性发病，要是天天发病，那还得了？人的性欲本就是一阵一阵，要是天天发情，分配到配种站上班最合适。

公汽流氓一时抓不了，我们也不急。抓这家伙虽然没成立专案组，但我们也算是有专项任务，能够借此成天跑外线，不用去所里点卯。眼下，符启明正巴不得多有些自由支配的机会，尽量和他的小末待在一起。

现在，小末和那几个大学生妹子喜欢去跑不脱的那个荒僻院落，整晚不归。夜晚，城区总有亮光，而这院子清幽荒僻，一团漆黑，适合观天象。只要天气晴朗，她们就会跑来这里架设那台望远镜。小末和沈颂芬兴趣最浓，经常看到下半夜，空荡荡的夜空，她们能看出无穷变化。对这些大学生妹子的所作所为，我也不奇怪，在我看来，她们总要有些怪僻的爱好，要不然和我们所里粗手大脚的警花没区别。我也试着用那台望远镜看星星，看似傻瓜设备，用起来才发觉也有技术含量。寻星镜和主镜不一致，需要不断调试，光这个就能花销我一两个小时；寻到的星要确定是哪一枚，我看着移动星盘找对应位置，稍看一会儿就一阵阵头晕起来。于是作罢。

只要她们去跑不脱，符启明就会叫上我和伍能升。伍能升总是推脱，懒得去，只有我随叫随到。我走进院子，符启明就冲我招呼："丁兄，来了？"

"呃，来了，菜还是热的。"

私下里，符启明跟我分析过小末带来的三个女孩。他暗示我不妨追一追沈颂芬。要是对她不感兴趣，肖伊珊作备选。王琪大概有男友，即使没有，也看得出她经验丰富，什么场面都能游刃有余地应付过去，即使来个西门庆，都难得在她身上沾到油水。这样的女人，当然不是我这种初涉情场的菜货能摆平。

我心里清楚，和所里的辅警前辈一样，我终是会找一个没有正式单位、在街边某家店子帮工的妹子当老婆。当然，这不是说咱们的社会存在着阶级分层，只是，每个人的心里都泾渭分明，就好比一筐桃子，能卖三块钱一斤，就绝不会以两块五出手。桃子都这样，何况人乎？

符启明在院里装一盏奶白色大灯，瓦数大，照得院子如同白昼。我们经常坐在明亮的院子里吃菜，喝酒，说话。夜很长，四周如此静谧，我们几个人像是被世界遗弃在荒岛。这些妹子越来越喜欢这里，喜欢把这素淡的夜晚说成是一场 Party，喝到兴头上还要跳跳舞。她们几个都小有舞瘾，还说跳到抽筋的时候，再拿望远镜望向天空，会发现一闪一闪亮晶晶，满天都是小星星。我知道，我喝多了也这样。我不会跳舞，沈颂芬老来拽我，愿意教我，拯救我僵硬且毫无舞感的身坯子。我一跳舞就四肢僵硬，摸着她的腰，觉得她的腰很细，很有肉，很柔软，很有弹性，等等。摸着摸着，我脑袋却总是无端端出现那个公汽流氓。其实我不知道他长什么样，脑袋里浮现出的流氓，有时候像符启明，有时候又像我自己。搂抱着这个妹子，我怎么会想到一个流氓呢？沈颂芬看得出我有心事，问我："你怎么啦？"我摇摇头，继续跳舞，浑身每个关节都像生了锈的窗户合页，艰难地转动着。口渴的时候,我也想喝一杯润滑油。

那晚,跳累了,妹子也懒得看星空,我们坐下来聊天,慢慢聊到那个公汽流氓,这着实也是眼下城南的热点话题。几个妹子早听说了,侔大的女学生也被"侮辱"过。但说到那个流氓,她们脸上没有害怕,只有兴致盎然。符启明告诉那几个妹子,我们这一阵都专门去抓那流氓。那表情,仿佛这是件趣事。妹子们肯定要问,你们抓到了吗?

"这个……差不多了。最近流氓家里肯定有什么事情,忙不过来。"

小末说:"怎么,你们还没有抓到?城南就一路公共汽车,要是流氓出现,你们开车过去两头一堵,他能往哪里跑?你们警察都是饭桶。"

"你以为他在公汽上拿着刀逼着一个女人耍流氓?他耍流氓人不知鬼不觉,女人发现的时候他早就消失了。直到现在,他长什么样还没一个女人能说清楚。"

几个女孩来了兴趣,说耍了流氓女的都还不知道,这算什么耍流氓?她们一定要打听清楚,这个流氓到底怎么污辱妇女。符启明跟她们说:"……呃,就是悄悄弄湿女人的裤子。"

听完,那个王琪竟然松了口气,说:"那算什么耍流氓,自己把裤子洗一洗不就完了嘛。"

"不行,不能这么便宜了他。你想想,你一摸,摸得一手都是死孩子,黏糊糊滑溜溜,你肉不肉麻?恶不恶心?是我的话,肯定好几天不想吃饭。"小末下命令似的对我俩说,"你们这两个饭桶,要早点抓住这个人,免得我老做噩梦。"

我说:"也不能怪我们,那家伙不出来,巧妇难为无米之炊。"
符启明补充:"出来也不行了,现在天气冷,你们女人穿得多,那家伙就是上了车，见一个一个裹成粽子的女人，也提不起兴趣。"

"要不，我们帮你们把他引出来，怎么样？"沈颂芬话不多，一开口却总让人咋舌。

"你说什么？再说一遍！"

"别的女人衣服穿得多，我们可以穿少点嘛，引蛇出洞。等到星期天休息，我们可以帮你们一起去抓那流氓。"

"我报名，我也算一个！"小末一边说一边还把手高高擎起。

几个妹子越说越来劲，还说过几天就干。符启明说要得要得，到时候，看你们谁最先把他勾引出来，谁肯定最有魅力。经他一说，抓流氓就有点像是搞选美比赛了。

2
引蛇出洞

星期天早上我还没醒，手机在床头迸发出催命的响声。我揿开电话："……怎么了？"

"什么怎么了？你这小子干的好事。小末和沈颂芬要帮我们抓流氓，在佴大门口等了。"符启明恼火地说，"你那天晚上口快，她们争当诱饵，你就说谁勾引到流氓谁最有魅力。"

"我记得是你怂恿的，你天生就爱煽动别人情绪。"

"好啦好啦，别争了，你赶紧穿衣服，我开车过来接你！"

我俩骑着一辆摩托到佴大西门附近，在围墙的一处豁口，小末和沈颂芬冒了出来。就她俩。那一霎我有些眼花缭乱，沈颂芬不戴眼镜，披了头，荷叶领的白衬衣，黑短裙，丝袜。我甚至看得出她丝袜上经纬纵横的线，和据此形成的网眼，但她说不冷。

小末拍拍我肩。我扭头看向她，她就问："有什么感想？"

"哪方面?"

符启明和小末异口同声骂我蠢猪。那一霎我心口一片雪亮,仿佛从来没这么明白过,但旋即又陷入无边无际的迷糊。

符启明把摩托放在她们女生宿舍门口。我们四人就近上了一辆车,车内十来个表情呆滞的男人。车上位子还没坐满,十来枚拉环在扶手杆上散乱地晃动。我俩先上了车,然后是她俩。幸好我跟符启明还年轻,穿了便装能冒充大学生。此外,我俩和她俩装作不认识,票钱分开付。上了车我和符启明往里走,在最后排找座,她俩站在车子当中。整车几乎就只她俩站着。刚才我眼光都落在沈颂芬身上,这时注意到小末打扮得更厉害,甚至有些夸张。她穿着与时令相违的红色露脐装,中间是泡泡纱的短裙,再往下,是彩色条纹的袜子,一圈一圈,红黄蓝白相间。她的腿因为这些色块而硬生生长了一截。

符启明喜欢小末打扮成这样。他跟我耳语:今天,借抓流氓的机会,小末找到了名正言顺的理由,任意打扮自己。又说:"这个妹子哎,只要给她足够的理由,她敢在街上裸奔。"

"那你还要她吗?"

"这就是我喜欢她的地方。我觉得这世界上的一切都是给随心所欲的人准备的。"

"看样子你俩真是一对。"

"别光说小末,你呢?小沈怎么样?今天她打扮成这样,怕不是留给那个流氓看的。她有心让另一个流氓看。"

他说得如此明白,我就只好装糊涂,不敢看那两个妹子,看向窗外。马路一旁的铁轨上,一列火车突然同向驶过,搞得这辆公交车像是在后退。她俩表情一直生动着,注意力也一直提得很高,仿佛那个流氓分分钟冒出来,秒秒钟作案。但我在最后一排看得明白,这一天注定没有任何收获。原因很简单，她俩一看就是诱饵，只差不把"我是诱饵"四字敲脑门上。

那天我们坐十四路车在城南转了好多趟，司机早已看出来我们的身份，不收车费任由我们坐。天擦黑，我和符启明还能坚持，但她俩已经累得站都站不稳。找一个馆子吃饭，她俩禁不住就在饭桌上揉脚，揉起来还快乐地呻吟。她俩实实在在站了五六个钟头。小末哀怨地说："卖了一天肉，都招不来一只苍蝇。他妈的，我是不是已经人老珠黄了？"小末偶尔抽烟，说话时不时带几句粗口，对于这些，符启明反而觉得亲切。他跟我探讨：美女使小性子，现出些小坏，那才叫性感。要是她举止得体，一点毛病都没有，让人怎么敢挨近呢？我相信这就是爱情，情人眼底，对方抠鼻屎的动作都风华绝代。

沈颂芬说："是不是穿得太紧了？还要再露一点？"

"再露，我俩就变成肉案子上两坨肥肉了。"

我搭腔："不是肥肉，顶多就是两块排骨。"

沈颂芬就呵呵哈哈地笑，骂我讨厌。我心里一喜，男的找机会献殷勤，女的笑骂讨厌，我俩难道也这么毫无新意地开始了吗？

符启明又给她俩分析了今天一天的情况，不是穿得太紧，而是穿得太露，简直像是……

"像是什么……"小末冲着符启明又是一声娇叱。

"像是T台上的模特，平时哪能看到？"符启明轻松应付了过去，并说，"你想想，太醒目了，全车的男人都盯着你俩，那个流氓即使看见你们了，也不敢挨近啊。你俩要打扮得平易近人一点，要给流氓安全感。"

"他妈的不干了，我们倒要给流氓安全感！"小末嘴一噘，又从符启明口袋里摸烟。

次日一早手机还是响了,那号码我看着陌生。我一接,是沈颂芬。其实我就想到是她。她说:"起来啊,抓流氓去啊。"

"昨天,小末不是说不干了嘛。"

"她是她我是我,我一个女的都这么积极,你一个警察怎么还磨磨蹭蹭?"

打电话时说是抓流氓,其实我俩都知道,抓不抓得到流氓无所谓。我倒要感谢流氓,要是我们说"走啊谈恋爱去啊",肯定没有说"走啊抓流氓去啊"来得铿锵。我俩碰了面吃些早点,上了迎面开来的那辆公汽。司机认出我们,友好地一笑,说:"今天只剩你们两个了?"

"分头行动,大面积撒网。"

"呵呵,两男两女是不方便,你们单独行动,会更有工作热情。"

她还是站着,我还是坐着,盯着她。她今天着一身职业女装,把眼镜也戴了回来,挺像个白领。因为视力恢复了,她时不时朝我这边看一眼,不经意地流露一个微笑。昨天她没戴眼镜,上了车以后肯定看不清我,眼前一片迷蒙地挨了整天。此时她冲着我笑,我当然默契地回应着。我想,我和沈颂芬的恋爱大概是可以从那一天开始。这种开始别有一番滋味,明里抓流氓,暗里约会。恋爱需要打个幌子,心照不宣,仿佛更出味道。我们的眼神在车厢逼仄的空间内充分交流着,身旁的乘客被我俩这眼神映衬得尤其麻木不仁。有什么话要说,我俩就发短信。她一只手握着一枚火柴盒大小的手机,单用一枚拇指键字,但速度极快,我两只手回她都回不过来。

我们随着公汽在城南巡了两个来回,时间还不到中午,她就发来短信:算了,那个东东今天不会出来了。下午我们干点别的。

我回:要得,我们等下就在佴大门口下车,先找个地方吃饭饭。

她又发来一条短信:要不要叫那几个妹子一起吃?

我回：亲爱的，就咱俩行不？

她回：呸，我许你死哩！

"许你死"是她们朗山习惯的说法——让别人死，仿佛还是格外的恩赐。朗山人身上总有这种不明来历的自信和得意。我知道，这就算是同意了，包括对"亲爱的"这一称呼的默许。我怎么就敲出了这三个字？那一霎，简直下笔如有神。

大个子公汽进站时总有些踌躇，晃荡了几下，停住。下车的人不多，她就近从前面车门下去。我刚要下去，见一个女人上来。沈颂芬和她擦肩而过，然后站在站台上等我。我坐回原位，冲着她招招手，又挥了挥手机。车子继续往前开去，我给沈颂芬发短信：有情况，我不能下车，稍后联系。

她很快回：是不是上去那个女人？什么情况？是不是太漂亮了看在你眼睛里拔不出来？

我一看，妈呀，哪个妹子都是醋瓶。我赶紧给她回：回头再跟你说吧，这女人是粉妹。

她回：错怪你了，你一个人千万要小心啊。

我回：放心，我就干这个的。这是我们所管的地盘，到处都是我们的人！

3
香港美女

我等了等，她不再发短信过来。我心口毕竟有些烫。一抬头，看看刚才上车那女人，她安静地坐在前排斜椅上，面朝公汽里侧，塞着耳塞在听歌。歌有些摇滚，她不经意地晃几下，像是抽冷摆子。我不能确定她是否吸毒，但我忘不了她。她当然不认识我，这就是美女的幸福和烦恼,很多男人对她来说都是陌生的,但是她却在他们的记忆中多姿多彩,一直鲜活着。

她在六桥下了车,我跟下去,她往桥那边走。桥那边是老纱厂,厂子前几年随着大流垮掉了,剩下一片低矮的宿舍楼。阳光忽然强烈,晃着我脸,我眼花缭乱,并借此光效记起读高中那会儿她的模样。再想一想沈颂芬,我还是有些羞赧,今天算是第一次约会,但我扔下她跟上了另一个女人。我心里有着很清晰的取舍:沈颂芬随时都能见到,但这个女人,如果这次在我眼底消失,下次见着她不知会是几时。

我看不出她是否吸毒,在短信中,我也没有欺骗沈颂芬。年初,某一次吃饭时碰着几个老校友,他们说话间聊到了她,其中一个说她现在吸毒。那人不经意地一说,引发我心底一阵波澜。读书时,我窥见她和几个男生窝在开水房那个角落里吸烟,当时就想,以后她会不会吸毒?那时我们把这个妹子叫作"香港美女"。她是俚城人,和香港没一毛钱关系。那时,她就和学校周边的青皮混在一起,让不少情窦初开的少年郎暗自心痛。为什么叫她"香港美女"?我无从查证。流传开的绰号都自有道理,我只能猜测,漂亮的问题少女总会令人想到港产片。港产片是我们最重要的精神食粮,不管愿不愿意,想象中的图景总是脱不了港产烂片的英雄气概,弥漫着香港制造的廉价荷尔蒙气息。漂亮女人,总是意味着危机四伏。

她本人可能也是看港产片看多了,才愿意和游弋在校园四周的那些青皮厮混。那不是闹着玩的,他们的荷尔蒙不会自行散发掉,这女孩主动送上门来,哪能轻易放过?过不多久她又获得"公共汽车"的绰号。但我还是乐意把"香港美女"的绰号安放在她身上。

我乱七八糟地回忆起这些事,步子丝毫没有放缓,和她保持合理的距离。

其实男人的尾随,十年前她就已见惯不怪,毫无警惕。她在一根电线杆子旁边撞见一个男人,男人大概是在等她,两人站着说一阵话,便闪进路边一家餐馆吃饭。餐馆几乎没有招牌,我看见门楣上三个毛笔写的丑字,"大碗斋"。碗不知多大,店面真的很大,显着冷清,我进去后顾客增至三人。一个中年男人扔我一张手纸一样皱的菜单,我劈头点了份猪腰花盒饭。中年男人说腰子刚买来,还鲜蹦乱跳,没来得及破。我说不急你捏死了慢慢破,先给我搞壶茶。

他俩靠里侧坐着,窗户外没风景,只有一片草坪。他俩此时竟然把饭店当成咖啡厅,各自捏一枚粗瓷茶杯,小口小口地抿。她一直没有往这边看过来,她根本不认得我。那男人活灵活现说着话,想逗她开心。她一直心不在焉,后来她抽起了烟,把一串烟圈接二连三地喷在他鼻头,仿佛这就是奖赏。

第二天午后,符启明到我房间里找我,批评我:"昨天怎么搞的?你把沈颂芬一个人扔下,说等下再联系,她一直等到天黑。你倒好,屁都不再放一个。"

"当时有情况,我都跟她说了,看见一个粉妹。"

"放屁,骗她容易,少来骗我,城南马路上粉妹那么多,你怎么就盯着那一个?沈颂芬不傻,她看得出来,你碰到以前初恋的女人了。她还说,那女人特别漂亮。"

"女人真是神经过敏,偏偏还当自己第六感发达。你说,我哪来的初恋?路上捡的?树枝上摘的?五块钱一斤称来的?"

"她要不是动了真感情,才不会这么细腻,你还笑她,是男人吗?真人面前不说假话,告诉我,到底是怎么回事?那女的你认识吧?"

"哪有的事?真不认识,就是跟你待久了,自我感觉也长了眼力。你抽个空,帮我去鉴定一下,那妹子是不是吸粉的。"

"把小沈扔开,就为了证实一下自己的眼力?你把她当什么了?"

我敷衍地一笑:"那你说,我要怎么办才好?"

即使在这时,我脑子里仍在浮现香港美女的脸,她侧坐在车内,她在喝茶,她在用筷子攃菜,她往那男人鼻头上喷烟……我无比清晰起来,当我跟随着她从那辆公汽里走下来,一脚结实地踩在站台水泥坎上,那一霎,忽然感觉从日常的生活步入了虚幻之境。在日复一日的枯燥中,我哪有几次得到这样的体会?

此外,我无法解释昨天中午的突发状况。

符启明说:"还能怎么办?你要主动点,找个机会把她哄出来,赔礼道歉。"

我哦的一声,脑子里两张女人的脸像走马灯似的转,最后定格为沈颂芬。下一个周末,我应该用怎么样的方式约她出来?难道还是直接打电话过去?"喂,沈颂芬,呵呵是我,天杀的丁一腾,你不该忘记吧?……现在有空吗?……今天天气多好啊,晴空万里,万里无云,待在寝室简直就是暴殄天气!……走,我们一起去公共汽车上抓流氓……"

我把符启明带到大碗斋吃饭,一走进去,就看见那一男一女又坐在两天前的位置上磨蹭着时间。他俩甚至都没换衣服。

"……女的肯定是粉妹,男的却不是。怪事!"符启明朝那边一瞥,就报出准确的结果。

"没什么好怪的,谁也没有规定粉哥粉妹才能凑成一对,对吧?"

我俩面前一人一盆猪腰花盒饭,菜炒得油汪汪,腰花的每一瓣都粉嘟嘟。符启明起先是对猪腰花盒饭来劲,只七块钱,每一份饭起码炒了半只腰子。我跟他说到这个,他眼睛就泛起精光。"猪腰花盒饭可不是哪里都吃得到哦。我早该补补了,有点虚,又不好意思去找春姐搞药。春姐一直对我很仰慕,跟她搞药,会破坏我在她心中的形象。吃这东西据说管用,七块钱的盒饭还兼补肾,便宜啊。"

"吃猪腰补人肾你也信?我见过配种场没劁过的公猪,知道吧,公猪那东西像改锥,跟你的性质肯定不同。你的那东西一旦想事了,像个榔头吧?"

"那当然,你那东西还能像斧头,爱一个解剖一个啊?"

"闲话少说,帮我看看那妹子,吸到哪个分上了?热吸还是打针?"

"还贼心不死,想拯救人家是吧?"

他们还是坐在靠里侧的桌上,男人掰着手机,大概是给那女的念黄段子。他的表情就很蹩脚,黄段子一定被他念出了小学生背古诗的腔调。符启明断定那男的没有吸粉,女的肯定到了打针的分上。我悄悄地问:"怎么看得出来?"

"没看美女老是在挠痒痒?那是身上长满针疮。"

这一顿饭,那一男一女没有磨蹭,很快扔了碗筷离座买单,走人。他俩朝着街对面的春安药房走,女的在外面叉着手,男的进去买东西。

我说:"会不会是买针管?"

符启明说:"万一是买套子呢?再说,查出针管也没犯法。万一他俩做爱过频,用力过猛,搞得浑身该硬的地方酸软,该软的僵硬呢?他俩买针管互相打几针阿托品缓解肌肉强直,这又犯什么法了?"

"一个粉妹哪来这么好的心情跟男人上床?"粉妹是性冷淡,这差不多是我们所里人的共识,也不知道是谁最先说出来的。

符启明仔细打量着那女人,跟我说:"不一定,都不能一概而论。这妹子叫什么名字?"

"夏新漪。漪字比较难写,三点水一个反犬……"

"晓得晓得,《雷雨》里那个喜欢偷孩子的后妈,叫繁漪,就这个字。"

女人和那个男人消失在街角,符启明把眼光从空街子上抽回来,啪地全都摔到我脸上。他又问我:"你怎么认得这个女人?"

"以前我们一个学校,她小我一届。"

符启明品评地说:"呃,确实漂亮,算不算是你们校花?我在猴托读的初中,我们的校花只够给这个妹子当丫环。你暗恋过她的,对吧?"

我摇摇头,说那时候学校也不存在什么校花,漂亮的妹子倒是有不少,学校大了几千个人,免不了有些妹子显得漂亮,另一些就只好显得丑。算是漂亮的妹子里头,只有她老和青皮泡一块,所以格外引人注目。符启明不肯信:"又不是问你追没追过,暗恋,懂吗?你晚上躺在床上,从来没有想过她?"他这么说,我就没法推脱了。在那些情欲初临、时而泛滥的夜晚,我臆想过校园里很多漂亮的妹子,当然也想象过她。

此时我也乐意回忆往事。我把夏新漪以前的情况大概说了一下,包括她和青皮泡在一起,传说中曾被学校里哪几条狠角弄上床。

他盘里的腰花搛空了,又在我盘里搛了一筷子抹进嘴里。

"我要谢谢你,今天既带我超低价位补肾,又让我见了一个真正算得上漂亮的妹子。城南这一块,这么漂亮的妹子还真不多。"他把我盘里最后一块腰花也搛跑了,扔进嘴里嚼得吱吱响。

4
暮山村

我以为沈颂芬至少还会给我一阵脸色,但再次见她的时候,她显得什么事都没有,正冲我明媚地笑。我何德何能呢,想要亲她一口,时机却还没到。

横在眼前的事情,是帮符启明找一处新的住处。跑不脱那个院子,户主龚楚良打算将它卖掉。院子能卖出去,多亏符启明找他父亲过来做一场法事。这场法事在整个跑不脱可谓家喻户晓,村里人认定这凶宅以后不会犯凶。听说这常来的院子要退掉,小末和沈颂芬感到可惜,但转念一想,找一个新的租住房,也是充满诱惑力的。那房子不知道在哪,她们尽可以想象,新的环境何其美妙。

符启明借了伍能升的摩托,我借老彭的,他带小末我带沈颂芬,在城南一带游弋。城南的马路空空荡荡。到得开阔地带,路两旁难得有几幢建筑物,他便将车开至我并排,然后时疾时缓地搞几个回合。我知道,他是要和我赛车。我对这个不感兴趣,我生性不与人争胜。何况,拿这两台血统杂糅的破车飙速度,真是煞风景的事,就好比两个太监闲来无事扒拉起裤头来,纵是所剩无几,也要一比长短。

符启明说:"以前在猴托,我们晚上出警,骑嘉陵揪住几个骑雅马哈赛车飙快的。其中的一辆,我的妈哎,装了八根排气管。我骑上去试了一试,稍微踩些油门,那车就一个劲往天上蹿。"他那么嚣张,我也只好比一比。我们也没戴护具,速度放到一百六七,眼睛基本上睁不开。本以为两个妹子会吃不消,没想到她们把头埋在我们背心后面,大呼小叫地说过瘾,吐出的每一声都被风瞬间撕碎。这些妹子,还催我们再快一点。城南很快被转了好多转,赛车也从来没个输赢。路边倒有不少出租房,她俩挑三拣四,没碰到一处看得上的。

那天,我俩飙了七八里路,将车停在一处坡脚。旁边一家地磅店,屋墙上刷着手到病除无效十倍退款的痔疮广告,再过去有一条水泥路弯来折去往坡上蔓延。顺着路往里看去几十米,立着一块路牌"暮山村"。我们几个人的眼光都不约而同顺着路往山上看，山顶上有几幢房子，最高处照过来一道刺目的光，以致我们看不清那一幢楼的样子。

小末生出个主意，支使我俩说："你们往山上开，找一找那里有没有房子出租。"

"小末，虽然我很爱你，但现在也忍不住批评你没有脑子。你不想想，只有人多的地方才会有出租房。那山顶上面怎么可能有出租房呢？租给坟里面爬出来的人？"

"你才是坟里爬出来的，想租房人家当然不租。但是事在人为，我俩去就说不定啦，看见两个美女老远跑来，人家说不定会白送一套房子给我们住。"

我不解地问："租在山上面能有什么用呢？"

"看星星，越高的地方越好。"沈颂芬搞抢答。两个妹子心里是相通的，肯定都已想到了这一层意思。在跑不脱，她们就一直嫌地势低。

两辆摩托闷叫两声，往山上蹿去，虽然不是什么好货，爬这坡路倒不成问题。这座山的户主想得很周全，五六尺宽的山道中间是阶梯，两旁是光滑的斜面。山路盘旋，路两边的房子稀疏，小叶杨、野桑、夹竹桃高低错落。在这上山的路上，人的兴致一节一节拔高，想要看个究竟，最后现出的那幢房子会是什么模样。两个女人已经在小声感叹，非住在这座山上不可。已经无路可走，结果没有令我们失望。最后那幢院子关着铁栅门，目光漫过铁栅看进去，院坪少不了七八十平米，青石地砖，好几种颜色的矢车菊和大丽花开放着，有的硕大低垂，有的细碎飞舞。不见人，没有狗。门柱上找不见门铃，只有大丛大丛干枯的藤萝挂下来。门牌号是"暮山村121号"。

小末抓着栅栏冲里面喊了几声，有人吗，也没有回应。

"这里是不是住着诗人？隐居的那种？"沈颂芬的想象力发挥开了。

房子有些怪，墙体是火砖砌的，但中间那耸出来的部分整个被木板镶饰。整栋楼有几分藏式民居的味道，但两侧的堡家楼是本地特色，也经过一番精心改装。左侧堡家楼楼体有两层，上面又飞起来一层凉台。凉台装了全景玻璃，绿莹莹的。刚才我们在山下看到的光，大概是从那里反射来的。

小末的目光铺到凉台之上，她跟沈颂芬说，那凉台，简直就像是为夜晚看星星而搞出来的。沈颂芬在小末的想象之上继续发挥："搞不好里面就摆着一台射电望远镜哩！"

面对这幢房和这个院落，两个妹子脸上竟然都浮现出有如初坠情网时的迷乱神色。这神色，此前我从没有在沈颂芬的脸上捕捉到过。符启明说既然里面没人，走吧。这房子即使要租，我们也租不起。两个女的都不肯离开，说再等等，户主说不定哪时就回来了哩。

我们又等了一阵。符启明带着扑克，地面干净，我们席地而坐打了一通拖拉机，肚皮饿响了才下山。

那一阵一有空，我和符启明就骑着车接她俩，两个车四个人在城南一带来回转，专找山上的房子。在山上，大多数房子面目模糊，毫无个性，偶尔有看得过去的楼房和院落，小末和沈颂芬就上前去拍门摁铃，问户主有没有空闲的房间出租。户主总被搞得摸不着头脑，大概是第一次碰见找上门要租房的，一脸新奇，然后说没有。有些户主（大都是光棍模样）打开门，见两个看着顺眼的妹子笑颜盈面，表情就有些惊喜。听说想租房子，户主也不急于说不，一瞥后面还有两个男的，脸色登时变了，摇摇头说哪来的房子租？

沈颂芬坐我这辆摩托，一开始还是尽量后仰，尽量不跟我有身体接触。没几天工夫，她就晓得用力抱住我。特别是往山上去的时候,坡路一颠簸,她鬼喊鬼叫,两只手臂麻绳一样箍着我,有时我感到胸闷,叫她把手放下去点,绞我肚皮。饿了,往往找一家路边店,四个人挤一张桌随意吃些什么。挨到天黑,她俩也懒得自习,继续和我们待在一起,打桌球或是打牌。十点以后去"左道封闭"消夜,然后把她俩送回住处。

两男两女,总归会分成两拨各自行动的。符启明心里有数,某天天快黑下来时,他将我拽到僻静处。他瞅了瞅那边,两个妹子在一个破店子买烧仙草。符启明跟我说:"等下,只要有机会,你就岔开路走,不要再跟着我——现在你翅膀已经硬了!"他说着话还在我肩头拍一掌。我点了点头。他却不放心,追着问,"分头行动以后,知道自己干什么吗?"

"我的天,我……"我想问他妹子能答应吗?

他会错了意,告诉我:"第一次,切记不要用套,知道不?不要担心,有事后药,你要相信科学,万无一失。沈颂芬也知道的,你提都不要提,自管放开手脚大胆去干。"

"沈颂芬以前没谈过男朋友。"

"你这猪!这和谈不谈过恋爱没关系。作为一个在校女大学生,这点防范措施都不会搞,出丑的是她。你以为俚城大学专招白痴?"

过一会儿,符启明说小末有点事先走,小末也是心领神会。走时她还冲我俩说"玩得开心一点啦",还喂我一枚鼓励的眼神。我想,看来,这一夜免不了要发生些什么啦。

我载着沈颂芬,在街上茫然无措地转了好一阵。今天晚上仿佛万分美好,但美好尚未确定之前,简直就是一项艰巨的任务。我不知道如何开口,只得把速度放得很快。她说有点冷。我放慢速度问她要不要回去,她犹豫了一下才说好。于是,我在车上半扭着头,对着一侧的风说:"今晚不回去了,好吗?"她仿佛嗯了一声。我不能确定她是否答应,不知道是否再开一次口。但这事情,再开一次口,效果就不一样了,就像煮饭揭了几次锅盖,跑气,夹生……我正不知所措,这时沈颂芬突然用力地掐我腰。

"怎么了?"

她不回话,手指上更加用力。我明白了,脚底便转起筋来。城南已经有不少酒店和宾馆,丰俭由君,便宜的二三十块钱,最贵的据说是君悦达生……我一咬牙,把她载到君悦达生。我一个月收入大概只够在这里住两三个晚上,但我想这是我一生中极重要的一夜,钱掏少了糊弄自己。我问她这里行不?她脸往一边别着,不看我。

我往里走,她耷着脑在后面跟着。总台里两个制服妹子笑脸相迎,隔着老远冲我打招呼,问有什么事要给你办理?我说要个单间。"好的,您稍等!"制服妹子把身份证接了过去办手续,过一会儿,她跟我说,"祝您在我们酒店过得愉快!"我此时就有点心旌荡漾,扭头看了看她,她离我有一丈多远,掐着手机玩赛车游戏。

恰在这时候……是啊,总他妈的要来一个转折,这时候楼梯传来嘈杂的声音,我扭头一看,是童副所和陈二,以及所里另两个辅警押着一对男女走出来。男的赤裸着上身,背上的刺画花纹是长城,长城上面冉冉升起"祖国万岁"四字;女的自己用衣服蒙着脑袋。

我想把脸别过去,但陈二已经看见我了,正冲我说:"丁一腾,怎么这时候才到?"

童副所提醒:"这次行动没有通知小丁。"

"那你来搞么子?开房?你小子钱多想扔啊?"

我还没吭声,童副所又瞥见了离我有丈把远的沈颂芬。他拍拍陈二,并跟我说:"女朋友蛮漂亮。斯斯文文的,大学生吧?"

所里的人就像退潮一样,眨眼间在马路上消失。沈颂芬这时却没了心情,冲我说不在这里住了,要回去。

"你搞什么飞机？我房都开好了。"我心里无尽遗憾。

她走过来冲制服妹子说："我们不在这里住了，请撤销一下。"

我只得和她出了酒店的旋转门，跨上了摩托。正要发车，我见一个妹子这时候也从里面走出来，一身穿着一看就知道是在这酒店里卖肉的。妹子很有学生相，头发很飘逸。君悦达生房价卖得高，也跟里面蓄着不少漂亮妹子有关系。

"看到眼里拔不出来啊？"沈颂芬明察秋毫。

"哪有，这个妹子要送外卖。要是以前撞到这机会，我和符启明顺藤摸瓜，又有的钱赚了……这就走。"我把摩托踩响了。

她又说："走什么走？反正还早，跟过去看看。我知道，要你不跟，你不死心。"

"我没这么想。"

沈颂芬又在我腰上拧了一把，示意我按她说的去做。看得出来，好不容易酝酿的心情，转眼就泡水了，她也是有些沮丧。

那妹子已经上了一辆的士。沈颂芬再次拧我腰，要我跟上。她说她也想一探究竟，也要顺藤摸瓜，看看嫖客到底长什么样。她还不知道嫖客长什么样。我说也许像刘德华，也许像成奎安，长什么样就是什么样。她又问我嫖过没有，我发誓说没有，她就晦涩地笑。

我发动摩托加大油门，车子一蹿跑了七八丈远。她是第一次玩跟踪，觉得有趣，老提醒我慢点慢点。她以为凡有跟踪，那人家必然展开反跟踪。她兴致盎然，我却依然惋惜。头一次想和妹子开房，转眼却变成了跟踪抓嫖。这情况比瓜子里嗑出屎壳郎还糟糕十倍。

我就这么一直跟在的士后面，吃了不少尾气。那辆的士走了七八里地，在路边一处坡脚停下。那地方我们都熟悉，正是暮山村。在上山的路口，果然有个男人等待着，他帮那长发妹子付了车钱，然后很绅士地迎妹子下车。的士掉个头往回跑，那两人却站在山脚聊了起来,长发妹子几次做出转身要走的样子,男人苦苦挽留。我猜测,长发妹子见要往山上去,心里就免不了发虚。但她没走,站在原地,大概要那男人加钱。稍事讨价还价,男人点了头。

男人骑着一辆野狼,要那长发妹子坐上去。车尾灯在黑暗中拉出不规则的线条,我俩在山脚稍微看了一会儿,就看这光的线条画到了山腰。

"看清嫖客长什么样了吗?"

"肯定是个男的。"

这地方也不算是黑灯瞎火,路灯是有的,帆船造型,但是被好事者打坏了一半以上,剩下的灯也不敢拼命发亮,怕成为下个目标。刚才那男人站在路边,当然是将自己藏在阴处了,大概看出来他个头蛮高大,算得年轻。另外,他的摩托很有型。我忽然问:"会不会是那个……"

"不会!"

摩托过了山腰,上面的树木繁茂,我们看不清那车在哪地方停下。

风有点冷,我问她回不回。她说回。又问:"回哪里?"

"学校!"

听见这个庄严的回答,我就知道,此时此刻,说不定她坚信每个男人都是嫖客。

5
小公鸡开叫

那天天擦黑,沈颂芬来到我宿舍,买来不少烤串和零嘴。吃起来后她跟我说:"……知道吗,今天下午,我和小末去了暮山村。"

"怪不得,小末看别的房子看不上,原来一直想着那个院子,对不?找着人了吗?"

"找着了……"

我抢着说:"那天晚上见着的那个?"

沈颂芬无奈地点点头说:"那天晚上没看清楚,但大体的轮廓我记着的。再说,那辆野狼摩托就放在院子里。"

"那男人干什么的?你们问清楚了吗?"

"男的很热情,把我俩带到屋子里弄茶,我都不敢喝,怕他在茶里下药,迷奸……"

"他敢!只要他不先奸后杀大卸八块,出了事你告诉我,我能放过他?"

"你看你看,一说这个就激动。是我想得多,人家没有在茶水里做手脚。小末就喝人家的茶,过了半小时不见她有什么反应。"

"在那里待那么久?"

"当然,他那里其实很好玩。他好像是在哪个单位上班,但一心搞音乐,班也不怎么上。他家有钱,人长得蛮帅,年纪三十多岁还不结婚。搞艺术的人好像都有通病,懒得结婚。"

"哪是懒得结婚?婚一结,有女人管着他,再找小姐不方便。他头发肯定留得老长吧?"

"嗯,很长。"

"头发留长,出门背上都背很大一个琴盒,就怕人家看不出来他是搞艺术的。"

"是啊,我就一直奇怪,他这么个人,要找什么样的女人找不到呢?何必还要去碰那些很脏的女人?"沈颂芬三下两下就填饱了肚皮,又说,"坐下来,我就一直想走。就算他说得天花乱坠,也是我见过的第一个嫖客。但是小末和那家伙一见如故,聊起音乐和艺术电影。我都提醒她好几次，说该走了，她自己不愿意走，甚至还说，要走你走。我能先走吗？我要把这个男人的真相告诉她。"

"后来呢？"

"男人说他那里有的是空房，要是我们想住，搬过去住就是，一分钱租金也不要。"

"他问你们要电话了吗？"

"要了。小末赶快给了他，那男人也马上回拨，想拦也来不及啊。"

"呃，这是个值得警惕的情况，找个机会，我要给符启明提个醒。"

沈颂芬扑哧笑了，骂我多事。"他和她才到哪个程度？小末无论要干什么，符启明也管她不住。劝你不要多事，万一符启明真的想管教小末，据我对小末的了解，他俩就算玩完了。"

我俩风卷残云，桌上的东西很快塞进胃囊。我问沈颂芬想去哪玩一玩。老彭的摩托这一阵都变成我的了，停在楼下待命。她说吃多了不想走，就在这房间里坐坐。她对符启明留下的那堆书感兴趣，翻出一本当代诗看，还给我朗读。那本诗我翻过，硬起头皮看了许多页，偶尔个把句子让我眼前一亮，此外便是无边无际的沉闷。经沈颂芬一读，味道全出来了。她平时说话满口乱跑朗山腔，但吸口气换成普通话，以我的听觉，绝对字正腔圆，兼有新闻联播、曲苑杂坛两档主持人的风格。这才想起，她在大学干过播音员。

她先是杂乱地读一些风格不同的诗。那个夜晚，沈颂芬给我读过的诗，我一直还记得：于坚《无法适应的房间》、顾城《爱我吧，海》、王小妮……我听得舒适，但不解其意，沈颂芬读完一首还停下来跟我大概梳理一下，这一梳理，诗句味道渐渐浓了，忽然发现很多不被了解的东西其实是好东西，怎么吃它要有个师傅领进门的。

"太沉重了，读别的吧。"她扔开那一本，又在符启明的书堆里找了找。

"没关系,你读什么我就听什么。"

她还是换一本,接下来大肆读情诗,篇目我反而不记得。情诗有些雷同。沈颂芬的情绪越来越高,像是被自己的声音感动。以前我从没想过,会找上一个情感如此茂盛的妹子。我总以为会碰上个皮实且麻木的妹子,凑一起把日子不咸不淡地打发下去。

她把书往我床头一撂,不读了。我看看时间,不早也不晚,十点不到。我问她是不是要回去了。她坐在床头幽幽地看着我:"唉,你真是不聪明!"

再不聪明的人,这时也能明白过来,一个妹子声情并茂念了这么多情诗,那又意味着什么?我有点呼不给吸,向她挨近。我发现自己不知道该怎么办,索性快刀斩乱麻一把就抱住了她。她身体很软。她舌头发黏,不知是什么味。一切都很顺利,我也知道下一步是什么,心里暗想,想要的时候没机会,机会来时全无征兆!

于是,我摸着一对不大但有爆发力的乳房。她突然闷声说:"别这样,再这样我叫人啦!"我吓了一跳,暗骂自己又会错了意。我羞愧地要把手缩回来,她却把我手继续摁在那里。我松了口气,问她要不要关灯?

"随便你。"

我开着灯和她做了一阵,时间不长也不短,头脑有些空白。我想这意味着我得到了她,旋即脑海里又有一个声音在问:你真得到了她?灯光很充足,她在我身下一览无余,我分析她的表情,是不是还算满意。她表情和平常不同,脸色粉嫩,像豆浆上了卤,正一点一点形成小豆腐。

她睁开眼审视着我的表情,问我:"你在乎吗?"我没反应过来,迷惑地看着她。她指了指床面。床单是白的,也许有点脏,个把月没换了,肯定达不到她要的卫生水准……

109

"实话跟你说吧，我以前有过……"她坦白地看着我，让我知道考验我的时候到了。

"要不下去坐坐吧，我胃口大，刚才其实没吃饱，去消夜！"

"……男朋友，大二的时候，他大四，后来他一毕业就分了。"

"噢，没办法的事，基本上每个人都要经历的。下去吧。"

她再次坐到床沿，问我："那你呢？别跟我说这是你头一次啊，动作蛮准确的。"我迟疑了一下，就点头说不是第一次。我估计这是她要的正确答案。于是，她表情活泛开了，很感兴趣的样子，要我说说。

"不说了吧，我们都有过，都不提了好。"

"不，我可以不提，你必须老实交代！"

我只好坐下来，问她可不可以抽一支烟。她表示同意，说罪犯交代罪行之前都是要抽一支烟的，理解。我抽着烟，慢慢地酝酿着一个故事，不能太爱情，也不能太儿戏，要恰到好处，确实不容易。我没想到自己编故事的能力还可以，要编当然就找读警校的时候编，说跟……卫校的一个妹子，对，就卫校的。卫校离警校最近，里面一院子全是妹子。我一说卫校的妹子，沈颂芬就笑了。"我就知道是泡卫校的，城北的学校，就是卫校妹子最多。"她笑的时候，我又想好了一个女人名字，李霞，就叫李霞！叫这名字的女人数不清楚，遍地皆是和查无此人其实是一回事。我顺利地交代完了"罪行"，她听着还满意，这才批准了我去消夜的请求。

我俩吃了粥和二十块钱的烤串，要走的时候，撞上一伙所里的人，他们叫住我不准我走。沈颂芬不适应这样的环境，要走，我只得跟他们请假，用摩托把她送回去，再折返，回到桥上跟他们再碰几杯。事由是老彭离婚了，好不容易摆脱了"蚂蟥一样吸血"的老婆。大家祝贺他真的变成一颗穷光蛋了。老彭绰号蛋哥，不知典出何处。在所里,他与会计杨亚琼、司机光哥并称"穷光蛋"。杨亚琼也来了,老彭这一晚借着酒劲一味调戏她,甚至还搂着她。他说:"喏,不要再叫我们穷光蛋。以后我俩在一起就是穷蛋,小光滚一边去。"

春姐说:"他凑过去和你们在一起是穷光蛋,和我在一起就是春光无限。"

一说又说到符启明写的对子,春姐还是一味地叫好,找一找不见他在,要我打他手机一起叫过来。这家伙又钻到了服务区之外。这时春姐仔细地看了看我,还叫我把脸凑近,然后她捏着我的下巴颏仔细端详。别人都问她怎么了。

"唔,这个小公鸡……"她一手继续捏我下巴颏,一手指着我的脸,跟他们说,"今晚上,就刚才,这只小公鸡开叫了。"

我一个劲地否认,但这帮警察眼光毕竟要比常人厉害,一柱一柱都像探照灯一样打在我脸上,搞得我原形毕露。我不得不承认春姐真是专家,看得特别准。问她怎么看出来的,她说是祖传秘方,光哥都不传。有了这一发现,所里这一帮兄弟及领导一个个轮番灌我酒,表示祝贺,并告诫我最近不要打牌,要不然有多少输多少。

老彭忽然有点悲伤地说:"今天我是离了婚,你们趁火打劫,又要我请晚饭又要请唱歌。丁狗子你倒好,刚尝了女人的味道,是不是应该请客?"

我装憨傻笑,心想也该请,最近这段时间,老彭的摩托帮了我大忙的,正应该感谢。

那一晚喝了很长时间,过了凌晨才散伙。我去买单的时候,春姐已经帮我付了。她没有吭声。摊主指着她的背影,说是那女人付的。

6
牌友

  我打沈颂芬电话。我这一天都在走神,有点迫不及待想见到她。昨晚发生的事情像小电影在脑海中反复播放,动辄慢镜头,无限抻长了时间。沈颂芬关机。我想是下午有课,必须关机。她们即将毕业,下午大都没课。我发条短信,要她见字回复。我在房中等到六点多,夜晚来得早,天穹像锅盖一样慢慢捂紧这个城市。她还是没回。以往也有不回的情况,但不像这天,能令我迅速地心烦意乱起来。我找出昨天她读过的诗集,翻开她读过的篇目,但纸页上每个字都躲躲闪闪。我躺在床上,估计会辗转反侧,没想到一下子又睡了过去。

  手机一响我就弹坐起来,却是符启明打来的。我想他和她俩是不是在一起?我一接,他要我去桥上消夜。一看时间,十点多了。到了桥上,没见两个妹子。那一桌,是符启明、伍能升和另一个男人。

  稍微走近点,我看清了那男人,并不陌生。他正是和香港美女夏新漪一起吃饭的那个。

  我坐下来抓起板筋就吃。为等沈颂芬回电话,我刚才忘了吃饭。板筋很脆,牛油很香,脆骨很绵,手撕鱿鱼焦香脆嫩。他俩笑我饿死鬼投的胎。

  "他叫徐放辽,牌友!"伍能升介绍那人,那人配合着浅浅一笑。

  我问伍能升:"最近老没见到你,打牌去了?"

  "那当然,你们两个现在都有妹子陪着,我一个人多余,只好找人打牌。难道我还待在屋里练毛笔字?再练也练不到符兄那个水平,只好打牌。"

"打牌也打不到我这个水平，智商决定，没办法。"符启明朗笑了起来，估计昨晚就赢了钱。他又跟我说，"丁兄，明天不要上班，难得凑齐四个人，晚上打牌去。昨晚我就和他们打，今天有一家输光走掉了。"他一边说一边朝我使眼神，示意我不要拒绝，看样子伍能升和徐放辽都是扶贫专业户。

我说我牌打得臭，以前都是不带彩玩一玩。

"三人行，必有人打牌更臭，何况现在有四个，搞不好你能压住两个。男人玩牌不带彩，那是浪费别人的时间，浪费别人时间无异于谋财害命。"

伍能升在"城南花园"小区一期里买了一套朝向好的72平米小套房，萝卜白菜的价钱，五六百一个平米。伍能升这套房只四万来块钱，他父母一手就掏清，给他买下，但装修要他自己来。他们鼓励小孩自力更生，不能什么事都依赖父母。我们走进伍能升的房，水泥的味道扑面而来，里面还没装，墙面上大白也没刮。电灯泡把灰色的房间映照出山洞的效果。主卧里面就一套简易桌椅，桌面绒布上印了四个方位，可以搓麻，麻将也扔在了地上。伍能升说搓麻太累，等哪天麻将机降了价买一台来，再搓不迟。那时麻将机刚出来，一万多块一台，一般的馆子都不敢装备，偶尔某个款哥买来一台，放在家里请朋友们去欣赏。有人想上桌打打小炮，主人家还舍不得。

四个人打520，每副牌5、10、K合起来是100分，大小鬼各算10分，还有一张商标纸伙进来也算10分，每副130，四副统共是520分。牌抓在手上有厚厚的一沓，手掌生得小还真不好玩这种牌。下牌时各捡各的分，130保本，输一分算两块钱。要是被剃光头，一手就输260块钱。我兜里的钱填不了两记光头，心里紧张。一下牌，我就镇定了，伍能升和姓徐的小子根本不看别人下牌，一抢了先就捏自个稳大的牌往桌上铺，能捡 10 分就当省了 20 块钱。这牌几乎不想事，只要不下错牌，每个人捡自己的分，一圈一圈打下去有来有往，钱在桌面四个方向串门，彼此输赢不会太大。但他俩时常打瞎牌。这就谈不上牌技，我和符启明靠数学概率就赚定他俩。

打了小半夜，我前面已经摞起一把钱，红钱有十五六张。伍能升和徐放辽估计都是富家子弟，他们输了钱无动于衷的表情让我艳羡不已。

"徐兄！"符启明打着牌，忽然叫了一声。徐放辽还不太适应这称呼，扔一张牌才应一声。符启明把那 10 分笑纳，然后说："徐兄看样子是很有女人缘的啊。"

"哪有？你开玩笑了，我没女人。"

"真能谦虚，我看你这家伙不但能找女人，而且一般的货色还看不上眼，要搞就追着极品搞事。你这家伙看着蛮斯文，心里面也是骚动得厉害。"

徐放辽扔了个大拖，双 K 值 20 分。符启明佯装要出牌，又丧气地说："太硬吃不动……是你的，你的老拖拉机该下来了。"牌打三手，每人手里捏什么牌符启明心里大概有数。我手里有双 A 双 2，放下去做死双 K。

符启明心不在焉地说："什么时候开始吸粉的？"

他也没冲着谁，但徐放辽应了："什么？"

"什么时候？问你呢？不知道我们三个是干什么的？"

徐放辽苦笑："符兄今天怎么老开玩笑？"

说时迟，那时快——多年以前在武侠小说里读烂了的这句话，这天突然摆在眼前。徐放辽话还没说完，连人带椅往后倒，整个人摔成个仰面王八，手脚弹了几下才翻个身想爬起来。

伍能升尖叫："启明，都是兄弟，你这是搞什么……"我也上去想拉住他。符启明用胳膊格开我的手,脸上很是狰狞。徐放辽眼看着要爬起来,符启明欺上前去在他尾骶上补一脚。他说:"不叫你起来,你起来试试?"声音并不大,但每个字格外清晰。徐放辽一手支地,不敢再爬起来,一脸茫然地看着符启明。一切变化太快,刚才的事我也摸不着头脑。

"坐!"他扶起那张椅子,指了指。徐放辽脸上见傻,没敢动。他又说:"叫你坐!"

徐放辽坐下来,符启明一口叼起两支烟一齐点上,分一支给他:"抽!"

我也点了一支烟给伍能升,四个人脸上各自长出一蓬烟树。

"现在告诉我,什么时候吸的?我这是帮你,你要放明白。要是你哪天被搞到所里,哪有这么轻松?用棕绳子绑你,搞得你鬼喊鬼叫。"停了停,他又说,"昨天有个外人,我不想让他知道,没动你。今天都是兄弟,有事也不会传出去。"

照他这么说,徐放辽早就是他案子上的肉。

"我没吸!"

"没吸怎么会和粉哥粉妹搞在一起?"

"我是去帮人拿货……"

"到谁手上拿的货?胆子真够大,一次竟然敢拿十几个包子。"

"……最多一次也才五个!"徐放辽是个新手,我们这一套诈供的惯伎,他全都当成真话听进耳里。

"到谁手上拿的?"

"叫不出名字,就知道别人都叫她白姐。"

"小白蛇。"符启明脸上有了不经意的微笑,又说,"你也不想想,小白蛇一直能在城南混,有什么事情敢瞒我们?你的情况早就搞清楚了,我知道你是伍兄的朋友,好心救你一把。你怎么搞的?"

符启明语气温和下来,还拍拍徐放辽的脑袋,徐放辽便哭了。他的情绪都不知不觉进入符启明的掌控。他交代是有个女朋友,吸毒的,他买药都是为了她。

"夏新漪?"

徐放辽睁大了眼睛:"你都知道?"

符启明和蔼可亲地在他脑门上敲了一记丁公,说:"还他妈以为是和你开玩笑?"

徐放辽控制了一下情绪,回忆起他和那女人的事。以前在佴城一中,他比我矮三届,也就是比夏新漪矮两届。我对他毫无印象。我读高中时他在初中部,那个年龄的小孩就像等着脱壳的蛹,身体正处在急遽变化中,几个月就蹿高一大截,换一副模样。他初三的时候,不知怎的也迷上了夏新漪,一闭上眼全是她的影子……

伍能升评价:"呃,看不出有些早熟……"

"少插嘴,听他说下去。"

"我也不知道怎么搞的,一看见这个女的,全身发麻。她老是和一些混子在一起,我看着不顺眼,想自己有一身武功,把那些家伙打个噼里啪啦。但我谁也打不过。我想救她……"

"呃,是个乖孩子。"

"后来我鼓起勇气给她写了一封信,劝她不要再和那些人搞在一起。我告诉她我想和她在一起,真正的。我比她小两岁,但我觉得可以感动她。我当时就考虑到,多的是人给她写情书,她未必知道我是谁。我还特意去拍了大头贴,贴在信纸上一起寄给她。当时我想亲手送她信,但是不敢,最后才想到可以寄给她。我知道她在哪个班。"

我们三人整齐地喷笑出声。符启明又评点道:"这情节蛮好,贴相片的情书,像个韩片名字。"符启明叫伍能升拿几瓶啤酒。冰箱里贮满火腿肠臭干子方便面，虽是垃圾食品，但能供应通宵打牌需要补充的卡路里。啤酒少说贮了两打。

徐放辽一有倾诉机会，也是很投入。信寄出去以后，当然没得到任何回音。他又寄了几封去，都一样的下场。夏新漪是高二辍的学，那以后他就再也没见到她。今年年初，他在城南路边一家很破的盒饭店里偶遇这个女人，虽然有些变化，他还是一眼将她认出来。她独自一人吃着盒饭，他凑过去和她搭腔，她很随和地把话接了过去。她还记得有人寄来的情书里夹着照片，他就很高兴。吃了饭，他邀她去哪里走走，她没有答应。他跟她要电话，女人倒也爽快，让他拨自己的号，互相就算有了联系方式。两天后他打她说的那个号，空号。四月份的一天，他忽然收到一个短信，"你能帮我忙吗？"面对陌生的号码，他直觉是夏新漪，毫不犹豫地回了过去。她挑了个地方两人见面，她问他要一千块钱，他掏了三千。她把钱拿过去，他就说："我送你回家好不？"她没有拒绝。那以后，他可以随便出入她的屋子，她也时常问他要钱。有时候她懒得走，就要他帮自己去取几个包子。

"……就这些？"

"就这些，老大，我不骗你。"

"谁他爸爸的是你老大！听着，以后你想怎么搞还怎么搞，但取货尽量让她自己去，你不要卷进来。以后，随时和我保持联系！"

徐放辽泪水长流地点点头，眼光里有无尽的感激。

7
星空

碰到轮休，我打算睡到十点，结果睡到十一点。我下楼想搞点东西吃。我仿佛还在长身体,一口气吃了五个烤饼,拿不准要不要吃第六个,这时一辆车在我身边响着喇叭。一扭头,见符启明摇下车窗冲我微笑。他从哪里借来一辆奥拓,叫我上去。我问他会开吗,他说看看使用说明书就会用,摸一摸开关就全通了,只差没拿驾照。

他车开得很稳当,告诉我说这是从交警队一个朋友手里借来的,是暂扣的违章车,这几天可以放肆用。车子穿过一桥,循一条小路绕上左家山,山顶上有一幢三层的火砖房,一看就是农民房。走进二楼最里面那间,小末和沈颂芬都在,我一进去她们就朝我脸上扔东西,不是五彩纸屑,这东西打在脸上还有些分量,定睛一看是苞谷粒。她们肯定在这里就地取材。她俩以外语系的专业水平唱起英文的生日歌。我告诉她们今天不是我生日,农历不是,公历也不是。我出生时按农历是在八月底,后来兑换成公历是十月初六。她们说是,还把一本袖珍日历摆到我眼前。我一看,这一天农历正是十月初六。真有她们的,这么阴阳一组合,我的生日竟然有四天,仿佛我妈分了四次才把我产下,生得旷日持久,艰苦卓绝。

然后是喝酒。每个人都喝,包括两个妹子。这一段时间,她俩酒量芝麻开花节节高,摸着酒杯眼神就迷离。只买了两瓶,喝完,小末还要酒,踉跄着想往楼下走。符启明说不喝了,小末说去你娘的。符启明一个饿虎扑食把小末拦腰抱住,往上抱起让她脚不能着地。小末咯咯咯笑起来,带着母鸡下蛋时的愉悦和骚情。

沈颂芬适时拉了我一把,把这个房内的空间留给他俩。带上门时,她还在我头上杵一下,说你真不懂味咧。

这是个农家院子,符启明租的这间是二楼最里一间,楼道再过去有杂木板子钉成的门,我以为里面是厕所,推开门才发现这里面是上三楼的楼梯,螺旋形。螺旋楼梯通到平顶,但旋了有540度以上。我不得不佩服这户主活学活用，建一楼时他肯定还没想到螺旋楼梯，建到二楼，肯定是在哪里看到这么个玩意儿，当即拍板，左侧的楼梯掐断了，从右侧修螺旋梯！

"来，你上来呀！"

沈颂芬已经上了几级阶梯，回头招呼我。我随着她往上面去，顶楼是晾台，现辟出一个角落，被人精心地布置过，里面摆了一组老式沙发，一个茶几。这些东西我在所里贮藏室见到过，肯定是符启明弄过来的。还有一台天文望远镜，主镜镜身标有"B50T"的字样。我在跑不脱那院子里就见过这玩意儿。

她说："昨天我们三个人清理这个地方用了一天。本来想叫你来，符启明不肯，说要给你个惊喜。"

"我有什么好惊喜？"

"等会儿你要耐心一点，今晚，我打定主意，要教你观星。上次你没看到，不怪你，今天我帮你调镜。"

"每个人有不同的爱好，为什么一定要把你的爱好强加给我，我又没流鼻血，凭什么要扯起脖子看天？"

"你都还没入门，怎么知道你不喜欢？等你在天上认出来第一颗星，第一个星座，看见第一块星云，看见第一阵流星雨，你就知道了。"沈颂芬在兴趣小组待得久了，发展新会员时她肯定给新手讲过入门教程，现在跟我讲这些，一串一串的话都像是背熟的。又说："不会观星，夜晚的天空对你来说就是浪费；要是看进去了，所有的星座都跟你有关系，不好吗？现在，我们三个都要抢着看了，就你一个不干这个，时间一长和我们说得上话吗？你不要自己孤立自己啊。"她不由分说把我按在破沙发上，塞给我旋转星盘，教我怎么对位。

我把眼睛杵在目镜上。此时天际微蓝泛着浅黄底色，天山交界的地方有些绛红色一点一点地消失，天上还找不出一颗星。从望远镜里看到的天空，仿佛在水里浮动，没有肉眼看到的那么真实。

她放了一盘CD，CD机也是符启明从所里搞来的。前回所里缴获了一批假货，有两箱都是日本索尼D868，上面注明Made In MALAYSIA，其实全是南方乡镇企业做的。CD机很单薄，两只喇叭却很大。沈颂芬放了一片碟进去，反应了好一阵，音乐刚要响起，却拽出一阵咔咔的声音，听着很是费力。我问："是不是CD机太小，带不动音箱？"她告诉我两只音箱是单独插电的。CD机不是老牛，音箱也不是破车。音乐响了一阵慢慢就平稳，她告诉我是新近流行的《星空漫步》，叫我随着音乐再看看天空，想象一下宇宙的浩瀚无垠。我听着音乐，心情真就一点点地静了下来，把眼睛杵向望远镜。启明星不知几时冒了出来，坦白地挂在那里。

我用望远镜去看星星，寻星镜和主镜的轴没保持一致，每一次寻星都要调整。沈颂芬说一分钱一分货，这台望远镜是入门级，用了一年多就零件松动。比它贵一倍的望远镜，肯定没这些毛病。但眼下，只能将就。

她悉心地调试着镜轴，把臀部完美地拱了过来，我就忍不住将手按在上面。她如此投入，竟似没有发觉。调试好，她才啪地拍开我那只手，要我看。我吸口气，将眼睛杵向主镜目镜。天空呈现虚幻的黑蓝色，金星大得像一颗橘子。我以为它会像月亮表面一样沟壑纵横，还有数不清的盾状火山以及陨坑，但我看到的是一团类似于大理石的纹路，且有些许飘浮感。

"看不清啊，能不能再调高一点？像是云图，看不到地表。"

沈颂芬扑哧一笑，说："金星本来就是这样，表面是浓厚的气层和硫酸云。要想看清它的表面，光学镜都不行，要用射电望远镜。"

我不再多言，把那颗星仔细地看看。我以为新鲜感会持续五分钟，仅仅过半分钟，就已兴味索然。我把望远镜让给沈颂芬，她调动着镜体找别的星，并告诉我隔半个月会有双星拱月的奇异天象。我无动于衷，所谓奇异天象不过是爱好者们对抗枯燥而炮制出的一个个期待。

星空渐稠，她突发感慨，说如果有了钱，想自己建一个天文台。她问我，到时候在天文台里一起过夜，想不想？我嗯了一声算是回应，闭目想象那场景：天花板换成玻璃穹顶，我们拿来当成卧室，虽然仍在室内，做起爱来却有如野合。做完之后睁开眼，满天的星星反倒像是闲逸的看客，把我们这一幕当成了毛片。它们平静地看着，不像老光棍们看毛片那样焦躁不安。

我感慨地说："那会很爽。"

"是啊，很爽！"她很高兴我能这么呼应。

符启明和小末走上来时相互搀扶，两张脸松弛而又愉悦，显然刚才那一阵他俩缠绵悱恻，鱼水甚谐。符启明问我俩要不要下去，沈颂芬呸一声，小末直接把唾沫吐在他脸上，他却很得意地抹了一把。空气中弥漫着一股淫荡的气味。

我眼睛又杵到望远镜前，想随意调动云台，碰见哪颗星就看哪颗。但沈颂芬不容许我信马由缰，她希望我按她指导，先找到北斗七星，再从天枢、天璇的连线找到北极星，以此为原点，建立坐标体系，所有的星座便安分守己地等着人去找……

我被她的按部就班搞得没了胃口，把望远镜推给小末。她俩将望远镜移了个位置，我和符启明挤在破沙发里。符启明告诉我，他就是冲着上面这个平顶适合观星，才打定主意租住在这里。谈条件时，户主很爽快地让他在平顶上圈一块地方看星星，想怎么搞就怎么搞，不另收费。在户主看来，就算是在平顶上养两笼鸡也无所谓。户主老杨是一个四十多岁的菜农，符启明说，那人晚上也爬上来借这架望远镜，不过他不往天上看，而是放平了，放低了往山下那些房子看去，想象着自己的眼光能穿透那些挂了窗帘的窗户。事实证明，要是望远镜有这功能，那么女人们只有在铁打的屋子里更衣了。

她俩看了一阵，揉着眼睛走过来。观星是耗眼力的活，不轻松。坐下来后，他们三人说起近期的计划。他们盼望着周末，到时就可以带着干粮和帐篷，去城外坡度缓和的山岗找片地方宿营，幕天席地，放肆地喝酒，躺在地上，直视无碍地看着天空。那样的话，天空会显现出一派低垂的模样与人亲近。符启明火线入党似的学了开车，就是为了载着她俩在乡间路上任意行走，对路两边的荒坡挑挑拣拣，看哪里最适合观星。他们三人越说越热乎，打定主意，这个周末就这么干。要不然，过了这时节，天说凉就凉下来。

听着他们大谈近期的计划，我觉得自己已被他们这个小集体抛弃。我有点落寞地离开了他们，端着望远镜走向平顶的另一端。地势很高，风声杂乱，满天的星星就像虱子一样，在我头发里欢快地跃动。

第四章 同床异梦

1
抄赌档

会上，邢副所说湾潭一带的赌档，不搞不行了。刘所说，那就搞掉吧，年底评分别让这一块拖了我们所后腿。童副所说要不要封闭消息？他们都在我们眼皮底下搞那么久了，喂得够肥，这一网要捞大一点。侯教说，那还用说？行动前先开纪律会，确定时机动手，严格封锁消息。

会我没资格开，符启明却去了，是刘所叫他去的。散了会，晚上，符启明跟我说，他早知道湾潭那边长不了，所里会动手，但只是打压气焰，估计抓不来什么人。

在左家坡租住的房里，可以远远看见湾潭，白天那里的房子并不显眼，但晚上，那里的灯光密集——密集，并非明亮。老远看去，就能感受到一股热火朝天的气势。小末和沈颂芬看星星的时候，也曾注意到那一块,问那里是搞什么的。符启明告诉她们说是赌钱的,城南地带赌档最集中的地方——有传统赌法、各种机赌、各种即开式押彩,当然,还有大台子的百乐门,最大的桌子一圈下来可以坐三四十个人,好不热闹。他又说:"里面开彩的妹子说不好还穿比基尼。"

小末说:"岂不是像澳门一样?"

我忍不住一笑:"是啊,只要公安睁一只眼闭一只眼,哪个村子摇身一变都变成了澳门。"

两个妹子像是发现了新大陆,说好啊好啊,我们要去。

"好的。你们一个月生活费多少?"

小末说六百,沈颂芬没有吭声。符启明就笑了,说:"要往那里去,你们要另外傍到大款才行。我们这些穷人,还是自己围成一桌打打小麻将过过干瘾。"

城南的私家赌档层出不穷。往往是那些输红了眼、身上背有还不完的债的家伙,牙齿一咬就把自己家搞成赌档,买来几套赌具请几个街上混的妹子,就开门迎赌客,大把赚钱。赌徒从来是不缺的,赌档比麻将馆子刺激得多,轮盘上押中红花,赌本一下子翻32倍;大台上押到独宝,一下子就翻128倍。这种私家赌档是我们打击的重点,见一家封一家。

湾潭那地方放松一点,也是抑制城区内私家赌档的发展。但现在,湾潭的名气越搞越大,不单是老城区的人搭车赶去参赌,还有周边各县的赌徒苍蝇扑粪般赶过来。这一带属城乡接合部,因为扩城,很多菜农被征了所有的地,赚个十几万几十万,一不小心全交到湾潭,钱也没有地也没有,全都变成社会隐患。

符启明的那个房东老杨,现在根本没心思种菜,一去湾潭就有好几天,他跟他老婆说是去看场子赚钱。看场子一个月有一两千,但钱一到手，用不了半天工夫又交回赌档了。

湾潭已是树大招风，不搞都不行。

行动定在周四晚上八点，这个时间不早不晚，天又已黑透，布控了一收网，赌客们全变成闷罐里的王八，等着我们悠闲地一只一只往外掏。那天晚上所有的干警、辅警还有巡逻员全部参与行动，出发前院子里都站满了。兵贵神速，我们在八点一刻进到湾潭，布控的几个兄弟都说里面没什么动静，应该赌得正酣。

"怎么没见赌棍开来的车？以前这里不是停满了车吗？"进村时，领导还是有些疑惑。

负责布控的宽哥说："车？不会吧，天还没黑的时候到处都是，奇瑞QQ啊长安奔啊夏利砣子啊奥拓鳖壳子啊，好车都挤成堆，要是再站几个高脚妹子，肯定像上海车展。"

"现在车在哪里？"

"真的是，怎么找不见了？狗日的湾潭打起地道战了？村里去搜嘛，所里的警犬不是闻得出汽油味？"

进到村里，我们按先前的分组迅速散开，挨户敲门。人家很配合地开门，有的还说欢迎欢迎。湾潭二十余家赌档全都变回了农家小院，一户户围在电视前面，男人吃饭喝酒吹大牛，女人纳鞋底子逗弄小把戏，或者全神贯注地看韩剧。

收队时，刘队有点冒火，说："怎么搞的，至少也要留几家让我们端嘛，搞得颗粒无收。"

邢副所说："没办法，所里人太多，保密工作怎么做？"

"他们要搞得这么和谐……我看，以后，就把湾潭搞成整个城南的治安模范村，让他们天天晚上饱饱地看电视剧，绝不死灰复燃！"

湾潭扑了个空，但我们知道，赌棍们跟我们打起游击战，以后私家赌档又会在城南遍地开花。工作重点仍在抓赌，我们辅警巡逻员干劲十足，换了便装穿梭于城南的街巷，心中是一份收获的喜悦。抄下一个私家赌档，奖金可观，多抄下几个，过年时可以买一堆年货打的士回去。离家十里地，就打电话要家里人站在路口等着搬东西，何等的惬意！

符启明已不屑于巡逻。他现在来去无踪，不跟我们混在一起。伍能升说，符启明像是做起了生意，一只七百多块的金利来老板包掖在腋下，随时跟人上茶楼喝茶说话，一杯茶续成了白开水，撒泡尿接着说；到了饭点就叫几碗大碗饭，弄饱了肚皮接着说。

"你看见了？"

"金泉茶楼蔡老二跟我说的，说他顿顿点腰花。"

"是他，他现在补肾。"

私家赌档反侦查能力肯定是有，大都雇了街上瞎混的青皮，在各处路口放哨。这些家伙是廉价劳动力，一天管一包烟两盒槟榔三餐饭，再扔他们几块钱上网就行。青皮们作风军事化，纪律严明，尽职尽责，通宵守岗，一有风吹草动就报信。我们挖了好几次，也没挖过来一个反水做内应的。侦了十来天，只有马凯查到一个地方，带人去抓了个现场。这帮赌棍还没有带进所里，就有人给领导打电话，后来是罚几千块钱了事。马凯本指望重罚，没想从轻处理掉，他心情郁闷，拿钱的那天晚上死活不肯请消夜。

我和伍能升从一条巷子走出来，前面一辆洒水车播放着《重整山河待后生》，并给路面洒水。我俩在消防栓后面等了等，再走过去，陈二就开着车子吱嘎一声横在我们眼前。这还是我们所里最好的一台广本，但是随时都冒出摇床的声音，我们都说是"车震"牌。

陈二说："上车，有情况！"

符启明已经在车里了，坐驾驶副座，果然掖着个锃亮的皮包。我问里面装的是钱还是枪，他哗啦一声拉开皮包摸出几包烟来，一

127

人发了一包。陈二不肯拿,嘴上说:"好的,你小子迟早要当局长。"符启明只好苦笑:"二哥,你当了厅长提拔我啊。"

陈二说连宝刚才摸进一个院子,想打探情况,没想到被几个人围起来。幸好巡逻员闪雄在外面接应,看到出了状况赶紧给所里打的电话。

陈二把车朝着事发地点开,快到一处巷口,他手机又响了,陈二揿开手机,哦了几声就挂掉。符启明的手机随即也响了起来。过一会儿,陈二准确地敲响一家院门,里面有个威猛的声音问是谁,他就答派出所。院子不大,天井只有半分地。连宝和闪雄被五六个人围在中间,身上有挨打的痕迹。他俩本来蔫着脑袋,见我们进来,眼睛一下子亮了。闪雄把横在他身前那个壮汉搡了一把,冲着陈二汇报:"里面有大台,也有轮盘。"

那个矮胖子却说:"神经,就我们几个打打小牌。"一个高个走过来发烟,一人发一支,王芙。我想,猪头,我还以为你他妈发大中华。我们都没接,大中华也不接,何况王芙。符启明却接过了烟,还多要了一支递给陈二。陈二斜斜叼在嘴角,矮胖子过来帮陈二点烟。陈二懒得勾脑袋,矮胖子就踮起了脚。

连宝指着猪头说:"就是他搞起来的,刚才他们动了手。"连宝一边脸上有些淤青,刚才他寡不敌众,肯定吃了亏,对方也不敢大动手脚。我们等着陈二发话,估计这一趟不会白来,准有收获。陈二没吭声,符启明这时站出来,喷着烟圈说:"算了,冤家宜解不宜结,今天的事就到这里,我们走。"

闪雄不想走,愣愣地站着,一脸杀气看着猪头。猪头也是个不省事的人,他撮个响榧子,有个武高武大状如狗熊的家伙就走到闪雄跟前,用肚皮顶闪雄,还跟他目光熊熊地对视起来,彼此都想拿对方当中午饭吃掉。

陈二过去扯了闪雄一把,说:"不走等人家请你吃饭啊?"

那猪头还在后面挥挥手,说:"不送!"我们走的时候,那帮人肆意地笑开了。

车子一下子变得很挤。

"……我一进去他们就把我围住。狗日的,我哪想到这么个破院子还装的有摄像头。幸好闪雄就在附近,晓得我这两天在盯这个院子。"连宝耷着脑袋说,"这个地方我盯了两天,基本可以确定是搞赌档。但不爬进去看看,我心里没底。"

闪雄也说:"肯定是赌档,我刚才看见他们搬赌具,还没搬走你们就到了,及时……就这么算了?怎么回事?"

闪雄刚来,还喜欢多问几个为什么。伍能升来了几年,都晓得不该问的不问。陈二抽着烟沉默。前面红灯亮起,他将车开到左转待转区。闪雄还那么问了一句,冲着陈二,语气在加重。这小孩,他心里肯定充满了正义感,觉得我们所正义的化身陈二也不是什么好东西。港产片里,总有几个警察也不是好东西,他们勾结黑恶势力,欺压一线警察。但我知道,陈二不是所长,只是个干警。

陈二把车掉了个头,稳稳地开。车内空间狭小,所有人都不吭声了。陈二自己摸了一支烟抽,问符启明:"刚才快到巷口的时候,你接那个电话也是刘所打来的?"

"唔,刘所说二哥是所里最有正义感、最嫉恶如仇的一个。"符启明赶紧赔笑。

"到底怎么回事?"闪雄夹在我们中间,身体往前探。

陈二依然没吭声,符启明扭过头来冲他说:"你以为,就你嫉恶如仇?给你发一把冲锋枪,你冲进去见人就打好不好?刚才你被人家围着,怎么不动手?冲着自己人凶啊?"

闪雄愣了一会儿,委屈地说:"连哥在里面被人打,我赶紧冲进

129

去，你知道他们说什么？他敲着我脑袋，说你算个鸟，我花钱买你脑袋，一百万够吗？一百万买你一家的脑袋都够。"

陈二说："真这么说？谁说的？"

"就那个猪头。"

"说这屁话的时候，拿什么敲你脑袋？"

"手指头。"

"呃，还好。"陈二说，"不是手枪。"

2
猪头何冲

公安局的电脑都联着网，不要说伾城，全省每个人的户口资料敲敲键盘全都调得出来。陈二认出那矮胖子，名叫何冲。何冲的绰号真叫"猪头"。网上一查，家庭关系就出来了。他父亲何大道在伾城知名度极高，前年刚从班房里出来，去年接得一桩总投资几亿的工程，是个房产项目。这个项目奠基前先在市台打了半年广告，三维动画展示出建成后的效果，有点像电影《第五元素》里面的未来城，只是宣传片里走在路上的都是衣装笔挺的成功人士，没有夹杂着妖怪和异形。七月份那楼盘奠基，市里领导纷纷到现场祝辞、铲土、剪彩。何大道和一个个领导郑重地握手，并率几十个高脚美女对着镜头给全市人民作揖，说用人格保证，一个月内去售楼部看户型的，统统管饭。何大道经历的事多，摆平事情的能力肯定也非常人可比。我们就算把何冲弄到所里来，喝杯茶的工夫，还是要放他出去。

我想何大道拿自己这个儿子也是没办法，几个亿的工程，何冲却不肯参与进去分钱。人各有志，何冲就喜欢开赌档。何冲开一辆四环素，车牌4719。他的车头车尾都贴着"泰尚皇城"的招贴。泰尚皇城是何大道正开发的楼盘，何冲大概想以此报答他爹的养育之恩，但在何大道看来，这说不定是一种严重丑化。这辆车一旦出现在城南，车前车后往往有几个马路晃晃，衣着艳丽得就像热带鱼，全都跨着摩托，像是护卫队。摩托后架上往往绑了圆桶形的录音机，喇叭声效震撼，农民重金属乐曲一支接一支。

要找他并不难，坐在路边不须用眼睛看，用耳朵听就行。

闪雄破了皮，打一针破伤风，眼睛很快肿得滚圆。陈二跟刘所汇报情况，刘所也没有发话。要吃晚饭时，见刘所走到值班室，符启明便迎上去问刘所，今天的事如何处理。

"你说怎么处理？"刘所总是给符启明不错的脸色。

"猪头何冲放话要取连宝的脑袋，纵使是气话，但不得不防着点。那些人什么事都干得出来。"符启明嘴巴冲着刘所，眼睛盯着陈二。

"哦，到底怎么回事？"

其实大家都心知肚明，陈二没把事情汇报具体，符启明得以补充。他把何冲威胁连宝，要花钱取他脑袋的话讲了出来。这种话我们听不得，刘所更是听不得，领导都要给下属撑腰，要不然这大哥罩不住。

"我不在场，不知道现场的情况。"刘所听了汇报，自责地说，"我敬人一尺，人敬我一丈，他再有后台，拿我手下崽子这么搞绝对不行。"

陈二说："那个赌档肯定废了，他们把东西都转移……"

刘所手一挥："过去了就过去了，这事情要当机立断。这一手算我们输了，没关系。但下一手，一定要帮我赢回来。"

"专门派人蹲他的点？"

"守株待兔不是个办法,姓何的近期不会开赌档,但自己打牌,总是一天都断不了吧?也不要作为工作安排,我看这事……符启明,这事你带几个兄弟去办,办漂亮一点。"刘所器重地盯着符启明。

万事俱备只欠东风,我们几个摩拳擦掌等着一洗前耻,等着符启明拿方案。那天洗脚的时候大家说好的,马上办这事,一定让猪头心里搞明白,只要在城南这一块,辅警也是他爷爷。符启明却不慌不忙,第二天又找不着人了,打电话也不接。现在他学得了不少领导做派,十个电话九个不接,接通的那一个竟然是妹子的声音:"您所拨打的用户暂时无法接听,留言请按一,继续拨打请按二,不想再打请挂机……"谁要是按了"二",里面的妹子就浪叫一声:"亲爱的,你真二。"

"你去找他。他在茶馆子。"伍能升怂恿我去。

"为什么是我去?"

"你和他关系最近,你俩的老婆不是一对姊妹花嘛。我见过的,长得像双胞胎。"他歪着嘴笑。

我去到金泉茶楼,符启明果然在和人打牌。他们出牌的动作都很夸张,牌摔在玻璃钢桌面上发出啪啪的响。我认出其中一人,跑不脱的龚楚良。和他并排坐着的衣着光鲜,脸却皱得像酸橘皮,显然是刚刚洗脚上田的农民。我不得不佩服符启明,他就是有本事和每一个接触过的人保持联系。在他看来,每个熟人都是一份资源,若不去联系,不说是浪费,也是闲置。我坐到符启明身边,他无暇看我。龚楚良认出我来,和我打招呼,微笑。他以前很少笑,现在换了牙齿,烟牙变得瓷白。

我说:"兄弟们都在办事,你在这里打牌。"

"打牌不是办事?"他漫不经心地回我,然后又打了一张臭牌,白丢了十分。我还想说什么,他忽然又像是想到了什么,扔给我五十块钱并说:"去对街徐记买三个盒饭,一个腰花两个回锅肉。这里的大碗饭我实在是吃反胃了。"

我说:"……"

"你快去啊,怎么搞的嘛。"他也斜了我一眼。

"老符,你怎么搞的?"龚楚良说,"要买买四个嘛。"

"呃对,你看,我贵人多忘事。你就买四个吧,拿过来一起吃。喏,再帮我买四包黄芙。"他从他身前那一堆钱里又拿出一百块钱扔给我。

我不由自主地听从他差遣,走到对街买盒饭,心里却是十分奇怪,符启明几时变得有钱了?扔来一百块钱简直就像扔十块钱。以前,就以为他搞女人特别容易,没想到搞起钱来比搞女人更容易。

吃饭的时候就不能打牌,但可以说话。符启明问我:"怎么搞的,腰花都有点柴,这猪是不是有肾结石?"他嚼一枚腰花,像是被石碴子崩了牙,一口吐了出来。盒饭几口扒完,他们三人又打起了牌。符启明大失水准,屡屡出错牌。我继续坐着,无聊,忍不住指指戳戳,以免他白白输钱。他不耐烦了,冲我说:"你怎么还不走?"

"我就是来找你的,要走一起走。"

"你先走,别管我。"他交代我说,"要他们放心,虽然我在这里打牌,但我掌握的情况比你们任何人都多。到时候,岂止是猪头,我还要何大道走到我跟前讲好话!"

隔了一周,终于找到动手的机会。那个下午,符启明给我们打来电话,说是把兄弟多叫几个来,都赶去君悦达生,还说带好家伙,一旦动手就要让对方毫无招架之力。他说:"他们六个人,两个女的,两个比较壮实,一个风吹就倒,还有一个就是猪头。喏,这么一帮乌合之众,不费力的。"

我也不多叫,叫了五个,加上符启明六个。进去之前我们分了工,两个女的交伍能升对付,我和老彭各对付一个壮汉,连宝对付风吹就倒,闪雄对付猪头。符启明呢?符启明是进去挨打的,他不还手。这才是他全盘计划的关键所在。符启明本打算先是他一人进去抓赌。猪头一伙人正围着桌子打机麻,凭猪头的嚣张劲,不反抗是不可能的。要是六个人束手就擒等着一个人抓,这事说出去,猪头以后也不好在城南混。

符启明交代,我们五个都守在楼口,听见里面有响动再往里冲。符启明强调:"里面刚一响动,你们不要急着冲进来,掐着表等一分或一分半钟再进来,我身上也好挂几道伤。"

"不行,有这一分半钟,泰森能把李连杰打变周星驰。"我担心地说,"要是遇到手重的,能把你打得永垂不朽。"

"那就四十秒吧,说定了。OK!"

我毕竟不放心,符启明没专业地练过打,也没练过挨打。众人一商量还是我和他一块进去,要不然,只一人掀赌桌也不符常理。

我俩拿钥匙轻轻开了门冲进去,里面六个人都围着机麻,四个人在打,剩下的两个在买马。听见门响,有三个抬起头看我们,有两个还在看牌,还有一个低头抠鼻屎。

"派出所的,都不要动。"

几个人很配合,坐着不动,猪头站起来发烟,这一回是外国烟,烟蒂金光闪闪。符启明呵斥一声:"你也坐下!"我俩走过去,桌上没钱。打开机麻桌的钱盒子,里面塞满了烟蒂,他们当成烟缸用。

"我们是打着牌磨时间,素麻将,不带彩。现在打素麻将的应该算是道德模范吧?"风吹就倒振振有词。

"少废话,身上的钱全掏出来!"我暴吼了一声,却不合规定。这听起来不像抓赌,倒像打劫。这些家伙也不懂条文,配合着掏钱掏皮夹。猪头的皮夹子有他的脸么大,他从里面掏出好多毛票还有镍币，一角的五角的顶多一块的，哗啦一响满桌乱滚，像是小朋友砸了储蓄罐。这六个人友好地微笑着，示意我俩点钱。

我眼一瞟，见桌上有台笔记本电脑。忽然想起来，现在赌棍们赌钱不带现金，搞来一台电脑登录网银，输赢的钱就从网银上刷来刷去。我头皮一麻，用眼神示意符启明，笔记本里有名堂。符启明本来也锁着眉头，一看笔记本眼睛就亮了。他说："这台电脑我要带走，送技术科检查了以后还给你。"

"这不行。"猪头明确地说，"这里面有我和小薇的私人照片，很激情的哟，但是我不往外传播淫秽图片。再说，你们没资格拿走我的笔记本。"风吹就倒冷不丁问了一句："你们俩这衣服穿的，只是辅警吧？"别的几个就买他面子，嘿嘿地笑，笑不出来拿打嗝充数。

符启明懒得理会，他就是要激怒这帮孙子，让他们先动手。动起手就好办了，他还打算让猪头嘴巴肿起来，这样更像一头猪。此时一看，猪头并不似想象中这么蠢，这家伙，好比猪八戒撇大条粗中有细。而且，看样子他早有准备。

符启明一计不成又生一计，手照着电线轻轻一带，那台笔记本掉到了地上。地面是厚厚的地毯，笔记本掉在地毯上一个印度舞娘的肚脐眼上，闷哼一声，若有若无。

"对不起啊。"符启明等着看他们的反应。

"没关系，摔不坏，摔坏了也是它的福气。"

符启明脸色又暗了下去，知道今天的计划泡了汤，每一招都被这猪头算在前头。他做手势示意我往外走，但猪头叫住他。猪头说："兄弟，上次我就对你有印象。你夹着一个老板包，办事有主意，那干警叔叔好像都听你安排。但今天这一招实在上不得台面，憋那么久就想出苦肉计？诸葛亮一肚皮计谋，哪一个有自残倾向？亮亮你不学，偏要学黄继光。"

猪头说着还想拍符启明的后脑勺，我一手把他格开。

"叫你外面的兄弟撤了吧，你别走，我对你很有兴趣。"猪头过来按住符启明的肩，惺惺相惜地拍了几下，又说，"时间还早，我们坐下来聊一聊，搞不好就建立了伟大的友谊，像马克思和恩格斯那样，多好。"

"……我还有事。"

"我不会让你为难。坐下来先聊聊，回头我会给上次打伤了的那两个兄弟道歉。上次我也够意思啊，他们几个要打人，我是左拉右劝，坚决不让他们下毒手。"猪头极力撇清自己显示着友好，又说，"兄弟，真人面前不说假话。我找几个人打听，没看走眼。认识你的都反映你能掐会算，不是一般人。"

符启明看看猪头，定定地站着没吭声。过了好一会儿，他拉我到一边，压低声音说："叫兄弟们先撤。"我脑袋有些转不过来，符启明似乎也不知所措。稍后，他才意识到，自己已打算留下来，陪猪头聊聊天。怎么会这样？他肯定和我一样没想明白。然后，他掀我一把催促我离开，同时又轻轻嘀咕了句，毛都没有还马克思。

3
梦窟

沈颂芬和我上到楼顶平台。本来还想看星星的，但天色浓黑，满天彤云像是穿在人身上。她心有不甘，拿着望远镜到处扫了一圈。扔开望远镜，沈颂芬忽又发现湾潭那一片暗下来不少。她问我，我说哪还亮得起来？半个月前我们所就动手，将那里所有赌档一锅端掉了。

"啊？怎么我都不知道？"

"领导说要封锁消息,老婆都不能说,何况你还不是我老婆。"我笑。

她还有点遗憾,问我赌档里抓到了多少个穿比基尼的女侍。我说只逮了一百多个,上穿胸罩,下穿兔尾裙,发卡上还镶着两只驴耳朵,那个性感啊,那个漂亮啊,被我们赶羊似的站成几排,个个星光熠熠,好似天上人间,挑出丑的都不输莫文蔚。

"那我够格去干这个吗?"她竟然自认为比莫文蔚漂亮。真没办法,原来那个港产高脚妹子是来给傻妞们增强自信心的,怪不得人见人爱男女通吃。

"你长得太正义凛然,人家不收。你一去人家以为你是收团费的。"

这天是周五,符启明不来,小末也不来。早上碰见符启明时,他主动跟我说:"钥匙配了一把压在那蔸牛舌子底下,你找找。最近我都不会上山,你带你家颂芬去我那住,过夜也行,但不要把床上的气味搞得太重。不要跟小末说啊,她毕竟是个女的,怪讲究。"

我回他:"放心吧,要说骚味你最重。"

沈颂芬还想在平顶上多待一阵,慢慢就感到冷。回到房内,开了灯。那只是一盏普通的日光灯,但因为窗外的浓黑,屋子里显得格外亮。一面墙上贴着一幅字,符启明的手笔,"梦窟"。她告诉我,这是符启明给这间房取的名字,内涵却是小末赋予的。两人住进这里,小末故意要刁难符启明,不让他碰自己的身子。"除非我们做了一样的梦,我才随你处置。"这搞得符启明很难堪,就像一个账号你本可以随时提款,有一天忽然锁号了。想找回账号,却被告知你先睡吧,梦里头会有新密码的提示。

"那符启明这一阵岂不是在当和尚?"

"也不一定。他还是很能耐,起码有两次和小末梦到同样的内容。你说,两个人同样的梦做得越多,是不是就越牢不可破?"

我不知道。我不相信两个人梦与梦能够相通。如果在小末这一新政策发布以后，符启明还能找机会干她两次，我估计是小末自己憋不住，不管符启明说自己做了什么样的梦，她都说自己也梦见。反正，该活动最终解释权在小末手里。

临睡前我想抱着沈颂芬，亲她。外面是那么的黑，在这山上的房间里，我想我俩有可能榨取到相依为命的感觉。要是她不拒绝，我有把握，这一晚我俩将会淋漓尽致地享受对方的身体，得来以前从未有过的体验。她却拒绝了我，说在别人的房子里搞这个不好。

"……小末闻得见，她鼻子灵得像狗，谁来月经了她都闻得到。"

"你又没来，我帮你算着的。"我以为她这叫半推半就，再次靠拢了过去抱她抚摸她，想把她"发动"起来——对的，发动！就像八十年代用摇把子发动"东方红"拖拉机一样，虽然有些费事，但是车头终于突突突发出响声后，人就特别有成就感。她仍然拒绝我，说："今晚分开睡，我睡沙发你睡床，看看我俩能不能做同样的梦。要是梦见了，明天我奖励你。"

若她存了心，这奖励未必比摸彩票中头彩容易。我不由得苦笑。

第二天清晨，我是被雨声弄醒的。我躺在床上，她睡沙发。她早就起来，站在白色的窗户前面往外看。山上下起了雨，窗外那些树颜色艳得发虚。山上的树有了红色和黄色的叶子。一层蓝绿色的雨雾在山间飘浮，远看城南城区，像被雾气推到更远的地方。

见我醒了，沈颂芬就问："昨晚你梦见了什么？"

"梦见了你。"我晃着脑袋回忆，似乎一夜无梦。

"答案错误。今天你也只能清心寡欲了。今天晚上但愿你能梦到我梦里的东西。"

"那你梦见了什么？你总要公布答案，让我死也死个明白。"

"我梦见了外公外婆。"

"这标准答案也太偏了一点吧？你还没给我机会让我见过那一对慈祥的老人。"

"你没法见到他们，他们都死好几年了。"

"呃好的。"我嗫嚅了一下，说，"要是我说我梦见了鬼，是不是也算基本正确？"

她想了想，说："我不是刁难你。要是我俩从来都没做过一样的梦，那我心里一点都不踏实。我要求得不多，只想和你做同样的梦。"

我俩拿着冰箱里的垃圾食品糊弄了一顿早餐，她继续在山上看雨，我要和兄弟们去巡街。查赌档的事方兴未艾，新的私家赌档每天都会冒出来。我们打着伞在街巷里神出鬼没，忙到天黑一无所获。符启明打来电话，说在桥上请消夜。我要挂电话他又叮嘱了一句："你自己来就行，不要把你家沈妹子带来。等下吃完了，你打个包带给她。"

桥上搭起一座座"蒙古包"，一个破音箱放着《草原之夜》，吃客却不多。我撩开布帘走进其中一间，里面有四个人，其中三个都是所里的兄弟，冲我打着招呼。对面那个女人正低下头点上一支烟。她仰起头，我认为香港美女还像当年那样漂亮，虽然沾上了毒，但是……有时候，美女的萎靡不振更能勾人心魄。

符启明冲她说："你认得他吗？丁一腾，他认得你。"

"是嘛。不好意思，我们见过吗？"

我正想说我也在佴城一中混过，符启明又抢着说："他一直都暗恋你。"

夏新漪晃着啤酒瓶对我说："那我们喝一口。"

符启明说："谁暗恋你你就喝呀？你一天到晚尿个没完，我怎么办？"

她还是喝了，将瓶中液体喝低了五个手指，我喝了半瓶，肚皮阴凉。烤串一把一把地摆在桌上。伍能升和闪雄怂恿我回忆往事，我就回忆当年夏新漪在一中的知名度，不无夸张地说了一些男孩为她做出的疯狂举动，比如喝酒、打架、割腕自杀……她嘴上说着"是吗，是吗"，表情却安之若素，听着听着还把脑袋枕在符启明的肩上。符启明捏着她的脸蛋说："真看不出来，你那么小就祸害人间。"

她把他的手指掰开，说："别捏，我面瘫。"他的手移开了，她的脸果真像块面筋，手指印好半天都显在上面。

我问："小末呢？"

"鬼知道她又去哪里偷人。"符启明呵呵地笑着，把韭菜和洋葱片放进烧烤盘翻炒，炒热以后又往韭菜上打了几个鸡蛋。他又点了几盘腰花和大肠，再把那些东西统统倒进去煎炒。空气中弥散着补肾的气味。

我拿一盒煎饺回到山上的房子，沈颂芬安静地坐着，放一张碟片。她正看周星驰刚出道时演的片子，一个黑道义气小弟，会耍酷，枪法也很好，想给老大报仇，被人利用完了又被人一刀捅死在黑牢里。沈颂芬笑得浑身打抖，可能她没想到周星驰还能演这种戏。

我叫她趁热吃一点东西，又换了一张碟，是日本Ａ片。梦窟里藏了不少碟片。

"看吗？"

"看，你敢看我怕什么？"

没有情节，一个美女生活在一个大家庭，有父亲兄弟叔叔和侄儿。每个亲人都把该美女干了一遍。这样一个片子，沈颂芬不知为何仍然当成喜剧片，笑猛了我就给她捶背，顺过气来接着笑。片子不太长，看完了以后我想抱她上床。

"你以为，惹我看这个片子，我就会听你安排是吧？"沈颂芬板起脸来推开我,骂我痴心妄想。转眼,她又柔和了一些,很讲原则地跟我说:"你现在说什么都没用,有本事就做梦吧,梦到正确答案,什么屁话都省了。"

梦总是频繁更换场景,一晚上不知道会出现多少段无厘头的情节。她同意我每次醒来说五段梦,最好是归纳成五个关键词。为了记住梦里的场景,我变得警醒,隔一阵就醒,醒了再睡。每一次醒来,我就用手机记录下关键词。那天晚上,我记下的是:飞翔、找厕所、美女跳舞、乘船出海和一条走不到尽头的路。早起时拿给她看,她摇摇头,说没有一样相同。

看她的表情,我就觉得这么猜下去,会是一条没有尽头的路。就像打靶,她根本就没给我靶子,让我把每一枪射入黑暗,然后由她判定哪一枪碰上了十环。

"这不行,为什么都是你说了算?要是这么搞下去,我每天都死得不明不白。"

"那好,每天早起我也在纸上写五个关键词,你交上你的答案,可以看我写的,撞不撞得见不就一目了然?"

虽然撞上的可能性很小,但这个方案至少有了可依赖的根据。那一阵,雨一直也没断过,符启明和小末都不来山上,房间一直给我俩用。沈颂芬尽量不往外走,成天看着山上的雨,还信手写起了诗。我白天照样干活,晚上加大了意念捕捉梦里的情景。我都梦见了什么?活了二十多个年头,直到这时我才和我的梦有了一种近距离接触,半夜醒来时在手机上记下关键词。真不知这些梦是怎么引发出来的,大都和我的生活没有一毛钱的关系。

某个梦里,我见一个人走过来和我瞎聊。我拼命想看清他的脸,仍然一团模糊。这人肯定是个话痨,絮絮叨叨。我好多次打断他,问他:"好的,你是谁?"他不说,只是继续东拉西扯。他要走的时候我叫住他，撕下他的脸皮掖进衣兜，等着醒来后看清到底是谁。某个梦里，我变成一个流浪歌手，还创作了一首歌叫《你家是一把饭勺》。我抱着一把造型像狗的吉他坐在猪圈上对着一条溪流弹唱："你家是一把大饭勺，你家是一锅咸稀饭，你家是一个烟灰缸，你家是一捆破麻绳，你家……"某个梦里，我看见沈颂芬朝我飞奔而来，我想伸手抱住她，她一下子钻进了我的裤裆。我也赶紧勾下头钻进自己的裤裆，追着她跑了一阵从后衣领里跑出来，看见她变成一只猫叼住我脑袋。

上述的梦，我就写成：撕人脸皮、我是歌手、沈颂芬变猫。

每天早上，沈颂芬变成我记忆中小学老师的模样，审视着我上交的答卷，再公布她手中的正确答案。每一次，她都大公无私地说："帮不了你忙，你自己看看。"我拿过来一看，她总会写一些我意想不到的东西。有一次大概是这样：黏稠的空气中情人急促地喘息、美杜莎穿着小肚兜、小末与一羊头蛇身怪一边打太极一边做爱、丁一腾变成一对钉锔、梦见自己醒来。她说："你看看你的关键词，哪一个对得上我这上面哪一条？"

一对标准答案我又考了个零分，只好问她什么是美杜莎，什么又是钉锔。

某晚临睡，我提出这样一个建议："不如这样吧，我俩可以把梦中出现的情节归成一些大类，比如飞翔啊、捡钱啊、钻黑洞啊、碰见怪物啊，一共找出24个大类，或者36个大类。每个梦，都把它安放到其中一个类别当中。这就可以大大地简化，每天早上你写其中五个数，我也写五个数。要是撞上同号的，那就算是我们同梦了，怎么样？"

"你当是买体彩对吧？要是归成五大类，我们每天晚上都能做相同的梦，对吧？"她不无揶揄地说，"你写12345，我也只能写这五个数字。"

"我不是这个意思。"

"梦是无法归类的,每个梦都独一无二。不但不能归类,以后我们的表达还要尽量清楚一点,你别以为写一个词就能涵盖一大片。你要知道,我是个讲求精确度的人。"

"那是不是每天早晨写一篇,不,写五篇作文啊?每篇五百个字,如果有三百个字和你写的完全一样,就算我答案基本正确?"

"你要是这种态度,我就没办法了。我是真想和你做同样的梦,甚至,我俩同心协力修炼出一种本领,每天晚上梦都相通,这样一来,我俩在一起的时间就增加一倍,不是吗?老梦不到一块,我也非常遗憾。"她异常失望地看着我,说,"你们男人都是下半身动物。现在房里只有我们两个,你要跟我下蛮力,我也不会叫喊,就看你在不在乎你在我心中的形象。"

"你放心,我不会强奸你。虽然好多人都跟我说过,每个女人都有被强奸的愿望,但我想,就你一个人没有。"

"你怎么认识这么多教唆犯啊?你不要气急败坏。"

"哪有,我哪有气急败坏?"我坐沙发上看电视,正播一档人口与计划生育的专题片,一帮老头老太太坐着瞎聊,畅想一千年后人啥样。一豁嘴老头坚信,一千年后人均身高两米二五,活168岁。主持人问他怎么不是188岁,老头说,小娃娃你不知道,难熬啊。

沈颂芬靠过来,语气柔和地说:"其实,我也不信同床同梦的事情,那不能说明什么。"

"怎么了?"

"他俩梦到一块又怎么样呢?昨天……"她欲言又止,但还是说,"小末跟那个男的在一起,就是住在暮山村的那个。"

"那个嫖客?"

"别那么说,不一定是他。万一我看花了呢?他的名字叫安吉瞳,你听说过这人不?"

我摇摇头。这名字一听就不像本名,像笔名,像艺名,像一个人改头换面重新注册的商标名。我问:"他在泡她?"

"我就只说给你听,哪里听到的,你不要说出去啊。"

"这种事情灯下黑,符启明不会知道。"我咽了一口唾沫,想憋没憋住,告诉她,"看样子他俩针尖对麦芒……"我又咽了一口唾沫。我怎么就说了出来?脑海里忽然蹭出血淋淋的两个字:叛徒!

"你是说,符启明也在外面找了别的女人?我的个天,你们男人……"沈颂芬眼珠子亮了一下,示意我接着说。我已经后悔,男人守不住嘴的,统统成不了大事。不但成不了大事,在黑帮片里这种人肯定身残志更残,随着剧情发展他死得极快。我悲哀。她表情八卦,眼含期待,小报记者般催我继续爆料。我只好说:"他俩又没结婚,分什么外面里面?一切皆有可能,是不?"

沈颂芬这一会儿像是省悟了什么,在我肩头猛掐了一把,说:"好啊你这个家伙,要是我不说小末的事,你也不会说这个是不?是我嘴贱憋不住,没有内涵是不?"

"我俩半斤对八两,配上对了。"

"现在半斤只有五两,你心思比我多三两,我怕了你了。"

我俩沉默了一会儿,电视里换上了新闻节目。忽然,她说:"我们不要在这里住了,明天把钥匙退了吧。"她留恋地环顾房内,目光在"梦窟"那两个字上面停留了不下十秒。然后,她又扭头对我说:"换个地方搞不好就能做同样的梦。"

我哦了一声,脑海里浮现出符启明和夏新漪那天晚上喝啤酒吃烤串的模样。我有点恨我自己,心想你俩是那么的光明磊落,而我只多一句嘴,怎就变得不是人了呢?

4
有产者

我相信智商是一个恒定的值,即使遇到突发情况有了变化,变化的额度会像体温一样,加减个几度就会很要命。反正,绝不可能说,今天250,明天却降到120。

符启明在春姐的药店里打牌。现在,他不在那里打,就在别的地方打牌,巡逻查赌这些事情,他不再亲力亲为。他也不在乎奖金,我甚至怀疑,那份微薄的基本工资他也是出于一种礼貌收下的。春姐店子不大,中间那点空当可以摆下一张方几当是牌桌,他们三人在那里斗地主。符启明几乎是包庄了,一个人打他两个,出牌时漫不经心,但光哥一直保持着高潮,把每一手牌都用力砸向方几,想把木板砸穿。光哥这么用力,说不定也起到一种宣传的作用,进门买药的老头一看光哥这股劲头,会误以为是药催的。

光哥每赢一把,符启明扔他五块十块。光哥把零钱塞进裤兜,脸上是掩饰不住的兴奋。以前,符启明碰到那些智商横溢的,打牌都从来不输,现在怎么可能输给光哥?光哥脸色放光,表情里已经夹杂得有感恩戴德的意思。符启明把钱扔出去时,脸上竟然也是有些得意,有时候,他会和春姐暗中交汇一下眼神。

我在所里的值班室,用望远镜看得清楚。

老朱说:"你老往那边看搞什么?那边在偷人?"

"一切皆有可能。"我收了望远镜,打个哈欠。

稍后符启明给我电话,说你等下带闪雄他们几个去金泉茶楼开个卡座,跟蔡老二打个招呼,挂我账上。

闪雄带几个人开一辆奥拓过来,车子破得像是刚从垃圾堆里捡的。我挤上去，坐在一个小帅哥和一个妹子腿上。到了金泉，我上去找到蔡老二，说这些都是符老板的兄弟姊妹。

"符老板啊，好的。他怎么没来？"

"他在另一桌下不来。"

闪雄带来的一拨人要雅座，蔡老二打了符启明的电话，就把他们带到雅8里面。他们玩扎金花，还叫我别在一旁闲着。金泉茶楼已成为符启明的据点，雅8算他的办公室。他在这里挂了账，所里的那帮兄弟经常要他帮忙搞个座。符启明有求必应，大气地说这算什么，你们只管去好了，我在那里月结。有时，他在雅8里面和几个朋友打大彩，所里兄弟去了，他就叫蔡老二将他们安排在雅8门外那个卡座。这么一来，气势就不一样了。符启明的牌友带了陌生人进来一起玩牌，相互介绍。别人介绍符启明，总是随手往外面那桌一指，说："喏，那些都是他的小兄弟。"外面那桌打牌的兄弟赶紧面朝这边，整齐地、礼貌地颔首示意。

陌生人立马就对符启明有了不一样的印象，多问一句："符老板哪里发财？"

"哪里发什么财？就是喜欢到处玩，多认几个兄弟。"符启明按一下服务器叫蔡老二拿四包青果槟榔，两包送里面两包扔给外面那桌。

"符老板真是谦虚。"陌生人往往会客气地说，"初次见面，我就觉得与你特别投缘。你带这帮兄弟不容易，今天茶水钱记我账上。"

一开始，我估计符启明牌打得多了，输光了钱总会歇歇手吧？时间一长我才知道自己的想法有多么幼稚。人是活的，就总有办法。反正，爱玩牌的一天有牌玩，爱喝酒的一天有人请，爱泡妹子的总有连绵不断的艳遇。现在他不缺钱，即使缺钱也不会像以前那样问身边几个穷弟兄借，更不会找捕鱼烧蜂之类的蠢办法筹钱。有的是人把钱借给他。

符启明现在随时都有车开,有时候是奥拓,有时候是奥迪。那天很晚了,我们下了牌桌,他开来一辆马六,叫我们上车。时间实在不早了,本以为各自回家休息,但到四桥时他没有拐进去,直往前走。到二桥时,他才将方向盘猛地一拐,拐过二桥又继续向前走,出了城南。很明显,这是往跑不脱那边去。我以为他实在喝糊涂了,提醒他:"你早不住那边了,在左家山,你忘了?"

"你以为我喝多了?他妈的,你放心好了,让你俩看看我的产业。"

"产业?"

"是啊,产业。丁兄,不是我说你,像你那样来了两年,还住着所里的单身宿舍,不搬出来住,你难道没有失败感?"他一手把着方向盘,另一手点燃了烟,又说,"我们是男人,不能把日子过得一成不变,每年都要给自己制订一个目标,每年都要有所发展。"

我没听明白,虚心地问:"你到底想说什么?"

"你不可能一直当辅警吧?等着转正编的?那是所领导吊你胃口的东西,那么多领导子女等着正式编制,轮得着你吗?一个男人,必须置产业,但我发现,你俩根本没有建立这种意识,就好像,好像……呃,怎么说呢?"前面看见了灯光,跑不脱已经到了。下了车,他又说,"就像做个女人,却没意识到自己要生孩子,像什么话嘛。"

循着那条小路,他还是向以前租住的那个农家院子走去。我有些疑惑,以为他又把那院子租了下来……里面养着夏新漪?这个念头一闪而过,随即否定。夏新漪怎么可能住在这种地方?她可不是渴望寄情山水的古典美女,她只喜欢吸毒。

院门已经被换过,是两扇实木大门,很厚,表面钉有乳钉。天黑,看不清漆色。门吱呀呀地打开。刚才,就在五步之外,我还没听到什么声音,门一打开,里面的声音潮水一样劈头浇来。那幢平房是挺大的三间，外墙皮保持着原来那种斑驳风貌，里面经过了装修，而且花销不低，实木地板、浮雕吊顶、水晶灯。房屋不高，吊下来的水晶灯几乎撞着脑门。中间那房有七台赌机，中间一台八角形轮盘角子机，两旁各三台押图角子机，有的押船有的押赛车有的押啤酒标，还有一台很怀旧，押水果。没人玩赌机，最里边是换筹的L形台，一个人在趴着睡。我们走过去他就醒了。这人我在金泉茶楼见过的，当时他和龚楚良在一起，衣服有多挺括脸皮就有多皱。现在他穿着侍应生的服装，蝴蝶结也许是系成鞋带结，勒得他脖子又短了一截。

"老符你才来啊。"

"给我这俩兄弟各搞一百块钱的码子，记我账上。"

"尽管拿好了，哪要记得这么细嘛。"他抽开屉子挑了几种筹码，算算有一百块钱就递给我，接着又给伍能升凑一百。

两侧的门都是关着的，符启明带我先逛上一圈。左边房里是一张百家乐大台，围了十几个人。我想起这一间曾经是我们喝酒的地方，符启明拉来的书也曾经堆满半间屋子。右边房里是三台小赌桌，有人把庄，一张桌是用扑克玩梭哈，相邻那张桌是用点子牌推档，最里面那张桌是玩骰子，但空无一人。这间房，曾是符启明睡觉的地方，小末和他在这里做过爱，也曾把他铐在床上不能动弹等着我们来解救。

"给让一个位置。"推档的庄头打着招呼，我发现是龚楚良。马上就有人让了一张座，让座的人冲着我笑。我也认出了他，他是猪头何冲的一个兄弟。刚才我还看见夏新漪在那边房玩百家乐，带着一个姊妹，长得也是极惹眼。徐放辽也在，不过他和她之间隔了几个人。我不得不暗自佩服符启明，他似乎有意把自己打造成一个关系网的枢纽、交际的平台。

我说我不会玩这个，走出去，独自玩那台轮盘角子机。这时，我回味着符启明"男人必须置产业"那番话。是啊，捣赌档是我们的产业，捣毁一处会给我们增加收入，经营赌档其实也是一份产业，这两者在赚钱的层面上并无多大区别——赚来的钱都是红红火火的颜色，钱面上的伟大领袖同样都是笑眯眯的表情。

半年以前，符启明刚来的时候，我以为我们都是患难兄弟，都会艰苦穷困地打发掉二十多岁的这段时光。但现在我知道人与人完全不一样，转眼间他已经有了产业，有了一妻一妾甚至更多。他很庆幸自己在猴托镇派出所惹出了事被调到洛井，这里才给了他一展身手的机会，像是放虎归山。

这台轮盘角子机跟二十年前的苹果机没有本质不同，但那时候苹果机很难押中一手，这上面押中概率很大。转轮平分成十三个色块区域，红六绿二黄二蓝二白一，照此看来押红的概率是 6/13，黄绿蓝各是 2/13，白是 1/13。

天亮时我赢了 370 块钱，伍能升也没输。换钱时符启明也替我俩高兴，拍着我俩的肩，说："童男子总是有手气。"又跟我俩说，到城南去喝一杯早酒。喝早茶多没意思，要喝就喝早酒。早上一杯烈酒下肚，人马上就干劲十足。

到中午，符启明坐在我对面，和一个刚认识的怀水来的包工头畅谈着发展大计，游说这个老板趁着城南开发的大好时机，挤进来找一个项目。"先找个小项目，上了手再说，城南的项目未来十年都做不完。"他稍加思索，就想到老城里的大成殿最近要整体出租。如果能租下来，不妨学学丰都鬼城，在殿内设置许多造型悚人的妖魔鬼怪，也可以摆上外国电影里最热门的异形，并配以现代化的声光手段，搞成人工景点。而且要强调互动性，游客经过时，"鬼"们时不时在他们后脑勺敲一丁公，或者在屁股上掐一把，搞得游客鬼喊鬼叫才好。接着他又掰着手指算起了账:"你看,一张门票八十。俾城四十万人,我保守地说,只要其中十分之一的人一年来看一次,是多少?三百二十万啊。"

怀水包工头嚼着槟榔,频频点头微笑。说着说着,他的手还搭到了包工头的肩头,包工头一个反手搂着他的老蛮腰。不知从哪时起,男人也时兴拥抱,但那一年李安同志还没有拍出《断背山》。现在,他每天都会认识包工头这样的朋友,共商大计,然后喝酒吃饭。他并不指望每个朋友都能够采纳他的建议。他自己说的,八十个里面有一个,或者一百个里面有一个对他的计划感兴趣,将钱投入进来,他自然会搞得好处。他不急于求成,把他们的联系方式和基本情况都做成了文件贮存着。"以备不时之需!"他说,"现在压力蛮大。如果一个人Out了,就只好滚他妈的蛋哟。"所里兄弟也用《新闻联播》那种腔调夸他:符老板正从微观一步步走向宏观。

那天,包工头不见得听进了符启明的建议,但请客时喝了七瓶水井坊。散桌后,符启明又把我和伍能升叫到一边,要我俩慢点走。他掏出两个红包,递过来。"你们俩是我最信得过的兄弟,有时候,我甚至把你俩看成我的左膀右臂。要是你们不反对,我就把你俩的手机号告诉老龚——龚楚良啦。开了年,我往外面跑得会比较多,万一跑不脱那边有什么状况,老龚给你俩打电话,你俩就过去处理一下,镇一镇场子。要是同意,以后每月去老龚那里领一份。我赚钱不是为了自己,是为了兄弟们日子都过得好起来。"

我看着他,原来领导们千呼万唤的"致富带头人"长这副模样。伍能升接过红包说声谢谢,我坚持不要,跟他说:"有什么事你找我,小事我帮你办了,出了刑事案我也帮不了。不说钱。"

"你这不够意思。"

"你这是不相信兄弟!"我反咬一口。

他呵呵一笑，不再强行把那红包往我手里塞。他淡然一笑，说："中秋要到了，到时送你个礼物，总行吧？再不要，我就跟你翻脸。"

我点点头，又问他小末的情况。"好久没见她了，她还好不？"

"我们有时在一起，做做爱。"他说，"例行公事。"

"还住在左家山上吧？"

"是啊，隔壁那家人搬了，要不我也租下来，给你和颂芬妹子住行不？"

我谢绝他的好意，说左家山太远了，我没有车，每天都往那去实在不方便。他哦的一声，说那随你，然后钻进车里把车开走。他现在这台马六有点旧，是何冲送他用的。英雄惜英雄，何冲现在很赏识符启明，但符启明背后说过，谁赏识谁，这话真不要说早哦。

5
我们的狗窝

租房子成为我的当务之急。我和沈颂芬搬离"梦窟"以后，她不愿意再来派出所我的单身宿舍里幽会。我们的初夜发生在这里，但她并不会因此对这地方怀有感情。我这里不行，她住的学生公寓也不行。那一间房有四个妹子。她自己说的，胆大的妹子也敢叫男朋友翻墙头，合上帐门在里面闹个地动山摇，别的妹子就在自己帐内安之若素地睡觉。她问我敢不敢。我头皮发麻，但不好意思说不敢，别人的男友有这勇气，我不好丢她的脸。我咬了牙点点头，问她住几号房，从哪里翻墙进去。她就笑了，说："你敢我可不敢。我是什么人？"她又说，"你到我们学校外面租间房吧，我们可以一起住。"

天气冷下来，公汽流氓却被抓到，不在车上，在俚大东门新开设的工行分理所。开业那天很多学生使用 ATM 机，排起长长的队，仿佛开业大优惠，账面上消一百机子里能吐出一百二一样。公汽流氓也夹在队伍中，见几个男生气势汹汹朝他走过来，撒腿就跑。他穿着一件军大衣，有点显眼。中秋已过，今年纵使冷得快，这时节穿件夹衣顶多加件毛衣就能对付。那几个男生本来不是抓他，是为一个兄弟的感情问题找另一个男生寻衅滋事的。那个男生站在公汽流氓后头，而公汽流氓前头是一个细妹子，穿得很少。公汽流氓盯上了妹子丰满的屁股，正找机会下手。他等待着后头的人往前面挤。

那些男生见那个军大衣忽然跑起来，既意外又有趣，忘了寻衅，在他后面追。公汽流氓没跑多远，被下衣摆绊了个跤。大学生们把他揪住并打的送到派出所。军大衣一揭开，里面的肉仁子就露了出来，他只穿一条裤头，浑身精赤。在工行分理所排队时，只要后面的人往前一挤，他就会扒开大衣用自己的裸体贴紧前面那个妹子。他自己承认是那个公汽流氓。他已经不年轻，瘦得像木乃伊，不晓得哪还得来这么多低级趣味，且那么容易达到高潮。

那天，公汽流氓的运气算是不错，如果夏天里他在公共汽车上被抓个现行，免不了先吃一顿饱揍。这时候才被人抓住，送到派出所时，所里兄弟已经把他犯下的事忘得差不多了，所以对他还很客气，围着他问他为什么要这么搞，到底有多快感。审他的现场，有点像是中央十二套的心理访谈节目。符启明呢，他就变身为心理咨询专家，循循善诱地问下去，并向别人做着学理性的解释。经他嘴一解释，这人不但不可恨，还有那么点可怜。

流氓姓焦。符启明温和地发问，老焦越说越放松，越说越来劲，承认自己耍流氓的确高潮迭起。所里的兄弟一开始喊他"姓焦的"，慢慢地听他说着有趣，就亲切地叫他"老焦"。

说到后头老焦竟然偏着脑袋问："我可以走了吧？"

"再坐一会儿。"

"要坐到几时啊?"他还有点不耐烦。

"那不是我们的事,要看法院判你几年。"符启明微笑着跟他这么说,然后继续引导老焦回答问题。

他们听得开心,忘了给我打电话,我就错过了这次聆听访谈的机会。如果我在场,我也不恨他,相反会有些感激。我和沈颂芬正是借着抓他的名义,在公共汽车上有了第一次的约会。当时我就在佴大东门找房子,听见三百米开外,工行分理所外边有喧闹的声音。我不敢怠慢想跑过去,我认为这是我的职责所在,但沈颂芬抓住我衣袖,并对我说:"你真以为你是警察呀?"这句话,不知何时变成了她的口头禅。

佴大周边,学生租房的太多,房子并不好找。打探了几天,我才租到一间。房间不大,只十来个平米,每月一百二十块钱。价格便宜,因为窗外就是铁道。沈颂芬看了一眼竟然满意,说就喜欢这里的小。她觉得小房间给人一种相濡以沫的快感。她总是能产生很多用成语才能表达的感觉。我正琢磨不透,她又能换成最简单的表达:金窝银窝,不如我们的狗窝!

我忽然觉得世间还是充满了乐趣。即使你是一条狗,也会有个妹子喜欢跟着你钻狗窝。

她把她的用品都搬到这小房间里来,精心地布置。我抽着烟看她布置房间每一个细节,这才确切地体会到,我有了一个女人。

有了这间小房子,我的爱情生活仿佛才正式开始。正像我预想的那样,用不着梦见同样的内容,我俩也能在里面日以继夜地做爱。——别的事大都夜以继日,但在做爱这件事上,说日以继夜应是没错。我们彼此的身体都是可持续的热源,被窝里会时不时地热至沸腾。每一晚,少说有十辆列车从外面驶过,铁轮撞击钢轨的律动会把我们一次次弄醒，弄醒了索性就不睡。那时我还年轻，身体和时间都尽可拿来挥霍，而她也正值妙龄。完事以后，我瘫在床上，她却从潮热的被窝里爬起来，撩开窗看向外面，远处有一盏信号灯是绿的，如果马上有火车开来，灯就会由绿变红。除了灯，窗外的一切隐藏在一片黧黑当中。

我看着她隐在黑暗中的裸体，体味着身体被完全抽空的快感。她忽然又大呼小叫地钻进被窝，浑身冰冷，要我焐热她。这简直就像搞芬兰浴。

她在窗户上加了一层厚厚的窗帘布，一面银白一面黑。我不知道她所在的班课程如何设置，她想不去就不去，甚至无须请假。只要那道窗帘拉上，屋子里就一直都处在夜晚。如此又在小房间中待了几天，我俩的时间概念都开始搞得模糊，肚肠的饥饿感也变得紊乱，有时候醒来发现是半夜，有时候想要吃早饭发现时针指着晚饭点。有时候她很饿，我也很饿，当我们相互激励着要爬起来，正待穿衣，竟然猝不及防地做起爱来，简直毫无道理。

某天傍晚，从黑暗中爬起来，打开灯，我俩都饿得不行，房内找不出一丁点吃的东西。我走出去，跨过铁轨穿一条小巷来到师大东门外。我去"好香锅"要一份猪杂火锅，这是沈颂芬爱吃的东西。我还要一份配菜，一盘冻豆腐和海带结，又问老板借一个火锅，也好在自己的房间热气腾腾地吃起来。

进到房里，沈颂芬还瘫在床上，我架起锅把猪杂热一热。房间既小又封闭，很快，那一股略带臭气的香味就溢满了每个角落。她醒来，坐过来吃。屋子里还有酒，我喝劲酒，她喝二锅头。我以为沈颂芬喜欢眼前的一切，她吃得很香，忍不住发出了声音。她喜爱朗诵诗词和看星星，这样的女孩当然不会俗气，她们往往不计较生活的环境，因为她们总能从简单的事物中获得意想不到的滋味。

她突然把一口菜吐到地上,说:"我许你死哩,今天的肠子没洗干净。"

"怎么可能呢?好香锅的大肠本来就有点臭,你还说你喜欢。"

"你自己看吧!"她不吃了,从锅里挑了几截肠子。我看不出肠子有何异常,只看出她心情似乎不好。

"怎么了?"

"不要在这狗窝里吃,换个地方,我们出去吃。"

"狗窝?刚租下这房子的时候,你不是说金窝银窝……"

"呃,别墅楼我不喜欢,就喜欢钻狗窝?我不是人啊?还有,吃的这些都是什么东西。"她挤出一脸怨气,说,"好久都没见他俩了,打打电话,要是有空我们四个人也聚一聚。"

我只好打给符启明,无人接听。她又打给小末,不在服务区。

她自言自语地说:"他俩不晓得在哪个高档宾馆吃得一嘴油。"

我怀疑,这大概就是原因所在吧。然后,我小心翼翼地说:"符启明啊,未必是和小末在一起。最近一阵他老是……"

"他还有一个女人,对吧?好的,上次你就说过,还装得是不经意说出来。"她非常失望地看着我,"你把符启明花心的事说出来,是要证明你忠诚得像条狗,是吧?"

"我不是那个意思。"我真想提醒她,今天你有点过敏。

她不依不饶:"你就是那个意思,没钱就装得很真心,有钱了你还不是一样?你和符启明有了落差,其实你心里一直很嫉妒他是不是?"

"我为什么要嫉妒?"

"是的,为什么啊?你也不要拿自己和人家比。他有两个,甚至有三个又怎么样呢?他能够把每一个都照顾得很体贴,但有的男人一个女人都养不活。"

155

"你们师大上课都教什么？读了四年书，你还认为女人是该由男人养活？"

"你可以不这么想，但懂得这道理的男人，肯定更讨女人喜欢。"

我不太敢相信这话从她嘴里说出来，但屋子里没第三个人。我没想到她突然产生这么大的情绪，纵有很多驳她的理由，却不敢再火上浇油。她变得和以前不一样了。符启明这几个月发生了日新月异的变化，她又怎么可能不变？从符启明身上，她就能意识到男人和男人之间是不一样的。有的男人天生懂得发展自己，不停地将生活升级换代，有的却只能一天一天重复着平淡。小末不想给朋友重色轻友的印象，符启明和小末在一起时，特别有了车以后，沈颂芬有时也会给他俩当跟班。符启明要买什么一买两件，沈颂芬也有份。她可能开始了解了什么才是男人的魅力。

别说她了，我都感觉到符启明身上具有某种魅力。我一直还当他是晚上并肩巡街的兄弟，他可能已经把我当成了马仔……

我正乱七八糟想着事，沈颂芬已经穿好衣服往外走，说晚上要到学校听个讲座。当晚她没回来，手机也打不通。我估计她这一生气要好几天才会消停。虽然她的状况毫无先兆，毫无头绪，我也只能安静地接受事实。恋爱以来，这是她第一次冲我生气。别人早有提醒，说恋爱时两个人不可能不闹闹矛盾，否则就不正常。所以，她这一生气，我就当恋爱关系进入了更加正常的状态。

6
神算子

我们把老焦从精神病院里接出来，他精神状态不错，仿佛精神病院不是用来治精神病，而是用来蓄精养神的。老焦被拘留几天，又在精神病院检查了一阵，之后被免予刑事起诉，遣返原籍。老焦家在竹山县，只有一女已经嫁为人妇，生儿育女，辛劳度日。所里电话通知他女儿过来接人，并要她日后协助有关部门，行使对老焦的监管义务，但她理都不理。她肯定知道，协助是实打实的，有关部门却是虚的，最后所有事情都会变成她一个人的操劳。

刘所跟符启明说："你们要会同当地派出所的同志，做通老焦女儿的工作。再说老焦能赚钱，又不靠她养活。你们路上也多劝劝老焦，有这么多钱，何必还耍流氓呢？"

老焦确实能赚钱，他是竹山有名的神算，在自家房外贴一张告示：每天只算四卦，每卦只收一百，上午十点开门营业，下午三点关门杜客，概无例外。预约电话……

老焦在家算命算得好好的，每天进账好几百（他承认每天不止算四卦，而且每卦经常不止收入一百），本来小日子过得不错。有一天他心血来潮自掐一卦，不日即将招灾。再求一求破解，此灾只能从女人身体上求得消除。他老婆早就死了，而且，他又从不嫖娼——他说，嫖娼会让他的功力折损，算卦失准。这个老焦，其实还蛮讲职业道德。既有这样的避讳，又怎么从女人身上求得消除呢？老焦为这事伤透了脑筋。有一天坐车时，老焦忽然来了灵感，趁着拥挤对女人防卫薄弱的后臀下手，果然高潮了一把。即将来的灾难应是解除了，但老焦忽然变得一发不可收。竹山太小，熟人太多，老焦奉守兔子不吃窝边草的道理，放下手中的活计，来伥城专事耍流氓。被抓以后，他说命有此劫，消灾即是招灾。

所里的车不够用，刘所就抓符启明的丁，要他弄个车送老焦回竹山，汽油钱所里给报。符启明点了我和伍能升的名，我们三个一起去执行这趟公干。老焦闭目养神，伍能升央求地说："焦师傅，帮我算算嘛。"老焦只是微笑，并不说话。

157

符启明跟老焦说："老焦，我们对你不错吧？你给我们算一算，还好意思要钱？"

"你们要这么想，心不诚，我就没法算准。"老焦又恢复了半仙的气质。

刚出城，伍能升就接到他母亲打来的电话。我在前排都听得见，那边气喘吁吁。伍能升母亲沈姨年纪也不小，但火气虚旺，随时会跟人发生冲突。伍能升挂了电话，又说："符兄，掉个头吧，我妈在万家惠超市门口。"符启明马上掉头，把车往回开。万家惠门口围了一堆人，里外三圈。我们把围观群众一层层拨开，就像是剥蒜皮，最后剥出蒜瓣子，果然是沈姨，正跟一个女人吵得不可开交。

"怎么啦？"伍能升分开她俩。但这个时候，沈姨已经激动得无法陈述事情经过。另一个女人叫嚷着说："还叫警察来？警察是你儿子啊！"

那个女人跟我说明事情经过。起因是几天前，那天沈姨付款时没有出示超市积分卡，她是超市收银员，顺手把沈姨应得的积分充到自己卡上。这也是收银员们惯常的小动作，多搞一点积分，换几筒卫生纸。沈姨问收银员为什么要把积分充到她的卡上。"你没出示会员卡。"收银员这么解释。沈姨叫来超市经理，并奇迹般掏出一张积分卡，说这个收银员"盗取"了自己的积分。超市经理行事果断，当场决定扣除该收银员当月奖金。收银员咽不下这口气，今天见沈姨又来超市，便跟着她，在超市出口揪住她要她道歉并赔偿损失。很多人围观，没人拨打110。沈姨给伍能升打了个电话，收银员也拨了个电话叫人，但她叫的人还没来，说不定她叫的那些人正从附近哪个乡镇挤农用车往这里赶，而我们抢了先。我们把她俩隔开，她俩就像是磁铁的正负极，找着一切机会要往一块粘。伍能升不得不大吼一声："妈，你丑不丑人？你把人家一个月奖金都搞掉了，还有什么不解气?"

"难道我还要赔给她?"

收银员听得有些意外:"真是你儿子?"

这种事不值得过多纠缠,伍能升和我一左一右夹着沈姨把她拽到车前,拉开车门把她塞进后一排。车子往城南开,先送沈姨回家。老焦一看就焦急了起来:"你们说话不算数,又要把我关进去?"我要他闭嘴,说临时有些事,耽搁一下,保证他能够在竹山吃晚饭。

沈姨下车以后,我们去往竹山。这个老焦却要来事,伍能升不叫他算命,他偏要算。"刚才那个女人……"他一吭声,我们的眼睛都睁开了。我扭头向后,看着老焦的表情,仿佛洞悉一切。

伍能升不好问,我帮他问了出来:"那女人怎么了?"

"那女人一把年纪,但不正经。她有两个男人,搞得家庭一直不和。"

"……你,再说一遍?"

老焦扭头看着伍能升,把自己的意思更准确地表达一遍。老焦要是算得准,怎么没看出来伍能升就是那女人的儿子?通过后视镜,我都把伍能升那张脸变黑的过程看了个一清二楚。于是,老焦挨了打。伍能升又准又狠地抽了老焦一耳光,他还发蒙问怎么了?于是另一边脸又挨了一下。我只好拦住伍能升,脸上却忍不住挂出笑容。伍能升不应该打人,但换成是我,我也憋不住要抽老焦两下。这个老焦,你可以说我妈长得不好看,但你不能说我妈偷人……何况还当着面哩。

座位再一次得到调整,我和伍能升互换了一下。老焦瘦弱,却是一副不怕打的样子,我看着他时他还友好地笑一笑,仿佛在说,没得事没得事。

车开了两个小时,在怀水县吃了个午饭,往下还有三个小时才

159

能到竹山。上了车，我很想睡个午觉，老焦又说话了。他说："丁老弟，你这一趟不光是送我，还有别的事情要做。"

"哪又看出来了？"我有点好奇。

"你表情不对，眼巴巴地等着干什么事情。"

"能有什么事情？"

"你要去见一个女人。你有段时间没见到她了，这一阵都没有睡好觉对不？"

我心里一惊，符启明笑了起来，问他："老焦，真是名不虚传，算出来的还是察言观色看出来的？"

"这些比较浅的东西，不用算。"见我没有吭声，他又问，"说对了是不？那个女人在竹山？竹山的女人可不好，脾气大，喜欢要死要活。"

符启明说："还要过去，在朗山。那妹子在俰大读书，跟我这个兄弟认识只一两个月……老焦，你算算。"

"算什么？"

"我知道算什么要你说啊？"

老焦果然就闭上眼睛，左手手指掐了起来。他掐算的时候伍能升又反过脸来，盯着老焦。其实，刚才我从观后镜里看得到前排伍能升的表情，就一直观察着他，发现他一路都是落寞的样子，操着手，嚼槟榔。我无端觉得，他刚才被老焦算了个准，他家里肯定有事。他恨女人会不会和他妈有关呢？我来不及走神，那是伍能升家里的私事。老焦掐了一阵，眼睛像一休一样啪地睁开，一脸的笃定。他说："不要去了，那个妹子心思不在你这里了。"

伍能升喝骂道："你还想讨打啊！"

"哎，这个老焦，嘴巴这么臭，以后还想不想赚钱了？"

"打我我也这么说，真的。这一段时间你们教育得对，我对自己的行为有了深刻的反思。以前为了骗人钱财,算到的事情往往不说,总是要顺人家的心思讲好话。但这次回去,我决定再也不骗人了,算出什么讲什么。"老焦看我的反应。我没反应。他还不肯住嘴,接着说,"再说,现在细妹子今天喜欢你明天喜欢人家的情况,时时刻刻都在发生。那么多男人,凭什么要人家只喜欢你一个啊?你又不是人家刘德华。"

"跟刘德华有什么关系?你有完没完?"我扬起手作势要抽他,手掌在空中劈了条弧线又停下来,扑哧地笑了。"算准我脾气好,不会打你是不是?"

"不是,你相信我说得对。"

"那帮我算算,那妹子心思跑到了哪个男人身上?"

"这个算不到,给我钱也算不到。"老焦有如科学家一般严谨。

朗山是伢城地区最北的一个县份,马路在进竹山县城之前分道。分道的三岔路口可以等到过路车去朗山。在三岔路口,符启明掏钥匙打开后备厢的盖子,我拽出一大盒糖果。

那晚沈颂芬离开我俩的狗窝,一直没回。后来打个电话说她妈病了,反正课程也不紧,她回朗山照顾她妈。等了几天,我发现我分外地想她。同居以来,这是我俩第一次分开,每一个日子都被思念抻长。符启明提醒我:"老是等也不行,她妈病了,正是你好好表现的机会。"我打算往朗山跑一趟,正好所里就有了遣返老焦的任务,可以搭一阵顺风车。

我事先没给沈颂芬打电话,想突然出现在她眼前,给她一个惊喜。老焦掐着手指算出来的内容搅乱了我的心思,见到我,她是惊喜还是烦?

"光看看她妈就完了?你这个人啊,真的很不会讨女人欢喜。"符启明拍拍我,又从后备厢里拿出一件东西,是一个长盒子。他又说,"帮你想好了,这东西她一定喜欢。"

我打开盒子,里面是一架望远镜,镜身金色的。若非天光暗淡,太阳光洒在这架望远镜上,定能产生非常炫目的折光。他说:"喏,这颜色好。望远镜都是非黑即白,这颜色罕见得很,显得你独出心裁,很用心地为她挑选。"

"是你独出心裁!"我感激地看着他。

在三岔路口我很快搭到赶往朗山的车,天黑以后赶到那个小县城。这是我第一次来,朗山的万家灯火陌生地闪现在眼底。我不知道沈颂芬家住哪里,也不知道她妈住哪个医院。我找个地方吃大碗饭时跟本地人打听了一下情况,和别的县城一样,这里就人民医院和中医院有床位住院,私家的都是小诊所。我买了水果在朗山两家医院的住院部走了一遭,除了妇产科和儿科,其他几个科室都去查了病人姓名。我知道她妈的名字,舒引娣。但没找到这个人。

十点钟,我打沈颂芬的手机,不在服务区。于是又打给小末,想从她那里打听一下情况,同样也不在服务区。我只有找个地方住下来,睡不着,又出来满街逛。正因为我不知道沈颂芬家住哪里,所以心里存留着一个希望,能和她在街道拐角处不期而遇,说不定还撞个满怀……我揣着这份希望,看着迎面而来的一张张陌生的脸。

次日下午两点,沈颂芬终于打电话过来。上午我一直拨她的电话,不下十次,时而占线,时而索性静默,信号音都没有。此时她一脚踏进服务区,见有这么多未接电话,才回过来。她问:"打这么多电话,什么事?"

"你在哪里?"

"跟你说的啊,我在朗山陪我妈治病。"

"哪个医院?"

"你……你在哪里?"

我不得不说,"我已经到了朗山,去人民医院和中医院都找了一圈,没见到你啊。"

"你怎么来了也不说一声?我在乡下。"

"你妈病了怎么往乡下跑?"

"……这里有个草医懂偏方,我带我妈来试一试。不要说那么多了,你真是烦人,我今天回不了县城,你先回去。"

"我等你。"

"我许你死哩……我明天下午到。"

我又在朗山等了一天,还打电话要符启明给我请假。那一天是在胡思乱想中度过的,我不断想起老焦说话时毋庸置疑的样子,然后又把这表情从脑海中清除。天擦黑时我见到了沈颂芬,她脸色憔悴。她说她妈的病已经极大程度地好转,治疗已进入扫尾的查漏补缺阶段,不日即可痊愈。她还批评我:"幸好我妈不在医院,你突然去看她,不是要搞得她再次发病吗?"我真想问问,我就这么见不得人?

等一会儿她还要回去,我当然不能去她家。我磨磨蹭蹭喝完了饮料,把糖果、水果递给她,要她拎回家,要不然就只有扔掉。她说了声谢谢。接着我又将金色望远镜递给她,她疲惫的眼里闪出一丝光芒,冲我说了声谢谢。

"那么多东西,我帮你拎到家门口吧。"

她说:"不用,你自己早点休息。"

7
捉奸未遂

符启明帮我在所里续了两天假,我在朗山陪着沈颂芬。我不能见她的家人，只能入夜以后和她偷偷摸摸地见一见面，还尽找僻静的地方。两天以后她跟我回到佴城。

打开我们租住房间的门，她就闻见一股霉味，条件反射地捂住鼻孔。我发誓我没闻到，但她还是敞开了窗户进空气，说敞上一天再住人吧。她收拾了几件她的东西又要走，我拦住她："你怎么搞的，回了几天朗山，变上流社会了？"

"我不是你老婆！"她振振有词地推开我。

我不知道这几天发生了什么，或许，她妈的病对她产生了巨大的影响。我感觉到她身上有了巨大的改变，具体体现在哪，又摸不准。那天我仍是在胡思乱想中度过，并且，脑海里几度浮现老焦预言家的模样。有的场面里，预言家老焦不再是个活生生的人，而是一具骷髅，张开黑洞洞的嘴，每说一个字就喷出一股白烟。晚上躺在床上，我忽然担心沈颂芬会再次消失，越想越是这样，掏出电话趁她蒸发之前拨打了过去。

电话倒是马上就接通了，一片嘈杂。她问："又怎么了？"

"还没下课啊？"

"几点了都？正参加一个朋友的生日派对，要搞到十二点。十二点正点吹蜡烛。"

"要这么精确吗？你……"

"还有什么事？"

"你多保重啊！"

"神经！"她挂了电话。

通电话时，我听见那一头有男有女，还有酒杯碰撞的清脆响声。他们爱搞派对。派对是什么东西，也是沈颂芬解释给我听的，不是请人吃火锅，不是露天舞会，当然更不是茶话会，比这些都要洋派。所以我理解，派对派对，什么都可以不是，但要有洋派，这他妈才对头。

次日我和所里的几个兄弟在金泉茶楼打了一天牌。昨天还担心沈颂芬会再次消失,这天不担心了,心里想着,她若真要消失,即使我把她捂住,她也会像时间一样从我指缝间溜走,我又何苦来哉?我不愿回到那小房间,陷入无尽的猜疑,和这帮兄弟打牌是不错的选择,一开始还在岔神,连输了几把我的心思全到牌面上了。

中午,符启明带着几个外地人坐在雅8谈生意,春姐被他叫来作陪搞气氛。现在春姐日益成为他的生意帮手,她可以随时放下卖春药的生意帮他打点生意场面上的事。一个晓事的女人助阵、陪衬,符启明自身的能耐和魅力将进一步体现。春姐也似乎乐意帮这个忙,在男人之间穿梭游弋说不定能让她一次次焕发青春。

沈颂芬打来电话,说你死哪去啦,我辛苦了一天回来,屋里什么吃的都没有。听着她娇嗔的声音,我心底小小地温暖一下,冲电话说就来就来。我让出牌位,几个兄弟等着接。

我买来的食物在小方桌上堆得琳琅满目,恰逢她胃口大开,挑挑拣拣吃饱了肚皮。

"你知道吗?"她剥着卤煮花生,嚼得满口溢汁,舌头仍是闲不住,跟我说,"今天小末抓到符启明有奸情。"

"是吗?"我怀疑她今天回来得早就是要跟我说这个。

"在君悦达生酒店门口,小末撞见符启明和一个女人走进去开房,勾肩搭背。"

"不可能,今天中午我们都还在一起。符启明和人谈生意,一帮浙江佬和他在一起。怎么又变成个女人了?"

"下午的事情。中午可以谈生意,下午偷情也来得及。你这人怎么么是个死脑筋?"

"捉奸在床吗?"

背后说人小话，容易口干舌燥，沈颂芬拧开一瓶雪碧，一仰脖喝了半瓶，又说："小末想跟进去捉奸在床，搞得他铁证如山，但她自己沉不住气一下子暴露了。符启明见她跟进来，有的是办法对付。小末冲上去想拽住那个女人当面对质，符启明把她拦住。那个女人一转身就没影子了，看样子偷男人很有经验，溜起来也有经验。"

"男未婚女未嫁，怎么算是偷呢？你们真是神经错乱，一会儿开放得不得了，一会儿保守得像是小脚女人。"我以一种马弁的职业精神替老大说话。

"少来教训我！这个符启明，竟然是个草料胃口。那个女人走得再快，小末也看清楚了，至少都有三十来岁……"

我打断她："……女人穿着绿衣服，上面绣着金色的牡丹花，对不？"我忽然想起中午时候，春姐也在。

沈颂芬知道得没这么清楚，她很有实事求是的精神，发短信向小末求证。很快，小末也回来短信，她手机发出一声牛吽。她看了看短信，说："呃，你怎么知道？"

确认是春姐，我就松了一口气。我严肃地说："你不要疑神疑鬼，也不要以讹传讹，不是她，绝对不是她。那大姐是符启明生意上的伙伴，姐夫还是所里的兄弟，怎么可能吗？"

"那是谁？……对的，你以前说过，符启明还有个女人对吧？是谁？"八卦起这些，沈颂芬眼珠子一阵一阵地发光。

"别再八了，你毕业想进狗仔队？"

据我所知，符启明现在一心扑在事业上。跑不脱的赌档只经营了个把月，他小赚了十来万，就赶紧关张。他是见好就收的人，赚钱求个稳当。赌档关掉之后，他跟着何冲转入其他行当，在何大道的楼盘里拿到一些基建项目。为赚钱，他可以是万能选手，赌档和基建项目在他看来其实差不多，懂不懂没关系，先把项目拿下来，请一个内行的人当经理，或者转手让出去赚差价。有天他专门跟我感叹，现在事情越干越大，自己操心操不过来，玩女人都没兴趣。那个夏新漪，他已经不沾了。以前夏新漪每天泡在他的赌档，他给她一成利润，一个月下来打发了她万多块钱。那天，他蛮有心得地跟我说："女人还是不能光看脸，漂亮当不得饭吃。她打针打得一身浮肿，我和她搞亲热，抱在一起，不剧烈一点没味，剧烈了真担心搓下她一块皮子。他妈的，本来以为是上演激情片，没想到搞成了惊悚片……找老婆，还是你找你的颂芬我找我的小末。"

"给我一个吸粉的仙女，我都宁愿换成一个有狐臭的妖精。"符启明善于总结，说到此处还拍拍我肩，语重心长地叮嘱，"这种女人，你也不要再去想啦，她早就不是你读书时见到的那个粉嫩妹子。"我"呃"了一声，不由得苦笑——是不是还要感谢他，竟然记得夏新漪曾是我少年时代的梦中情人？不过我乐意看他这种历尽沧桑的模样。我曾朝思暮想的女人，却被他随手泡来，转身丢弃。奶奶的，人不能跟人比，这他妈才叫生活呀。

接下来一段日子沈颂芬越来越爱搬弄是非，和我在一起时，总要提一提符启明和小末的事。那次小末捉奸未遂以后，两人关系就变得很僵，碰着面就吵架。沈颂芬对此津津乐道，很详细地告诉我每一次吵架是因什么而起，因哪句话不对劲而掀至高潮。全是些鸡毛蒜皮的事，小末每次吵架后都会找沈颂芬倾诉，她听完，回到我们的小屋子里跟我现买现卖。她爱讲是非，我洗耳恭听。我要感谢符启明，他那边状况层出不穷，两人关系日益恶化，却给我这边提供了无尽的话题。

符启明这一阵脸皮总是拉长，愁眉紧锁。他也跟我说到那事。

"其实你知道，我跟春姐能有什么见不得人的事？那天那帮浙江人先上了楼，我和春姐后一脚跟进去，十来个人都在一个大厅里洗脚,能有什么见不得人的事?小末完全变成个泼妇。我叫她别吵,上楼看一眼就全明白了,她却不肯,还说你又不是白痴,我现在上去还能看到什么好戏?这个泼妇,我把她当老婆,她把我当戏看。"

"后面你俩吵架,都是因为这事?"

"是啊,哪有这道理?当时她发泼,我还当她是爱我的表现,越往后越不对。该解释的我都解释了,她还没完没了。丁兄,你说说,哪有得个感冒就迅速扩散成肺癌晚期的道理?反正,她冲着我发脾气,有点像是演戏。丁兄,你看是不是……她自己那边出了问题?"他目光如炬地看着我。

我说:"这就是你的不对,自己问心无愧就行了,何必倒打一耙?她毕竟是女人嘛。"

"呃,好的。你有空的时候,帮我劝劝小末。"

我答应他见到小末时一定劝劝。我知道有关春姐的事一定是误会,由我开口澄清说不定会有效果。我已经很久没见到小末了,想让沈颂芬邀她出来涮一顿猪杂烩火锅。

回到出租屋,沈颂芬却告诉我,小末已打算离开符启明。她没法和符启明同床异梦地过下去。

"上次的事真是误会,小末又没捉奸在床,何必小题大做?"我忍不住说句公道话,然后凑过去压低声音问她,"告诉我,是不是小末因为男人要把符启明甩了?"

"符启明真就没有别的女人?"沈颂芬玩针锋相对。

过不了几天,从沈颂芬口中得知,小末已经收拾完自己的东西,从梦窟搬回学校。我找符启明证实,他告诉我这是真的。小末看样子是铁了心要离开他,他最大的痛苦是竟然摸不清头脑。他觉得小末给出的理由不充分,但小末即使不给出任何理由,也有权利这么做。挽留一个必将离去的女人,就好比爬上一堵正倒向你的墙。

那一段时间,在所里上班或者在茶楼打牌时,我一抬头就能看到符启明落寞的脸。他不是喜欢将心情溢于言表的人,但这是他头一遭失恋。我不主动问他什么,等待着他有什么话找我说。如果他觉得我和沈颂芬能帮上什么忙,我乐意当和事佬,为朋友做点力所能及的事。

圣诞之后,元旦之前的一天,符启明脸上挂出喜悦,要我跟着他去周围一带的农村买一只肉狗和一只羊。

"又怎么了?"

"元旦那天,我要和小末结婚!"

8
天空很近

"结婚"是小末灵感突至想来的主意。她搬下山住回了学校,符启明当然不愿意接受分手的现实,继续去佴大找她,向她承认错误(纵不认为自己有错),请求她回心转意。为了她重回自己身边,符启明可以搞得自己穷形尽相。之后不久,小末果然被符启明打动。据符启明说,小末出了个难题考验他,或者说,给自己找个梯子下楼。

"……要是真喜欢我,你就和我结婚。"

"我无所谓。"符启明相应摆出成熟稳重的表情,跟她说,"但你还没毕业。"

"哪有那么麻烦?结婚就是好玩,用不着去登记,直接结了就行嘛!你只要出点血办几桌酒菜,找一帮人聚一起热闹一下。你当新郎我当新娘,怎么样?"

他扑哧笑了,这不就是小时玩的过家家嘛。花点钱对他来说不是问题，只是有些费解。"为什么有这样的想法？"

"就是好玩，真的。前几天去参加我表姐的婚礼，忽然就想结婚了。"

"那好的。"他不由得感慨，"想结婚就结，这才叫生活！"

那天，符启明本来想杀一头猪，因他曾经帮亲戚杀过猪，很想在众人面前一显身手，把杀猪当才艺展示。一口生猪少说百多斤，宰杀了根本吃不完，不如杀狗。所以，他买了一只二十斤的狗和一只二十五斤的羊，还有鸡鸭鱼若干。元旦那天的"婚宴"我们自己动手，不光是吃，还有的玩。所里的一帮兄弟以及小末、沈颂芬带来的大学生妹子若干，中午时就聚集在左家山上的那个农家院内开始动手，足足地过了一把杀狗宰羊的瘾。小末穿一身红袄，脸上也施了浓妆，混在剖鱼的妹子里头，拽出鱼鳔就一脚踩爆。

我看得分明，她脸上并没有"结婚"的喜悦，每一脚踩下去都是恶狠狠的。

与她相比，别的人都一同回到童年，重玩过家家，尽情享受这份愉悦。沈颂芬是"伴娘"，她负责将鸭血拌进泡发好的糯米并和匀。这是俚城婚宴上必不可少的一道血粑鸭。我负责拍摄，手持DV记录每一个人脸上洋溢的快乐。我还把机子交给伍能升，抢先和沈颂芬拍了个湿吻照，吻时深吸一口气将她的舌头拽出来老长一截，引发现场阵阵喝彩。符启明走过来将脸皮一皱，冲我说："这不行，今天谁结婚要搞清楚啊。"

天擦黑时放了一通爆竹，开席。毕竟是假结婚，出场仪式充满着插科打诨，既要入戏，又要随时出戏，每个人都很适应角色，整场"婚礼"保持着亦真亦假的气氛。

本来想酣醉一场，忽然下起了雪，不大，但也纷纷扬扬。大多数人匆匆吃过饭就离开，最铁的一帮兄弟还有小末她们姊妹四人撤回"梦窟"，继续喝酒。

"梦窟"也布置一新，床上用品重新添置了一套，全是大红的颜色。酒是符启明的老板朋友免费提供的。搭帮这个"婚礼"，我也很来情绪，喝酒保持较快的频率，都是一饮而尽。小末也不含糊，她操起碗和闪雄拼了几个回合。闪雄先吐，被人摇醒后，他按事先的约定，冲着小末喊了一声"妈"。小末酒量令人敬佩，吐倒是没吐，但是当了妈以后，就一直坐在那里歪着嘴角傻笑，眼睛老盯着"儿子"，甚至挤眉弄眼，搞得闪雄颇有些不好意思。然后她眼睛又盯着我，时不时挤个媚态。我只好尴尬地跟沈颂芬嘀咕："小末醉了，你兜着点。"

她有什么心事，正借酒撒欢。也许，这场"婚礼"就是她出于恶作剧心态的创意。小末傻笑一阵忽然啜泣起来，沈颂芬拉她过去洗了个脸，把粉彩都洗掉。洗尽铅华之后，她原本的那张脸上，表情十分诡谲。

"各位兄弟，今天难得聚得这么齐，给我凑这个热闹。"符启明总结陈词，"我符某人平时有什么做得不对的地方，兄弟姊妹们要多担待。我这个人就有这点好，就算是赚了钱，绝不一个人赚。只要找到好的机会，在座的各位兄弟都有份。喝！"

众人也豪迈地回应，仰起脖喝光杯中的酒。

"小末，你也说几句。"

"我也说？"小末环视一周，说，"热闹也算热闹，该来的人还没来。"

"小末，总结发言。今天我俩结婚嘛。"符启明在她后背拊一掌。

"把那个女人也叫来，少了她多没趣啊。"

符启明俯下身去，搂住小末："你别给我丢人。春姐今天有事来不了，我和她没什么说不清的，在座的兄弟都可以作证。我什么人？难道还会打兄弟老婆的主意？"

"少跟我装蒜，那个姓夏的你叫过来……装失忆啊？就是帮你管赌场的那个夏新漪。"

"小末……"

"只准你到处查我，不准我查你啊。你也别装得那么无辜，我查你查得一清二楚。你这帮兄弟能帮你澄清什么？一路货色。"

"少在这里发神经……"符启明感觉到不好收场，直起腰跟大伙说，"兄弟们，今天就到这里，我关了门自己闹洞房，不麻烦你们了。"

我和沈颂芬留到最后，帮着符启明把小末弄上床，并收拾桌上的剩饭冷菜。往山下走时，我问沈颂芬还知道些什么情况，沈颂芬一个劲摇头，说真不知道。

"夏新漪她怎么会知道呢？"

"夏新漪是谁？你倒是知道不少啊，怎么不跟我说说？"

我懒得跟她解释，只是说："这顿酒吃的，真像最后的晚餐。"

元旦以后没几天，俫大放假，沈颂芬赶紧回了朗山，小末回到家里帮父母置办年货，要么闭门不出，要么一家三口其乐融融地出现在俫城马路上。符启明看见了也没法靠近她。所里任务很重，年前是防抢防盗的关键时期，每天都安排人上街巡逻。

有一晚没别的人，他问我："小末怎么知道夏新漪的事？"

"我怎么知道？"他俩"结婚"那天我就看出来，他怀疑到我头上，但我在脑子里搜索了好久，确信自己并没把这事说给沈颂芬听。

"……那，安志勇的事你也早就知道了吧？"

"安志勇是谁？"

"就是安吉瞳，自己取了这么个鸟名字骗女人，惹得这些傻女人跟他在一起，就以为是演韩片。知道他到底干什么的？药管局配送中心的司机，留长了头发到处装艺术家。垃圾！"

"他懂乐器，还会编曲，装也算不得装。俫城这地方，艺术家往

172

往也是半路出家。"

"你知道？沈颂芬以前是不是跟你说过什么了？"

我默认。他又问我怎么不早点说。我回答："我不会把夏新漪的事说给她们听，同样，我也不会把安吉瞳说给你听。"

符启明吐了一口烟雾，说："兄弟，你要知道，兄弟其实比女人可靠……"

"你到底查到了什么？"

他动动嘴皮，陷入长时间的沉默。

最后一学期小末去了省城找事，沈颂芬原来说的是联系了俚城四中实习，要是表现不错就留在这个学校，但她后一脚也去了省城。我怀疑是小末拉她去的，通电话时她却告诉我，这和小末没关系。小末在一家公司，而她找了一家中学落脚。我问她是不是不回来了，她说看情况。她又说："要是有合适的时机，我会帮你在这边也找个事。反正，你在派出所又不是正式的。省城有更多的发展机会。"我不由得苦笑，明明就是混碗饭吃，这些妹子喜欢说是"发展"。心里毕竟一热，她还惦记着我。

三月中旬的一天，符启明忧心忡忡地把我叫到一边，小声说："小末消失了。"

"失踪了？"

"……消失了。"他掂量了一下措辞，又说，"也许，只是联系不上了。我已经有一个星期打不通她的电话。"

我掏出手机说："是不是专门冲着你设置的？我用我电话拨她一个。"

"没用。我用公话也打不通。你拨你家颂芬，看她是不是打得通？"

"呃，好。"我拨了沈颂芬的号。信号音倒是正常，响了很久没人接。符启明脸上的疑虑越发地重，他说："喏，真是一对姊妹花。"

"不会的,可能在上课。"

过不多久沈颂芬回了电话,问我什么事。我问她最近有没有和小末在一起。她说:"没有,她在雨湘区,我在望城,离得很远,基本没有联系。"

我哦了一声。她又说:"是不是符启明叫你给我打的电话?人家的事,你不要管。"

"小末是不是和你说了什么?她是不是换了手机号码?新号码你有吗?"

"没有,我打她也打不通。省城很大的,你不要以为和俚城一样,屁大个地方。"

省城有多大我知道,俚城算是屁大一点,省城也不过三四个屁大。但我不想和她理论、求证,抬头看看符启明,知道他的忧虑不是无风而起。挂了电话,我说:"你再等几天看看。"他努力地点点头说:"我估计沈颂芬知道情况,电话里也说不清楚,当面说会不一样。人怕会面嘛。你能不能请一天假陪我去一趟省城?"

"你要搞清楚,这不是办案。即使她知道,也可以不配合,难道还能讯问她?"

"……只要找到小末,我有办法让她回心转意。上一次她也想和我分手,只要找得到她,一切都还能挽回。但是她要玩消失,我就没办法了。"

"她有没有和你明说,要分手?"

"没有,她不会明说。她干脆什么也不说,把我晾着。"

"不就是几天联系不上嘛,别想太多,兴许明天她就会一个电话打过来。"

他苦笑了一下,说:"少说这些没用的,我心里清楚。"

过了半月,我忽然接到沈颂芬的电话,一接就发现她语调特别怪异，包含了难以遏抑的愤恨。我喂了一声，她郑重其事地通告："你不要搭话，只要听我跟你说。符启明不是个好东西，以后你也防着他一点。他要跟你讲我任何坏话，听不听你自己看着办。你必须阻止符启明再来骚扰我，要是他还来找我，我俩的一切关系就到此为止！"

我一愣，符启明和小末的事怎么把我也搭了进来？符启明去了省城找沈颂芬，追查小末的下落。沈颂芬肯定以为她的地址是我提供给符启明的——确实也是我提供的。当时符启明随口问了一下沈颂芬在哪里实习，我说出那个学校的名字。我当这不过是朋友间的关心而已。

沈颂芬的一通话让我对符启明心怀怨恨，我等着他现面时，问一问他去省城找沈颂芬怎么也不说一声。而且，他见到沈颂芬时到底说了些什么，才惹得她冲我发这么大的火？之后好几天，我都没有见到符启明，问了所里的兄弟，没谁见过他。兄弟们还跟我说："符启明这一个月都心情不好，你还是去找找，看他到底出了什么情况。要是谁敢惹到他头上，兄弟们随喊随到。"

我去到左家山那个农家大院，天刚开始黑起，天空有一种起雾的效果。去到二楼，房门开着，里面窜着乍暖还寒的风。房子里喷了空气清新剂，橙味的。据说喜欢橙味清新剂的人都容易兴奋。他把小末的一张相片翻拍得很大，挂正墙上，相框蒙一圈黑纱。桌上有一堆书，既有《刑侦学》、《刑事缉捕学》、《法医学》、《凶案现场分析实例》、《天下第一奇书厚黑学》，也有《如何走出人生的低谷》这种剪刀加糨糊的地摊书。

我去到平顶，符启明坐在那个精心营造的角落，背对着我，抽烟。
"你来啦！"
数天不见，他头发还是黑的，可能是我眼睛打闪，老觉得像是黑白夹杂。他瘦了几圈，一张脸像是刻在黑白色的木版画上一样，尽是经纬交错的线条。他脚下有一只破火盆，现在搞成了烟缸，里面烟头不计其数。

"终于来看我了，怕我死了是不是，你放心，我死不了。"他掸掉烟灰，又说，"不但死不了，我活得很好。我从没活得这么明白。"

他那表情，强烈地示意我不必开口，只须听他说。我耸起双耳，摆出配合的样子。他只字不提小末，当然更不会提去省城找沈颂芬的事。忽然，他扬起手向上指，说你是有福之人，今天天空很近。

"……这几天，静下心来，忽然只喜欢看星星。只要拿着望远镜望天，想一想这颗星多少万光年，那颗星多少亿光年，时间观一下子就改变了。看看那些星星孤零零地悬浮在天上，想一想人生只几十年，就觉得一切都微不足道。"歇一歇，他又说，"你也过来试试，你拿着它盯着天，仔细看上半个小时，就会有一种幻觉。你试试，看着星星，慢慢地你也会觉得所有的星星在看着你。顺着这感觉走，你会发现自己只是宇宙里的尘埃，飘浮着。你看……"

他把一只眼睛杵在了望远镜目镜上，调着转台上的手柄，然后示意我将眼睛凑向望远镜。他在我耳畔指引地说："前几天，我才第一次认出大熊，接下来一个一个的星座全被我找了出来，原来，它们果然都在的。你看，找到了北斗七星就找到了大熊，那是猫头鹰M17……仙后座看到了不？你尤其要注意，M52星团北面那颗第谷星看得特别清楚……御夫座五车二，还有M38疏散星团，今晚都像是摆在盘里等着你清点，机会难得……你仔细看，别不当回事。看进去了，你也会飘浮起来，这感觉比搞一个女人带劲多了。女人算个鸟呀！"

我眼睛凑着望远镜，费力地寻找任意一缕星光。其实用不着望远镜，我也早看出来，这一晚，天上一颗星都没有。

第五章 发迹史

1

春光灿烂

我到的时候，值班室、备勤室空无一人。这不合规定，但确实空无一人，老朱可能去上了厕所，他是唯一坚持上厨房边那个旧厕所的人。他应该坚守岗位，可是人有三急，憋住了伤身，憋不住丢人。我坐在冷硬的木沙发上，荧屏晃了一晃，闪出一个肌肉女人跳操，口里喊着号子，一二三四二二三四……要是会计杨亚琼在的话，她会守着电视跟着跳操，童副所、老彭等人便在后面慢悠悠地看她屁股。正想这事，杨亚琼进来了，瞟一眼电视尖叫一声，把包一扔，忙不迭跳起来。我试着用老彭的眼光看她屁股，并燃上一支烟把眼神放缓，又试着用童副所的眼光持续地看一阵，就看出来，世界还是美好的。

符启明当班，一直没见来。刘所走进来看一眼排班的表，问我：

"符启明不来你怎么来了,是不是他叫你顶班?"一个班有几个人值,干警老彭都没来,刘所却没有问。符启明真有点树大招风。

我说是。

"你们这些人……"他说,"是不是用不着符启明交代,只要他不来,我一查岗,你们个个都会替他顶班?"

我说不是。

刘所就笑骂着说:"这个符启明,确实有两手。要是他在外面实在忙,可以辞职嘛,我们小庙装不下大和尚,他何必为了区区几百块钱来我这里点卯?汽油费都不够。见到符启明,还是要叫他按时上班。好歹也是个派出所,不是干休所。"

我打电话问符启明。他说:"你帮我顶一顶,这两天真的忙不过来。刘所那边,我见到他的时候有办法对付。"和他通电话时,我还听见一通砰砰砰的敲击声。我问他:"又在哪里搞装修吧?有新的产业?"

"过几天你就知道了。"

"和谁一起搞的?"

"你真是蛮有好奇心,拿你没办法。想知道的话,你往马路对面看看,看春姐的春药店现在怎么样了?"

春姐的春药店不知几时变成了一家理发店,一个白发苍苍的小孩坐在店门口发呆,盯着前面的马路,间或也盯向我们这边。他肯定很想拽几个人进到店子里,把白发染黑,把黑发漂白,把这世界搞得长幼无序。

往后的几天,符启明有时来,有时不来。刘所当然不会批评他。其实,那天刘所查岗盘问符启明情况,我甚至怀疑,他可能是想念他了。

半月后的一天,下午快下班了,符启明忽然冒出来,外面还停着三辆车，两辆小车显然是用于盛放领导，后一辆中巴专为我们而准备。"饭就只有盒饭，但可以一边唱歌一边吃！"他拽人上车，发出这样的通知。

有人问："你请的啊？"

"冤有头债有主，是春姐请客，我只开车。"

童副所笑歪了嘴，说现在的事越来越奇怪了，小光哥家的事由小明哥操办。他又扯着嗓子喊："小光，小光。"光哥点头走过来，请童副所去白色马自达入座。童副所没被拽动，他清了清嗓子仔细盘问："你这个小王八呀，倒是说说，你和启明两弟兄，谁是春姐的大老公，谁是小老公？"

"童副所你开玩笑呀……"光哥脸上窘迫。符启明则大大方方地走过来说："童所，你要是有兴趣过来，春姐家的正房给你虚位以待。"符启明开口说话，光哥当他是给自己解围，赶紧点头称是。童副所呵呵哈哈地笑开了，一边往外走，一边忍不住感叹："还是我们所的兄弟一团和气。"

所里大多数人愿意去，但有些人，像邢副所、陈二，从来不吃符启明的请，只好悉听尊便。车子拐过只有一半的四桥，往前又拐了几拐，来到溶江路一个路口。那幢大楼要搞成宾馆，但内部装修并没结束，只二楼率先完工了，打出一块偌大的灯牌"春光灿烂娱乐会所"。"春光灿烂"突然变成一个时髦的成语，当时正有一部烂片《春光灿烂猪八戒》跑遍大街小巷，众多网站正在票选"年度时尚先生"，"猪八戒"赫然在列，并和灰太狼一道成为细妹子心目中的最佳伴侣。

上到二楼，电梯的门一打开，十几个妹子齐齐地弯腰鞠躬，冲我们说："欢迎光临，祝您拥有一个春光灿烂的夜晚。"

"……这一句太过分了啊，灿烂也就算了，还春光——直接说发春不就完了？"刘所眉头一皱，跟旁边的人说，"嘴巴上就这么挑逗，你这不是给我找麻烦吗？"

符启明说："按领导指示，立即整改。"

最大的一间包厢有百多个平米，一伙人走进去，灯哗地全开，晃得人恍觉自己衣不遮体。哔的一下又变成半明半暗。音效也好，不像城南另几家草草上马的K歌场所，消音都不合格，这边的妹子唱《龙船调》隔壁的汉子抢着推，很互动。领导客套一番就抢话筒。刘所献唱一曲《祖国永远是年轻》，童副所接着来一首《翻身农奴把歌唱》，然后是光哥唱《心太软》。刘所喜欢这歌，跟着哼哼还不够，一把拉起杨亚琼走到包厢中间，操起四方步给光哥伴舞。童副所一时技痒，想找人找不见，所里就来这么一个妹子。妹子只有一个，他这个所长却是副的。

符启明看得明白，凑过去低声问："是不是……"

童副所把手一挥："那不行。我知道你们这里有，不要叫。等下我就把刘所拉走，你们年轻人等一会儿再发疯不迟。"

符启明小马弁似的侍立，随时等着领导吩咐。我却不由得感叹，前一阵这厮还全情投入地失着恋，不承料，与此同时，生意场上的事情他有条不紊地打理着。失恋一个多月后，这个娱乐会所开始试营业。我看得出来，他确有某种独特的气质或者魅力，把交往过的朋友都搜集起来，当老板的朋友固然是结交重点，我们这些贫贱之交也不小瞧慢待。在他看来，每个人总有用得着的地方。按照当初的设想，符启明已将自己建成一个"平台"，在城南具有相当知名度。虽然他手头的钱不多，但别的人都信得过他。只要找得着商机，拿出具体方案和可行性报告，摆平相关的事主，别的老板就敢投钱进来做。那些老板大概看得出符启明的潜质，有心帮他一把，送出人情，日后受用。"春光灿烂娱乐会所"自然也是在符启明这套操作下创生的,他做得聪明,把春姐扯进来装点门面。平心而论,春姐实在是不二人选。

掐指算算,认识符启明正好一年。抚今追昔,想起初见时的情景,再看看彼此此时的差距,心中不免落寞。但不是嫉妒,我对符启明多了一层敬佩。

童副所是个很懂味的人,身为领导不好和下属一起喊妹子,就拽着刘所提醒他早点走,让年轻人再玩上一阵。刘所也会意,说是还有事要先走。春姐这时再次推门进来,拦住去路,抱歉地跟所长说哎哟刚才有事,现在别的事都扔下,我要陪领导喝两杯。

"不搅你生意。"

"哪里的话,领导一来我这里就像一对门神,既招财进宝,又吓得小鬼腿软,不敢进来跟我捣乱。"

所长副所被拽到最大的包房V888,各自有了舞伴,跳上好几曲。己所不欲勿施于人,领导对年轻人也放宽了管理。符启明不好叫坐台妹子进来,叫了几个端盘送水的服务员妹子,要她们陪各位兄弟。服务员们被一个个带进来,挤在门口。兄弟们有些傻眼,不知如何是好。

刘所就表态:"跳交际舞,蛮好的娱乐活动嘛!"

我也分到一个穿工作服的妹子。妹子很年轻,个儿高挑脸盘子清秀,但一口牙稍微没长好,上排门牙整体前凸,正中开了一条缝。我拉着她跳舞,她不会跳。她是被老板命令过来的,纯属临时追加工作内容,心里有抵触情绪,坐在沙发上看那眉眼倒像是冲我发小脾气。我也不知道怎么哄她,在她身边坐下来。

一曲终了,童副所拽着春姐的手走过来。春姐问她:"你俩怎么不跳?"

她脸一偏,懒得理会。我便说:"我俩都不会。"

"走路会吧？会走路就会跳舞。"童副所和颜悦色，又说，"这妹子还有点怕生，啧，蛮不错。小丁，这就是你的不对，赶紧哄哄人家。哄开心了，身材这么好的妹子哪有不会跳舞的道理？劈个叉都不在话下。"

一曲又已开始，我拽拽那个妹子，她一把将我的手推开。我反而来了兴致："你叫什么名字？"

"不告诉你。"

"那我就叫你……虎妞。"我想起多年前斯琴高娃演的虎妞。那电影在广场露天放映时，我骑着父亲的肩头看。当时，我问父亲这演戏的女人牙齿怎么长成这样，父亲告诉我说名著是那么写，她就必须这么豁。

妹子撇撇嘴，嫌这名字太难听。她说："你叫我阿花。"

再挨一曲，我拍拍阿花的肩，她站起身陪我跳，要不然春姐会批评她。阿花果然不会跳，而我顶多也就是在跑不脱农家院子里伴着星光跳过几回。我还没把阿花的身体捋直，就被领导撞了几回。他们借着酒劲撒起了欢，搂着舞伴横冲直撞。童副所撞上我时还朝我挤挤眉眼，所有的欢悦都聚拢在鱼尾纹上。阿花跳了两曲就说脚抽筋——也确实在抽。我和她坐回沙发，成为忠实的观众，没人过来怂恿我们继续跳舞，他们皆已进入自我的状态，将分到手的妹子一点一点地搂紧。

很晚才离开，所有的兄弟都心满意足，有的一手攀着妹子的肩头直走到大门口。春姐没喝多少，但我见她眼神已经有点不对，眉目含情眼波流动如水。符启明陪着领导往外走，就在钻进旋转门的那一霎，春姐赶上前一步在符启明胳膊上狠掐一把，转瞬又放开。符启明疼得嘴角一歪，回头睖去一眼，然后随着门的旋转走出去给刘所拧开车门。

183

那一晚，我好半天没睡着，酒精起了兴奋作用。我没有像往常一样想沈颂芬，只是反复地猜，春姐那个动作，定然是冲符启明说：要死的，今天晚上……但是，光哥那颗不长毛的脑袋真就刷了绿油漆吗？

2
请稍后再拨

转眼，我和沈颂芬已两个月没见。三月初送她上车去省城时天气还很冷，到五月初穿上了短袖。电话里问了她，劳动节没有假。

"劳动节怎么会没有假呢？"

"我给几个学生搞课外辅导，五一几天课程排得比平时还满……你以为？这是在省城，第二职业是家常便饭。你以为像你们那样，随时可以躲进茶楼一打牌就是一整天？"

她那么解释，我还是奇怪，未必到了省城就变成旧社会，一天不干活就要断顿挨饿？

五一那天中午我在路边顺手搭车去省城。高速公路刚刚开通，车价提高，时间缩短，省城其实不见得有多远。在省城西站下车，转了一趟公交去到她所在的望城区，打个的找到银南第二中学。她就住在附近。通了电话后，沈颂芬隔半小时才坐一辆的士过来。两个月不见她变化很大，化了淡妆，但这妆很纯熟，在她脸部起到移高填低的作用，把她高耸的颧骨削薄几分，又把扁平的嘴唇抹得丰腴起来。

见到我那一霎，她眼里有一丝惊讶，我确认那不是惊喜。

"怎么不打个电话？"

"我以为你想得到。我们都有两个月……"

"我想到个屁,忙得要死。"

走几步就到她租住的房子,是一幢电梯楼,约莫有三十来层,她租在十三层,户型很小,却隔出了一室一厅(厅室一样大小)一厨一卫,冰箱里有菜,她很快弄出两盘子叫我吃饭,手艺不敢恭维。

老远赶来看她,冠冕堂皇的理由是想她了,讲不出(不必讲出)的理由是性生活从久涝转入久旱无雨状态,搞得我对夜晚的来临产生一阵阵烦乱。刚才,我在来省城的大巴上睡了好久,随着车体的晃荡,竟做起那种咸湿的梦,我梦见裸女纷纷扬扬地朝我走来,山含情水含笑,一个赛一个地分外妖娆。我没想到,沈颂芬的表情就像镇静剂一样抑制着我的兴奋。天很快黑下去,我们看《新闻联播》、《焦点访谈》以及《海峡两岸》,台湾地区的领导人相对于沈颂芬的沉稳严肃,简直就是一帮青春飞扬的后生。我懒得动弹,也没半点心思挑逗她。十点多,她考虑到我。"坐一天车,累了吧,早点睡!"

那天我躺在她的床上,她躺在我身边,我甚至没有去碰她。我注意到她脸上有一种引而不发的愤怒,会找任何时机迸发。不知睡了多久,电话铃骤响,把我弄醒。她接了一个简短的电话,就已挂机。我问她怎么了,她说不关你事。这时我觉察到她自己挨紧了我。我小心翼翼地做了些试探动作,她的反应还和以往一样,我知道她愿意同我做爱,就爬上去。她身上的沟壑还是那样的熟悉,闭上眼,我仿佛回到了家乡。

那次做爱也算得酣畅,中间出了一个小插曲,她接了个电话。铃响时,她示意我将身体暂停一下,然后接手机。房间里静得能听见针坠,她手机里传出一个男人的声音。

"今晚没空,我有事……我说了,别烦我!"她关了手机,用手引导我重新点火,发动起来。做完之后得到她一句评语:"唔,今天表现还不错，美中不足的，是你出汗太多了。以前没见你出这么多汗啊。"

我抹了抹额角："可能，还不太适应省城的气候。"

次日她没给小孩补课，说是要陪陪我。我发现她情绪有所好转，脸上有了明媚的笑。上午，我俩就近去了一处世界著名景点的微缩公园，拍一堆照片，主要都是拍她。之后搭两站车，到中南地区最大的汽车销售市场，我要她陪我去各家专卖店看看最新车型，过一把眼瘾。玩到中午，我说回去吧，她说好的回去。我拎着两个盒饭回到住处，搭配着她弄出来的营养汤吃下盒饭，坐下来看看新闻，然后上床睡觉。中午觉睡得浅，时间也短，醒来我俩就接着做爱，仿佛是昨晚余绪铺陈，用不着彼此示意。

中间又有插曲，仍是一个电话打来。

我听出来电话那头是另一个男人，便有点愤慨——当然，我没权利阻止别的男人给她打电话，但为什么总是在这时候打来？

"不要出声，继续……"她捂住手机，轻声吩咐我。然后，我一边保持既有频率，一边听着她和那男人闲聊起来。乍一听都是些不痛不痒的话，但那男人一抓住空隙，就要让话题朝着暧昧的方向展开，沈颂芬及时地一把一把掐灭。即使不痛不痒，我也感觉她兴致盎然。有时候她说不出话，就闭着嘴瞪我几眼，一脸不务正业的表情。那男人似乎不会主动挂掉电话，她没握电话的那只手搁到我的腰际，进一步掌控我的动作幅度以及频率。

我越想越不对劲，心里慢慢涌上一阵屈辱。忽然，我一把夺过她的手机，砸到地上。地面上铺着一层泡沫地板，那手机出身名门，却像山寨货一样皮实，弹了几个筋斗竟然没散。沈颂芬叫骂着推开我，下床去捡手机。我的脚比她手快，将那只手机踢至墙角——此时情景，我俩倒像是在争抢一把手枪，谁先抢到就能轻松干掉对方。

这个她怎能和我比呢？手机再次落到我手中，沈颂芬发疯似的冲过来抓我挠我。男人的拳女人的爪，我脖子上很快隆起几道血印子。我一把推开她，一把推开门走到阳台，拿出当年投手榴弹勇夺冠军的劲头将手机甩向远处。手机划了几十米的直线然后下坠。远处是一片绿化带，落下的手机惊得一丛小鸟飞起来在半空盘旋。

隔壁那家的阳台上站着一个晾衣的老头，他看见了我，有点意外。我这才意识到自己身上毫无遮拦，但一时起了坏心，并不想退回屋内，而是平静地盯着老头微笑。老头从垫脚凳上艰难地下来，进到屋内，并把门闩紧。

刘所批准我不定期的假，但我辜负了他的好意，五月二号下午就乘车赶回俚城。我身上带着些钱，准备和她在省城多逛几个景点，多拍一些照片，多进几家名头响亮的菜馆子，但是，最后都留给她买一只新手机。回程几个小时，我在车上，中午那一幕在脑子里反复上演。手机多么无辜啊，又毫无反抗之力，砸一只手机算什么本事呢？要是我发明一款手机，肯定要给它增加一道智能功能，让它更人性化。当主人正在做爱，有电话打来，手机会自动提醒对方：对不起，您拨打的用户正在做爱，请稍后再拨！

回到俚城，生活一如既往，按排班表出勤。

虽然没和沈颂芬当面表什么态，但我明白，第一段恋情，已经就此打住。我知道很多人都曾为此撕心裂肺，但不知怎的，与那预想中的痛苦相比，现实的我一直处于相对平静的状态。失恋后的痛苦，听别人讲太多，在书里看别人描述太多，流行歌曲十有七八都会唱到这个……还有，符启明在空空荡荡的天幕中找星星的样子，犹在眼前。既然所有人几乎都有过痛不欲生的经历，事后照样好好活着，我就决定省了这一段，直接好好活下去。

这么快就找到对抗失恋的心态，我相信自己是个狠人。我没给沈颂芬打电话，把手机里她的照片都删了，成天和兄弟们打牌。这种日子持续一星期，我已经越来越适应，忽然有一天符启明铆上了我。他把我从牌桌上拉开，拉到茶楼下面的马路边上说话。他问我："你一号走的，二号回来的？"

"你又不是记出勤的，查那么清楚干什么？"

"刘所准了你不定期的假，你只在她那里过一个晚上就回来，怎么搞的？"

"她忙。"

"拿我不当兄弟？瞒得了我？沈颂芬是不是已经和别的男人好上了？"

我吹了几个烟圈让它们在空中互相套住然后消散，再一次告诉他："真的忙。"

"骗人都不会，我看人表情一看一个准。上个月我去找她就看出来，没出一个月全变样了，那股洋气啊……这还不重要，问题是，她那一脸骚乎乎的……"

我转身要走，他拽住我："好，不说不说。今晚不要往别的地方去，我先预约了啊，我安排，邀几个兄弟，到春姐那里唱歌去。"

我们一伙人进到一个中包，管包厢的妹子是阿花。这里每一个包厢都有专门的妹子管理，还搞起打小费的制度。阿花叫我一声丁哥，我点了点头坐下。酒摆上桌以后我很想喝，嫌太淡，冲符启明说别尽搞这些便宜的，搞几瓶洋酒兄弟们也喝喝。

"行行。"符启明大气地说，"今天你是老大。"

我看见了酒就像看见了亲人，喝得很疯狂，搞得别的几个人劝我慢点喝。我想这是怎么啦？这么想的时候，我又抓起一杯一饮而尽。阿花新开了一瓶，问我："丁哥今天怎么啦？"

旁边有人说："他失恋了。"

"你放馊屁是不!"我真觉得自己是老大,不妨教训一下不晓事的小弟。

过一会儿我就觉得晕。洋酒醉起来和国产酒有区别,醉了却不想躺,而是觉得自己顿悟般地成了跳舞高手,想拽个妹子跳一跳华尔兹或者探戈。我盯了盯眼前走动的阿花,她瘦得像蓖麻秆子。她被我盯得发毛,似乎有所感应,脸色也为之苍白。我暗自一笑,心想还是别吓着小姑娘……醉了醉了,丁一腾你真是醉了,不躺着睡一下肯定会搞出丑事来的!

趁着尚有一丝自知之明,我躺在沙发上睡,没睡着,但他们都以为我睡着了,阿花还从哪里找来一块布给我盖上。过一会儿春姐带来好几个坐台妹子。我忍不住将眼睛开一条缝看了看,整齐划一,个头都在165上下,体重不会超过55公斤。纵使睡了,春姐也给我发来一个,要她坐在我身边照顾我。我闻见妹子的气味,芬芳得像一罐刚烹出来的猪油。那妹子将我的脑袋搁在她一条腿上。我闻着更为浓烈的猪油味一不小心睡去,再醒来时听见符启明在教训陪我的那个妹子。"你什么意思?客人睡了你就捡干鱼到别的房里串台?我都不好意思说你了,当小姐就要有个当小姐的样子,客人睡着了你就老老实实拿你的腿给人家当枕头。"

我坐起来,说你这龟公当得不错啊。

符启明让那个穿猩红色裤袜的妹子走开,冲阿花说:"丁哥今晚你给我照顾。"酒已经喝得到位,阿花用不着伺候酒水,温顺地在我身边坐下。我俩像是小学同学,坐成一排。我默默地抽烟,阿花呛了一口。符启明再次走进来时皱了皱眉头,批评阿花说:"怎么搞的,你就这么死板板地坐着?你照顾别人还是别人照顾你?"

他在我另一边坐下来,搂着我的肩轻声问:"告诉哥,还想沈颂芬吗?"他嘴里喷出白酒的气味。我咬咬牙告诉符启明,不想。

"别硬挺了,你那点心思我知道,是不是还不肯死心,想着哪天破镜重圆?我告诉你,现在基本没这回事了,女人要离开你都是铁了心的。打过电话没有,你打她电话试试!"

我一打,沈颂芬的这个号已欠费。

"猜得不错吧?你再也不可能打通了。"他脸上憋着坏笑。

我心里飘起无边无际的阴云。这个一脸坏笑的家伙,猜得一点都没错,这几天我其实等着她的电话,咬着牙等,一天要数几万个数控制自己不主动打过去。但这一刻,我才真真切切意识到失恋的到来,毋庸置疑,绝无转机。符启明说:"想哭你就哭吧。"这间房里还有兄弟若干,我怎么能哭呢?符启明说不定又在我身上施了道士术,他一叫我哭,我的哭声一下子就喷出来,想控制住却越发不可收拾,啜泣变成了涕泪滂沱的号啕大哭。我哭得在沙发上坐不住,滑下来蹲在地上。兄弟们围过来七嘴八舌,符启明将他们统统推出门去,遣散。

他蹲下来拍我的背帮我顺气,阿花递来纸巾他帮我擦脸。他说:"兄弟,我俩都是一样的命,前后脚赶着趟地死老婆。不怕不怕,哭一顿就会好多了,哥再给你介绍妹子。妹子有的是。你看阿花怎么样?相见恨晚是吧,但是今晚你可不能搞人家哟!"他说着仿佛安慰的话,嘴角仍挂着促狭的笑,替我擦脸时故意把一些鼻涕擦进我嘴里,那眼神像是在问我味道如何。我想唾他一口,却又暗自觉得,他其实在用一种特有的方式减轻我的痛苦。他越是劝,我的哭声越是一浪一浪高起来,像是给予配合,直到身体有了抽搐。

阿花是个好妹子,她听得一头雾水,最后也蹲下来问我:"大哥,你老婆怎么死的啊?"

她的话堵住我的哭声。我重新坐到沙发上,用残余的酒漱了漱口,点上烟,并一字一顿告诉她:"舍生取义,英勇殉国!"

3
老大生日快乐

老砖瓦厂那片工地出了盗案,陈二、小个子马凯还有我去勘查现场。陈二拿出精粉、静电刷、标尺、紫外灯、鞋纹索引等工具,在现场勘查一番,我站一边做详细的记录,马凯则是咔咔地拍照。库房里黑着,陈二嘱咐仓管员不要开大灯,他用紫外灯把地皮一寸一寸照亮,马凯便一个劲地拍。"谁最先发现的?"马凯朝着门口探头探脑的那群人问。他们兴致勃勃地把一个后生推了出来。我做笔录,他磕磕巴巴,一脸惶恐,但少什么东西一清二楚。

建材失窃,是城南一带最常见的案情,几乎隔三岔五地发生。这些案件案值不大,侦破起来费时费力,我们做个笔录,回到所里就把笔录往档案袋里一搁。谁有闲心去查这些破事?盗案大都是周边村民做的,晚上睡不着顺手牵羊搞一把。

从老砖瓦厂工地出来,陈二接到电话,是他家亲戚给他安排了相亲。地点在城区一家酒店,时间尽快。陈二说用不着回所了吧,你俩跟我直接去。我说:"陈哥要不要换换衣服?"陈二把身子一挺直:"用不着,我穿什么都英姿飒爽。"

"你英姿飒爽不起来,是勃发,勃发正确。"我纠正。

"你说了算!"

陈二已经相亲好多次,他并不想干这种事,但亲戚实在太多,个个都关心他的个人问题。相亲时,陈二经常带所里的兄弟一起去喝酒,把妹子晾在一边。饭一吃完,再也没下文了。

这次也是一样,我们赶到那酒店,妹子已经在等了。妹子看看陈二,就有些动心,眼神点了药水似的活泛而又流动,但陈二不拿正眼看人家。亲戚们介绍了妹子，我俩作为嘉宾也向妹子介绍陈二的为人以及这些年来取得的各种荣誉，陈二就看着我们笑，仿佛我们在讲别人。介绍完了，陈二只顾吃饭，有些冷场。我掏出蓝芙烟发上一圈，活跃气氛。陈二却突然找到了话题。他晃着烟杆问我："这种贵烟你自己不会买，符启明发你的是吧？"我点点头。

"这小子，年纪轻轻就懂得笼络人心，不走正道。今天早上他也要塞给我一包，我不要。"陈二瞪着我说，"你小子猪脑壳，符启明已经攒了心计，平时不见他上班，最近怎么来得这么勤快？今年所里分到一个编制，要招人，你知道不？"

我点点头，其实只是隐约听谁一语带过。时间还早，七月份才会贴出告示，接受报名，九月份考试。我说："还没通知出来。去年也说有，但最后没分到。"

"符启明要不得到确切消息，他何必起早床？无利不起早啊老弟。你在信息来源方面就落了后手。"陈二痛心地说，"小丁，你都来所里两年多了，样样优秀，考试我相信你也会拿第一，编制十有八九是你的。但一定要小心，符启明他刚来不到一年，狼子野心。"马凯附和说，就是。我看看马凯，扑哧地一笑，这人典型一棵墙头草，别人说什么，包括在值班室看电视剧，都憋不住搭下茬。

"笑什么？跟你认真说的，你要听。"

"凭什么说十有八九是我的？"我想，陈二还意识不到他在搬弄是非。

果然，他严肃地说："小丁，现在社会风气虽然不太好，但你要相信，人心自有公道！"

"不要说这个！"我端起酒邀所有的人都碰一个，想把话题引到正经事上。但陈二来了劲，拽着我教我要怎么做。他没有觉察到妹子脸上有些挂不住。我不想搭陈二的茬。以陈二的眼光看，符启明是他讨厌的那种人，什么事都做得乖巧，没事尽讨人好，非奸即诈。陈二在所里混这么多年也混不上一官半职，跟他这性格有关，谁在所里太出风头，他就看谁不顺眼。他倚赖这副性情成为所里平衡人际关系、保持生态多样性的一根搅屎棍，也是不可或缺，但他没有理由拉别人统一战线。他应该是孤独的战士，像鲁迅先生一样，两间余一卒，荷戟独彷徨。

在陈二看来，.符启明身上好大一股子邪气；但陈二哪曾想到，他身上这股凛然正气，更让人瘆得慌。

我估计符启明未必将一个编制放在心上。眼下他已是老板，我得到正式编制他照样拿我当马仔看。如果他真的要这编制，所领导十有八九会给他。他上班不太积极，这在领导看来算不得一回事，重要的是，这个人懂事，留在身边像瑞士军刀一样功能齐全，处处用得着。

我喜欢符启明，如果我是所长照样喜欢符启明。如果所长提拔符启明我认为他和我一样英明，知人善任，唯才是举。

稍后就接到短信，符启明过生日。他来一年多，去年不提生日，今年却记了起来。那天他请了两桌酒，中午一桌是请熟识的老板，下午一桌是所里兄弟。春姐那里办不了酒宴，只有煲仔饭，要不然他会在娱乐会所好好搞一大桌，一边吃一边还可以K歌。去了君悦达生，那里有二十四人合围的大圆桌，十分空旷，中间摆了插花瓶子，一众兄弟叫他站到瓶子那个位置给大家说说话。他一边说我们一边转桌子，这样便可均匀地分享他的声音。

"你们说笑了，就站在这里。"他清了清嗓音，要给来宾致辞。中午酒还在他脸上留有印痕，他是马不停蹄地奔赴我们这一桌。本来他口若悬河，但这一刻他忽然有些语塞，酝酿一会儿还是说不出什么，脸上就显出焦急的模样。最后，手短促有力地一挥，冲我们说:"兄弟,不多说,作死地吃,玩命地喝,你们穷人别替有钱人省!"

他拽着一大杯白酒走一圈,每人喝两筷子头深,大家劝他不要搞得这么猛。"怕我喝死啊?"符启明咣唧咣唧抱着白酒当茶水喝。春姐恰到好处地走进来,劈手夺过符启明手中的大杯,嚷嚷地说:"别人喝酒,你是要自杀是不?"说罢还在他脸上轻轻捆了一耳光。春姐镇得住他,他看着她一阵傻笑,像做错事的孩子。春姐又说:"不能喝这么多,等会儿去我会所,我叫一帮妹子给你当生日蜡烛用,二十六岁是吧,没关系,二十六根蜡烛我拿得出来,保证个个花枝招展。"

"不要搞得这么淫乱。二十六个?我不自杀你要谋害亲夫啊。"符启明喝多了便爆粗口,"春姐,老子告诉你,我说我的眼里只有你,骗你我是狗日的。"

春姐在他脑门子上用力地弹了个丁公:"你真是喝多了,不准再喝。"

"不喝酒也行,来,让我亲你一口。"

屋子里顿时沸腾了,兄弟们鼓掌的鼓掌,吹哨的吹哨。春姐却安之若素,责备似的盯着符启明。符启明那一霎进入表演状态,脸一偏,把玩世不恭的笑意挂在嘴角任由人看。他再次端起酒杯高高擎起,说:"你们说,亲嘴还是喝酒?"

"亲,亲,亲……"

马凯示意大家安静,然后拿一支筷子头当成麦克风杵到光哥的嘴边。马凯模仿记者的腔调:"小光先生,对于这起突发事件你有什么看法?"

"没事,不就是亲嘴嘛。你们亲你们的,不要管我。"光哥满脸是笑,甚至故意要比别人笑得更多。

马凯又问:"亲完嘴以后,这一对狗男女现场发情,如何得了?"

"你们想看A片,到我这里买票!"光哥不动声色,抓起一把炝炒花甲当瓜子嗑。

符启明用手指了指光哥,说:"兄弟,你说的,别以为我不敢啊。我可不是被你吓成二十六岁的哦。"他拉住春姐的手往自己这边轻轻一扯,春姐丰腴的身体转了半转被他搂进怀里,然后两个人亲了一口,唇吻。手脚麻利的兄弟已经掏出手机拍下这一幕,没拍下的也不甘心,要两人再来一次。

"不来了,来一次是接吻,多来几次是被你们耍猴。"他脸上掩饰不住的得意,春姐坐在一边也是容光焕发,两个人拼凑在一起,就是对光明磊落最经典的诠释。酒这时候正式喝开,但没人找符启明喝,相互捉对,或者灌光哥,搞得这天倒像是光哥过生日。我转着圈找人碰杯,时不时往符启明那里睃几眼。他实在支撑不住,用手枕在圆桌上趴着睡。里面的圆台被马达带动着慢慢转,一道道菜在符启明头顶走起马灯。

约莫一刻钟,符启明就醒了。"安静,大家安静一下!"他猛拍桌子,要大家坐回各自的位子。然后他指指我:"丁兄,你过来,说点事。还想你家沈颂芬吗?"我眼睛一亮,以为他要带给我有关她的最新消息。她跟符启明说了什么,是否要他再转达给我?他的生日宴,却要给我送出惊喜?我一颗脔心不屈不挠地跳动起来。

"别这么看着我,怕你了,我可没和沈颂芬有联系。"他喷笑起来,说,"现在哥哥我不寂寞了,哪能让你独自寂寞?改天我帮你介绍一个妹子,信用社的信贷员,小富婆啊。她说只要有才华人品好的男人,有没有正式工作无所谓。"

"我有什么才华?哪像你,每根毛都才华横溢。那么好的妹子,还小富婆,你自己留着吧。人家妹子说的这条条框框都是往你身上套的。"

"我有春姐了啊。"他一手攀在春姐肩头。春姐没听明白我俩说的什么,扭头微笑着举杯敬我。喝完这一杯,我沉下声音跟他说:"符兄,今天你生日开心,又喝多了。明天当着兄弟面再拿春姐开玩笑,小心揍你。"

"光哥都喜气洋洋,不以为耻反以为荣,轮着得你主持正义吗?"

我端着杯要找别人碰碰。他扯住我要我别走,换了个话题:"编制的事你知道了吗?"

"不太清楚。所里这几年年年都说要搞新的编制,但编制总是卡在市局下不来。"

"今年所里来了编制是真的,领导已经告诉我了,只有一个。一个已经很不容易,是领导刀口舔血要来的。"他说,"你一直在等这个是不?"我点点头。他又说:"今年我也准备考考编制。赚得再多,我家娘老子也认为不如一个正式工作稳当。他们这一拨人还是老观念。"

"那就一起考吧,十有八九是你的。"我找他碰杯,但摁住他的手示意他不喝,我喝。稍后他还是抿上一口,又问:"既然你都觉得这编制十有八九是我的,何必再考?"我俩说话声音不大,旁边几个兄弟却已停下,扯着耳朵听我俩说些什么。我不免尴尬,看他脸色竟是严肃了起来。我斟酌地说:"以前,我以为你不在乎一个编制。既然你要考,我也高兴,好多年没参加考试了,今年我陪你考。"

"虚伪!"他提高调门说,"我这人的脾气你是知道的,要么不要,要想得到的东西死活都会搞到手。只要有人敢和我抢,我心里就不舒服。这样吧,丁兄,这次你不要考试算了,等我进到编制,以后再有机会我全心全力……提拔你。"

我被"提拔"两个字搞得喷饭。"我这几年都在等考编的机会,好不容易等到了，考场都不进去就放弃，对自己不好交代。考不考得上是后话，但我要对得住自己。"

"我给你钱！"这句话字字清晰，余音绕梁，每个人都听得真切。

"不要。"

"你这人，不识好歹是吧？"他紧绷的脸忽然一松，然后有些液体溅到我脸上。是他将杯中的酒泼了过来。旁边几个人惊诧地叫出声，拢过去夺过他手中的酒杯。他还要往下说，春姐狠狠地掐了他一下。他把春姐的手拍开。"你这个死婆娘，再打岔我揪着你和光哥一起打。"他呼地站起来，眼神先划向光哥，光哥躲开。接着他找到了我。

场面异常安静，兄弟们都盯着他。这大概是头一次看见符启明发酒疯。我将身子往后一靠，悠闲地看看他。此刻，我要自己相信他是因喝酒突发失忆，头脑出现幻觉。他一定忘记我们只是基层派出所的一帮杂役，忘记我们只是在讨论一个工作编制，因这幻觉，他以为我要抢他最心爱的女人或整麻袋钞票。他脑袋里肯定出现港片或美国片里黑帮聚会的场景，出现老大处理小弟的经典画面，然后，他就照做。在这种幻觉中，只是往别人脸上泼酒简直是心慈手软。

我抹掉脸上的酒水，问他："为什么给我钱？"

"别的人我都不放在眼里，但你不一样，你一参加考试我心里就不舒服。"

"不一定是我俩的，我俩都参加考试，说不定都考不上。说这些话是屁话。"

"我从来不说屁话……"这时，他脖子噎了一下。我还以为他会呕吐，要是冲着我吐我肯定要躲闪。我头皮已经绷紧，手掌攥成拳头……这才发现，他长着一张欠揍的脸。但他打了个嗝以后就爆笑起来，笑声仍像是没完没了地打嗝。笑够了，他冲着大家说："搞搞气氛，开开玩笑。我怎么会把一个鸡巴编制放在眼里呢？看样子我演技不错。"

他走过来给我道歉，给我擦脸，搂着我的肩请求我原谅。"原谅我不？"他仍是高声大叫，冲我也冲所有的人。我将他轻轻推开："坐回去，过你的生日。"

那天的酒被他搞了两次气氛，搞得整个房间气息奄奄，谁也不希望他再捉着下一个人搞气氛。我和光哥倒还坦然，像是玩杀人游戏业已出局的人，只须袖手旁观，剩下的人更加提心吊胆。

4
小毛贼

其实符启明和沈颂芬还有联系，这我猜得到。她和他联系，无非是认为我和她之间还有些事未了。她也没托他捎来任何话，只是把我送她的东西打了一个包由他转交给我，最大件就是那架金色望远镜。

他把东西转交到我手上，我把望远镜给他。"这是你的。"

"你拿着。望远镜她已经拆开了用过，上面有她的气息，你做个纪念。"

"用不着做纪念。"

他愣了一下："呃，你的状态还不错，我很欣慰。小末离开我的时候，我没你那么洒脱。"

"本来想安慰我，没想到我用不着，你有点失重吧？"我哪能洒脱？我想着沈颂芬正躺在一张床上，床的主人正躺在她身上，做着我们做过的事。年年岁岁花相似，岁岁年年人不同。人面不知何处去，床腿依旧在抽风。

巡逻时伍能升倒贴汽油，开着那辆皮卡在城南转悠。所里包了片的，就像现在的环卫工人也是包片，一个人扫几条街，多扫多赚。我和伍能升巡三条街。伍能升经常把车扔给我开。上手的机会多，我开个五六十迈没问题，还打算找个机会考照。

手机响了，是符启明的声音，他要我过六桥去纺织厂后面的一块工地抓贼。那块工地是何大道买下来送给何冲做的，他希望能将这块稀泥巴糊上墙，让他尝到正经赚钱的滋味，最好以此为契机，从赌行转入地产业。纵使小试牛刀，那块地其实也不小，规划有六栋楼，两百来套房，加上配套设施，建筑面积不下三万平米。符启明跟我说过，要是我有兴趣，就以成本价帮我搞一套。那天我说我没兴趣。我从来没想过买房之类的事情，甚至不知道以后会在何处落地生根。符启明义气地说："没关系，你没兴趣我帮你有兴趣。"

何冲不喜欢打110，大概，他以为派出所和信访办差不多，答应出警，但会按报案的顺序率先处理半个月前打来的电话。工地上有突发状况，他就打符启明，要他马上处理。符启明这次没空，他电话里说，正跟一群鸭哥，都快收网了。所以，抓贼的事情转包到我手上，二手生意。抓鸭哥是我们都喜欢干的买卖，抓下一个，钱少不了几千。一个偷建材的贼，要钱没有要命一条。

"一群鸭哥啊？你别把俰城鸭哥都抓完了，留几个给我们。"

"放心，你去帮我抓贼，我要是抓得多，就拿个鸭哥换你手里的小毛贼，行不？"

"稳赚不赔，你不要后悔啊。"

其实小毛贼已被工人抓住，用棕绳捆着扔在库房里。我们去了工地，像是到货站取货一样把他弄上车就行。这件"货"有点肥圆，挣扎得厉害就像是要上刑场。我和伍能升把他弄到后排，还颇费了一把力气。我坐在他旁边，真看不出来这么肥圆的人竟是个小偷。

伍能升把着车方向盘，我问他："姓名？"

"李二全。"

"哪里人？"

他磕巴了一下，还是老实交代："陬市新邨镇的。"

"口音不像。"我习惯性这么诈唬一下。陬市离得远，我哪搞得清他们那里什么口音？在我们这片区域，十里不同俗五里不同音，相邻两县的人，经常当对方在讲鬼话。

他有些不高兴，反问我："那你说我是哪里的？"听他这么一说，我心里就有底了，该案犯籍贯可以落实。又问："第几次干这事？"

"第一次。以前我没干过，今天实在饿得不行了。"

我笑一笑，这样的问题，总是得来这样的标准答案。伍能升在前排嘟噜："饿得不行偷几个包子馒头啊，偷建材你啃得动？"

"我不喜欢包子馒头，要吃盒饭。"

"那么讲究的人，怎么还能吃得脑满肠肥？"

按程序我免不了要查一查他的案底，问他要身份证。他说他没有身份证，从来都没有，没人叫他去办那玩意儿。我说："哦，伪装未成年就能逃脱是吧？身份证扔了你就能跑脱是吧？哪个老师教的？有点脑子好不好？你现在不说，等下我把你身份查出来，你就惨了。"

基本情况刚才在工地上就问了一遍，工地工人七嘴八舌给我回答。这小子是叫李二全，在那片工地打零工有一个多月了。中午，他趁午休时钻进建材仓库，作案未遂就被发现。别的工人发现平时老老实实的李二全竟敢偷东西，嘻嘻哈哈说笑中把他绑起来的。有的还想饶了他这一回，但是这小子态度不好，骂了几句娘，被骂的人一个电话就打给何冲。在车上，我问他时他还很委屈，说他不是骂人，是不小心带出几句惯口。在他们那里，互相骂几句"猪嬲的"、"狗日的"是表示亲切,而骂人话则是"猪不嬲狗不日的"。被捉时,他冲他们说:"猪嬲的哥哥哎,狗日的伯伯哟,我们无冤无仇,多搞几个钱一起喝酒嘛。"

这样的事,顶多也就拘留个两三天。伍能升轻声跟我说,他估计就算查到他家电话,也不会有人过来交钱领人。我回应说这是明摆着的事实。把人带到所里,我俩把他塞进一楼留置室,吃了午饭再审他。食堂刚好开饭,我们吃完了还给李二全盛一碗。李二全几乎不嚼,吞下那碗饭递过碗来还问我要。

"没有了。你以为是吃大碗饭管饱?"

"呃。"他咽了咽唾沫。等我退了碗回来,他就跟我蹭烟。

讯问室正在被邢副所使用,连会议室都用上了,还是不够,里面塞满了人,讯问、呵斥的声音编织成派出所交响乐。两名副所带队在砖瓦厂那里逮了一个聚赌团伙,搞回来的人很多。派出所很难有这么生意好的时候,缴到的赌资也不错,据说用几个皮鞋盒子装回来的。我们抓来这个小毛贼实在无关紧要,只能等着讯问室腾空。等待的时间,我把李二全铐在值班室里,他老是跟我蹭烟。

终于,会议室有一角可以用了,我和伍能升把他搞进去讯问。他刚才在车上还说了陬市新邨镇,我要他再具体到村。他跟我装了一阵失忆,好半天才拍着脑袋说是狗岙子村。我在电脑上查不到有这个村,他说他们都这么叫。我又循循善诱了一会儿,提醒他再犟下去没有好果子吃。他就哭,像个做错事的小朋友,一哭到底。我被他哭烦了,决定抽他几耳光。本来,我今天没打算动手。当我把手高高扬起,他哭着说:"警察不能打人!"

"好,你提醒我了。"我暗自说,谢谢,小兄弟,你还真当我是警察。伍能升在一旁将眼睛睁开了一线,说:"文气点咯,用绳子捆嘛。"

我把绳子掏出来,他还不晓得厉害,眨巴着好奇的眼睛看麻绳。

看样子确实不是惯犯,惯犯们都知道,棍棒伤皮麻绳吊命,见了麻绳浑身发抖。在派出所混了这么久,捆绳的技术我基本掌握,绳子的粗细、捆的部位、捆绳的技法都有讲究。别小看一根绳,搞得人求死不得求生不能不是难事。我把绳在他眼前晃了晃,这确实是条普通麻绳,绑裤腰粗了一点,上吊保证不会断。待我将他胳膊反剪向后,捆成双手合十状,留一条绳柄向上轻轻一拉,他想哭都哭不出来,发出的是一阵如骨鲠喉的低吠。低吠过后,他说:"爷爷哎,我说我说。"

"贱不咯。以后你就知道,宁愿挨打,不要挨吊哟。"我又说,"我还没这么老。"

李二全还是记不清地名,我们到网上查,畂市叫李二全的有十来个,其中新邨镇冷水坪乡簸箕岭村的那个,档案照片一现出来无疑就是他,无案底。

"什么狗岙子村?明明是簸箕岭村嘛,对不对?"

"我们……那里的人都是这么叫,狗岙子村。簸箕岭是大一点的地名,管好几个村。"

"村还管村?你那里是簸箕岭村狗岙子生产队吧?"

"……好像是。"

我们和那边派出所联系,很快回消息说李二全已经外出务工,是在俇城地区,无具体联系方式。我回复,好的,不用具体联系方式,查查他家庭情况。回的消息有一大堆,简单两个字概括就是:很穷。

伍能升吸了口烟说:"早就知道,倒赔饭菜的。关两天算鸟。"

我把他带出会议室回留置室,中途碰到符启明和闪雄押着一个小白脸和一个女人回来。抓到一个找鸭子的女流氓,不交个万把块钱,女流氓别想离开这里。他得意地冲我微笑,然后瞥了一眼我押

202

着的李二全。

"干什么的？"

"装什么装？你打的电话，我到何冲那里捉来的小偷，偷建材的，抵不上你这鸭哥一条腿。"我心情蛮不好，觉得他这么问，是进一步炫耀自己抓获的鸭子。凭良心说，他逮的那个鸭哥长得蛮帅，气色低迷也不乏刘天王的风采，要是更有文化一点肯定像葛优。

符启明要把鸭哥和包养鸭哥的女人带楼上去讯问，我忽然想起什么来，拦住符启明说："你不是说用鸭哥换我手里的小偷嘛。"

"我这么说过？"他一拍脑袋想起这事，但是说，"不是有个前提，抓到几个鸭哥，就分一个给你们嘛。我守了这么久才抓到一对狗男女，你们也不好意思侵吞人家劳动果实吧？"

我和伍能升异口同声："好意思！"

他把李二全的脸掰了掰，就像在牲口市场买骡子买马一样。然后，他说："真不要脸，怎么也要来个等值交换嘛，你们拿这么个小毛贼换我鸭哥？我到外面随便找个婊子换你们老婆，你们干不干？"

我把李二全带到留置室，里面多了四个人，不知被谁带来的，全都面目不善，胳膊上刺青的刺青，鼻上挂环的挂环，生怕别人不知道"我够狠"。刺青那家伙一边胳膊刺着"勉族"，是跟一个NBA二线球星学来的；另一边胳膊写了一溜字"抽你像吃面打你像过年"。

李二全进去以后就哆嗦，我要走的时候他大声地叫叔叔。我问怎么了，他说能不能换个地方？

"为什么？"

"你一走他们要打我。"

我和那四个人整齐地笑了起来。其实留置室不同于拘留所以及监狱，里面打人的事情发生得不多，因为都只关几天，谁也不愿意为过一时手瘾而被转移到拘留所。这边不敢真打，转到那边却是真挨。但李二全既然露了怯，那几个家伙等一会儿不打他都有点挂不住脸。李二全脸上此时现了哭相。

"表现好点，这几个叔叔不会打你。你嘴巴乖巧点，他们陪你做游戏也不一定。"我跟李二全说这话的时候，两条膀子有刺青那家伙吹了一声长长的唿哨，惹得另几个一起哄笑。李二全转身看看他们，两脚登时就有点软。我勃然大怒，冲那家伙说："你，站过来，有种你再吹一声试试！"

那家伙嚼着槟榔，不说话。

"把槟榔也吐了，你以为你是在哪里？"

他马上呸的一声将槟榔渣吐在墙角。我转身离开留置室。其实我不会为这事生气，只是要演演戏，震慑他们一下，给李二全一个放心。我真不信有谁在留置室里抽人当吃面，打人像过年。谁要想在留置室找快感，我保证搞得他憋尿都能达到高潮。

5
枪都打不穿

符启明和闪雄抓回来的那女人，嘴巴很硬，死活不承认她和那个鸭哥有什么交情，只说他是舞蹈教练，去舞厅跳舞时认识的。"跳舞也犯罪吗？"女人理直气壮。

但她手机里有自拍照，两个人很亲密，脸贴着脸。自拍照约莫有十来张。这一男一女的脑袋在照片中大玩排列组合，上下、左右、前后，不管哪种排列，反正脸上都流露出狗男女特有的隐秘的幸福。符启明及时出手，逮着他俩时，女人还来不及将照片删除。照片肯定是要删除的，自拍只是一时兴起玩出的花样，事后必须清除作案痕迹。就在这间不容发的时机中，符启明下手了。将鸭哥和包鸭哥的女人抓个正着，是一门技术活。

女人还是不肯承认，嘴巴东拉西扯。鸭哥则闭上嘴巴，什么也不说。

符启明还在和那女人对峙。女人的身份和工作单位已经查明，她包里有身份证，想瞒也瞒不过去。她是市卫生局的科级干部，党员。刚才乍一眼看去，我估计她三十五六，但现在变成了四十多，眼角有鱼尾。她做美容时肯定抻过脸皮，抻过后的鱼尾像是古文物拓片上淡淡的痕迹。屁股上是不是吃了几针羊胎素？她穿着淡紫色小荷叶领上衣，同色短裙，丝袜有一层飘忽不定的金属感。她丰满适中，长得不够漂亮，但年轻的时候肯定也馋坏不少男人，那份自信仍留有遗迹。

鸭哥在另一间房坐着，什么也不说，微笑地看着进进出出的每一个人。所里不少兄弟都要找个借口往这间房转一转，看看鸭哥长什么样，好奇。杨亚琼也过来观摩了一眼，走出去就吐口水，说是比陈二差多了，和光哥蛋哥有一比。那女人找鸭哥还是捡破烂啊？

我再回到讯问室，符启明脸上有些焦躁，要我替他一会儿。我按部就班地劝那女人不要死撑，承认了，交点罚款是正道，不要搞得我们通知其单位和老公。抓到这种女人，不能打也不能骂，只能晓之以理，让她自己主动交钱走人。能包鸭哥玩的女人都有背景有家底，正是冲着她们脸皮薄，才一次一次罚到数目可观的款子。

这女人果然了得，她把她单位和老公的电话都写了出来，要我照着打。她微笑地看着我，说你们这种人，就是土匪。她又说："山不转水转，有一天你们有什么状况落到我手里，我也能行个方便。"我不禁一乐，她一个卫生局的干部，口气着实不小。你怎么报复？大不了在我们所大门上贴一张"不清洁"的绿纸条，转个身我们就撕掉。我脸上是受了刺激的样子，抄起桌子上的座机话筒照着她老公的手机号拨。

"是不是这个号？怎么通了没人接？"我拨的其实是符启明的号。

"我以人格保证。"她说，"那个杂种不知道在哪里嫖哩，你们抓到他，我就给你们钱。"

"少说废话。"我又拨了两遍。

符启明这时候走进来，一把按住我的手，说："我只叫你帮我盯着，你打什么电话？打通了没有？"

"搞不清这婆娘是不是故意说错号。"

女人把纸条拿过去看了几眼，说是没错，又递了过来。

"……你也是有头有脸的人物，进到我们这里一时情绪不好，难以自控，说话不走脑子，我们都能理解。这种事情，我们的原则是尽量教育，不影响对方的家庭和工作。"符启明把纸条接住，和颜悦色地跟她说，"同样的情况我们见多了。这个鸭哥我们盯了不是一天两天，他干什么的，除了你还惹几个女人，哪天晚上陪谁过夜，我们都一清二楚。要是一条条摆出来，把酒店开房的记录也拿出来……你想想，还有视频监控噢！没有证据我们敢请你来这里坐？撕破脸毕竟不好，死硬也是没用的。大姐，现在才三点多，我们也不想留你吃晚饭。"

"我说了，身正不怕影子斜，电话你尽管打。"

"你有个女儿在一中读书，十六岁，知道什么是丑事了，你不想让她也知道吧？母亲是儿女最好的老师，你的言行举止对她一辈子都有影响。"

"你们这些卑鄙小人！"女人出离愤怒了，"你们连小孩也不放过，简直是国民党反动派！"

那女人表情已经有点像刘胡兰，拿着铡刀也吓不着。我懒得看下去，心想这又没我什么好处，扯开脚走去了值班室。老朱问我符启明发财了没有，我说悬。但过不久，闪雄下来带个消息，说那个女人蔫下去不少。女人最凶猛的表现，往往意味着濒临崩溃。她跟符启明说，她身上只带得有三千多块钱。

符启明还是不急："我们这里又不是菜场买菜，讨价还价没意思。"

其实价钱就是扯着皮定下的，最多的罚过三万七，最少的也有五千。三千多块钱，这女人确实有点不开窍。过一会儿，符启明也来了，说是透口气，抽支烟继续和她磨。我问那女的愿交多少。他张开拇指和食指，拇指翘向他自己，食指指着我，说："这个数了。但是，时间还早得很哩。我以为她有几多硬，其实也就是兔子拉屎头节硬。"

抽完烟，我以为他会上去，但他问我："换不换？"

"什么？"

"换不换？拿你捉到的小偷换我这一对鸡姐鸭哥。"

这种交换简直等同于行贿，但我早已不再相信天上会掉馅饼。符启明出手阔绰，对兄弟们不错，但刚才他还一百个不愿意，怎么会突然有这么大的转变？我说："鸭哥换李二全？给个理由。"

"我答应过你，要换，说话要算数。"

我像大牲口一样，喷着鼻息笑了起来。"这理由不充分，再换一个。"

"好吧好吧，真拿你没办法。"他也笑着说，"我抓那一对男女，搞下去也就是罚多罚少的事情，但你那个，他身上有案情。你知道的，现在我对破案有兴趣，罚款嘛没意思。我们这是互通有无，你我双赢。"

"案情？你怎么看得出来？"这理由更离谱，我彻底摸不透他的用意。

"……第六感。"他脸上似笑非笑。

陈二从备勤室走出来。谁也不知道他几时钻到里面睡觉,他走出来就用审视的眼光看看我,更多地看看符启明,依然用沉痛的腔调说:"风气都被你们小青年全搞坏了。抓来的人也是人,又不是东西,怎么还换来换去?自己抓到的自己负责审!"我不吭声,符启明当然更不吭声,他早已看出来陈二对他有意见。符启明即使想敬陈二一支烟,陈二也会摆出拒腐防变的脸色。他足够乖巧,搞关系的能力绝对一流,但在陈二面前硬是施展不开。

他抽了烟,又去对付那个女人。快到晚饭点了,女人如果想回家给女儿弄晚饭,就必须改变死硬的态度,学会微笑,懂得服从别人的决定。

吃晚饭时食堂有七八个人,正好一桌。符启明起码有半年都不来食堂,陈二却是食堂忠心耿耿的食客。陈二还拿来两瓶酒,档次不怎么样,也不做说明,按人头倒了几杯。

"小丁,你千万不要上符启明的当。"陈二刚抿一小口,就跟我摆出推心置腹的样子。我问怎么了。他说:"怎么怎么了?他凭什么拿一个鸭哥换你手里的小偷?你想过没有?这是个陷阱,明摆着的。小丁,你为人淳朴,心地宽厚,但防人之心不可无,符启明已经把你当成竞争对手,想着办法挤掉你。"

我摆出愿闻其详的样子。

"你想想,你手里的小偷关两天就放掉,倒贴饭钱的货,那包鸭哥的女人少说得了上万块钱,这一换,领导对他怎么看?对你怎么看?符启明成了学雷锋做好事的,你成了偷奸耍滑尽占便宜的。"

喝酒的诸位都点头称是,墙头草马凯自不用说,蛋哥老彭也摆出恍然大悟的样子,说这一招狠嘛。陈二继续摆着关心我的模样,又发挥一通。其实我知道,他还是冲符启明去的。不知从哪时起,他便和符启明铆上了。符启明私下里也跟我抱怨,说陈哥也太正义凛然，所以看人家总能看出几分妖风邪气。陈二看刘所都邪，只是不敢揪着刘所来劲。

众人顺着他的话，也纷纷提醒我要小心，在这节骨眼上不能大意。对于别人的鼓励我只是笑笑，他们也不见得认为我更好。将来有一天，符启明成为正编干警，而我已经离开，他们一桌吃饭时偶尔扯到了我，又会说些什么？

吃过饭，符启明已经走了，他那边还有事。给女人老公打电话，真没有打通。晚饭前女人态度已经趋于认罪伏法，但闪雄端上去那碗饭里有石子，把她的牙崩了一下，疼得她牙龈翻了出来。再后来，她老公又老是联系不上，不能拿钱来取人，她的情绪出现反复，骂那个死鬼到哪里偷人，把饭碗砸了，骂骂咧咧有如泼妇。所以，符启明只得把她手铐住，让她在讯问室里反省，稍后还扔了席子和被单进去，让她明白这晚只能在里面过夜。这其实还是优厚的待遇，否则，这女人也要被关进留置室，和李二全，以及那几个面相凶狠的男人做邻居。符启明走的时候给伍能升打电话，伍能升就赶过来，把我拉到一边，说要换也换得，何必死心眼哩？他觉得符启明是好意。

"明天再说吧，今晚要换也换不好了。"我心里有点烦，懒得和伍能升多说。

晚上我当值，守线守到十二点。天刚黑下来时，留置室里就传来喊声，我赶过去，鸭哥跟我说："这小孩尿裤子啦。"

留置室本来有马桶，但没隔成专门的卫生间。李二全尿憋了以后，不知何故，不敢往马桶里撒，全撒到裤裆里。他自己还想不声不响夹紧裤裆熬下去，直到裤子慢慢焐干。别的几个人稍微闻出些味道不对，揪他站起来一摸，发现他湿了裤子，简直乐不可支。鸭哥看不过去，大声地叫唤。一叫唤我就听得到。

"怎么撒裤子上了？不是有马桶吗？"

"我都不知道自己憋尿,也不知道几时撒出来的。"他声音拖着隐隐的哭腔。

"真有你的。关你两天,赶紧回去守着你爸妈,不要随便乱跑了!"

我把他弄出来,铐在值班室固定杆上,并叫连宝下来帮我盯一阵。我上去拿一身不会再穿的衣裤要李二全换上。留置室里没人,我指了指那里面。我后脚跟进去,这家伙还有点不好意思,迟迟不脱内裤。我龇牙一乐,突然间觉得自己像是他父亲辈的,还想在他屁股上拍一巴掌。"限你一分钟,马上出来。"我转身出去。

他换好衣服出来,跟我说:"叔叔,你就把我铐在这里好不咯?我不吵你,一声都不吭。"他眼巴巴的。他这眼神搞得我有些不适应,忽然觉得这家伙有点贼,我刚把他当小一辈的看,他就冲我发嗲。我吼他一声:"不要那么眼巴巴。"他就低下头,很委屈。

"唔,也行,你到这里陪老子坐到十二点,然后再回去睡。"闲着无事,和他聊了一会儿话,果然如调来的资料反映的情况那样,父亲卧床,母亲的眼睛几乎是看不见的。我问他姊妹几个,他说上面有两个姐姐,下面还有一个弟弟。

"哦,你不是一个哥哥一个姐姐吗?"我记得李二全的档案资料和他说的不一样。

"……不是,哥哥七八年前就出去打工,从来没回来过,我们全家就当没这个哥。是有两个姐姐,有一个是从小送亲戚家养大,但这几年她老是回来帮做家务,还给我爹妈塞钱。我就两个姐姐,没哥哥。"

"弟弟又是怎么回事?"

"弟弟……"他嘴皮动了几下,还是老实交代,"没上户口。"

"真拿你家没办法,尽是这些乱七八糟事!"我嗔怪着,拨一支烟给他，想象着那个多灾多难的家庭。抽着烟，我怀疑他父母并不想生那么多孩子，只是舍不得糟蹋钱买避孕套，而计生委下发的避孕套，又为省玩具钱，拿来给小孩当了气球。

十一点刚过，李二全又说要解手。我忍不住骂他："懒驴懒马屎尿多！"

值班室旁边的厕所堵了，往里撒二两尿，地面的积水硬是能陡涨两寸。老朱用马桶搋子弄了半天没弄通，叫了疏通机也老不见来。厕所用管道都是相通的，一楼一堵，楼上几层的厕所也不能用。穿过操场，那所修建于半世纪前的大厕所仍然屹立，里面一溜蹲坑，坑底经年的积粪用枪都打不穿。我将李二全从固定杆上放开，再次铐上他双手，指了指那边的厕所，规定他三分钟回来。我还塞了他一把手纸。派出所这个院子密闭度很好，大门已经落锁，要想出去，值班室是唯一的通道。我看着李二全准确地走进男厕所。

三分钟，他没回来。五分钟，他还没回来。我穿出值班室后门，冲厕所方向喊一声，李二全！但没人回答。我叫连宝下楼守值班室，然后捏着电筒往那边厕所赶去。

一钻进那厕所，薄膜一样的浓稠的空气便罩在脸上。电筒照亮的地方，光线浑浊模糊，并产生重重叠叠的光晕暗影。这里面竟然没人。我走到最里面。最靠里的三个坑被厨房小马改成了猪圈，猪圈底部是密闭的木筒子底板。他妈的，这小子哪去了？我闭目想了想所里的环境，当然足够密闭。只有……这厕所的后墙并连着院子的院墙，厕所的蹲坑显然不会只有这么小的空间，它肯定会外延出一个粪窖。老一点的厕所，差不多都是这么个结构，没有化粪系统。我用电筒一个坑一个坑地照。果然，正中间那个蹲坑出现状况——坑底下，枪都打不穿的积粪，竟被人的身体拱出一个大洞。经年的陈粪已经干燥，钻出洞子也不坍塌，保持被钻动时的样子。

老朱听见我喊连宝，觉察到有事，扔掉马桶擞子赶到厕所，问我怎么了。事已至此，我也瞒不了，让他看看蹲坑里那个大洞。

"我的个天，这么硬的粪也钻通了。狗不吃陈粪吧。"

我说："刚才那小子跑了，应该是从这里钻了出去。老朱，这能通到哪里去？"

"我也不知道，大概能通到墙外。"

连宝继续守值班室，老朱陪着我绕到围墙后面。粪坑果然通到墙外，墙外有一个十来个平米大小的粪窖子。派出所后面这一块菜地多年前就被卖掉了，菜农不来舀粪，粪淤积得几乎溢出粪窖子。

"啧啧，这家伙钻出来，少说要闭气一分多钟，一憋不住张开嘴，就会吃到老陈粪。"老朱看着墙外粪窖被钻出的洞，忍不住感叹。

"他应该跑不远吧，找找看。"

我让鼻孔用力翕张，想循着气味找，可惜我不是狗。这时候我多么希望自己变成一只狗啊。老朱却说他嗅得着一股臭，要我跟着他走。沿着小道走不远，就来到洛溪江边。江雾浊重，夜色四溢，江水很浅。对岸是一大片零乱的工地，散放的建材一堆一堆，比孔明先生摆的八卦阵还玄乎。沿着江水流势往下游看，远远看见江心洲锐利的洲头，将江水破开两股。

我说："十有八九是过河了。"

"不要撵过去了吧，跑一个小偷，没得好大个事。"老朱出主意说，"反正，领导也不会把这种小毛贼当一回事，少了就少了，可能都不会有人注意到。"

"要是明天有人问起呢？"

"就说讯问了没发现什么大问题，偷东西只是未遂。留置室的人太多，教育一顿这小子态度非常好，下定决心痛改前非，就把他放了。"

"这么说就混得过去？"

"我在这里干这么多年了，你信我就是。"老朱皱巴巴的脸此时格外沉稳。

我俩悄然回到值班室。连宝问我怎么了，我没有声张，叫他去睡。他配合地打起一串哈欠。坐下来，我越想越放松，李二全这号无足轻重的家伙，跑了也没什么大不了。但是，李二全为什么要钻粪坑逃跑？试想，任何一个人，他是宁愿被关上两天，还是钻进一个枪都打不穿的粪窖逃走？想到这一层，我眼皮就狂跳起来，捂都捂不停。

6
赖毛信

十点半，我被叫到刘所办公室的时候，伍能升也在。我走进去时他冲我吐一吐舌头，表情很是无奈。刘所看着桌上的东西，那是一张复印的通缉令，公式化的几行文字下面是通缉犯的照片。

这天我轮休，刚睡到八点，符启明一个电话把我弄醒。他兴奋地说："丁狗子，这下你立功了。昨天那小孩真是通缉犯……怎么留置室里找不见？"

我说："发神经吧？一个小偷，哪来的通缉犯？我把他放了。"

"你真把他放了？"

"真的放了，为什么不放？"

"所里领导都还没发话，你自己有什么权力放人？"

"少他妈拿领导压我。符启明，你也就是个巡逻员，吓唬谁？这种事情我用得着向你请示怎么办吗？"

我嗓门一大，他就相应地将声音低下来："昨天我答应拿那对鸡姐鸭哥和你换，不是开玩笑。你何必放人？不想立功，拿来和我换赚几个钱，也不错嘛。"

"放就放了，你还想怎么样？有种你就去跟所长说，大不了开了我。"我挂了电话，估计符启明去告诉领导的可能性有多大。他不说，领导不会在乎这种事。但他一说，还强调这家伙是什么通缉犯，分明就是冲着我来，所里的人都会认为他是为了编制的事，向我发动攻击。他不会不考虑这些情况。挂电话后我倒头就睡。十点多，连宝敲我的门，说刘所找我。我爬起来打开门，他还问我："昨天你抓到的那个小偷是不是跑掉了？"

"我把他放走的……又不是什么大案。"

"从厕所逃走的吧？我进厕所看过的，中间那个坑被钻出一个洞。我的个天，我宁愿被人打一枪，也不愿用这种办法逃跑。"

"我把他放走的！"

"好的，我不会跟人说，厕所那个洞还在，你自己想想办法。"连宝说，"你快点下去，刘所脸色不好看。"

现在，刘所盯着我，像盯着犯人。"你为什么要把人放走？"

我就用昨天和老朱商量的那一套跟刘所交代。刘所一听也不是没有道理，一个小孩家庭困难出来打工，吃不饱饭第一次偷东西还他妈未遂，关进留置室又被几个老油子欺负。这小孩迟早是放走，早一天晚一天又有什么区别？刘所又指了指通缉令上的人："是不是这个？"

"不是！"伍能升抢先回答。

"肯定不是。昨天那小偷的身份已经查明，叫李二全，怎么会是这个赖毛信呢？李二全是个胖子，这个赖毛信……"

赖毛信的事迹，通缉令刚发的时候我就知道，要不是再次被人提起，早没有印象了。赖毛信说起来也是个苦孩子。他的亲姐被一个小工头长期包养。小工头出手小气，钱不多给她，但晚上不让她消停，使得她反复怀孕。小工头命她一一做掉，最后搞得她习惯性流产，再无生育能力。既然钱给得少，小工头便拿话打发人，指天发誓地说要离婚娶她，但后来不认账了。理由还充分：你又不能给我生孩子，我要你有什么鬼用咯？女人咽不下这口气，去男人家闹，被多次踢伤。赖家没有壮实男丁，赖父双臂截肢，赖毛信是大儿子，还有个弟弟读小学。事已如此，这个家只能由赖毛信为姐姐报仇。他下手狠了点，一包毒鼠强要了那男人家里三条人命。那作孽的男人没死，死的是一对年迈的老人和男人的独子。

我瞟了一眼通缉令上赖毛信的照片，吓了一跳。虽然照片上的赖毛信瘦出一脸猴相，但那眉眼鼻唇，我一看就熟悉。但是，我昨天上网查了李二全的档案，分明就是被抓来的这个啊。想到这里我稍稍放心。

符启明像师爷一般站在刘所后面，我懒得看他。我想，这节骨眼上你不帮我也就算了，总不至于落井下石吧？正这么想着，他忽然发问："不是你放走的吧？那家伙是不是钻老厕所的粪坑跑掉的？"我没有吭声。符启明王八咬麻绳不松口，又问："你那副手铐也被赖毛信带走了吧？听说昨天晚上你把赖毛信铐在值班室陪你值班，来往很多人都看到的。他要上厕所，你一时疏忽他才跑掉的，对吧？"

看样子，从八点到刚才，他一直在查这事，已经证据确凿容不得我辩驳。我说："不是赖毛信，是李二全。"

刘所也听明白了，质问："如果是你说的李二全，他为什么要钻粪坑逃跑？"

"也许他不怕钻粪坑，但拘留还是头一回，怕得很。"

"放屁！"刘所说，"又不打又不骂，关两天就可以走人，还管饭吃……只要是正常的人，都会做出正常的选择，对吧？他为什么不正常？"

看着刘所跟我拉起了脸，符启明还是出来圆场。他说："好的，就算不一定是，可以查的。既然李二全也在俚城做工，先找出这个人就知道了。"

刘所对这说法不满，问他："到底能不能确定？"

符启明伸出手指在通缉令复印件上指指戳戳，兴奋地讲起来。他几个月前看过这份通缉令。昨天，他一见到李二全就感到有几分熟悉，但通缉令上的照片他记得不清晰。和那个包鸭哥的女人对峙时，他心里其实想着这事，从电脑里调出那份通缉令，并剪切下照片 PS 了一把。他把通缉令上这人的脸搞圆一点，那面相，就非常接近昨天我们抓到的"李二全"了。

刘所说："班不要上了。符启明，按你的思路，你两个一起去查清楚这事！"

我俩走出来，他跟我说对不起。"兄弟，怪不得我，看到案子，我就想破。昨天你跟我换，就好了，人也不会丢，钱也赚到手。"

我说："没关系，符启明，你是个厉害的角色，搞出什么事情都有满嘴理由。"

"丁兄，你一疏忽放跑了人，没必要这么理直气壮……什么都不说了，我俩平心静气，一起去查个明白。我真希望是我弄错了。"

坐进他车里，我忽然意识到，彼此的关系可能再也回不到从前了。是贫富有了差距使然？或者，就一个编制弄得我俩翻脸？我怀疑都不是。反正，有点蹊跷，人和人的关系特别不稳定。有时候，一个眼神使得不对，就会令彼此隔膜起来。

刚才那两小时，他不光发现厕所蹲坑下面的洞，还电话联系了陬市新邨镇冷水坪乡派出所，请他们代查簸箕岭李二全的去向。回复是一条短信,在他手机里。李二全在佴城某工地,无法电话联系。李二全给家里寄钱,落款地址是太平街19弄62号。按照这个地址,查到太平门老菜市后巷一处出租房,一幢三层私楼,悉数租出,里面住的大都是民工及卖菜小贩。符启明敲开一家租住户的门,要询问情况,里面正有一帮人喝酒。

一打听,喝酒人就说帮我们去找。天还没黑,李二全出现在我俩面前。这人也胖,和我抓到的李二全是有几分相像,但可以肯定是另外一个人。

"你就是李二全?"

"是。"真正的李二全羞怯地回答。

"家庭住址?"

"陬市新邨镇冷水坪乡簸箕岭村二组。"

"家里都有哪些人?"

"爸、妈、哥哥李大全、姐姐李大红。"

"那你应该叫李三全才对啊。"

"我家里排大小,姐姐没有排进来,我哥哥下面就是我。"

他说的全都对得上号。符启明掏出那张照片问他认不认得这个人。李二全接过去一看,说这是胡顺辉。又说出一个全新的名字!符启明在问,我坐着冷眼旁观,心里已经有底。昨天被我捉住的那小子,他既然要冒李二全的名,那么也很可能不叫胡顺辉。他为什么要这么做?

李二全意识到我们只是查找另一个人,表情放松下来,说起他跟"胡顺辉"的交往。两人是去年四月间在一处工地认识的,当时这人还比较瘦,不是陬市口音,是相邻的仁化县口音,但在佴城人听来,并没多大区别。工友都说胡顺辉跟李二全长得像兄弟,虽然一个胖一个瘦,但脸廓和眉眼几乎一个模子刻出来的。胡顺辉和李二全在那块工地一同干了两个月的活,就各自离开,再也没有联系。

"在一起的时候,你是不是把家里的情况跟他说了?"

"是的,他爱问我家的情况,我就说给他听。没什么不能说的,对不?"

"那……他的情况你知道多少?"

"他不太爱说自己的事。怎么啦?"

"如果我告诉你他是杀人犯,你信不?"符启明冲着真正的李二全微笑。李二全愣在那里,好半天没有说出话来。

我俩离开工地,坐在车里,安静地回到城南,也是什么话都懒得说。我也确信,昨天曾和赖毛信擦肩而过。

第二天上午的会,几乎就是为符启明一个人准备的。会议室挤得满满当当,但整场发言最多的却是一个巡逻员,这种事,在洛井派出所不说绝后,肯定空前。符启明,可想而知,是一派神采飞扬的样子。那天上午,我觉得符启明的口水全都溅到我脸上。

"……前天我看了那家伙一眼就觉得熟悉,一下子没想起来。那张通缉令,是我几个月前瞟了一眼,有印象。再说,这家伙胖了起来。再胖,也不过是脸颊有了曲线,五官不会变……昨天那家伙说他叫李二全。我去调了李二全的档案,一看就全明白了。"

"怎么就全明白了?"邢副所颇感兴趣。

"在逃的通缉犯最想干的是什么?就是改变模样。赖毛信这小子其实也有几分头脑,要不然也药不死人家一家三口。杀了人他逃出来,怕暴露身份,只能化名胡顺辉,在各个工地打打下手活,直到认识了李二全。别人都说他俩长得像哥俩,只是一瘦一胖。说者无心,他听着攒了心劲,记下李二全的家庭情况。李二全虽然和他长得像,却是个胖头,他就灵机一动。和李二全分开以后,他找了一处没有陬市人的工地做事,每天除了干活,就是拼命将自己吃胖。

万一被捉,他就说自己是李二全,能蒙多久是多久,找机会再逃。"

童副所问:"那也只能说明昨天小丁小伍捉住的不是李二全。你又怎么确定他就是赖毛信?"

"本来也不能确定,好就好在那小子昨晚逃了。还不是一般地逃,他宁肯钻粪坑也要往外逃。都说那粪坑里的积粪硬得子弹都打不穿,他为什么就穿过去了?很简单,要是他不钻粪,就等着子弹钻他背膛心!"

有人作势要鼓掌,看看刘所没动静,才憋住不动。

我当月的奖金全部泡汤。个把月的奖金我不太放在眼里,只是痛恨,当辅警的若干年里,随时都想着逮一个要犯,立功受奖,并被转为正编的警察。大好机会终于来了,自己却这么轻易地放过。机不可失,一旦错过,还成全了别人的扬扬得意。

上面采纳了符启明的分析,因情况有变,赖毛信的通缉令被重发了一份,照片上的瘦脸换成了胖脸。要是新发的通缉令有助于赖毛信迅速归案,那么,所有的运势都将倒向符启明。一个干警编制虽说是公开招考,但是有面试一关,用人单位可以根据需要附加条件。要是刘所附加的条件是"有较强的办案能力"或者"有成功的办案经历",那这编制摆明就是往符启明怀里塞的。

第六章 沧水营79号

1
证人

"那几天你们都在一起？晚上他也没回去？你要认真想想，这不是开玩笑。唉，要我怎么说你好呢？其实我一直是蛮器重你的……你想好了吗？"

"是的。"

"除了打牌什么都不干？"

"有时候也喝点啤酒，吃点东西，吃饱了接着打。"

"……小丁，我怎么说你呢？你有点自暴自弃。"邢副所紧紧地盯着我，又问，"在一起的时候，他有没有反常举动？"

走廊上人来人往，市局不少刑侦能手今天都下到所里干活。时不时有人探头进来和邢副所打打招呼，他就离位走过去几步，发烟，寒暄几句。邢副所递我一支烟，烟蒂金光闪闪晃人眼目。我回过神，想到这应该算讯问,至少也是询问。邢副所提到的"他"是指徐放辽。有一段时间这个人不知去向,前一阵他再出现时,我们就凑在一起通宵打牌。我们有了共同的话题,打牌时可以骂一骂符启明不是东西。那几天是伍能升拉我去他家打牌,他父母给他买来的商品房已经装修完毕。饿了,冰箱塞满袋装食品。

是我拖累了伍能升。赖毛信逃跑那事,虽然与他无关,但所里的人却硬是将他与我放在一起,仿佛是我俩合谋将人放跑的。他也感到冤枉,但这种事无处喊冤。这就使得他坚定地跟我站在一起,痛恨上了符启明,闲下来就拉我打牌。除了派出所的兄弟,我在城南没什么熟人,他一打电话总有人来。有一天我看见了徐放辽。他变得骨瘦如柴,头发都有些稀,像在哪里搞了一阵化疗。一问,搞化疗的不是他,是他爸爸。前一阵他去了省城,他爸爸在省肿瘤医院住院,贲门癌。我不知道贲门在什么地方,也不好多问。他一直在医院守他爸,直到老人家撒手人寰去了该去的地方。

也是他主动提起符启明的。"听说符启明那家伙不仁不义,故意搞得你在派出所出丑是不?"他打出一对J,J和符启明都有一撇小胡须。我不想和他说这个,告诉他:"跟人家没关系,那天我自己不小心,放跑了一个通缉犯。"

"可当时没人知道他是通缉犯,要是符启明不开口,你屁事都没有。"

"别说这个,打牌打牌!"

尽管上次的事符启明让我难堪了,但我并不恨他,只是疏远了他。疏远也是相互的,我俩在所里见面时仍有话说,但喉头有些发哽。

徐放辽不同,他曾被符启明打翻在地还喝令不能立即爬起来。徐放辽是有钱人家的小孩,生下来奶奶外婆抢着抱,读书成绩不好照样混到大学毕业。他哪想到有一天会挨人打?挨打还是小事,符启明泡夏新漪几乎不避他,他也毫无办法。夏新漪也不给他争气,符启明将她手到擒来。那以后徐放辽就消失了,后来知道是去省城照看他爸。但我不知道徐放辽的爸查出贲门癌在先,还是他离开佴城去省城在先。佴城这样的事也不少,老婆活生生被别人泡了,男人抢不回,打又打不赢对方,往往一走了之,离开这伤心之地。

和徐放辽打牌时,我也没忘了提一提夏新漪。我问他有没有夏新漪的消息,他表情就有点挂不住,说一声"那个死婆娘……"就住了嘴。

有一天徐放辽还没来,我和伍能升有一搭无一搭地说着闲话等他。伍能升提醒我:"还是不要在阿辽面前提夏新漪咯,你不知道?听人说,夏新漪是跟雄马搞在一起。小白蛇死了,雄马反正是一个人。阿辽心里只有夏新漪一个女人,现在她跟了雄马,我看还不如跟符启明好。"

我应了一声。打牌时,我还是冲徐放辽说:"你家夏新漪和雄马搞在一起了,你应该知道的哦。"

"……现在不在一起了。"

"那在哪里,是不是又换了一个?"

"你操什么心?"

"其实,我也打过她主意。在一中读书,不光你看着她眼馋,我馋得不比你少。"

"你有本事你去泡,就算我将你俩捉奸在床,保证只杀淫妇不杀奸夫。"说完这话我俩同流合污地笑了一通。他继续发牌,嘴里还念念有词:"总有一天弄死她,谁也别再打主意。"

我和伍能升当时都不知道,徐放辽当时已经将夏新漪接到了家里。他对她仍然像从前那样好,无怨无悔。

邢副所去上个厕所,再次走进来,问我记清了没有。我肯定地说:"十四、十五、十六号我们三个一直在一起。我跟所里请假撒了谎,说是家里有事,其实没有回去。打牌打到十五号中午,徐放辽说我们三个老这么打也没意思,换换花样。那天下午我们去了抓篓湖水库钓鱼,晚上就租帐篷住在水库坝子上。十六号早上他接到他妈的电话,要他去省城。下午我和伍能升送他上的班车。"

"嗯,那好,这个人基本可以排除。"邢副所拽着椅子坐在我身边,又说,"考试还有两个月,不要再这么吊儿郎当了,以后按时上班,知道吗?一切都说不清楚,你待了两年多,你的为人,你的处事能力,我们都心里有数!"

赖毛信那件事闹出来后,我以为在所里待不下去了。虽然没人开除我,但只要待在所里,我便浑身不自在。见到那些兄弟感到无颜以对,见到领导更难受,见到符启明,更是说不出的滋味。我尽量旷班、请假,等着领导有一天摊牌。在领导摊牌之前,想要主动辞职,既没有勇气又觉得滑稽,说不出嘴。

符启明倒是来劝过我一回。我上班从没像这段时间一样吊儿郎当,他看在眼里痛在心里。第一次打电话叫我约我单独见面,是七月上旬的事,赖毛信从我手中逃跑有十来天了。他约我去新开张的朱寨咖啡城南店。坐下来,他就沉痛地跟我说:"丁兄,这几天你是怎么了,故意躲我是吧?其实,那件事不能全怪我。遇见一个通缉犯,我感到兴奋,是不是正常的事?你把他放跑了,确实要承担责任,扣了一个月的奖金,要是你想不通,我可以补给你。"

"钱我不要,你不如叫两个妹子陪我一晚上吧。"我笑,又说,"你现在不是在干这个嘛。"

"丁一腾!"他继续那一脸沉痛。

来的路上我本不知道怎么面对他,但坐下来,发现自己老是要憋着,以免笑出来。这时,我知道心里并不恨他。

他又说:"你这个样子让我很痛心。这算个什么事?这么一点打击就搞得你自暴自弃,说实话我有点看不起你。有本事,你就拿出劲头,拼命看书,考试的时候把我考下去,报仇雪恨,如何?"

"是不是内定让你当教导员了?说出话来尽是教训人的语气。"

他教训我的语气在继续,仿佛我是个失足青年。

"最近是不是老和徐放辽在一起?"

我点点头。

"少和那种人混,家里也不见得有几个钱,偏要搞出花花公子的做派,竟然拿着父母给的钱去泡女人。你不一样,别被他搞得意志消沉。"

"比不上你。他泡的女人,你还撬墙脚。"

"呃,那个不说了。那个夏新漪是不是还和他在一起?"

"还是念念不忘啊?看不出你还是个痴情的种……听说和雄马在一起。"

"也没有啊。雄马的情况我摸得清楚,最近一直是一个人。他差不多要死了,哪还有心思去招惹妹子?夏新漪是去过他那里,搞点粉就走。"

"可能又找到新的彼岸了吧?反正她长得不错,男人又不止你一个。"

那天我们谈得很开,仿佛芥蒂全消。但第二天再在所里碰面,我依然不想同他打招呼,仿佛一种惯性发生着作用。我照样请假、旷班,每天和伍能升、徐放辽打牌。

我记得,十五号晚上徐放辽把我俩叫到抓篓湖水库,还另有目的。伍能升还是个"没开叫的小公鸡",这一段时间忽然变得爱说女人了。徐放辽听在耳里放在心里,想帮伍能升"开叫"。我们到了湖畔,放好竿,支起帐篷,徐放辽就打电话叫一个妹子。妹子搭着黑摩不远四十里路来到抓篓湖。徐放辽示意伍能升和那个妹子就在帐篷里媾合，小费他付，算是请客。但伍能升瞟了瞟妹子，不肯干，可能是妹子长得丑。我觉得她面熟，想了想，她其实长得像霍利菲尔德。可能长这样守在店里也找不到生意，她才肯跑这么远"送外卖"。

徐放辽对我说："来都来了，容易嘛，丁兄你别浪费。"

我感谢他的好意，坚持不予领受，并说："你自己呢？"

我们还在推辞，一旁那个妹子生气了。她嘴里叨叨，今天真是活见了鬼，一口气碰上三条阳痿。妹子跟徐放辽要两百块钱，再搭黑摩回去。黑摩司机仿佛知道还有钱赚，守在那里等着妹子，歪着嘴笑。黑摩来回一百块钱，妹子多少能赚点辛苦费。

十七号上午徐放辽就走了。我在自己的房间里睡到中午，不请假就回了广林老家。十九号一早刘所给我打来电话，问我在哪里。我张口就撒谎，说生病了，在市医院打吊瓶。"好的，限你一小时赶到所里，有急事。"刘所语气阴沉，让我不寒而栗。我赶紧搭车往所里赶，以为摊牌的时间到了。一个半小时后我赶到所里，在审讯室见到了徐放辽，只不过两天不见，他气色惨淡得像一团炉渣。刘所叫我来，倒不是要开除我。徐放辽说我和伍能升能证明，案发时他不在现场。非但我俩，那个长得像霍利菲尔德的妹子也被叫来了，我听见她在另一间房气咻咻地跟谁说："……老娘马上回家种田，不卖啦！"她真是背运之人，好不容易赚来百把块钱，却惹来一身臊。这么一比，我和伍能升运气还不错。要是那天和妹子发生了关系，这一下肯定搞得尽人皆知。

2
夏新漪

徐放辽在我们面前隐瞒了夏新漪的情况。也许，那个女人搞得他草木皆兵，他觉得别的男人都会打夏新漪的主意。他将我也看成了潜在的对手，怕我像符启明一样肆无忌惮地撬他墙脚。痴情既是一种性病，也是一种心病。他把她养在自家老宅里，沧水营79号。夏新漪确实和雄马住过一段时间，断了脚以后又想到徐放辽的，给他打电话，他便从省城赶回来。徐放辽事后说，那次他回到俚城，从深巷子里一家最简陋的旅社把夏新漪弄回自己家，她感动得哭了。那一刻，她相信天底下只有徐放辽是真心对她好。因为爱情，夏新漪想到戒毒，虽然她自己未必肯信。她跟他说："再等我两年，戒一戒试试。要是状态好，还能生孩子，我就嫁给你。"他说随时可以娶她，用不着生孩子。她说再等等，说不定一切都会好起来。

徐放辽跟我们说："她越往好里说，我心里越难受。"

徐放辽在省城时，夏新漪确曾跟雄马过了一段日子，当然，她是要他免费提供毒品"包子"，每天要好几个。雄马见她漂亮，舍得掏"包子"给她，过不久，雄马就心疼起来。一次，他从河南毒贩手里弄到一种新货，俗称"黄土冰"，看起来像黄泥巴，毒性较小，价格便宜，打进去也有一定效果。雄马送了夏新漪一大袋黄土冰，说这个够你几个月的了，你别跟我。夏新漪就带着那种黄土冰住进小旅社，一天打几针，感觉不太对，咬咬牙也能把瘾头对付过去。不承想，黄土冰虽说毒性相对较小，但副作用明显，就是让骨质疏松。有一天，夏新漪出去买盒饭，脚一软，还听见啪的一声——以为踩到香蕉皮滑倒的，再一看左脚腓骨骨折了。她在一家小诊所上了夹板，躺在小旅社做什么都不方便，就给徐放辽打电话。徐放辽还像以前那样对她忠心耿耿。

徐放辽家的老宅没有别的人，他有个争气的哥哥，父母老早就去了省城给哥哥带孩子，然后在省城住下来。徐放辽把夏新漪安置在老宅里，倒也清静。她浑身发软，成天躺在床上不肯动弹，倒是他希望的情况。他给她买来充足的食物塞进冰箱,把她关在屋子里,然后来跟我们打牌。他跟我们说:"我不想离开她,但也不想见到她,这真是奇怪的事。"

十九号那天,我们都证明徐放辽不在场,问完话他就被释放。符启明将车停在门口接我们几个。我们不打算上他的车,但他说:"现场的情况,我看到的,可以跟你们讲讲。"

符启明是巡逻员。命案发生,巡逻员连看守现场的资格都没有。后来他才知道,是童副所叫他来的。接到报案准备赶往现场时,他跟刘所说:"要不要把小符一块叫去?"刘所点点头,说:"唔,这小孩脑袋里有奇思妙想,年纪小敢发言,兴许用得着。"

符启明跟着所领导去往沧水营,去时肯定踌躇满志。他万没想到死的人是夏新漪。

徐放辽家的院子自带一个小天井。一楼正厅很大,足有四十平米,装修是十年前的风格。电视柜上只放了一台尺寸不大的老式彩电。夏新漪死在紧挨正厅的卧室里,死在床沿,浑身赤裸,半拉身子挂出床铺,但没往下掉。临死前,她有过反抗,这导致她左手尺骨、桡骨双双折断,肋骨也被人摁断两根。这个女人,浑身骨架像是篾片扎的一样。

致命伤在头部,作案工具是一页火砖大小的烟灰缸,玻璃质,就扔在床沿,夏新漪流淌的血将那东西浸泡了,血已凝固成块。老梁小心翼翼地将烟灰缸上的血块剥除下来,动用磁性刷和精细粉,却没能提取足够清晰的指纹。烟灰缸上的指纹重重叠叠,大都是夏新漪的,据徐放辽反映夏新漪抽烟喜欢端着烟灰缸来回踱步,她的指纹印掩盖了凶手的。老梁搜寻指纹花了半天时间,在墙壁、家具和各种器物上寻找凶手指纹。针对不同材质的载体,他使用精细粉、硝酸银和"超级胶水"的烟雾想让指纹显现,但都无功而返。电视机上也没找出指纹。按秃头老李的讲述,案发时电视机应该是被凶犯关上的。凶犯心思缜密,他并不关电视电源,而是用脚踢开墙上的插头。凶手显然有一定的反侦查能力,电线上也没有遗留指纹。房间长时间没有打扫,地面又被浴缸里溢出的水浸泡数天。水关上后,污垢呈自然冲刷状沉积在地板上,提取不到有用的鞋印。

有一项新出来的技术,用一种美国进口的特制光面纸可以提取遗留在被害人皮肤上的指纹,但必须在死者死亡两小时内进行。凶手遗留在死者身体上的指纹,主要的成分就是汗液,两小时内必将蒸发,消失于无形。老梁对此有些遗憾,说死者的尸身"已经不新鲜了"。

符启明跟我们说到现场看到的情景,绘声绘色。"……眼睛睁得很大,死不瞑目啊。"说到死不瞑目他还瞪圆了自己的眼睛。我发现徐放辽眼睛再次红润。这时,伍能升还没心没肺地问一句:"浑身赤裸,是不是奸杀呀?她的下面,提不提得到DNA?"

"要是奸杀的,那反而好办了。老梁检查过,没有性侵犯的痕迹,什么也提取不到。"

徐放辽已经开始哭泣。我就说:"今天别说这个了,老伍,我们把阿辽送回家去。"

"哪个家?"

"去你家啊,难道还去凶案现场?"话一说出来我就觉得不对劲,徐放辽哭得更厉害。不说"凶案现场",又能换个什么词呢?徐放辽家也不能回,暂时也不能离开佴城。要是有什么情况,随时都会询问他,他有义务配合侦破。

符启明开着车送人,到了伍能升家,徐放辽和伍能升不再出来。我俩下了楼坐车返回,他又跟我说:"喏,你知道,当时一看是夏新漪,我也蒙了。我告诉所长,这人我认识,她有一个男朋友……"

"抢头功啊。"

"别打岔,听我说完。我知道他可能和你俩在一起,但我没说出来。所里去调查了跟他有接触的几个人,还好,他们没提到你和伍能升。他们交代,徐放辽心情一直不好,跟几个人都说过,早晚要杀了那个女人。甚至,有的人问他夏新漪跑哪去了,他就告诉人家,已经死掉了……"

"那是气话。"

"我知道那是气话,但现在人真的死了,他有嫌疑。所里派人连夜去省城将徐放辽提回来——我也去了。抓回来,他自己说的,那几天都跟你们在一起。所以……"

"所以还要感谢你。"

"你要老是这个态度,我们就没法谈了。"他说,"丁兄,也许我俩的关系再也回不到从前了,但是,她毕竟是你喜欢过的女人,而且和我也有过那种事……以后一段时间,你就跟着我跑。刘所既然给我机会,我俩一起去查这个案,找出凶手,不要让夏新漪死不瞑目。"

我没吭声。

"万一,运气一来,乱拳打死了老师傅,这件案子竟是我俩破下来的……到时候,市局一高兴,拨两个编制下到洛井派出所……"他一手把方向盘,一手拍拍我的肩头说,"若干年后,洛井派出所所长姓丁,教导员姓符也说不定啊。"

我想骂他两句,但忍住了。搭帮他我才能够参与这个案子。夏新漪死了,我的心腔空了一块,那种不适之感来得虽不强烈,却是隐隐约约,好比牙疼,不知要持续几时。我很想破这个案子,率先找出凶手,不为立功,是让自己曾经的暗恋同夏新漪的尸骨一道找个地方安放。符启明体会不到这一点,夏新漪的死对他来说,也许有一点伤心,但更是一个机会。符启明善于把任何事情都看成机会,所以,他确实不缺机会。

我俩去了沧水营，沧水营是一条两百余米长的古街，横在江心洲上。那一片是佴城老城区，古名断龙堡，是个军镇，所以小弄小巷常以营、哨、卡等字样命名，是曾经的军事建制遗留的痕迹。

徐放辽家的院门已被关闭，门口由派出所立着牌子"未经允许，不准擅自进入"。符启明推门没有推开，就冲我说："明天再来，看能有什么新的发现。现在，光线也不够用。"

正对着徐家院子，右侧一幢土红色楼房，看着与整条街格格不入，是一座香堂。香堂里不知供的什么神，香火倒是越搞越旺，不管何方神仙过境，哪家菩萨过生，总有善男信女敲锣打鼓地前来敬香。左侧周家院子很大，是私家酱油坊。

正要走，闪雄捧着一把烧烤过来，问我俩怎么在。

"随便看看。"

"随便看看？我打开门你们仔细看！"他负责看守现场，掏出钥匙打开门邀我俩进去。

这时光线已经暗淡，符启明有心重勘现场，时机也不成熟。我们喝起啤酒，符启明又说起报案人的情况。报案人就是守香堂的秃头老李。秃头老李看着像个和尚，其实是一个鳏夫，老婆死了很多年，下无子嗣，看守香堂的活干得十分安心。秃头老李坚守岗位，出门也就是买一些生活必需品，活动范围出不了这江心洲。

十五号的晚上十点多钟，秃头老李听到隔壁像是有女人的叫声。他起初不在意，因为他根本无法判断那是呼救抑或叫春。再过几分钟，听出旁边屋子里的声音有些异样，电视机的声音也格外大，吵得人心烦。他打开窗子，冲那边喊一声："太晚了，安静些好不？"报案时，老李跟警察说，他守着香堂，虽然不是面对青灯古佛，镇日的香火缭绕也使得他内心平静安详，晚上特别喜欢安静。他和和气气地提醒对方，没想隔壁的家伙不懂味，响动依旧。他再次走到窗口,冲隔壁吼了声:"要死啊!让不让人睡了?"这一吼很有效用,隔壁不但响动停止,而且电视机过两三分钟也关了。

之后的两天……老李说,隔壁徐家的阴沟随时都在流水,窸窸窣窣,昼夜不停。这让他感到心神不宁。而且,那边还溢出一股腐臭味,他闻了几鼻子,就知道是死东西。他想到了死老鼠和死猫,但这答案不能让他安神。他终于想到了死人,眼皮子一抽,报了警。

秃头老李的情况我听说过,他年纪挨边六十,虽无妻儿,生活却并不孤单。香堂本只是由他看守,但时日一长,竟似变成秃头老李的私人财产。他手头不怎么缺钱,经常会钻进路边的粉红小屋找妹子解决生理需要。

"这些情况我才听说,你来得早,还是更熟悉。"符启明说,"见过秃头老李没有?"

我摇摇头。江心洲虽然离得近,我几乎没来过。秃头老李活动范围只在这小洲之上,我哪能见到。

"那好,我让你看看。"他说着就吹了一声长长的唿哨,并冲着土红色小楼叫了几声,老李老李!稍过一会儿,二楼一眼气窗的窗玻璃果然朝里翻去,一只脑袋伸了出来。那只不长毛的脑袋在稍微暗下来的光线中显得特别白,像被福尔马林泡发了。

"有么子事?"他的声音特别尖细,像是泡沫塑料擦在玻璃板上。

符启明冲他晃了晃酒瓶,并说:"老李,时间还早,你不会睡觉了吧?下来喝一口酒。"

"几个老弟,谢了,你们辛苦,我念经保佑你们。"

闪雄冲老李吼道:"你会念什么经啊?千万别念丧堂经,要不然我拆你家房子。"

"噢,不会。"

那只脑袋又缩了回去,土红色的楼房变得灰暗,我在刚才那一雯体会到什么叫晚景凄凉。闪雄却说:"还破什么破?我看就是这家伙杀的人。你看那样子,非奸即盗,搞女人又是有前科的……他家那窗户正好对着这院子。夏天又热,这死女人肯定衣衫不整,他肯定躲在窗户后头偷窥了好久,看得自己浑身血脉贲张!"

"……贲张?"符启明被惹笑了,"你才血脉贲张。我看不是他。"

"那就是徐放辽杀的。你们和他玩得熟,我也要说,怎么不是他?他爱这个女人死去活来,她却一而再再而三伤他感情,他要杀她简直天经地义。我敢打包票,人就是姓徐的杀的。你们不要看多了破案小说,遇到案子就浮想联翩,曲里拐弯,越想越复杂……那都是狗屁!杀人,就是直截了当的事情。"

我说:"你才是小说看多了。"

符启明跟他说:"这种话不要乱说。人不可貌相,我看你还像乡下杀猪的哩,你不照样做了警察?"

符启明说话还是有分量,他这么一说,闪雄就闭了嘴。

3
哑巴周壮

周家院墙是夯土的,和周边贴满瓷砖的房子格格不入。院里摆好多酱缸,散发一阵阵沤臭味。黄豆沤得越霉,榨出来的酱油越好,洲头上的居民爱到他家打酱油。周家的院门随时都是关着的,天一黑就落锁。周大爹每晚都要喝酒,喝到一定量就骂骂咧咧,再喝多一点,周大爹有时会走到路上,逢人便打。酒劲袭顶,他看谁都是王八蛋。因为这个,他老婆每晚早早落锁,让他在自家院子里发一阵泼,不出去打人(其实是怕他挨别人打),然后上床睡觉了事。

出了命案,市里来了人主持刑侦工作,专案组就近设在洛井派出所。周家院子紧挨徐家,免不了要去调查一番。十八号中午,邢副所带着人上他家问情况。

"你家隔壁,徐家屋子里死了人,你知道不?"

"我怎么知道?"周大爹问死的是谁,老徐还是小徐?还是老徐的婆娘小徐的妈?

"死的是另一个女人,小徐的女朋友。十五号夜晚,你都听到什么奇怪的动静没有?"

"哪天?"周大爹不懂阳历,他日常作息还按着农历,去的人就告诉他是上前天。周大爹掰着手指拼命回忆,很想说出些有用的情况,还喃喃地说,是的听见了⋯⋯众人当然有些兴奋,等着他往下说,他老婆麻姨走出来骂他脑壳喝酒喝坏掉了。十四号他俩去了乡下,喝周大爹堂弟家的喜酒。堂弟家嫁女,喜酒一摆就是三天,周大爹喝得高兴,死活拽不走,挨到十七号下午才赶回来。

"你呢?"

"我是当天就回来了,家里一摊子事离不开人。"

"十五号晚上在家不?听见什么动静?"

麻姨说那天晚上她不在家,问她去了哪里,她吞吐一阵才说是去听讲福音了。她去的地方是未经宗教局注册的私家福音堂,教友有交代,不能跟人说起此事。麻姨从来不去旁边的香堂烧香——本来她也想就近拜佛烧香,得个方便,但秃头老李不是个好东西,麻姨认为去香堂烧香不会灵验,这才舍近求远听人讲福音。

邢副所不和她纠缠这些枝节的事,只问她儿子哪去了。

"不知道,来无影去无踪⋯⋯说不定在网吧上网。你们要是有空就去找他。"

"那天晚上他在家吗?"

"他一般都不在家,在网吧。"

周家只有一个儿子,而且是个哑巴,叫周壮。虽然是个哑巴,没读过书,但喜欢上网,别的也搞不了,就玩游戏。因为不识字,他只能像那些几岁大小的孩子一样玩最简单的单机版游戏,比如泡泡堂、赛车和连连看。玩这些,他也不知道累。要是钱用光了被迫下机,他不愿意回家,站在别人身后看都看得起半天。哑巴周壮就是那么涎皮涎脸地活着,城南街子上经常出现他的身影,我们都认识。有一次接到女人报案,说街上有人在耍流氓。所里赶紧出警,陈二和我去抓流氓。到了地方,女人老远指着哑巴周壮,说就是他。周壮穿一条短裤,光着上身,站在五桥倚着栏杆吃绿豆冰棍,太阳将他晒得一身黑。陈二问那女的:"怎么耍流氓了?"女人说:"你们走过去看就知道了。"过去一看,哑巴裤门开了,里面没穿内裤,一条阴茎挂在外面。哑巴差不多有二十岁,但在这方面不开窍,裤门开了他就当是穿开裆裤,天气一热正好放小弟弟出来乘凉,冰棍淌下的汁液滴在阴茎上,他都懒得擦一擦。当时,陈二和我又好气又好笑,让他把裤裆拉好。

我印象深刻的是,他阴茎很长,即使没什么反应,女人老远一看以为他是在勃起,当他是耍流氓。当天处理完这事,陈二还有一番评价。"不是风动不是幡动,仁者心动!"陈二说,"那女人也不是什么正经货,看到这小孩露出那东西,看得心里痒痒的,自己不会承认,反赖别人耍流氓。换一个正经女人,看一眼不看第二眼,只管走自己的路,哪会想到来报这个案?"那时候我还在崇拜陈二,觉得他说什么都有道理,狂点头。现在我知道,陈二一直结不了婚,和他对女人过分的洞察有关。

哑巴周壮十八号夜晚和十九号整天都没回家。他经常不回家,一出去就是好几年。有一年还被一个马戏团带走,他喜欢里面那几只猴子和马。他给人家干活,做牛做马,马戏团打发他一碗饭就行。

后来周大爷是到贵州把他弄回来,在家里锁了好一阵,一开门他照样在外面溜达不肯回家。

二十号早晨,陈二去所里上班,路过一条弄子,瞥见哑巴周壮从一家黑网吧钻出来,打着哈欠伸着懒腰。"哑巴!"陈二要把哑巴带回所里问问情况,哑巴没听见他喊。待看见陈二冲着自己走来,哑巴脸色一变,朝着巷子另一头跑。陈二运动员出身,起初没把哑巴周壮放在眼里,追了一阵意识到自己年龄毕竟不小,而哑巴二十来岁,细脚伶仃,身上无一丝赘肉。这一追好几里地,陈二眼看支撑不住,好在老彭横在前面,有如从天而降。陈二赶紧招呼老彭动手,老彭摆开了架势在前面拦截,哑巴低头跑步也不往前看,一头顶在老彭下巴上,搞得老彭牙齿差点咬了舌子。

陈二独自揪着哑巴周壮回到所里,让他坐在值班室的长椅子上,也不铐他。老彭挨半小时才赶到,所里的人见老彭手上扎了绷带,问他怎么了。他说:"哑巴咬老子一口,打了一针狂犬疫苗。"其实是打了一针破伤风。众人这才注意哑巴的存在,围着他,看着他笑起来,并七嘴八舌地议论,小哑巴为什么要咬人?拒捕是吧?为什么要拒捕?那个女人会不会就是哑巴杀的?哑巴为什么要杀那个女人?你俩是不是有一腿?

哑巴周壮眼巴巴看着眼前一帮人弹动着嘴皮,神色慌张。他害怕来派出所,虽然听不见,但他也隐约知道,来这里准没好事,说不定会挨一顿胖揍,而且挨了白挨。

陈二想要讯问哑巴,却苦于不懂手语,必须去特教学校请一个手语老师才行。请个手语老师牵涉到费用,他不能私自做主,去向所长请示。符启明那天来得晚点,看见哑巴,有心和他进行些交流。他搞出些自创的手语,希望哑巴能够理解。他费力地弄出些动作,稍过一会儿哑巴竟然笑了。别人问他,行啊,手语你也懂?符启明摇摇头说,"我想跟他说的意思,他一点都没看明白。这鬼崽子,还以为我给他说笑话。"

手语老师还没请到,周大爷却先赶了过来。哑巴周壮被带进派出所的事,肯定被某人看见,迅速传到周大爷耳朵里。周大爷气冲冲地赶了过来,哑巴仍然坐在值班室里,没上铐,但坐得很老实,不敢乱动。他一看见父亲来了,麻木的脸瞬时挤满委屈,扑了过去。周大爷照着哑巴迎上来的脸抽一耳光,哑巴一愣,周大爷这才将儿子揽在怀里,爷俩才死里逃生似的抱在一起。周大爷质问在场的陈二和老朱:"为什么要抓我儿子?他是个哑巴,是个残疾人,你们都不肯放过。还是不是人?"

周大爷的叫喊引来二楼的邢副所。邢副所解释说:"你不要急,就是请他来问问情况。"

"请他来?你们两条人追得我儿子满街跑,这是请吗?"周大爷愤怒地说,"人是不是我儿子杀的?有种你放明白了说。嗯?"

"你不要急,案子正在调查……"

周大爷理直气壮地说:"要是我儿子杀的……香堂的老李不是说了嘛,他喊一声杀人犯就关了电视。能是我儿子吗?你把这个解释清楚,我就把儿子放在你们这里,随便你们关多久都行。"邢副所没有答话,周大爷就拽着哑巴往外走。陈二门板一样地拦在前面,周大爷眼睛血红,推了推根本推不动,只好冲陈二吼叫:"让开!"

邢副所也说:"算了,让他们先回去。哑巴也说不清楚,问他没用。"

周大爷果然不是一盏省油的灯,带着哑巴走出去后,心里还怄气,捡起半块砖头朝着铁门砸来,以泄私愤。邢副所不动声色地看着周大爷,不许陈二和闪雄理睬。周大爷不知好歹,捡起半只烂西瓜砸在值班室的窗框上,汁液横流。哑巴破涕为笑,脑壳一低也想捡块什么东西砸一砸。

邢副所吩咐说:"事不过三,老东西敢再砸一下,就对他不客气!"闪雄摩拳擦掌,随时准备往外冲。周大爹却并不糊涂,见好就收,没砸来第三下。哑巴捡起石块想砸,周大爹赶紧制止。哑巴还不乐意,肯定想到"只许州官放火不许百姓点灯"这层意思。周大爹拽着儿子往江心洲方向走。值班室里四个人只好目送他们爷俩扬长而去。

我们巡街回所的时候,陈二正跟大家讲起刚才的事。讲完了,又顺嘴讲起那次抓哑巴周壮耍流氓的事。这也是老段子了,但闪雄和符启明没听说过。陈二这人讲得干瘪。在所里,大概就他一个人说话不带脏字,不带敏感器官,黄段子被他那张嘴转述一番,也可以编进小学语文教材。他说:"别看那哑巴瘦得有点脱形,东西还是蛮大。"

陈二不肯明说,符启明偏要过细地问:"什么东西?"

陈二瞪他一眼,怪他多事。于是我替他回答:"鸡巴啦,哑巴的鸡巴很大!"

"你怎么知道?"

"那天我和二哥一齐出的警,哑巴裤头拉链坏了,还是我拿去换的。"

别的人憋不住地笑出来,只有符启明没笑,还冲我说:"哦,是吗?"随后他陷入沉思当中。过了抽两支烟的工夫,他似乎想到什么,附着我耳朵轻轻地说:"我看,就是哑巴。"

"怎么了?"我一下子反应不过来。

"夏新漪是哑巴杀的!"

"怎么可能呢,谁的鸡巴大谁是杀人犯?照你这么想,命案都容易破了。哪里发案,不急,只消把附近的男人聚拢过来,全都脱掉裤子，比一比、量一量就揪得出凶手。是不？"

"不要故意混淆。"符启明说，"我不说所有的命案，就说这个案子，死的是夏新漪。"

"死的是她，又有什么不同？"

符启明盯着我，欲言又止，最后还是说："夏新漪这个女人，我毕竟要比你了解！"

我揣摩他的话，似乎有一层淫秽的含意。但我还是要反问一句："秃头老李交代的情况又怎么解释？杀人犯听见他的声音。"

符启明只好再次陷入沉思。

4
后事

市局刑侦专家何一坪刚从省城开会回来，抓哑巴那天的下午才赶到城南，要再去命案现场勘查一番。符启明就主动请缨，要跟着何老一同去现场。刘所点了头，让他自己开车跟在后面，不声不响，不要多问。这叫偷师。刘所还鼓励他说："偷师也没什么不好。电影里老演嘛，正经坐教室里听课的往往都是饭桶，窗外偷着听偷着学，往往搞成人物。"

符启明没忘了叫上我，一起去往沧水营 79 号。

一进到徐家的院子，何老已经上了楼。他的一个助手守在门口，符启明和我要往里去，那个助手拦住。刘所说："没事，是我们所的两个年轻人，搞刑侦都是好苗子，让他们也进去给何老打打下手。"

那个助手看看我俩的着装，跟刘所说："辅警是吧？拿着辅警当刑侦苗子？"

刘所还要跟助手说些什么，符启明赶紧说："刘所，不急，我们就在外面找找看。"

我抄起手站在院子中央,符启明摆开架势真就在院子里勘查起来。何老的助手廖大一直歪着脑袋盯着符启明的一举一动。符启明也有所觉察,干脆一不做二不休,从衣兜里拿出放大镜察看墙上的痕迹。廖大笑了起来,刘所赔着笑,有些尴尬。廖大说:"老刘你真是一点都没变,一辈子都想在地摊上捡漏子,淘到几件国宝。"

"没准我还真有这样的运气哩。"

"以后你们洛井派出所另外挂一块牌子算了,就叫人才开发中心。"

何老不一会儿从屋子里走来,低着头凝思。刘所和何老打招呼,何老也充耳不闻,脑袋一转眼睛盯住了符启明。"这小孩……"何老走到符启明身边,问他,"你发现了什么?"

"看这里,这里。"符启明用手指在墙面上指指戳戳,点了好几处地方,"……墙头不是一次被爬过,墙上的擦痕是分好几次留下的!"

何老拿过放大镜将那几处蹬痕、擦痕察看一遍,略微点点头:"这又能说明什么?"

"对面周家有人经常钻到这边来。"

何老抬起头,慈祥地看着符启明:"这又说明了什么?"

"隔壁周家周仁民(周大爹)有不在现场的证据,可以排除,但他儿子哑巴周壮,有重大作案嫌疑。"

"仅凭这几处痕迹?"何老仍是微笑。

"不是。"符启明说,"今天上午,陈二本是要带着周壮到所里进行常规的调查讯问,但他竟然拒捕。而且,据说……"符启明忽然语塞。我想,他本要说一说他对哑巴周壮阴茎产生的怀疑,忽然意识到这思路并未成熟,说不出口。

"小符是吧?"

"呃，符启明。"

"小符，我发现你走入了一个误区。你已有了先验意识，认定谁是凶手，然后一心要论证自己的判断。这叫执果索因，是刑侦人员的大忌。你自己想想看，是不是这回事？"显然，符启明怀疑哑巴的事，此前已有人跟何老说过。

符启明的思路被否以后，眼球一下子灰了下去，坠入无限迷茫。何老还是跟刘所说，你们所里的年轻人肯想肯钻，不错不错。

下了班，符启明和我到顺势斋买几个菜打成包，叫伍能升在家里用电饭锅造一锅饭。吃饭，喝酒，符启明还主动给徐放辽夹菜。徐放辽脸上挂着万念俱灰的模样，待在伍能升屋子里，什么都不想干，打牌都提不起兴趣。见符启明来了，他更是奄奄一息。符启明似乎想改变徐放辽的印象。他既能一板凳将徐放辽打倒在地，也能像亲人一样给他夹菜。

符启明直奔主题，问他："隔壁那个哑巴，你对他有什么印象？"

"哑巴周壮？虽然他是哑巴，但他不是个好货，从小到大，我看着他好几次爬到我家偷东西！我看他是个哑巴，也就一次次放过他。反正，他也没偷什么值钱的东西。"

"哑巴还有偷东西的习惯？"

"不知道是不是习惯，可能我家离得近，经常没人在家，所以他才爬进来搞点东西换钱。哑巴爱上网玩电游，他爸不肯给他零花，大概是想偷点东西换上网的钱。"

"哑巴也二十来岁了，有没有找女人？"

"那我不知道。你到底想问什么？"

"……你觉得有没有可能是哑巴杀了夏新漪？"符启明一边说，一边用眼神暗示徐放辽能够给予回应。

"为什么要杀？"

"先不要讲原因,你就凭你直觉判断一下,有没有这种可能?其实,破案也像做数学题一样,不妨大胆假设,小心求证。"

"你找到了什么依据?"

"他多次爬到你家里,这就是依据。"

徐放辽很负责任地想了想,很坚决地摇头说:"不可能。聋哑人常有偷东西的毛病,但不会顺手杀人。再说,报案那老头不是说了嘛,他一吼,这边就关电视了。怎么会是哑巴?"

听了这话,符启明也变哑巴了。他对哑巴周壮的怀疑,始终跳不开这个有力的证词。那就像一道隐形的门槛,恰因其隐形,你不知道如何才能迈步过去。

徐放辽以前不怎么喝酒,但现在见不得酒,一杯一杯往肚里灌,眉毛都不皱一下。我们只好拦住,把酒瓶收走。又说起夏新漪家里的事。以前我一直以为夏新漪是佴城本地人,其实她家在竹山。邢副所给夏新漪家里打的电话,把她死亡的事情告知她父亲。意想不到的是,夏父听了以后没有太多反应,只说我家早就和她断绝关系了,早就当她死掉了,没想到还活到今年。邢副所说你这是什么话呢?夏父振振有词地说:"你家要是有这么个女儿,从小不知廉耻,好人不交专门往坏人堆堆里面扎,又是乱搞又是吸毒……你家要是有这情况,再教训我好了。真是站着说话不腰疼。"

问他要不要过来和夏新漪的遗体告别。夏父说:"呃,我和家里人开个会,商量一下。"夏父急着要挂电话,邢副所扯开嗓子质问一句:"你就不想找出真凶吗?"

"天意!"夏父嘴里吐出这个词,就挂上电话。

几天以后,夏父带着儿子,即夏新漪的哥哥来到佴城。据她哥说,她爸因为夏新漪不服家里管教,长期在外不归,精神已经出了问题,在精神病院住了一年刚刚出来。见到夏新漪的尸体,老人没哭，只是剥自己的手指头，剥下一整块指甲。

邢副所说："尸体……遗体已经检验过了，你们可以处理。是不是要运回家去？出于人道主义考虑，虽然按规定应该火化，但我们可以出一辆车把遗体送回家。"

"烧了吧。"

符启明找机会见到夏氏父子，跟他们说："既然来了，有一个人你们要不要见一见？这几年，都是他养着你们的女儿。"

她哥说："关我们什么事？她今天跟这个男人，明天跟那个男人。他们养着她也不是做好事。一帮流氓。"

"这个男人跟别人不一样，他对你女儿最好，两人待的时间也最久。夏新漪在外面不管弄出什么事，他一概不计较，只要她肯去他家，他就死心塌地对她好。夏新漪死之前，是打算嫁给这个男人的，他也愿意娶。我的意思是，要是夏新漪不死，这男人就应该是你家女婿。你们要知道，你女儿一直都是这种景况，除了他来娶，不会有别人了。"

她父亲舔着指甲陷入沉思，她哥嘴角露出一丝冷笑。

想和夏新漪父亲以及哥哥见上一面，是徐放辽的意思，他有话要和他们说。符启明自感有义务帮这个忙，所以费尽唇舌，希望夏氏父子跟徐放辽吃一顿饭。但夏氏父子不买账，表示不愿见任何跟夏新漪有过关系的男人。

他们当然不曾想到，说话时眼前就站着一个。

最后，符启明摊出底牌："这个男人愿意给她操办后事，买墓地，下葬。你们什么也不用操心了。"她哥听到这个，凝神一小会儿，点了点头。

见面在一家路边小馆子，找个简陋的包厢，点一桌粗糙的菜。我去敬陪末座，要是徐放辽不说话一味地灌自己酒，我就负责控制他。夏氏父子冷漠地坐着，捺下性子听徐放辽说些什么。徐放辽说火葬的钱由他支付，他想把夏新漪的骨灰留下来，摆在自己床头。他动情地说："这样，我就可以天天陪在她身边。"

"你不是说要买块墓地埋她吗？"她哥指出徐放辽此时说的，和先前符启明通报的情况有出入。看他表情就知道，出入如此巨大，简直没有再谈下去的必要。

"我这么说过？"徐放辽惺忪地看了看符启明。

符启明按住他肩头，把话接过去："可以商量嘛。小徐是有这打算，要是你们不同意，他就买墓地下葬。"

她哥此时毫不犹豫地说："当然要买墓地。"

"好，就这么说定了。"符启明替徐放辽拍了板。

送走夏氏父子，徐放辽仍在发蒙，说我几时说过这话？符启明说："你不要急，我有一块墓地，正好给夏新漪用。"

徐放辽更是不解，说你年纪三十都不到，怎么急着置了一块墓地？符启明看了我一眼，我俩忘了此时悲凉的气氛，哧哧地笑起来。这块墓地是一年前符启明用一副对联换来的。他要不提这回事，我都早忘了。

5
专案二组

命案现场取消封锁，徐放辽可以住回去，但是他不住，还想赖在伍能升家里。

符启明跟他说："你可以住回自己家了。"

"为什么要住回去？住这里挺好。"

"你阿斗啊，此间乐不思自己家啊？这是伍能升的房子，你迟早要住回去。"

"……死了人，我怕。"徐放辽说这话时，语气完全成了一个孩子，一脸委屈。我们三人全乐了，呵呵笑起来。

"苕货！必须住回去，我们可以陪你几个晚上。"符启明又扭头冲着伍能升说，"不能让他再在这里睡，不能惯坏了。把铺都撤了，把冰箱里的东西都拿走，看他怎么在这里住。"

符启明做出这个决定，势在必行，当晚我们四人全都住进沧水营79号院子里。死了一个人，这里面确实有一股阴森森的气息。打牌打到很晚，要睡的时候，徐放辽说："以后我不会在这里住，我妈更不会回来。可惜，里面死了人，好端端的一套房子变成了凶宅。要不然，可以多卖几个钱。"

"败家的货，你还想卖了祖宗留下的东西！"

"我跟你说，不要老是跟我用这种语气说话。你算什么东西？"石头也有三分火性，徐放辽呼地一下站起来，拉长了脸摆出准备拼命的架势。符启明愣了一下，不恼，尴尬地笑了起来。徐放辽这才稍稍放松，又说："你管得着吗？不说卖了，老子高兴一把火把房子烧了，你又管得着吗？"

"你要放火，那我真要管。这房子好啊，位置也好，既然要烧，不如说个价钱我买下来。"

徐放辽坐下来，怪眼一翻，说到时再看吧。

伍能升和徐放辽睡一楼的一间卧室，我俩就睡一楼大厅，没人上二楼，想着凶案的事情果然心里有些发毛，不到现场根本体会不到。主要是，凶手还没找出来，这会让恐惧感增强。徐放辽走过去插上插头，打开电视。这房子经常不住人，家电都是老化的产品，电视是一台老牡丹，一打开，正播放省电视剧频道。

符启明问我："这个频道，应该还是案发时播的那个吧？"

"那当然,你说的,那凶犯是用脚踢开插头的嘛。插头一直没有插上去。"

"呃……"他显然想到了什么,说,"明天查一查,十五号夜晚电视剧频道的节目单。另外,可能还要秃头老李多提供些情况。"

"你想到什么了?"

"你记不记得,邢所他们把周大爹搞去讯问,他说的那些话?"

找周大爹是两天前的事,邢副所领着人找周大爹讯问和哑巴周壮有关的情况。马凯用 DV 记录了讯问的全过程,这是上面的规定。若被讯问者造谣生事,事后反口说我们逼供,这些影像资料可解释一切。那一段视频我看了,周大爹详细地介绍哑巴儿子的各种情况,前后四十多分钟。我跟不上符启明的思路,说周大爹交代这么多情况,你指的哪一块?

"说他儿子看电视那部分!"他摆出循循善诱的表情给我提醒。

我想起来,周大爹拍着胸脯跟警察表态,说周壮对女人干坏事绝不可能。"我这个崽咧老实得都像一条狗样的,我下什么命令,他都照着做。电视上一有女人脱衣服,我骂一声要死啊,在他脑壳上敲一丁公,他赶紧跑过去换台,要不就把头埋进裤裆里,绝不多瞟一眼。"周大爹歇歇气,难过地说,"家丑不可外扬,我什么都跟你说。他二十啷当岁了,不想女人是不可能。但他脑袋有问题,不能传宗接代就不传,不适合结婚,就不能坏了人家妹子的幸福。我都能理解,也看得开,所以管他管得死死的。我这么跟你表态:要是我不点头,他就绝不敢跟女人发情!有时候,我看这小子一只手伸进裆里掏来掏去,那还得了?我一鞋底板就打了过去,搞得他手脚怎么放都很规矩。你们说说,我这么管教,这孩子能在女人身上犯什么事情?"

想到周大爹讲的这些话,我隐约猜到符启明打着怎样的主意,又觉这太难操作。有这么破案的吗？他的思路不符破案常规，完全就是野路子。

次日中午我把秃头老李叫过来一起吃饭，要他再回忆一下，那天晚上他冲徐家院子喊的具体时刻。他报案时说的是十点多钟，再问他就说记不清楚。现在符启明问他，他仍然记不清楚。"这怎么记得住呢？反正是十点多。我眼睛又不可能随时盯着表看，你们说是不？"秃头老李感到为难。

"你看不看电视？"如果他看电视，那么可以从节目播放时间进行推断。

"不，我连电视都没有，天黑就睡。"

"你说过，当时徐家这台电视声音很大，记不记得电视里是什么声音？"他这么一问，秃头老李就蒙了，不知道怎么回答。符启明继续引导："电视正在播，里面是在放音乐还是电视剧里的对话，还是播广告的声音？播广告的话，听没听出来是哪种广告？"

秃头老李摇摇头，完全摸不着风了。

"那么，你听见这边电视机关掉的同时，还听没听到周围有别的响动？"他的思路越跑越远，非常想找准这个时间点。

"哪注意这么多？"

"你……"符启明终于问得语塞。

符启明是个固执的人，从秃头老李嘴里得不到自己要的东西，晚上他就在徐家大门口守候路人，一个一个地询问情况，问每一个过路的人，十五号夜晚十点多有没有经过这里，听没听见秃头老李的吼声。秃头老李声音如此尖锐，他相信听见的人不会没有印象。要是对方摇头，他接着会问，知不知道那天晚上有谁在这条街上走。这近乎排查了。排查是最常规、投入警力最大，也最难奏效的刑侦手段之一。所里不会投入警力，一切只能由我们自己干。

这条街来往的人也知道命案的事，当符启明是警察，尽量给予配合，但不能提供有效的信息。第二天我和伍能升也主动参与符启明的行动。我们以徐家院子为中心，分头向周围扩散，主动进入各家屋内询问相关情况。

第四天，伍能升才打听到一个有效的情况：隔了一条街，和沧水营平行的前哨街有一住户回忆起来，当时他正接一个电话，屋内信号不好，他爬到顶楼接打，正好看见香堂二楼窗户关上了。"我上到顶楼，看到所有的东西都是静止的，就那里动了一下。我也去那里烧香，知道那是香堂，不会错。"那个人跟伍能升说。伍能升还上到顶楼，往香堂方向看去。那是三层楼，站在平顶上位置略高于香堂。那幢楼与香堂中间隔了两条弄子和两排房，直线距离不会超过四十米，看得很清楚。伍能升要他查一查手机的通话时间，那人很快找出来，九点四十七分通的话，通话时间四分半钟。那人还跟伍能升说："我从屋里走到平顶上，应该用不了一分钟。"

"秃头老李关窗户的时间是九点四十八分。老李自己回忆，是在听见徐家的电视关了以后，一颗悬心落地，才关窗户睡觉的，由此可以推断，凶手关电视的时间，是九点四十七分，后面不带左右。"花了几天时间，就搞得这么个时间点，符启明脸上还挺兴奋。对于他的思路我略有所知，伍能升完全搞不明白，问："又有什么用呢？"

"这是我们专案二组成立以来，得到的突破性进展，会有用的。"他冲我说，"我要你办的事，你都搞清楚了。"

我当然搞清楚了，要不然怎么会对他匪夷所思的想法略有了解？他要我找出十五号省电视剧频道的节目播放表，要把每一集电视剧具体的播放时间，中间插播广告的时间一一找准，精确到秒。网上节目播放表并不具体，每一集都要插播两次电视广告，广告的时间节目表上不会有任何体现，要不然观众们会拿着节目表躲避广告时间。幸好，电视剧频道每天播出的时间是一样的，插播广告时间也一样，广告最起码是一个月一换，十五号插播广告的顺序、时刻和五号、二十五号毫无差别。那一阵播放的电视剧叫《抗日神鹰》，内容是几条武林高手被八路军改编成特种部队，用气浪杀人（一掌推去干掉半个排），用轻功躲子弹（还能用手抄住弹头），万军之中取指挥官首级犹如探囊取物……弄死日本鬼子竟是如此过瘾之事，我就想，抗战怎么可能打八年？用不了一个月，鬼子就比大熊猫还稀有，我们有义务把他们圈养起来搞一级保护。

当然，眼下我要考虑的并不是这个。播出时间表，我参照二十四日省电视剧频道播放谍战片《静水深流》的情况，整理如下：

19:08′22″《抗日神鹰》第十七集

19:21′07″—19:28′49″本集第一次插播广告，播放序列为：省五一肝病医院广告（19:21′07″—19:23′14″）省丽康妇产医院无痛人流广告（19:23′15″—19:26′01″）省常春藤整容医院无痛丰胸广告（19:26′02″—19:28′49″）

19:41′07″—19:51′30″本集第二次插播广告……

符启明去碟店租来全套《抗日神鹰》，专挑十九集来看。拿着我弄出的时间表一对照就知道，当晚九点四十七分，《抗日神鹰》十九集应该播放至第十分钟。第十分钟的内容是杀鬼子。因为鬼子在第七分钟时想密西男一号的妹妹，男一号从天而降，不但保住了妹妹的贞操，而且一口气杀了几十个鬼子以示薄惩。

"不对。"他说。

"怎么不对？"

"如果九点四十七分，正好播放到第七分钟的内容，那么，这一点就解释得通了。"他用碟机倒回去,播放第七分钟的内容,播放了三遍。日本鬼子狞笑着扒掉那妹子的衣服,妹子尖叫着,赶紧捂住酥胸转过身去,露出后背。前胸当然不能裸,裸后背没关系,反正后背上白茫茫的一片,不长乳房。连续播放搞得伍能升忍不住说他:"你就喜欢这种镜头?"

符启明说:"你们想,假设是哑巴周壮杀的人,他看到了这个镜头……按周大爹说的情况,只要是电视机里出现少儿不宜的镜头,他就会立即制止,防微杜渐,哑巴也就缩着脑袋不敢看。"

"当时周大爹并不在场,哑巴肯定想看这种镜头,除非周大爹在他脑袋上敲一丁公。"我提出质疑。符启明正要兴奋起来的表情又恢复至常态。我不得不提醒他,就像何老说的,这种思路分明是执果索因。要是我不打断他,他肯定会主持一场案情分析会,越往下说哑巴就越可疑。但被我打断了,他有点不痛快,就说:"咱们专案二组今天就收工好了,到我那里唱唱歌,放松放松!"他现在不说娱乐会所,坦白承认是"我那里"。

6
残余听力

符启明的思路纵使天马行空,但我与他待得久,多少可理出他的头绪,也就跟着他认定,案子只能是哑巴干的。我已经搞不清楚,是我相信他的思路正确,还是他强大的煽动力使然。顺他所想,我发现这像个数学题,譬如哥德巴赫猜想,题干和结果都已经赫然在目,所要给出的就是论证过程。我相信这个过程肯定隐藏在某个细节里。命案现场的勘查没有找到足够清晰的指纹和痕迹,也没有现场目击证人。常规两种方向都无法进入,这种情况下,就算执果索因、剑走偏锋，符启明的诡异思路，也不妨拿来一试。

我还总结了一番，问题的结点在于：怎么能证明，哑巴有足够的动机在那一时刻点关闭了电视机。

我回到宿舍，吹着风扇，神经一直绷在案子上面。想至头疼，便骂自己，要是读书那会儿就有这股钻劲，早在名牌大学混了，何至于为图得一点表现，活生生把自己逼成了福尔摩斯？

《抗日神鹰》和《静水深流》两部片子都摆在桌子上，为打发无聊，我就用电视放着看。正在看，阿花给我打来电话，叫我出去走走。我说没空，她说我在桥上等你。

"哪座桥？"

"就是你们派出所外面那座，一边是桥，一边搞成夜市摊子。"

我一听头皮就是一紧，这个阿花，脑袋缺了一根弦。符启明一怂恿，她真就来找我。我说："站着别动，我来找你！"

那天晚上去春光灿烂娱乐会所唱歌，经过过道，服务生和女侍应都被春姐调教得低眉顺眼，垂着手冲我们喊"欢迎光临"。经过阿花专门负责的那个包厢时，她正百无聊赖地站在门口，见了我们眼睛就放亮，并且冲我说："大哥好久没来了，到我这里坐坐？"我说不，要往里走，但符启明拽住了我。"难得阿花还记得你，既然没人，我们就用用这间嘛。"

坐下来唱歌，包厢只有我们四个人，显得浪费。符启明没有叫妹子，只对阿花说："喏，今晚上你也不是服务员，我也不是老板，你过来和我们一起唱歌。"阿花在这里也增长了见识，没有初来时的扭扭捏捏，一屁股准确地坐到我身边。我和她唱了两首情歌对唱，她的嗓音不错，我唱得不好但是情绪意外地饱满。两首对唱都有点悲，我俩唱得凄凄切切，死去活来。徐放辽听得发了歌瘾，找来一首《心会跟爱一起走》要阿花陪着他唱，这首歌也是"爱就爱到底",很有情绪。但阿花说不会唱,说完还暗中抛我一枚毛茸茸的眼神。

"阿花,这就不对了。"我批评她,"你为什么只肯和我一个人唱?这首歌你怎么可能不会?看着字对着口型也唱得出来啊。"

"我不想和他唱,只想和你唱。"阿花说话直来直去,"你不是刚死了老婆嘛,一想到这事我就感到心疼。"

"什么,你死了老婆?"徐放辽指着我,一脸的愤怒,那眼神分明在质疑我哪有死老婆的资格。我会意,顺着这话跟缺心眼的妹子说:"这个徐大哥刚死了老婆。"

怕她不肯信,伍能升又给我补充:"他老婆真的死了。还是你们符老板埋的。"

"为什么你们都喜欢死老婆呀?他老婆死了,为什么要符老板埋呀?"阿花脸上充满了无尽的好奇。她还年轻,有权利对任何事情表示好奇。

"死老婆谁喜欢啊,都是万不得已……就是请你和人家唱个歌嘛,要问这么多为什么。"

阿花心软,接下来和徐放辽唱了好几首情歌对唱。我忽然感到一阵落寞,符启明适时地拢过来对我说,阿花喜欢你。

"要你说!"

"你啊,真看不出来,哪个地方讨妹子喜欢呢?"

他肯定跟阿花推销了我,阿花主动打电话来找我。他肯定也跟阿花说,我不可能拒绝她这样的妹子。我走到四桥,阿花下心思打扮一番。时间还早,我问她要不要吃饭,她摇了摇头,问我能不能带她去郊外大林湖游乐场。我没去过。她说她知道坐哪路公共汽车。

"打车吧!"

"不,坐公汽,我要帮你省钱。"她大模大样地把我一只胳膊夹

253

在腋窝里。

游乐场是给阿花准备的,她把每样游乐设施都玩了个遍。因为游客不够,有的设施,比如激流勇进和海盗船不打算只针对我俩营业,被她一顿软磨硬泡搞定。她只在春姐那里干了几个月时间,已经毫无刚来时的羞涩。

再坐公汽返回,一件事让我觉得有趣。22路车空空荡荡,没几个人。我俩坐在中间,隔了过道那一排有一个人上车就打瞌睡,脑袋枕着车窗玻璃,车开动后,随着车的晃荡,那人脑袋像一把鼓槌捶得车玻璃啪啪作响。阿花一直扭头盯着那人,她一扭,我就发现她脖颈那么颀长,颈根子处溢出一股野花的清芬。公汽开至猴托,阿花突然站起来走过那边,拍了拍睡觉的乘客。拍了几下没拍醒,她似乎有些着急,几乎是将那乘客掐醒。

"怎么了?"那乘客惺忪地睁开眼看看阿花。

"呃,没什么。"

阿花又站起来走向我这边,朝我挤挤眼睛,还朝我吐了吐舌头。我问她怎么回事,她轻声告诉我:"我还以为那个人死了!"我猝不及防地笑起来,手不自觉搂住了她的肩,并问:"要真的死了,你怎么办呢?"她咬咬牙,回答不上。那一刻,我发现自己是有点喜欢她。

晚上心情不错,想着白天的情景,看着电脑中播放的《静水深流》,两不耽误。一集播完,我注意到右下角的时刻表,这部电视剧每集时长41分钟,比《抗日神鹰》短一分半钟。我忽然开了窍,赶紧打电话给符启明。他也没睡,迅速接听。"怎么了?"

"我刚才才注意到,《静水深流》每一集比《抗日神鹰》短一分半钟。"

符启明说:"呃,你的意思是?"

"你想,中间插播的广告顺序、时长完全一样,但两个片子每集有时间差。这就是说,我用《静水深流》套《抗日神鹰》,播放速度就会有时间差的积累。两集的时差是三分钟,你自己推算一下,发案那天九点四十七分,应该正在播放《抗日神鹰》十九集的第七分钟内容。这和你估计的情况完全一样。"

我以为他会兴奋,但他语气意外地平静。"花这么多时间证实了这一点,也不够啊。哑巴杀了人跑出来,肯定心慌意乱,这个节骨眼上,为什么要关电视?就因为电视上正好有黄色镜头?完全靠巧合来解释,怎么办得成铁案?这种情况下,凶手应该看都不看电视。最合理的解释,是老李当时吼了一声,凶手怕引起老李的注意,怕案情过早暴露,才顺了老李的意思关上电视。哑巴他听不见啊!这里面的漏洞,绕不过去。"

我是照他思路办事,办成了又被他推翻,当然也是意兴索然,关了灯睡觉。

案件了无头绪,我爷爷却突然去世。接到父亲的电话,想着命案还没破开的谜团,我不由得感慨:出师未捷身先死,长使……不对啊,我意识到这诗句和我面临的情况并无瓜葛。到底怎么表达此时心境?看样子还要问问符启明。唉,生活中真是越来越离他不得。

我请假三天,回广林县都头乡守灵。所领导委派光哥开一辆车送我回县城。车后面摆了几个领导亲自题字的花圈。伍能升、老彭和闪雄也请了假陪着我去,光哥正好解脱,叫伍能升开车。他说他家里还有点事。

符启明天黑以后开了一辆车赶到都头,除了春姐,阿花竟也跟着来了。我在大门口放着小响鞭迎接时看见阿花出现,问她怎么也来了。

"不来就没机会了。你就只有这一个爷爷。"阿花蹦蹦跳跳要往后面走,想加入妇女的队伍帮着干什么活。

我头皮立时发麻,跟符启明说:"赶快把她管住,不要让人看出来她和我有什么关系。"

"不打自招你这叫,给哥哥说说,你俩到底啥子关系哟?"他招牌似的坏笑,顺嘴操起了川普。

守灵是很沉闷的事,谁也没资格要求前来吊唁的亲友连续三天愁眉苦脸。我父亲租来了一溜自动麻将桌。我占了一台,所里来的人可以玩这个。符启明麻将打得不好,兜里的钱不够输,很快下了桌。我七叔主动找过来补位,一上桌就连说谢谢。他是杀手级人物,兜里一般不塞钱,谁敢邀他上桌他就先行致谢,把别人都看成了ATM机。和我们几个打,他太过轻松,嘴一刻不闲,深切缅怀我的爷爷。伍能升和老彭一边输钱一边听着絮叨,估计头痛欲裂,但在这场面上,这个话题似乎不容拒绝。符启明闲着没事,坐一边听得最认真,和我七叔搭上了话。有人搭茬,七叔像是听到了喝彩,说得更来劲。七叔跟他介绍我爷爷,人送绰号丁老聋,但没有全聋,还能听得到一些声音,但不是每个人说话他老人家都能听见。七叔提到这个,符启明眼睛就是一亮。非但他,最近一阵我的思绪也绷在命案上,突然想到了什么。我摸着一个七筒,打出去,抬一眼看看符启明,他的眼底闪过一道薄光,同时扭头看了看我。我俩的目光在空气中碰了一下。

符启明又转向七叔,问:"不全聋,就是残余听力,是吧?"

"残余听力?"七叔说,"就是耳朵不好,说聋又不是全聋,有时候能听到一点声音。而且,也怪,不是说声音越响他就越能听见。春天他听不见打雷,但有天他躺在椅子上打瞌睡,一只大马蜂飞到他耳边扇几下翅膀,嗡嗡嗡叫几声,他不知哪根筋接通了,竟然醒了过来,要我帮他撵走马蜂。"

老彭插进来问:"打雷都听不见,马蜂叫听见了?"

"呃,真是这样,不是亲眼看见的我自己也不信。"

"那会不会,不是听见了声音,而是听到马蜂扇翅膀的振动?"

"振动?谁知道……就算你说的振动,还不是用耳朵才听得到?"

七叔又收走老彭打出的幺鸡。

那边有了响声,道士班开始新一轮法事,作为孝孙我必须跟着道士跪拜绕灵,有好几个小时的忙活。符启明站在一边听道士们唱经,嘴里也念念有词。很多经文他也是会唱的。道士将七通经文全部唱毕,我已经累得散了架,踉跄着找一张椅子坐下来,不一会儿就睡过去。阿花将我拍醒时,天边已经麻麻亮起,远处山脊晕染着一道白光。

"我们要走了。"春姐走到我跟前,抱歉地说,"昨天半夜我那里又出事。昨晚不走,现在一定要赶回去处理。"

"早说啊,处理事情要紧。你们用不着客气。"我也不好挽留,看着符启明将车子开来,载着两个女人往佴城开去。

按本地习俗,死了人停灵三天两夜,爷爷次日拂晓上山。埋葬了老人家,我还要守着父亲,说些安慰的话。起码还要在这乡下待两天,我忽然觉得两天有些漫长。按说这是不应该的事,死的是我爷爷,他一辈子也只死这一次……我还是觉得漫长,因为我想查一查与"残余听力"相关的一些资料。我预感命案最后一个疑难问题即将得到解决。我脑袋为此而发热。

吃午饭时我离开都头乡,去了距都头最近的水溪镇,那里才有网吧。我百度了诸如残余听力、听力损伤、听力障碍、弱听、部分失聪之类的词,搜索到的结果大都与我所要的信息无关。百度揣不透我的意思,我也找不到最恰当的关键词让它提供给我最想获取的信息。我在网吧里搜索个把小时,仍然一无所获,心里想着爷爷的灵堂也不能离开太久。买了一瓶劣质的冰镇饮料，喝下去，提了提神将搜过的词条再搜一遍，终于搜到这么一条：

  加拿大新不伦瑞克省一家特殊教育学校（附设医疗、医学科研机构）医学博士安德鲁·克劳吉尔长期从事青少年弱听的治疗与研究。克劳吉尔博士在与弱听少年的接触中发现，某些听觉神经瘤与遗传性弱听的患者，残余听力虽然几近于零，但对于特定声频的振动有特殊的感知能力。患者耳蜗仍能感知振动，但因听觉神经瘤的挤压阻断或病理阻断，耳蜗振动无法传递给听觉细胞，无法传入大脑皮层分析，患者残留的仅仅是耳蜗对振动的感知。这种感知，严格地说已不属于听力范围，但患者对振动做出一定的反应，易被人误认为是弱听或残余听力。经克劳吉尔博士对遗传性弱听患儿深入研究，发现他们出生后，残余听力或对振动尚存的一些反应能力，容易被父母忽视，直接将其当成完全听障患者。由于失去了早期的听力训练，这些患儿残余听力或者对振动的微弱反应能力会慢慢消失。但某些患儿因居住环境的原因，受到特定声源或者同频噪音的反复刺激，日后会对单一的、特定的声频的振动有特殊感知能力。譬如，一位居住在锯木厂附近的患儿塞拉，就能感知"Z"发音的声频振动；一位铸件厂业主的小儿子托比，就能辨别"K"发音的声频振动，因其家庭工厂里的大型冲床工作时反复发出"KuangKuangKuang"的声音。根据这一发现，克劳吉尔博士致力于开发一种新型助听器，这种助听器并非简单地放大音量，而是将各种声音转换成患者能感知的频振范围。这种助听器虽然不能帮助患者听辨语义，但能让他们有效地感知附近声源的存在……

我松了一口气，心想，百度大神，我真想请你吃冷饮。你喜欢哈根达斯还是绿豆冰？

晚上，我脑袋里慢慢拼凑起杀人现场的情景。终于将杀人的全过程拼凑完成，我脑子马上又重播一遍，犹如电影，但时断时续；重复若干次，画面越见清晰，"播放"也是越加流畅……爷爷在遗像里与我隔空相望，频现微笑。我拨出手机打给符启明。我嘴唇预先嚅动起来，想着怎样将脑袋里那些影像转换为文字向他描述。他又不在服务区。

7
失意者

我一回到派出所，就听见他们说夏新漪的案子破了，心里"咯噔"一响。我没有多问，回到自己的单身宿舍闷坐着。我基本可以肯定，是七叔那几句话打通符启明任督二脉，他得以迅速抽丝剥茧，解决了破案思路中存在的所有疑难。但我也不得不佩服符启明，只那一句话，他就全通了。符启明跟领导们分析案情，和盘托出自己的思路时，也提到我和伍能升，但领导怎么看呢？我和伍能升只是符启明一嘴带过的两个名字，不但不会引人注意，反倒衬托了符启明公正无私的品质。

我还时不时想起了爷爷，过一阵还要回去给爷爷立碑。到时我要告诉他老人家，爷爷，你想给个启发保佑我，但是劲使偏了，让外人捡个便宜。爷爷我对不起你！下次有什么好事把给我，扔准点哦！

九点多，闪雄拍我的房门把我叫醒，要我去四桥上面吃消夜。"必须去，全所的兄弟能来的都来了，要提前祝贺你们几个。"

"怎么了？"

"真不知道？哑巴周壮已经承认了！"闪雄说，"这么隐蔽的事情，你们也摸得一清二楚，只有佩服。换成是我，凭空让我编也编不圆。快去！"

四桥之上，所里的兄弟来得很齐，兴致很高，几箱啤酒码在一旁，层层叠叠。符启明稍后才和童副所过来，坐在最显眼的位置。我盯着符启明，他尽量不看我。我不知道他是不是也上网搜了有关"残余听力"或"弱听"的词条。他拿来说事的依据是以前曾碰到过类似情况，并说辽宁省和陕西省都曾有相关案例，可供参照。他以前哪会碰到类似情况？分明是我爷爷耳聋的情况让他开窍的。有些兄弟还不清楚整个破案思路，童副所抢着告诉他们。但是童副所自己也不是很清楚，碰到表述不清、不准的地方就偏起脑袋要符启明补充。符启明不会抢了他的兴致，补充也是点到即止，让童副所相对连贯地说完整个过程。

他说得再磕巴，我也听得明白。甚至，用不着他说，整个案发过程我也可在头脑中清晰呈现出来。他昨天跟领导说出了自己的思路，乍一听太过玄虚，仔细一想又是合情合理，得到领导的初步认可。今天上午，由他设计的求证方案得以实施，并收到预想中的效果，这才将哑巴周壮正式逮捕。从聋哑学校请来的手语老师配合讯问。没多久，这孩子便用手语认罪了。花了整个下午的时间，手语老师双手累得抽筋，终于将案件的细枝末节问得一清二楚。

符启明对案发情况的推断，哑巴周壮承认的事实，以及我所分析的，三者之间稍微有些出入，但大的方向完全一致。

哑巴周壮那晚跳进隔壁院子，轻车熟路摸到了门。他明明看见这一家好久没人出入，推开门，却有个女人躺在沙发上，半死不活。电视机开着，但哑巴听不见；因角度问题，刚才也没看见荧光屏散发的淡淡光晕。若听得见，他就不会犯这错误。意外碰了面，两人盯着对方。他并不害怕，进到这个院子他有些肆无忌惮。这已不知是第几次进来了，即使被抓，徐家人也一次次放过他。这一晚，哑巴并不认识眼前的女人。女人看着他的眼神有点古怪，同样并不害怕。这场面，像两只幼兽撞了面，估摸着对方势均力敌，彼此转个身走开便是。

正要走，哑巴却见那女人朝自己招手。女人一张惨白的脸有了一丝微笑，微笑使她面皮皱起的地方乍然有了血色。那点血色在整个脸颊洇开。哑巴感到不安，但鬼扯脚似的走了过去，坐在女人身旁。天气这么热，女人衣衫不整，哑巴只穿了一条秋裤。哑巴个高，身材算得蛮好。女人摸他，他脑袋有些发蒙，但也不拒绝。女人将哑巴摸了一阵，气息越来越粗重，心一横，把哑巴往相邻的卧室里拽。

都说吸毒的人丧失性欲，其实是个常识错误。毒品有很多种类，有的是抑制剂，有的是兴奋剂，有的是混合型，使用后的反应各有不同。吸毒者进入谵妄状态，在幻觉指引下，有时候，情欲也会强烈地爆发，不知羞耻。符启明这么跟领导解释夏新漪那晚的情况，我倒是没想到的。

进到里间，浴缸正放水，女人刚才准备泡澡。当然，哑巴没听到，浴室的水是警察破门进入徐家后才被关上。女人继续对哑巴实施挑逗。这哑巴还未开窍，面对女人，既有本能的冲动，又因父亲的管束而有深重的恐惧感。女人撩拨哑巴没有收到她想要的效果，就自己脱衣，以便进一步唤醒哑巴的反应。夏新漪在男人面前还是自信，估计这孩子再惹一下，根本把持不住。夏天衣衫单薄，她很快裸了一半，哑巴进一步兴奋起来。

恰在这时，他耳朵突然觉察到一丝奇怪的振动——这正是本案的关键所在。

当时，秃头老李正冲着这边吼，要死啊！让不让人睡了？

秃头老李和周大爹一样，两个男人都生着一副细嗓门。

哑巴是有微弱的，几近于无的残余听力。只有尖嗓门的人冲他大声吼叫，他偶尔能"听见"。和克劳吉尔博士发现的情况一样，哑巴周壮耳朵里接收到的振动当然不具有表义功能，只是微微振动而已，顶多感觉到身边有人。但偏偏周大爹说"要死啊"三个字形成的振动，哑巴能相对清晰地分辨出来。这是周大爹的口头禅，说得多，哑巴对这特定发音形成条件反射——犹如巴甫洛夫做实验骗那只狗一样，狗一听摇铃铛就放肆分泌胃液。

但那天晚上，这一记丁公并没有敲下，哑巴也没挨鞋底子打。哑巴赶紧环顾一周，屋里就只有这女人，没见自己父亲的身影。虽然如此，哑巴已经下意识地停止了兴奋。夏新漪正在兴头上，一下子哪肯消停？她又在哑巴身上乱摸，但哑巴一心想着离开。女人按捺不住，一只手伸了过来，蛇一样钻进哑巴的秋裤里，捏住那东西。哑巴就怕这个！以前，他有时忍不住把鸡巴掏出来当成玩具，玩得有了快感，却不知道快感打哪里来。但这么做，回回都挨父亲的鞋底板，甚至半张脸都被打得淤青。

"这女的就是×瘾太大，又去哑巴裤裆里抓，不依不饶，哑巴推开她，示意别这么搞，她以为哑巴是和她打情骂俏。"这是符启明的原话，他将夏新漪的死归因为"×瘾大"，也算独辟蹊径。这是洛井一带泼妇对骂时才用的脏话。符启明这么分析，领导听着就笑。他也喜欢敬爱的领导们笑起来。夏新漪情欲勃发时爱搞出什么动作，他确实比别人清楚。

哑巴敲了夏新漪，也不管她死活，赶紧跑出去，这时电视里正好在播日本兵扯妹子衣服的戏。哑巴忽然明白了，怪不得刚才听到响动哩，原来电视里又在放这个！他不会关电视，但懂得拔插头切断电源。他用脚把插头踢出插座。哑巴的手脚一样灵活，别的人用手搞的事，他经常用脚去搞。

符启明跟领导分析了一遍，领导与市局来的专家都点了头的。哑巴身上有足够的嫌疑，够得上抓捕。符启明却说不急，为稳妥起见，他很快设计了一个方案，以验证自己的推断。

"呃，这个就由你负责。"领导对他相当信得过。

哑巴周壮照常去"极速大阿哥"网吧上网。老板杨哥带他到最里面的一间。最里面那间大概是卫生间改成的，只放得下两张电脑桌，哑巴进去时就他一个人。哑巴并不知道，这一间是派出所特意为他包下来的。杨哥按符启明的吩咐，指了指"本地影视"那个文件夹，哑巴就知道里面有新片子，脸皮倏地一红。杨哥摸得准哑巴的口味，毛片他不敢看，偶尔要看看三级片。毛片里的裸戏太直接，骚娘们的丰乳肥臀像周大爹的鞋底板一样没头没脑地砸来，哑巴会被搞得心惊肉颤。三级片柔和一点，偶尔露那么一下，一晃眼的工夫，女人又穿上衣服搞搞别的事情，很合哑巴口味。当然，一间房里只他一人时，才敢偷偷摸摸地看；要是还有别人，哑巴就潜心打游戏。

门是关着的，一只高清摄像头对准了他，他的一举一动都能录下来，必要时作为呈堂证供。门板后面站了好几个人，秃头老李也被叫来，等下用得着。

"好的，有画面了。"马凯守着外面一台电脑侦看视频，看得见哑巴那台电脑的画面。"有画面"，他是指三级片里的女人已经脱衣。符启明隔着门板冲里面喊："要死啊！"他喊了两遍，哑巴岿然不动，一只手试探着往裆里掏了几把。他的脸几乎杵到电脑屏上。

"画面闪过了。"马凯通报进展。随着剧情推衍，三级片演至武打的部分,两个身着英雄装、头戴武松冠、耳畔挂一只绒球的好汉各执一口戒刀砍来砍去,谁也砍不死谁。那片子我们都看过,熟知剧情。到后面,两位好汉英雄相惜,义结金兰,找个窑子一起玩头牌妓女,是为本片高潮。

"……画面又有了。"

这下该秃头老李出场。他站到门板后面,轻咳一声,用力不大地朝里面喊:"要死啊!"他的尖嗓门,确实有不一样的穿透力。这一下哑巴果然有了反应,脑袋猛然一低,并用右脚去夹桌底下的电源线。哑巴趿着拖鞋,脚趾动得利索,夹住电源线猛地一扯,电脑屏闪一道白光,就全黑了。这家伙不晓得怎么关电脑,或者,正常关机来得慢,扯电源线最快最见效。

他们几个人迸发出一阵整齐的笑声,都说这下够了。

把哑巴带到所里,特教学校的手语老师很快就找了过来。一开始,手语老师没费什么力气,按警察的指示,劝一劝,吓一吓,哑巴就竹筒倒豆,承认自己爬进徐家,抓起一块东西砸了一个女人。什么东西不知道,女人也不认识。哑巴倒是个诚实的人,他没太多防备。他不一定知道自己敲死了那女人,也不一定知道杀人是要偿命。

知道那女人被自己敲死,哑巴就慌了神,赶紧打手语问,哪时放我?今晚是不是不能回家了?手语老师告诉他,是这样。他眼泪几乎掉下来,打起手语央求说,要是天黑我还没回去,我爸一定会打我的。手语老师憋不住笑了。符启明问他笑什么,他解释说:"杀了人,他怕屁股疼。"

毕竟是真相大白,符启明这才嘘出一口浊气。

这晚上,庆功的啤酒定要喝到凌晨。我借上厕所的机会回到自己的房间,倒头便睡,也没人给我电话。其实根本睡不着,我忽然觉得，自己已不适合在这个所里再待下去……编制应是符启明的，若我是领导，不这么决定简直难孚众望。睡不着，老逼着自己在床上辗转反侧也是煎熬。我很想意淫一个妹子，转移思路，于是就想到阿花，想得一阵，一不小心睡了过去。

次日，快睡到中午时电话响了，一看竟是阿花。阿花急切地说："丁哥，快来救我！"

"怎么了？"

"你来就知道了，一下子说不清楚！"

她就住在春光灿烂娱乐会所后面的出租房里，是春姐为她们租下的集体宿舍，大间的三个人住，小间的一两个人住。我走进304，见她被一只袋子装在里面。我拉开拉链，问她这是怎么搞的？天气太热，她在里面搞得一身汗水。

"别说了，该死的小芙……"

小芙是她同房间的妹子，身体细瘦多病，但一脑袋的歪点子，最喜欢捉弄别人。刚才，小芙又说她不舒服，犯了冷热病，热起来想扒自己一层皮，冷起来在这八月天也直打摆子。阿花亲眼看见小芙在床上冷得打摆子。阿花赶紧把自己床上的薄被单也拿过来，盖在小芙身上，小芙还是冷得直打摆子。"你帮我套一床棉被！"小芙要阿花帮忙，她哪好不帮？冬天的棉被摆在床底下，还没套上被单。被单有一米多长的一道拉链，拉开了往里面塞棉花胎。阿花是个头脑简单的人，套棉被让她手忙脚乱，怎么套也套不安稳，最后整个人钻进了被套。小芙就等着这一刻，她从床上爬起来，拉上拉链，阿花就被装在了口袋里。

"放开我！"

"你要答应我三个条件……"

"不答应。"

"那就两个!"

"你恩将仇报,没什么好商量。"

小芙也不急于求成,先把阿花闷一阵再说,她自个儿关上门走掉了。阿花舍不得扯破被套,于是她就没办法出来。这也是小芙算准了的。幸好,阿花的手机扔在床上,隔着被套薄薄的一层布,她摁了我的电话。

我笑得前仰后合。阿花还在生闷气,说小芙就是这么个人,弄这一手,就想蹭她几顿饭。看似开玩笑,其实,蹭饭也是小芙真实的目的。她最喜欢占人家小便宜。我奇怪,这个小芙怎么算得出来阿花会钻到被套里呢?阿花告诉我小芙和她是老乡,去年年底就住在一起。小芙见过阿花钻进被套,当时不吭声,也不教她套被套的办法。今天想到了,正好利用起来。

"……她都想去卖,但是心里还在打鼓。"阿花真是气坏了,恨声说,"这个小婊子,迟早要出去卖的。"

"别那么说人家!"我一边吞着唾沫一边劝她,眼睛在阿花身上游走。阿花处处走光,仅有的那点衣物发挥着欲盖弥彰的作用。她在自己的房间,只穿松塌的白背心和小裤头,汗涔涔的,空气中浮动着幽微的肉香,时有时无。这是年轻、健康女子身上散发出来——不,是分泌出来的气味。

阿花一直诉说着小芙的种种卑劣行径,时不时将牙关咬紧,还提醒我说,哪天要是小芙做了鸡,叫我一定不去嫖她。"那会感染小芙身上好几种怪病,以后你家床头柜也摆一堆药丸,一天三餐吃不停……"

"呃,我不会嫖她。"我向阿花打保证。

"除了她,别的女人也不能嫖!"她开始管我了。

"不嫖!"我心里一暖。

"……你到底在看什么？"阿花忽然发现我的眼光落在别处。她是寓言中那只乌鸦，对小芙的咒怨之辞就是乌鸦曼妙的歌声，而我不折不扣就是等着吃肉的那只狐狸。她赶紧将自己前胸抱紧，仿佛乌鸦嘴里的肉还没有掉。

我嘴里充满唾沫，呼吸不调，吞咽困难。我已经长久地远离了房事，有时候我想起和沈颂芬在一起的情形，经常会和三级片里的镜头混淆起来。我笨拙地掰开阿花的手，她问我要干什么。我想了想，说你知道。

"流氓！"她说，"你要想清楚，除非，你愿意娶我！"

我笑了，点点头。当我发现阿花还是个处女，才有点笑不出来，感到一阵沉重。她是一个心地善良的女孩，这一点我几乎可以肯定，但她有点缺心眼。

"你怎么了？后悔了？"这时，阿花变得敏感起来。

我摇摇头，拼命挤出很享受、很回味的表情。房间里太热，只有一架鸿运扇发出蜂鸣。我想不出个所以然，又爬到阿花身上。她已经没有刚才那么痛得不支。我觉得我是一头饿狼，阿花是我饥饿难耐时捕获的唯一一只土拨鼠。我不会因为它的无辜和茫然无助而放它生还。

之后我就在阿花床上挺尸，她怎么撵我也撵不走。小芙回来的时候阿花去开门，并告诉她"我男朋友来了"。小芙知趣地离开，并说不打电话她就不回来，把房间让给阿花用。

晚上阿花叫我走，我还是不走，告诉她这里太舒服，我回去一个人睡简直受罪。我心里充满破罐子破摔的愉悦。阿花叹了口气，跑下去给我买来一盒煎饺一碗炒粉，都搁了厚厚的一层油辣椒，我吃得热泪盈眶。她又问怎么啦。

"我会娶你。"我说，"但我不想在这里待下去，我要回广林。"

"我跟你回去!"她几乎毫不犹豫。

窗外广告灯箱的灯光射进来,屋子里流溢着驳杂的颜色。我们谈起以后的生活。阿花去年从职专护理专业毕业,实习时打错了针,差点弄死一个人,倒赔钱才脱得了身,所以不敢再干护士。我问她以后有什么想法,她说不知道。她又反过来问我。我说回了广林,也许是租个门面,做点生意什么的。阿花说好主意。我哭笑不得,这简直是没有任何选择的最后一招,除此还能怎么样?到农村种地我都不是料,也没有地。

"你为什么不当警察?"她感到奇怪。

"我本来就不是警察。"

温度降下来一些,身上不那么黏湿。她温顺地坐在我身旁,屈起膝盖,双手枕在膝头,盯着外面的光。对街有一块大灯箱,上面是佴城名酒老山泉的广告。她没穿衣服,光把她的身体染得和广告背景一色。我这才意识到,她活到二十来岁,毫无防备地把身体给我。事先虽然她说,除非娶她!事后她却说,要是我不喜欢就算了。她还强调,我是说真的!她说话时,一派随遇而安的表情。这种表情非常打动我。

我竟然在阿花的房间待到次日下午夕阳西斜,一直没离开过房间,几顿饭也是她下去买的。她很高兴,反复地说,想不到我这么快就搞到一个好男人。男人就男人算了,前面偏偏安着一个"好"字,好得我头皮发麻。我觉着自己像是饿狼逮着一只土拨鼠,搞不好土拨鼠觉着天上掉下一堆甜莴苣。

阿花昨天正好轮休,一天没去上班,这个晚上非去不可。房间里只剩下我一个人,正想着是不是要离开,符启明打来电话,要我下去。我说我不在派出所。

"不管你在哪里,你只要下楼,就会看到我。"

符启明确实在楼口等我，那辆车忠实地停在他身后。他打开车门示意我上去。车子一开他就骂我："孬种，你又受了什么挫折？两天都没见到你影子，我在刘所那里帮你请了假。明天请假到期，你必须上班。"

"不去！"

"不想在所里混了是不？俚城待不下去，想到跑回广林？广林又有什么好？"

"谁告诉你的？"想来想去，肯定是阿花下楼去买饭时，迫不及待把我和她的事讲给某个姊妹听。那姊妹又告诉春姐或者直接告诉符启明。符启明简直是东厂西厂、盖世太保、克格勃。

"是不是因为破案的事？我知道你也想到了，但我一想到，肯定要赶时间跟领导反映。当时我也着重提到，破案思路是我俩一道想出来的。伍能升只是跑腿，破案思路肯定不能算他一份，是吧？"

"是你一个人想出来的。"

"你这么讲就没意思了！我来到洛井派出所，搞不清是因为第一个见到的是你，还是别的什么，我最相信你这个兄弟。"他把车停下来，仿佛是要引起我的注意，"这几天，我已经想得很明白。这个编制，你比我更需要。你既然要考，我已经打算不报名，不参加考试。要是你抢不过人家，怪不得我。"

"我是不是要感恩戴德？"我嗤笑一声，"我用不着你让，那东西本来也不是你的。"

他点点头说："我不会参加考试，这与你毫无关系。"

第七章 杞人俱乐部

1
扫兴人

广林虽然和俤城只有一个多小时的车程，但差别很明显，从俤城到广林的一个多小时几乎全在走上坡路，广林的气温比俤城要差三四度。以前空调还未普及的夏天，俤城人热得受不了，冲着几度的温差，会驱车赶到广林避暑。冬天，俤城人又会赶到广林赏雪拍雪景。至于两地人性情的差异，只有本地人才能感受。譬如说，俤城人热情好动，成天就想着怎么折腾出一些新的事情打发无聊；而广林人生性尤为懒散，喜好清静，不爱扎堆。俤城人看广林人是怪物，广林人看俤城人大都疯癫。广林真正的土产是宅男宅女，人们乐得将自己的生活模式调为隐居状态。广林几乎没有夜生活，上档次的歌厅只有一两家。即使夏天最热的时候，过了十点，广林的马路上几乎没有行人。

我在俚城待了十来年，有点受不了广林的清寂，回到广林待了两年也没交什么朋友。晚上，我坐在阳台上抽着烟，看着幽暗中的小城。广林夜色中的霓虹灯都显得气息奄奄，萎靡不振。我只能坐在阳台上抽烟，闻着我女儿小衣小裤和尿布的气味。我老婆脾气不好，产前有些忧郁症时我就头疼不已，没想到产后躁动症频发，搞得我好长一段时间神经衰弱。当她以女儿为由逼着我戒烟时，我就跟她说，"除非你变得和我们刚认识时一样好脾气，我再戒。要不然，听你成天咆哮还不能抽烟，简直就像长一身疥疮还不让人抠一抠。有没有道理？"

"你要死啊！"她说，"我一肚子好脾气都是被你搞坏的。"

我说："王宝琴，要是你看我烦我可以走。"

"你要死啊！你就想一脚把我们母女踢开，到外面自在逍遥。"她几乎是把女儿扔进我怀里。女儿吃饱了东西，一脸坏笑地看着我。我爱我的女儿，她是上天赐给我的礼物，但我一直搞不懂，为什么她落生后第一次笑，就歪着嘴冲我坏笑。

两年前，我对王宝琴最初的印象是大大咧咧，有点缺心眼。我想很多男人会跟我一样，曾经的爱情理想是找个聪明伶俐的女人共度此生，彼此像心理专家似的了解对方，每一个眼神都被对方看穿，每一句情话都说得贴心贴肺。男人往往是受了挫折，才把"缺心眼"看成女人重要的美德，过日子还是难得糊涂。

没承想，婚后她日益烦躁和躁动的同时，心思却是越来越细腻，缺心眼的迹象和妊娠纹一道逐渐消退。她时不时洞幽烛微地戗来一句，搞得我不禁怀疑，沈颂芬是否附在了她身上？

我怎么又想起沈颂芬了呢？我在阳台上抽着烟，想起沈颂芬，抬头看看星星。她已经和星光一样，在记忆里遥远地模糊着。这时候我想起那架望远镜，金色的。老婆看我翻箱倒柜，就冲我说："你搞么子吗？你想到哪里还藏着钱是啵？"

我懒得跟她解释，继续找。父亲留给我的房子并不大，但找一件东西并不容易。房子位于广林粮食局宿舍三楼，仅有一室一厅。宿舍楼建成有五十年了，水漏上标有落成的年份。小时候我住在这里，直到读中学去了俚城，我就尽量不来这里，放假回来住到我哥家里，那边宽敞明亮，嫂子通情达理。父母也搬到我哥那边去以后，这间房就空下了。

那年考派出所的编制，符启明的确没有参加考试，而我没有考上。考上的是一个小女孩，据说有背景。符启明离开派出所，我再干了一阵也要离开。符启明劝我不要回广林，继续待在俚城以图"共谋发展"。我很清楚自己没能力与他共谋发展，日子待得久了，必然是在他那里不断讨些好处。他一直都是大气的人，愿意给朋友帮忙，但我拿不准用什么回报他，这会造成压力。王宝琴突然打电话说她怀了孕，问我，是留下来呢还是打掉。我想这孕怀得简直像是下了一场及时雨，我说结婚吧！电话那头传来一阵银铃般的笑声。

我找到了充分的理由离开俚城，回广林住回小时候住过的房子，二十几年，到外面转了一个圈又回到原地。我把俚城拿来的几箱东西提进屋时，心底涌起一阵凄凉。小时候，我和父母、哥哥还有外婆挤在这里，五个人一室一厅，每一寸空间都要合理布局。我刚知道世界要比广林大一些的时候，就打算离开这间屋子，到外面去。但没承想，转来转去，我还是回到这里。

现在，房间里只住两个人，但每个人都蓄积一大堆废物。客厅搭着五层高的收集架，层层叠叠仿照书架的结构，上面搁的全是杂物。找那架望远镜并不轻松，我费了半小时，终于从王宝琴的一只破木箱里找了出来。

"你怎么把我的东西放在你箱子里？"

"我怎么知道？这东西我从来都没看过。"老婆拍打着女儿助她入睡，看了一眼我手中的望远镜，稀奇地说，"这是什么？是不是六〇火箭筒啊？"她看老电影看多了，我扑哧一笑，把望远镜架到阳台上去。她警惕地问："你要干什么？"

我头也不回，反问她："难道我长得像恐怖分子？"

"你长得像恐怖分子就好了，我肯定多几个钱打牌。"

女儿已经熟睡，老婆的嘴嚅动着又要倾倒苦水。现在她不准我叫她阿花。她说："花都没钱花，还叫什么阿花？"

我说你过来看看，过来看看嘛！

"你要死啊！又想出什么歪主意？"

"我迟早是要死到你手里的，你也不要急，先过来看看嘛。"我朝她微笑，招手，友好地眨巴着眼睛，循循善诱。起初，她有点不适应从望远镜里看到的天空，说什么都没有啊。三脚架的云台有些松动，调望远镜很费力，我只能让她去看月亮。月亮冒出来有大半个，她看清月亮表面某一块时，就发出一声闷哼。

"怎么了？"

"是的，就是这个样子。"她说，"以前，我睁大眼睛老是想看清楚，但就差一点点。现在一看，真就是我想的那个样子……"

"什么样子？"

"像一块快要烧焦的煤。"

让我意外的是，老婆对望远镜很有兴趣。她对使用望远镜有一种天赋。云台调动不灵，她想了些办法，抹了一些黏稠如玻璃胶的东西到调钮的缝隙中，再一调，就随心所欲了。她看得入迷，我可以坐在屋里想事，摆出一派沉思的样子。其实我在注视着她，她看向天空时，脸上又现出些许缺心眼的迹象。这多好啊，我顺着她这表情想起了我们的初恋。其实我们的初恋也咂不出什么汁液，像嚼

275

了半小时的槟榔渣。

晚十点钟,我还要去上班。她上班时我要在家带小孩,工作不那么好找。如果我彻底留在家里充当奶爸,缺钱这一件事就够我每天撞墙。我趁晚上的时间找一份工作,去给宾馆当守夜人。这活从晚十点干到早八点,不能睡觉,每两小时按规定的路线走一圈,操起电筒装模作样地扫一扫黑暗角落。剩下的时间可以坐在值班室里看书。

我从书摊里租了一些小说,什么流行租什么,从玄幻到穿越到恐怖,一概看着不爽,可能我过了看这种书的年龄。实在没什么书可租,有天跑到记忆深处的新华书店,买来几本法律自考教材。以前我在俬大报了自考本科,考过了几门基础科目。后面的专业科目全是法律条文,因为怕背,我没再去考。打电话问了俬大成教部的老师,他说以前考的成绩仍然有效。自考每及格一门就发一张小票,小票攒足十几张就可兑换本科文凭。于是我想到接着再考。

现在我不怕背法律条文。既然我已经很背了,也就不在乎多背一点。

那天晚十一点我正看《国际经济法概论》,突然接到电话,是符启明。"你在哪里?"听他这么问我,我就估计他人已到广林。果不其然,当我报出我供职宾馆的名称,过不了五分钟他就开着车过来。他的车当然也换了,一个人要混得好,换车是硬指标。他现在开的车是三菱帕杰罗越野车,高头大马,马力强劲,也是一台油葫芦。

他打算把我拽上车,找个地方喝酒说话。

"我在上班。"

"我准你下班——算是请假也可以。"

"你是有点本事,但你也别把自己当成温总理。"

"宾馆老板是谁?"

我懒得说，他自己照着宾馆门头的电话打过去问，一会儿老板给他打电话，还要请他消夜，并问他晚上怎么安排，要住宾馆的话就留房。他一一拒绝，只说，"我要跟你借一个人，守门这家伙，叫丁一腾的。"老板回答："就这点破事啊，何必你亲自打电话哩？要哪个人，你随便抓走！"

在丁字巷岔口的夜市摊子上，我一坐下来发现他还带着另一拨人。那拨人有十来个，挤满了相邻的桌子。他们招呼符启明过去一块吃，符启明说你们不要管，我和我兄弟说一些话。那拨人有男有女，大都年轻，郁郁葱葱的表情。我问符启明，那些人是不是跟着他吃饭的小伙计，他说不是。"你看他们那个劲头，晚上难免要搞坏事，要都是我的员工，我怎么负得起责？我们现在是一个俱乐部的……"他故意停顿，稍后又问，"你不想知道是什么俱乐部？"

我摇摇头："就是换妻俱乐部我也不奇怪。"我喝酒，很久没有喝到这么阴凉的生啤，还有一股豌豆芽的腥味，我嘴一哆嗦就喝下去半扎，简直凉透尾骶。他难过地拍拍我的背，说："看你这副馋相！现在喝酒的机会都少了吧？你看，生活把你摧残的。"

"也好，我胃口被摧残得有境界了，生啤也喝得出茅台的味道。"

酒喝上几杯，他提到了当年那个赖毛信。这人在不久前的全国网络大追逃行动中，终于无处藏身。一旦暴露了行踪，警察的网子渐渐收紧，他像一条鱼，被慢慢悠悠地捞出水面。"抓到他时，他又变得很瘦，简直像奥斯维辛集中营幸存下来的。要是我搞减肥药，一定请他当代言人。"

我正不知怎么应答，他又顺口扯起了广告。说到广告，算是说到他的本行，他滔滔不绝，我不好扫他的兴，姑且听之。现在，佴城最大的广告公司也是他名下的，因为他拿到佴城一半以上楼盘的广告。去年，他创意的一个广告在佴城引起了轰动，地方台都播过。

那是他给一家野味酒店搞的招贴，招贴上喷了费翔巨大的头像，眼神凄迷，笑靥依旧，二十年永恒不变地帅气逼人。旁边配了一行字起到点睛作用：野生的都是混血儿！这个招贴确实带动了该酒店的生意。酒店老板起初也担心，费翔要是找来打官司怎么办？符启明打包票地跟他说："那好的，官司一打，你酒店就可以在全国开连锁店了。"

"……呃，说到哪了？"符启明本来神采飞扬，见我一直在走神，他就有些委顿。他又问，"本来我们说的是什么事？"

"赖毛信被抓。"

"现在年纪大了，不行了，说话经常把自己说丢。"他尴尬地一笑，"我去证实了，赖毛信果然就是那年你抓到的李二全……"

"哦。"那事其实也不过两年多时间，我觉得发生了很久似的。

"是不是不想扯赖毛信的事？"

我想了想，认真地回答："也不是！"

"你这个人！"他仿佛终于看明白问题所在，"你真是个没劲的人，找什么话题你都不感兴趣，说不起来。谁找你说话，谁就是自作多情、自找没趣！"

旁边那桌人纷纷过来敬酒，敬符启明也顺带敬我。他告诉我他们都是天文爱好者。我喝尽杯中的酒。他问是不是再来一扎。我说不用，他又问我是不是还喜欢看星星。我摇摇头，告诉他我本来就不怎么看星星。以前偶尔看一看，是害怕被他们孤立。

"那真是可惜了，你会失去很多乐趣。特别是你现在这个状态，什么都不感兴趣，简直活得跟便秘差不多。像我，你看，今天晚上会和他们找一个观测点，扎帐篷看星星。用不着花多少钱，生活就会变得有质量。"

我点头表示认可。

那帮人已经整装待发，他掏钱结了账，带领那一帮人往城外开拔。他们有三四辆车，车上插着旗子，旗子上印有"杞人俱乐部"的字样。

我目送他们离开，然后回到家。屋子里静悄悄的，老婆和女儿的鼾声此起彼伏，错落有致，宛如大珠小珠落玉盘。我在阳台上抽了一阵烟，金色望远镜还架在那里，我眼睛凑过去看了一阵，看星星，有时抽空看看天空最漆黑的地方，再让星星重入眼帘。满肚子啤酒隐隐作祟，上了两趟厕所，看星星却越看越来神。我想我看到了土星光环、疏散星团还有泡泡星云，我简直灵感毕至，各种天体就像是养在水缸里的螃蟹，想看哪只就扒开了随便地看。但还贪心不足，我搜寻着有没有超新星正在爆发，有没有流星雨拍打窗棂。稍后有人拍拍我的肩，我站起来，把望远镜让出去。沈颂芬坐了下来，看星星，把侧脸暴露给我，轮廓线柔和，身子隐藏在一层夜雾里。符启明和小末坐在不远的地方，再过去还有一片湖水，他们看着湖面碎乱的星光打情骂俏。我稍不留神，沈颂芬钻进了望远镜。我把眼睛再次杵向望远镜，结果，我可能是看到了最新版的嫦娥奔月。沈颂芬的衣袖和裤管不够肥大，不够飘逸，她奔月的姿势有点像爬楼梯……

老婆把我拍醒时，问我怎么睡在阳台上。我告诉她，刚回来，怕吵醒女儿，就在阳台上打个短盹儿。

2
重逢时刻

我打电话问符启明在哪里，他说还是老地方碰头吧，在"左道封闭"。我说桥上夜市白天也开？他说你过来就知道了。

我从城北车站搭车去往佴城。这次去，是父亲的意思。前些日子他来找我，问我认不认得佴城"捉着费翔打广告"那个老板。他隐约听我说起过，那人是我朋友，但时日一久不能确定。我朝父亲点了点头，他就笑了，说老房子他准备拿去贷款，按估价打七折贷，能值个五万。他手头还有好几万，要我一起拿去托那个老板朋友"往好处放"。

我提醒父亲一定要想清楚，他一辈子辛苦操劳、遵纪守法、省吃俭用、防火防盗才省下这么点钱，拿来安度晚年基本够用，拿去投资不够玩几把。再说，能不能"往好处放"我可不能保证，甚至那个朋友有没有这个能耐，我一点也不清楚。

"你当然不清楚。你白天窝在家里，晚上守门，哪懂得佴城翻天覆地的局势？我摸得很清楚了，你那朋友是个大角色，和每个庄头都有联系。要是你和他的关系真不一般，就叫他帮我找个最妥帖的地方放这笔钱。"父亲又说，"听说，现在各个庄头收钱都收得差不多了，找不到内部的人，有钱未必放得进去！"

"有钱还放不进去？钱不叫钱了？"我再次恳请他老人家三思。这些可敬的老一辈，大半辈子都是紧紧巴巴地度过，这几年手头忽然攒下几个钱，也不见得是好事。他们已经对消费形成本能的抵触情绪，钱见一个攒一个，手头有九百死活都要再凑一百存银行。银行也很王八，存款利息一直低得可忽略不计。物价一涨，存进银行的钱也成了烫手的红薯。这笔账，我父亲是会算的，今年存进一万，一年物价涨幅只消达到10%，明年这笔钱只剩下九千零九十元九角一分。他当然吃不起这样的亏，想来想去，只好去搞"投资"。

据说佴城各楼盘的开发商都在集资，送很高的利息，按月算，有的三分有的五分，有的甚至给一角，投十万一个月就返一万。这种情形下，手里有钱还没搞投资的，拿着钱就像拿着拉了弦的手榴弹,急不可待要扔。

父亲不知从哪里搞到的消息,说符启明是这行当的灵通人物。

我说白天王宝琴上班,我要在家带女儿。

"我帮你带!"父亲毫不犹豫。

"你会不会带小孩哦?"

父亲几乎从不来帮我带小孩,此时他对我说:"你这个没良心的哟……你和你哥都是我带大的,一把屎一把尿哟。你妈身体不好,只管生不管养。"

我不再多说,过几日下俚城,朝着洛井派出所方向去。四桥已经重新修过。符启明跟我提到的地方,不再是四桥上的夜市摊子,而是派出所对面商业街二楼的一溜门面。那块牌子尤其巨大,上面极醒目的四个粗黑体字:左道封闭。四桥重建后,桥面上当然不能再有夜市,"左道封闭"这地名行将消失。符启明意识到"左道封闭"四字经多年传诵,已经是俚城人心头的品牌了,便把这一溜门面整体租下来,照样搞成夜市,就用这四字做店名。

进到符启明指定的包厢,一拉开门,尽是以前的兄弟。他们冲我打招呼,冲我说丁狗子你回来啦。符启明还没来,先来了一个女人,脸上脂粉很厚,走过来和我打招呼。我以为要握一握手,她屈起手指在我脑门顶弹了个丁公。

"……小王八蛋,还认得我不?"

"春姐,我是吃着你的春药长大的,哪敢不记得哟?"

"喏,你们看看,当了爹的人嘴巴就是不一样。"她告诉我,符启明正急急地往这边赶。

伍能升、闪雄、马凯、宽哥、连宝……他们有的还在派出所里干,有的已经出来。出来的往往跟着符启明混,他总能帮兄弟找到落脚之地。兄弟们感激涕零,他却说:"少来,我在外面混,洛井派出所一帮兄弟就是我的家底子！"我和他们一一碰杯，说的话全围绕符启明。拿他当话题，反过来又促进喝酒的速度。我想起当年他就说过：能让别人对自己形成依赖感的人，往往都能成功。别人对你有依赖，于是，什么都愿意为你付出，却还以为是从你这里获得！

中午的酒喝到下午三点，这帮兄弟嚷嚷着要去洗脚，看来养成了习惯。我没去，等一阵才见到符启明。他抱歉说私务缠身，直截了当问我有什么事。他知道，若非有事相求，我不会从广林过来。我把我父亲的意思说给他听。

"我的天，你父亲怎么会知道我搞这个？这事情我偶尔也做，但从来不跟人明说……是不是你跟你父亲说起的？"

"我根本就不知道。我没钱，哪有心思去打听融资的事情？"

"那倒是。"他点了点头说，"嗯，这事情搞得越来越大了。融资这事，我对别人都说是好事，对你我交个底，那就是，我也没底！月息一角，年息就是在百分之一百二，得了？贩毒的生意也支付不起这么高额的利息。我看迟早会断掉。"

"那我就拿你这话打发我老子好了。我一听就觉得靠不住。"

"……你爸有多少？"

"十二万的样子。"

"呃，那也不多，关系不大。他老人家活一辈子也就想赚这一次，你回去泼一瓢冷水，搞得老人家抱憾终生，也不好吧？你爸爸，说白了也是我爸爸。"

我听糊涂了："那你说怎么办？"

"要不我给你找个稳妥点的地方放钱。何家父子靠不住，不能往里放。邱老板只做一两个小工程，他只给三分息。虽然少一点，但还算稳当。你不嫌三分息少，我帮你把钱放那里，并且我帮你担保。"

"那行！"

"我帮你开间房,你住下来,晚上我再和你多喝几杯。"

我打电话给父亲,父亲爽快地说只要把事办好,孩子不要担心。随后打给王宝琴。她知道我要帮父亲做事,又听说我是和符启明在一起,也不多问。她一直是把符启明认作我俩的介绍人,虽然对我不怎么满意,但对符启明心存感激。

挂了电话,我意外地跟他说了声谢谢,挺发自内心的。

"谢我什么?我还要感谢你提醒。"他又来了,"既然咱爸都知道我在干这个,说明我在这一行扯得太深,再不抽身迟早陷进去。帮你办完这事,我就再也不干了。"

七点他带我到一家新开的咖啡馆。"俚城每天都有新开的茶楼、K歌房和咖啡馆开业,因为现在人人都坐着收利息,老头们打纸牌也要到咖啡馆里找座。"他说是那么说,我们进去时大厅里人并不多,空空荡荡,暗红的沙发全是嘴唇的造型,像是要把坐下的人从屁股开始一点点吸进去。他把电视遥控器拿手里,摁到了本地片库的界面,问我想看什么。我说来个打仗的吧。他问为什么。我告诉他,打仗就意味着死人。他呵呵地一笑,说还是看爱情吧。你已经活得越来越乏味了,不宜老是看死人。

其实,符启明是故意要给我提个醒。我看着片子里贫血的爱情,他悄悄走掉,甚至没有留下一片知趣的背影。当我再抬起头,那个走到我面前的女人是沈颂芬。我差不多有三年时间没见着她了,她身上发生着显著的变化,从头到脚,但我还是一眼认出她来。我冲她说:"沈颂芬,咦,怎么会是你?"轮着她惊奇了,她款款地走来,肯定想象着我有可能的各种反应,但没想到我戳出这么一句。她坐下来,我平静地看着她,使她有点手足无措。要不是刚才脱口而出的那句话,现在手足无措的应会是我。那句话显然打乱了她的部署。

我也多次想象过重逢,在桥上,在街角拐弯的地方,也想过咖啡馆，想象过一刹那的尴尬与激动同时泛起。就没想到，真实的心情会是这样。

"……你男人和孩子都还好吧？"

"我还没结婚。"

"真奇怪，按理说我真应该比你结得晚点。"

"听说你有孩子了，她还可爱吧？"

"这个真说不好，每个家长都以为自己小孩可爱，但我觉得还是让别人说更客观。"我发誓，平时讲话不是这个味道，现在这么说，似乎也符合我性格。但我到底哪种性格？

她尴尬地笑笑，又问："很想去你家看看嫂子和你女儿。"

"不急啊，等我女儿学会喊姑姑了你再去。我不想让她显得不懂礼貌。"

"你现在越来越幽默了。"

"主要是今天有点感冒。"

是啊，这几年我时不时思念着她，总觉得生命中第一个女人会带走自己身上某些重要的生命信息。我老怀疑，腰椎间盘突出和痔疮不定期发作都与那些生命信息的缺失有关，见了面就能得到一次治疗，至少也是理疗。见了面，我发现思念归于思念，她是她，井水不犯河水。

"你呢？你这几年还好？"我让她说，同时规定自己尽量少说。

她叫来一杯炭烧，说起这几年的情况。在省城只能是编外，转不了正。按她父亲的思维，这显然不行，要她回俾城工作。要她回朗山她也不干，那个县份过于封闭，她说，要是在那里待久了她搞不好会提前闭经。她父亲想了个折中的办法，帮她在俾城找工作。高速路每年突飞猛进地延伸，用不了几年朗山距俾城和省城差不多远。但老人家的习惯思维，地市总是比省城近一些。她现在在俾城一中教英语。

她停下说话，问我在想什么呢。我说："在听的。每个人的经历都似曾相识。"她喝了口咖啡，夸我深奥起来了。接下来她告诉我，回了佴城并没有和以前的朋友联系，只想尽快熟悉自己手头工作。后来加入杞人俱乐部，碰到了符启明。就这样。

时间还早，电视里爱情片的男女主人公都还没第一次上床。她的咖啡只喝了半杯，却不喝了，说凉得快。我说是啊，现在春寒料峭。我对成语的兴趣也是被她激发的，平时在王宝琴面前不敢卖弄，见了沈颂芬，正好尽量多还一点。

"要不要上去坐坐？我今晚就住在七楼。"她说，"这家新开的宾馆还不错。"

"你现在有男朋友吗？"

"……没有，呃，没有固定的。"她甩甩头发，头发刚洗过。她平静地看着我，当我也看她的眼睛，她就把脑袋微微抬起。眼神忽然变得凌厉。

"我住自己的房，符启明给我开好了的。"

"他还没开。上去坐坐？"

"呃，不去了。"

"为什么？"

为什么？呵呵，谁能对此义正辞严呢？说不定，她只是叫我进去坐一坐呢。我还是说："我老婆鼻子很灵，明天她闻得出我今天一整天的行踪。"

"属狗的啊？"

"她叫阿花。"

和她分开后，我有点自鸣得意起来，当然，这也不好跟老婆丑表功。这是我应该做的！我打电话给符启明，问他给我开房开到哪里，又问他是不是故意安排的狗血情节。他在电话那头朗声笑起来："沈颂芬要见你，我没有资格替你拒绝。"

3
入门课

电视里符启明在装社会名流。他上了电视竟挺有神采，像牛仔裤硬生生熨出西装裤的棱角。电视台那个女记者髋大腰细，有机玻璃般光泽的嘴唇一定吐气如兰，徐徐喷吐在他脸上。女记者问："你们俱乐部既然是非营利的民间组织，为什么还要打广告招募新人加入？"他回答："因为现在的爱好存在太多选择，养蜂都有养蜂爱好者，攀岩有攀岩协会，就连探洞也有俱乐部。但这些小众爱好没法像打麻将一样，在身边叫唤一声就多的是人回应。我们打广告，是要在更大的范围内搜集同类项，聚在一起搞活动。而且，有很多潜在的爱好者，他们并不知道自己其实有可能喜欢头顶上这片星空。有一天，只消让他摸一摸天文望远镜，看一眼星空，他这份潜在的爱好才突然激活……"

我端着一个最大口径的杯形碗吃午饭，尽量装得有学生模样。考试在即，我进到伂大成教学院的强化班，据说每节课打瞌睡不超过四十分钟，到时都能考过。成教院没有学生宿舍，我就在附近找日租房，十五块一天。房间小，卫生间和电视厅共用。我吃饭时看看电视，一对男女坐在我旁边。他俩是我同班同学，每年我们会在成教院一起待一个月时间，五月十月各半个月。男的叫夜宝，女的叫鬼妻，因为她Q名"鬼眼凄凄"。不管我怎么装学生模样，成教院同班的小孩都管我叫老大哥。

女记者又问符启明："你们俱乐部怎么取这么个名字？杞人忧天

跟看星星有什么关系?"

"我是希望,观星爱好者都会得到一份大心境,忧天不忧己!"

鬼妻跟夜宝说:"俱乐部哇,我们也去参加,不要钱的咧。"

"用不着吧,我天天晚上在你身上找星星,双星伴月哟。"

"流氓!"鬼妻冲我说,"老大哥,帮我管管他。"

我一笑,电视上符启明的身影被切换成一片纯蓝的夜空。那是地方台搞的一档文化节目,在佴城找文化人是有些难,钓鱼的老汉、扭秧歌的大妈和桥上放风筝的大叔都作为文化人纷纷上了节目,今天轮到符启明。他们杞人俱乐部还在地方报纸上发广告招募同好,免费提供专业讲座。我想,符启明做生意,已经做到经营自己社会形象的分上,正在通往绅士名流的路上一路狂奔。

我去洗碗,只一个水嘴,夜宝一旁候着。他问:"老大哥,怎么不泡个妹子?班上还剩几个,寂寞啊。你去泡,她们等着你泡;你不泡,她们还是等着你泡。"

"你看我泡得下吗?"

"你想加急,当天成事我不敢打包票。你稍微下点功夫,舍得本钱,三天泡下一个不是难事。一看你就是有钱人。"

我忍住不笑,不知道他从我哪道皱纹里嗅出钱味。不过,这一阵我兜里倒不太缺钱,把守夜人的工作都辞掉了,弃之如敝屣。符启明往我账头上打利息,到这月已经打了两份,每份五千元。按说是三千六,但邱老板看在符启明的面子上给月息四分,也就是四千八。符启明说:"八什么八呀,我的兄弟,你帮凑个整!"邱老板就给到五千。

我给父亲三千六,父亲拿到钱还嘀咕,怎么才三分息钱?我说这已经是高利贷了,亲爱的爸爸,年息 36%,你还有什么不满意?换成解放前,这么搞就是地痞恶霸的行径,吸血鬼啊。父亲嘀咕完了还给我六百,说我的钱迟早还不是留给你的?我手上有了两千,就可以专心待在家里看书,成教院集中上课时就过来。那年物价还没涨起来,盒饭有三块钱一份管饱的,加五角钱再搁一个溏心煎蛋。每月两千块钱让我有了宽裕感,一千块打发她们娘俩,身上别着一千去读书,相对于同学们平均五百块一个月的生活费,手头确实活络一点。夜宝想方设法地对我好,是因为我借了他两百,如果不借他就会去血站卖血。当时我还无法形容夜宝的模样,若干年后出了一款"植物大战僵尸"的游戏,一看那僵尸出场,我感觉像是与夜宝重逢。我知道这钱好借难还,但想着自己应该为公共用血的安全尽一分绵薄之力。

王宝琴来佴城,是听说小芙病了躺在医院。我的女儿已经以米饭为主,戒了人乳。王宝琴跟我爸妈打个招呼,孩子就扔在老人家那边。她也感觉是放了风,下车看过小芙,就赶到我这边。夜宝很失望,偷偷地教唆我说:"你泡这个妞不够正点啊,柴火味熏人咧。老大哥,你打个五折也是半表人才,泡我们的班花我看都够本钱。"

"她是我老婆。"

"嫂子啊?"

"嗯。"我点点头,暗自一乐,"孩子都有你半截高了。"

"这么大啦?有几岁?"

"呃,一岁多了。"

"老大哥,我爱戴你呀,你却骂我是侏儒。"夜宝不干了,痛苦地看着我说,"你要请晚饭,赔偿我的精神损失。"

晚饭我请,在不远处的鱼馆子里吃油炸的黄鸭叫。鬼妻还叫了班上两个妹子一起来,黄鸭叫吃了一盘又加一盘。我年纪大一点,王宝琴和她们差不多岁数,讲起明星的八卦,谁和谁拍拖谁和谁夜店销魂撞上了狗仔队,哪个组合最爱玩群P。我越听越觉得我是一块出土文物，我钟爱的谭咏麟、蔡琴和达明一派她们敢叫爷爷奶奶。

然后说到晚上去武陵大厦听天文课，杞人俱乐部入门讲座当晚就有。她们说现在杞人俱乐部火得很，经常到学校里面搞活动，野外观星的话由俱乐部出钱包车。她们心思跳跃，说夜里到野外观星，肯定也要搞搞群P哟。提到这个，她们一个个眼里星光闪烁。我老婆听到这里，也说要去听听课。她肯定不懂群P，晚上和我做那种事都只允许正交。我偶尔想换一换体位，申请反交，她就害一脸娇羞，叱骂我是野狗子。好吧，我就只好一次一次地充当家狗子。其实，真想提醒她，家狗子也是反交。

她们虽然一谈即拢，但对我老婆的表现有些讶异。

"你真要去？老大哥舍得吗？"

"是的，我家里有个天文望远镜。"老婆说，"怎么调我还搞不准，要找人教一教。"

"不会吧？老大哥和你都是爱好者？"

"不，不是。"

鬼妻眼珠一翻，唯恐天下不乱似的跟王宝琴窃语："是不是老大哥旧情人留下的信物？"

王宝琴脑袋蘸了油，一点就燃，还做恍然大悟状，扭过头来叱问我，有没有这事。我懒得回答。那几个妹子正等着看戏，也盯紧了我。我打了个电话给符启明，叫他帮我在当晚的入门讲座上留……（我一边点数一边告诉他）六个座。他回答是："没问题，全是第一排。要不要来车接你们？"

"不麻烦了吧？"

"没事，集体会员可享受特殊服务。你一下子帮我拉这么多。"

他还是一贯风格，像是我给他拉了生意。其实我并非那种爱卖弄朋友、在人前装得社会关系活络的模样，这时候打电话给他，只

289

是为了转移话题。王宝琴问谁。我说还有谁，符启明。杞人俱乐部，他就是负责人。她就搞不明白："怎么又是他？他不是在做生意嘛。不管干什么事，好像他都有份。"我怎么解释呢？我也觉得符启明的确太万能了一点，他每天的生活简直就是弹钢琴，手脚并用地弹。

武陵大厦在佴城最中心地段，最高的楼，十七层整层都被符启明包下来。下面一层是福音堂，上面一层是豪华会所。会场被精心地布置，各种星空图片做成宣传板，早到的人可以浏览一圈。有一个展示台出售各种天文学的经典著作和星象图册，《大众天文学》、《宇宙发展史概论》、《宇宙之谜》、《星空分区图解》、《天体方位高度图表》、《宇宙之谜》、《星空与灵魂学》……当然还有旋转星盘，那是免费赠品，只要到地方都有一份。

七点半，我没想到讲课的是沈颂芬。进门那里有块预告牌，上面写着主讲老师：沈星衍。她穿一身白色套裙，金属感很重，似乎要让人误以为她刚从UFO上面下来。要是把她从前的照片挂出来，搞搞今昔对比，我会误以为这是一堂化妆示范课。我身边的老婆和再过去的几个妹子和夜宝忽然很安静，小学生样的。我不自觉地挺胸收腹，平视前方。

"只有两件事能让我一直心旷神怡，那就是——头上的星空和心中的道德法则。"她一停顿就有人给她鼓掌，把她当领导搞。只要谁带头，别的也不好意思不拍，挺中国国情。她用轻蹙浅笑回应台下由稀渐稠的掌声，这使得掌声延长了数秒。"……人都是脚踩大地，头顶天空，要是这一辈子只和大地发生关系，忽略了天空，你至少就失去应有的一半，甚至是更为重要的一半。星空太过普通，每个人都看到过，所以你肯定也怀疑我为什么要对它感兴趣，它又能给我什么好处？除了判断天气变化和占星算命，观星与我们的生活还有什么关系？从我个人的经验看，观星的爱好不光让人变得充实，也让生活变得轻盈。仅仅和脚踩的大地,每天的生活发生联系,人就会有一种甩不开的沉重。为了摆脱这种沉重,人们开始寻找各种排遣方法,做出各种努力,瑜伽、户外有氧运动、旅游,想象着有一天生活在别处,盼望着有一天揪着头发把自己扔出地球。凭我的经验,要想排遣压力,观星的爱好无疑是最佳选择,它不但包含一定的运动量,重要的还能潜移默化地改变人的思维结构,身心合一作用于人,这是别的爱好都不能替代的特别之处……"

王宝琴听得很入迷。我离开第一排,往后头走,王宝琴毫无察觉。她听说过沈颂芬,但不知沈星衍是何方神圣,这一晚的课听下来,她也许会崇拜她。符启明在最后一排,我坐到他身边。他轻轻跟我说:"颂芬妹子真是我的……一个宝啊,字正腔圆,越说越投入,很有感染力。有她加入,我这个俱乐部肯定会越搞越大。"他似乎感觉措辞不当,纠正地说,"是我们俱乐部的宝,跟我没关系。"

"我知道。"

"她改名字了,连身份证和档案都改了。"他说,"这几年,她在外面肯定也认了不少男人,那天跟我说过,还是觉得你好。但我想,你要是和她重燃点什么,她就不会有什么感觉了。人都是这么个脾气,相见不如怀念。我相信你。"

我没法做出回应。

"……你以为你很熟悉,但有一天你看清月亮表面的坑坑洼洼,你认出第一个星座,看清更遥远星体的表面,看清了土星光环,看清火星上的'人脸',看见第一个星云和星团,第一次看见狮子座流星雨,第一次以欣赏的眼光看待双星伴月、火星凌日……你就知道你并不了解头上的天空,它是最为熟悉的陌生人,你的每一次进入都会得到全新的体验,它永远安详地等待着你,像是知道你迟早会来。为什么说观星活动会改变人的思维?随着观星的深入,你必然会接触天文知识，了解天体各种数据，这一下你进入从未有过的宏观体验，空间长度动不动就是几十亿光年，而时间长度，你会感觉宇宙里的一亿年短得相当于地球上的一秒。这些时空概念在心里汇集，总会在某一刹那将你击溃，彻底击溃。你发现自己只是一粒尘埃，这还仅仅是个开始，慢慢地，你发现人类的总和也不过是一个尘埃……你会沮丧、失落，但经过一阵的适应，你会在生活中得来一种从未体验的轻盈。有一天，你会以全新的眼光审视你生活的全部，身边的一切，这里面有难以言说的快感。这不是佛学的虚妄，这来自你对宇宙真实的体认，和对自己重新的定位……"

一阵瓢泼似的鼓掌打断了她。

一堂入门课，搞得不少听众热血沸腾，她趁热打铁，邀有兴趣的朋友上到顶楼平台学习使用望远镜的技术。人呼啦一下走空，和我一起来的几位无一幸免。王宝琴就等着这机会，家里那台望远镜视域太小，准确地调正位置颇有难度，她正好讨教。

我问符启明，花这么大精力搞这个俱乐部，到底有什么好处。

"不知道。但我相信总有好处。我不想干目的太直接的事，就像撒网，撒得越宽打到的鱼越多，但起网的时间肯定也会更长。这需要等待。"他说，"还有一点，你可能不相信，现在我对别的生意越来越不感兴趣，越来越喜欢看星星。你以为我赚了不少钱，其实远不够买一架哈勃空间望远镜。要是我钱足够多，也许我会搞一个天文台。"

"天文台？乳白色，远看像一顶安全帽盔？"

"差不多。"他说，"不管你信不信，因为晚上长时间追踪星星，我对女人都渐渐失去了兴趣，像是被宇宙射线阉割了……知道我的理想是什么吗？"

说到观星和宇宙，他脸上浮现着一层我以往从未见过的神情，我看着蹊跷，同时又相信他所言非虚。此时我要是拿一面镜子给他照脸，指出他这种怪异神情，他也许会说，这和接收到的外太空信息有关。

他又说："问你哩。"

我说："你的理想，搞一个天文台。"

"嗯对的，你记得很牢啊。"他夸我，又说，"应该是在哪个小山头，弄么个天文台，不要很大，因为同时又是我的家。卧室就放在观星台，那个穹顶应该是特制的玻璃，像一个罩子罩着我，表面通常的时候都是毛玻璃，远看是乳白色。晚上，我睡在里面，按一按电钮，毛玻璃马上切换成透明玻璃，整个星空都摊在我床上面。只要我愿意，就可以想象自己和所有的星星、所有的天体一样悬浮起来……"他此时的腔调和刚才的神情搭配在一起，我一颗脔心倏地一麻，想到"走火入魔"这层意思，赶紧打断了说，上楼看看去好不？

"上楼有什么好看的哩？不就是架几台望远镜，哄一哄他们新兵蛋子。"

"沈颂芬跟我老婆在一起，我总是有些提心吊胆。你理解啊，我还是盯着她俩放心些。"我说完就往厅外走，忽然担心我老婆会一头扎进这俱乐部。凭我对老婆的理解，她是骗术、幻术、邪教、直销、催眠术和偶像崇拜的易感人群。

4
星光婚礼

因为有利息收入，那一年我一直处于轻松状态。虽然两千块钱不多，但我感觉是白捡的。"白捡"给了我异常愉悦的心态，一个人二十几岁就退休,和苦熬到六十岁被迫逊位,那截然不同。我父亲每月多出三千块钱,再上桌打麻将敢跟人炮五摸十。此前他只打厕所麻将,哪曾想到自己也能大手大脚。我把钱给他的时候,他总是要嘀咕:"老张拿到一角二的息,老齐拿到一角三啦。我拿到的只是一个零头。"

多说几遍,我也烦。我说:"要不我把本金取出来,你拿到别处放高息怎么样?"

父亲想一想说:"算了,太高了也不靠谱。你有个好朋友帮担保,我还是安心点。"

"呃,那什么也不要说了。"

转眼到了十月,我又去成教院参加考前培训,照旧租住在校外日租房。上一次考试我手气不错,考了四门全过,手上一共攒着七门课程及格的小票。按这速度算下来,搞到本科文凭也就一两年内的事。我蛮有信心,虽说是自考,其实等同于脱产。

夜宝和鬼妻晚我一天到校,不再找日租房。他俩本来也没工作,现在留在俳城找活,另外租的有房。那天见到我,一定拽我去吃饭。几个月不见,夜宝脸上有了肉,鬼妻浓妆艳抹,更显得鬼眼凄凄。这次见面不吃饭,吃饭还吃黄鸭叫。坐下来,我和夜宝碰了第一下。我说:"夜宝,你发财了?"

"托老大哥的福。"

"干我什么事?"我一头雾水。

"就是那次,搭帮你带我们去杞人俱乐部,就认识了符老板。符老板那么有名气的人,哪有这么容易接近?后面我打电话去找他,把大哥你的名字摆出来,说想在他手底下找个事,他一听就说没问题。"

我又问夜宝,在符启明手底下找到什么好事。他说:"进到广告公司嘛,跑外线业务,到处派发信息。"听他这么一讲,我想到是站街头发传单那种活,传单内容多是保健品、化妆品或者某商场打折促销、最后三天。这活夜以继日地干又能赚多少钱?这一桌下来不要吃掉他俩半月的血汗?夜宝脸上多长二两肉天大地不容易,我有些心疼。

"呃,还是我请吧。你发广告能赚几个钱?"

"大哥,看不起我是吧?收入还可以。要不搭帮你和符老板熟,我哪有这赚钱机会?"

夜宝那么说我很高兴。他家日子难过,我无意中做了件好事。酒一喝,又找到符启明这个话题,我们三人投机了,像老酒鬼一样磨蹭起来。这个世界,这个时局简直就是为符启明量身定制的。现在他正在竞争地区十佳青年,在网络上高票领先(夜宝说他每天刷五千票)。要是以第一名胜出,还有资格去参评省十佳。

我说符启明过去的事,觉得他俩真是愿意听,并非将就着我。或许,夜宝已经对符启明心生崇拜,立志想当他那样的人。而鬼妻不同,她更佩服春姐。能把生意做得风生水起的男人,俥城起码也要数以百计,但春姐这种女强人,把整个俥城地区筛查一遍,并不是很多。"不知道的还以为春姐靠符总起势的。其实,春姐起步更早。"鬼妻说,"在我看来,他俩真是天生一对。但是,春姐为什么要嫁给另外一个人呢?那个人,好像是在洛井派出所开车?"

我告诉她:"齐光健,光哥。"

"他们三人的事你知道啊?"

我说都熟的,以前都在一个地方泡着,抬头不见低头见,厕所里撞面都老抢坑哩。

夜宝问:"过几天他们结婚,给你发请柬了吗?"

我点点头。春姐光哥结婚,我已经接到电话,春姐银铃般的声音代替了请柬。我当时还逗趣:"光哥找你,你就三不值俩地嫁啊?明哥你舍得撒开?"春姐就叱骂我:"龟儿子的,谁撒开谁你打听清楚。符启明那货眼珠子长在脑门顶,整晚都往天上瞟,他想找月亮里的嫦娥谈恋爱。"当天我还安慰她说,嫦娥哪有你好啊,二婚头。她哈哈一笑,挺有自知之明,说你姐也不是黄花妹子。

我反问夜宝怎么知道的?他说到时候他和鬼妻都要去参加春姐婚礼。我就更奇怪了,说你们跟春姐很熟?刚才还说,就是碰了几面嘛,还误把她当成符启明的老婆了。

"没有,春姐根本就不认得我们。"夜宝说,"我没收到请柬,俱乐部的人都没有。符总说俱乐部有活动,春姐结婚时先赶去吃个饭,不必送礼金,凑个人场就行。请柬我看到的,是符总叫广告公司金主任专门设计印出来的。除了常规的套话,还附了一句:婚宴后另有野外篝火、宿营、观星和聚餐活动,地点城西盘石坡,备车接送,欢迎感兴趣的亲友大驾光临。喏,我从来没碰到这样的事,记下了。当时我奇怪,春姐要嫁人,符总应该伤心才是,但这婚像是他结的一样,比谁都来劲。"

我第一个印象是符启明要摆脱春姐。他们在一起毕竟好几年了,还说是纯洁的友谊,那纯属不要脸。那天是女方酒,春姐应该是在自己家里静待光哥迎亲的花车,跑到一个荒坡为的什么?她娘家也不是盘石坡的,那荒坡没有住户。

夜宝就猜:"也许是符总又一个创意,他总是能弄出些别人想不到的事。不管怎么样,我预感那一晚会有好戏。"

鬼妻附和夜宝的看法,并进一步完善:"符总会不会是打算搞婚庆生意了?到时候,他肯定会找来电视台的人到现场拍摄,星光下的婚礼啊。拿到市台里一播,要是效果不错,符总就能借这个机会,扩大范围做婚庆生意,也赚得快。"

我一想，这倒真有可能。以前结婚哪有婚庆这概念，无非就是聚一起吃酒席。这几年不同，仅仅吃饭不够意思，很多妹子出嫁，非要让男人出出血，请来婚庆公司搞一场结婚仪式不可，要想出各种招数闹气氛。没一场仪式，没闹出热烈的气氛，妹子就当自己改嫁的一样。一旦婚庆成为必然，男人要省这笔钱，就别想钻洞房。这生意潜在的利润空间着实太大了。

这样的好生意，以符启明的嗅觉，哪能轻易错过？我们三人再碰一杯，同贺春姐婚礼圆满，共祝符总进军新的商业领域马到成功。

5
洞房

时间已到，我和夜宝、鬼妻打车去到城南君悦达生酒店。春姐一身喜装在门口迎客，发烟，娇俏之态溢满脸颊，大惊小怪地说你来啦哈，你也来啦？哎哟你怎么还亲自过来……揪着我照样喊王八羔子，几多亲切。

符启明穿得很正式，一身大翻领夜礼服，颈子上扎了领结，周润发演的许文强，死的时候就这行头。他往大厅中间一站，总管的做派。沈颂芬也在的，还是作讲座时那一身银白裙装，负责招呼俱乐部的人上楼。

我进去，符启明叫我帮着他一起安席，我问他怎么没见光哥。

"你白痴啊，今天是女方办的酒，明天天亮时光哥才带人来迎亲。"

我想起他俩初见时的情景，那时我就感觉某些事必然发生。此时，我搞不明白，他俩没走到一起也就算了，春姐嫁给别人他何必这么起劲？

"你怎么不娶她?"

"……今天不说这个。"他瞥我一眼,问我怎么就穿件夹克。我诧异,说不穿这个,难道也搞成你这样?他喃喃地说:"呃,这事还没跟你说。"我问他还有什么话没说。他无暇顾我,往前蹿出几步,迎接刚走进大厅那拨人。

六点多钟,吃完了饭,一楼的亲友团没留下多少人,俱乐部的人都原地待命。酒店门口停着四辆豪华大巴车,还有两辆货车。留下来的人依序上车,往城外开拔。

盘石坡只有不到一小时车程。坡底有一怪异的洞穴,并不大,但一条两丈宽、水深流急的溪水不是自洞内往外淌,而是反向运动,长年不竭地往洞里倒灌。杞人俱乐部搞起来以后,符启明发现,这一处巨大的缓坡是野外观星的好去处。

车队最后一辆货车卸下来的是一批帐篷,俱乐部的人搭帐篷早已轻车熟路,三两个一组,转瞬间在这一片坡头搭起大大小小几十顶帐篷,像是一场秋雨后枞树间蹿出的野生菌类。天山分界的地方还有一丝红光,此外天空深蓝,一脉山体呈现暗黑色调,如同浪头一类事物,做出向上拍卷、排排挞挞腾空而去的姿态。启明星已现,看看这天空深蓝底色如此澄澈,今晚观星应是绝佳时机。除了帐篷,货车上还卸下来成捆的劈柴,符启明指挥着俱乐部一帮小青年将柴捆堆成一堆,堆起了尖。显然,一场篝火晚会蓄势待发。

这个符启明!我不由得感叹,他总能让人一不小心踏入意外。有一天,说不定他也会把别人一手拽入异次元空间。我走到马路边,见货车上还有巨大的礼花弹。我很愿意燃一支烟,凑在引信上看着火头飞蹿。我看看头顶的天空,这片天空过不久会被反复地撕开。此刻它毫无觉察,一如往常,把星星三三两两地贴出来,像是半大小孩脸上痤疮初萌。

符启明朝我走来，夜色掩饰不住他的亢奋。我问他怎么了。他说别在这里当小工，有正经的事情等着你做。他指着半坡一个较大的帐篷叫我过去。

我进去，有两个人等着给我换衣服。我认得出来，他们是符启明公司里的人，举手投足经过专业训练，我甚至怀疑其中一个光头被阉过。他们拿出一套看着很严肃的衣服要我换。我问："要我当主持人？不行不行，我一讲普通话，舌头不光打卷，还打结。"

疑似被阉的那位说："哪有？等一会儿你站在符总身边就行，什么话都不要说。"

"那是什么意思？"

"符总没有具体交代。"他说着就帮我脱衣。被他阴阳莫测的目光剜了几下，我忽然变得很顺从，摊开手，衣服被剥下，马上又被穿上。外面有个女人问我好了没有。我刚说声好，她就进来。是沈颂芬。她换上一件浅粉的礼服，背上有一个巨大的蝴蝶结。

"到底怎么回事？"

"等下篝火开场的时候，你陪符启明，我就陪着春姐。"

"搞得像是结婚一样。"我看看她。她那一身和我这身挺搭配。

"要结婚也是别人的事。"她暗自一笑，说等会儿符启明和春姐站中间，我俩各自站在一侧。我嘀咕，那就是伴郎伴娘。我都已经结婚了，当这个不合适。沈颂芬说："符总想来想去，还是希望你陪着他。"

"他们当真结婚啊？"

沈颂芬似乎觉得自己说漏了嘴，赶紧说他俩是主持人。她又提醒我等一会儿不要出乱子。陪衬也要有陪衬的样子。"符总真是把你当成最好的朋友。"她这么解释，我还是感觉今晚一切都无可挽回地变得怪异。沈颂芬那语气，疑似符总的小蜜。疑似被阉的人给疑似

299

小蜜整理一下蝴蝶结，还歪着脑袋打量一番。

天全黑以后篝火就烧起来，几阵山风一鼓噪，毕剥声音持续不断，空气受热轻度变形，我眼中的人们两头稍尖中间微鼓，个个都是梭形。我和沈颂芬并排着走过去，符启明和春姐在我俩身后一丈开外，也并排走着。符启明换了一身白，领结相应地变黑。

礼花弹此时放向天空，升到最高处骤然炸裂，一片白光未逝另一片又已铺开。远天回旋起隐隐雷声，盘石坡一时亮如白昼。人们的目光首先沐浴着我俩。有一刹那，我误以为这是我俩举行婚礼。我和王宝琴结婚的时候，没有任何走红地毯的仪式，这个夜晚，像是要补足我的遗憾。

符启明和春姐款款走来，我和沈颂芬顺然地闪到两旁，肃立。他俩宣布杞人俱乐部第一次篝火晚会现在开始。符启明致辞，春姐答谢前来捧场的各位朋友，能够在婚礼之前这个夜晚陪自己度过。一切很程式化，符启明也没搞脱口秀。春姐唱了一支歌，竟是英文，记不住的地方就哼。篝火晚会像是大型的烧烤盘，有心把每条人烤得两面焦黄。我希望篝火早点变成灰烬。俱乐部的兄弟姐妹大都有备而来，抢着表演节目，尽显麦霸本色。晚会的后半截当然是交谊舞时间，我和沈颂芬捉对，仿佛也是顺其自然。她脸上有月光，我闻着她的气味，忍不住回忆往事。我的第一次，就是和怀中这个女人——竟是和怀中这个女人啊，恍如隔世。踩着碎乱、笨拙的舞步，我难以自控，开始想入非非，但他们按某种青年交谊舞的程式交换舞伴。沈颂芬被旁边细高个劈手拽过去，一个很胖的妹子几乎同时横塞到我怀里再一换。一闪神的工夫，我怀里的胖妞又变成了鬼妻。

跳了两曲，我退出跳舞的人群，找块柔软的草丛坐在上面。沈颂芬稍后也走过来坐在我身边，问我感受怎么样。我说好是好，但我们回不到从前的。她说按爱因斯坦的理论，我们如果以超光速脱离地球，并自宇宙中回望地球，地面上的事物将呈现时间倒退的状态映入眼帘。只要速度足够快，时间差积累得足够多，我们就会看见从前的某一刻，比如我们初识的那一晚。那一晚我们就在一起看星星。

我纠正她："你在看星星，我在抽烟。那天我喝多了。"

我回到刚才换衣服的那顶帐篷，脱了外套。沈颂芬仍然跟进来，我不知说些什么。"是不是紧张？"黑暗中，她应是在笑。我说有什么好紧张？她说不想睡，不如说说话。

"……今晚，你感觉到什么没有？"她坐下来，见我语塞，又提醒，"跟我俩没关系。"

"真像是在结婚，符启明和春姐。"

"不算太迟钝。最近这段时间我陪春姐陪得多，她有什么话喜欢跟我说。我还以为你看不出来。"离开了火堆，她似乎有点冷，我将外套盖在她身上。她说了声谢谢。"你应该知道，这几年，春姐、符启明和光哥三个人的关系一直扯不清楚。"

我点点头。两女共事一夫的事情确实不少，两个男人抢一个女人也不鲜见，难得的是他们一直相处融洽，要抓成典型可以作为建设和谐社会的一个学习榜样，放到人类学里头说不定也是一种新型家庭模式。我说："其实这种现状，男的可以无所谓，女的跟不起。春姐年纪也不小了。"

她点点头："女人这一点很悲剧，过了二十五就会嫌自己老，男人五十二还可以玩风流。"

"……这里就当成娘家，明天一早光哥来这里接亲，是吗？"

"是，是春姐和符启明的主意。你应该看出来，今晚的一切早就安排好了，符启明和春姐抢在前头先结一个婚，不登记的婚，但形式上做在前头。这也算了结春姐的一个心愿。然后，她再嫁给光哥。

这一晚，春姐连着要结两个婚。"

"就刚才篝火晚会算是他俩结婚？"我用了惊诧的语气，其实一下子想起，他跟小末也不扯证办过婚宴的。这种事对符启明来说已是轻车熟路了。

沈颂芬说："也不是……现在两人说不定已经进洞房了。洞房就设在那边水洞子里头，符启明上午就安排人先布置好了。"

"符启明这算是什么？创意吗？光哥知不知道？"

"呃，光哥能娶到春姐，就因为他都知道，还愿意承受。春姐能赚钱，光哥已经离不开春姐，他就喜欢搭帮春姐吃吃软饭。只要春姐不甩开他，他宁愿当王八。"

"甘心当王八竟是光哥最大的优点。王八一当，一辈子吃喝管够。"我不由得苦笑。

我还是热，走出帐篷吹吹风。远处篝火已经熄灭，缓坡上有星星点点的手电光，俱乐部的人正在看星星。那水洞子离我大约两百公尺，隐约的水流声传进耳里，不绝如缕。我想，这个洞房，可真够正宗，实打实搞在洞中。里面肯定燃着巨大的牛油蜡烛——想亮电灯都不行，柴油发电机突突突一响，洞房里两个光人像一遍遍地享受机枪扫射，还能有什么鸟情趣？

也许他俩正在造人。

回到帐篷里，我依然烦乱，问她："符启明到底是什么意思？他到底喜不喜欢春姐？为什么就不能娶她？春姐就因为年纪大了点，憋不住了，就把光哥拿来将就一下？"在我印象中，春姐也不是这种女人。

"这个春姐也跟我说了。符启明这一年多的时间发生了变化，怎么说呢？他越来越不行，对女人越来越没有兴趣。好像跟观星有关，像是练了葵花宝典，有点走火入魔的意思。"

"这理由太狗血了吧,日本卡通书里都翻不出来。"

"而且,他不但不以为这是出毛病,还感到沾沾自喜。"

"……像脱离了低级趣味?"我想起符启明说话时那种谵妄,又想起他跟我说的那些话,宇宙射线将他阉割了。但是我仍不肯信,符启明在我印象中从来就离不开女人。我说,"他会不会是故意造成一个假象,甩开春姐?"

"你小看春姐了,春姐的智商卖掉一半都还是聪明人。她自己看出来,符启明身上真出了问题。符启明现在对女人的身体有了一种厌恶,有本能的排斥,而且越来越明显。他在春姐面前想掩饰,春姐自己看穿的,欲盖弥彰晓得不?这和移情别恋不是一回事,也完全装不出来。"

"今晚入洞房又是怎么回事?"

"早几天,符启明用罗盘过来堪舆,他认为那个洞子里有强气场,只要接了里面的气场,他就会恢复正常状态。"

"看来,真是病得不轻。"

"春姐打算怀上他的孩子,要是今晚符启明有本事,以后春姐就生下他的孩子,但父亲要让光哥来当。春姐坚信符启明的遗传基因是最优秀的。要是今晚不行,春姐也就死了心,帮光哥生孩子。"

"天哪。"这时候我对任何怪异之事都感到麻木,却习惯性发出讶异之声。

我俩转移话题,又扯别的,这几年确实也积累了一些话,但彼此都小心翼翼,不谈感情。和符启明春姐的事情一比,谈感情口味都变淡了。

午夜过后,她爬到睡袋里睡。我根本睡不着,出去逛。我在一丛灌木边打坐许久,稍一睁眼,被头顶的月光结实地晃了几下,我忽然想往那边洞口走。我就这么干的,这又不是难事。当我顺着若有若无若断若续的小路走向那边,疑似被阉的光头再次出现。月光下,他堵在小路上并告诉我不能往那边去。

"为什么?"

"山有山鬼,洞有洞妖。"他呵呵地笑,笑得鬼气阴森。

天麻麻亮起的时候,沈颂芬被一阵响炮声闹醒。她睁开眼看了看我,问是光哥来了吗?我说是,接亲的车队从路口一出现,这边的人马就开火了。盘石坡的活动即将收场,此时空气中弥漫着打烊的气息。沈颂芬站起来整理了一下衣服,抹平褶皱,脸忽然凑过来,示意我亲她一下,唇吻。我也就亲了,只一下,舌头不搞出来。

"感觉怎么样?"

可能是昨晚讲的那些事影响,我觉着她的笑容也隐含着某种捉摸不定的意味。我品咂了一番,告诉她:"呃,和我老婆差不多。"

6
卧底

头一天是女方喜酒,翻过去又是男方的婚宴,我两边都要吃。光哥将酒席搞在市园艺场开办的农家饭庄里,场地很大,鲜花盛开,一对新人站在入口处,喜迎四方宾朋。我跟光哥春姐打个招呼,光哥喜气得很,春姐眼睛都不太睁得开,很想补瞌睡的样子,看来昨晚上那洞内气场确实强大。

刚走进去,就有派出所的熟人从一片三角梅后面探出头来,冲我挥手招呼。他们只吃光哥这一头。陈二脸上显出热情的样子,招呼我坐到他身边,仿佛我是祝贺他而来。

我一坐下,他就骂我说,你小子换了手机号也不通知一声,搞个群发就了事了嘛。我说我群发键生锈了,刚晾干。

我把手机号发给陈二，没想下午五点半他就来成教院找我。现在他是洛井派出所教导员，却主管刑侦。我到校门口等他，他打个的过来。不知为何，看见他时我头皮生痛。他脸皮绷得很紧，神情比以往更严肃，仿佛是要来将我捉拿归案。

他要我找个地方吃饭，说说事情。又是去吃黄鸭叫，这天店家搞活动，买两斤就赠一盘炒螺。

陈二叫个小包间，把门关上，先用牙签扎梭螺肉吃，连肠子下水都一起吸进肚里。我一直以为他有洁癖，看来不是。他开门见山："小丁，虽然你已经不在派出所干了，但我一贯相信你的业务素质和道德素养，依然把你等同于我的战友。今天跟你说的事，不管你能不能帮我，至少你要做到保守机密，不该说的不说……"

"你就说吧。"我心里说有屁快放。

"好的。符启明现在搞了个杞人俱乐部，你应该知道。"

我点点头。这个谁都知道，符启明在电视里公开说过这个事。问他，有什么问题。

"你想想，拉这么多人，一起往野地里钻，还愣说是爱好，你信吗？我估计这里面有名堂，符启明在做挂羊头卖狗肉的事。"

"往野地里钻是为了看星星，能有什么名堂？"我愿闻其详。

"你可能不知道，符启明这两年不比你在的那时候，什么事情都敢做。我手头有证据，现在城南一带当小姐的，都要被符启明抽头的，这小子已经变成城南头号皮条客了。唉，就算他有孙猴子的能耐，没用上正道，好人不当要当妖精。只要搜集足够证据，符启明早晚有一天会被我办进去，刑期不会短……还有那个春姐，和他狼狈为奸，一起做这个事情，谁是头号谁是二把手，我还要进一步去调查。"

"这些跟杞人俱乐部有什么关系？"

"我怀疑，符启明是以业余爱好为幌子，利用这个俱乐部进一步扩大他的色情生意。这小子一进所里我就看出野心不小，说不定他要把整个地区七县一市的色情行业都抓在手里，统一管理，做大做强。"

"不会是想搞成上市公司吧？"我忍着没笑出来，又问，"那我能做些什么？"

"帮我摸清这个俱乐部的情况。"

"那就是卧底咯？"我相信杞人俱乐部不是搞色情，只是在陈二看来，时下社会的一切皆有色情化的可能。我告诉他我不干。

"为什么？"

他希望我找个充分的理由，但我直截了当地说："因为我有权利不干这事。"

陈二蒙了一阵，他根本没想到我会拒绝。他说："卧底啊，香港片里说的线人，你天生就是这块料，我百分百看好你。你想想，刘德华演《飙城》不就是个卧底嘛，这种事情不丢人，应该说还很光荣。"他要以刘天王的帅气垂范于我，让人听从于他，我也是拿他没办法。以前跟他待在一起，他就喜欢谈到《飙城》，一说电影就是《飙城》，说里面吕秀菱有多么漂亮，现在的女演员绑在一块都不够给她提鞋。要说卧底，前不久刚上映了《无间道》。陈二若是用梁朝伟的形象鼓舞我去卧底，也许能收到更好的效果，我喜欢梁朝伟盲发摩尔斯码的桥段，嘴里还悠闲地嚼着槟榔。陈二大概没看过这片子。他已经度过了被港片弥漫的荷尔蒙洗礼的年岁。他当年看《飙城》，差不多就相当于我看《无间道》，以为好看，其实是年纪正好适合这种口味。

见我没有吭声，他又问我想好了不。我攫起盘中最大一个黄鸭叫，嚼得骨头嘎嘣响。我让他冷静地盯着我吃完半个鱼头，才不紧不慢地说:"卧底应该有份工资吧?"

"哪有这事?"

"都是这样,卧底又不是学雷锋,再说还要开支哩。"

"你是烂电影看坏脑壳了。维护治安,打击犯罪,这是每个人应尽的义务。你只管去调查,先不要谈钱。"

陈二现在也学会缠人的劲头,我拿他没办法,勉强答应帮他去打听,按时汇报情况,并要他别抱多大希望。我心想,符启明要真是利用杞人俱乐部行海淫海盗之实,这简直比星光婚礼更有创意。

陈二买单,扯发票,走人。我往成教院里走,心里想着现在我是个卧底,卧底啊。我盯着迎面而来的那拨妹子看,她们青春洋溢,丝毫没看出我眼神像梁朝伟一样带电。

接下来几天我才觉得陈二的饭不是随便可以吃的。他是个极认真的人,要是打电话问我,我怎么回答?我说,呃,现在忙,我还没开工。或者说,噢忘了,OK马上就搞……那是万万不行,搪塞不过去。陈二一急,一车子又坐过来请我吃黄鸭叫怎么办?就算他请我吃碗凉粉,我都欠他两块钱人情。

但是我确实不想参加符启明的俱乐部,更不想以卧底为目的加入进去。我仍然相信那个俱乐部像星空一样纯洁。符启明说不定做了一些烂事,所以他要给自己保留一块洁净之地,这就是杞人俱乐部。两边我都不能得罪,忽然想到夜宝和鬼妻。他俩是俱乐部的成员,又在符启明手底下搞事,我从他俩那里旁敲侧击套来些东西,陈二那头也许能应付。这么一想,有些卑劣,卧底这种事也像工程一样层层发包下去,最后责任都让临时工承担。这似乎对不住陈二对我的拳拳栽培之心。但这也是中国国情,何况陈二还不肯给钱。

我要找夜宝,连着两天找不见他人。这两口子来听课也是随心所欲,不想来就不来。因为帮符启明做事,他俩租住在城南。那天下午打夜宝电话，说请他两口子吃石锅鱼。好吃街一家新馆子的石锅鱼最近卖得很火，还雇了几辆小货的拖着巨大的广告牌满街游走，每辆车上还有个妹子扮成美人鱼模样，往行人手里撒广告单。

夜宝接了我的电话，说："不行啊，马上就要干活了，改天吧，改天我请你。"我说你怎么晚上干活？他说这活主要是晚上干，白天反倒有空。于是我俩定在明天中午碰面。明天是周六，我本打算赶回广林，眼下有情况回不了，我要打电话给老婆解释。卧底意味着将失去正常的生活，我忽然感受到了。

周六快到中午时，夜宝打来电话说："大哥，要不这样，你搞一条鱼打包，带到我家里来。现在我租的房很大，什么都有。我们搞聚餐会，你只要负责一条鱼，别的菜我来弄。"

"几点过来合适？"

"就现在。"

我手里提着一锅鱼，赶到南湾。那是洛井派出所辖区最边远的一个社区。

夜宝租的房是两室两厅，他嚷嚷着跟我吹说这房子有一百多坪。我就给他纠正，"坪"是台湾人搞出的面积单位，三坪就是十平方米。"你这间房也就三四十坪。"

"老大哥，还是你懂得多，一下就把房间缩水一半多。"

"租金多少？"

"便宜，一个月才他妈六百。"夜宝说，"是符总帮我租下来的，但我怀疑，这房子就是他的。现在他手里面房产有好多处。"

"确实便宜，这起码能租一千多。符总还给你们搞廉租房。"

吃饭时我不像以往那样喝快酒，慢慢啜饮，问他一些关于杞人俱乐部的事。夜宝和鬼妻喜欢参加杞人俱乐部的活动，比如野外观星，钻帐篷里搞一搞，感觉比在家里有意思，彼此陈旧的身体散发着清新又野性的诱惑。夜宝说:"按符总的说法,野外搞事,幕天席地,可以接收更多的宇宙能量,做起爱来肯定也比在家里强。真的有效果,下次你也去咯。"

我问:"是不是每次都有新的男会员加入进来?杞人俱乐部的一帮妹子是不是陪着新来的男人钻帐篷?"

"哪能呢,你把我们俱乐部看成什么了?就是一帮铁杆会员,符总还反复交代纪律,不能借这机会乱搞,每个小组长要负起责任,严防半夜乱钻帐篷。"

"小组长都有,搞得像幼儿园啊?"

"符总说的,要是敢借俱乐部的活动乱搞,这种害群之马必须要从队伍中清除出去。"

我质疑:"你俩又没扯结婚证,晚上钻一个帐篷,和乱搞有什么区别?"

"我俩没有去民政局办证,但在俱乐部登记在册,不是合法夫妻,是合法恋人。"鬼妻笑着说,"他要是哪天带另外一个妹子去钻帐篷,就是乱搞,就是害群之马。"

杞人俱乐部在他俩嘴里没露丝毫破绽,再说嫖娼的男人肯定也不想这么大费周折,好好的宾馆不开,跑到野外去钻帐篷。要是陈二问我,我用逻辑推理就足可说明,借杞人俱乐部的外壳做色情生意,实在高估了国内嫖客的素质和品位,也没有可操作性。

本来那天任何有用的信息都没得到,我都打算无功而返,临走时夜宝叫我到屋子里转一转,参观一下。他说,每间房的装修都挺不错,以前的主人颇费匠心,看样子也不缺钱,搞不清为什么要出租。夜宝有心炫耀一番,我也不好扫他兴头。在主卧室里面,我发现十来个纸箱整齐地码在床头。我问夜宝纸盒里是什么,他叫我别管。纸盒外面印着"鲜鸡蛋"的字样,我知道他两口子一天八顿都吃不完。我要去打开看看,夜宝脸色陡然一变,欺身抢到我面前意欲阻止我。他不知道我以前干什么的。我好久没干把人弄倒在地的事了,只好拿他活络一下筋骨。我一个基本的擒拿动作就把他放趴在床上,来不及哼一声。

箱子里密密麻麻全是招嫖卡,名片大小,印刷精良。

这东西我并不陌生,上次符启明帮我开房住在君悦达生,走进去,门角散落着好多张招嫖卡。卡片上印着的女孩一个个美艳得不可方物,仿佛俾城城南正在搞全国性选美,你打个电话立马变成评委,点谁谁来供你潜规则。

"你怎么拉起了皮条?"我忽然明白了他俩为什么昼伏夜出并改善了生活。

"拉拉皮条怎么啦,一干就干到半夜,这也是血汗钱。我向你保证,我家鬼妻妹子从来不卖肉。她卖肉我就不是人。"

"她卖肉你就是活王八。"

"呃,活王八,反正大哥你说了算。"夜宝从床上站起来,揉着手腕,悻悻地说,"我造了什么孽,有心认一个哥,反而多一个爸爸管着。"

"这个抓进去,照样坐几年班房。"

"哪有的事?城南的情况你又不是不知道,那些妹子都是春姐罩着的。"夜宝这时回过神来,嬉笑着冲我说,"要不,你劝符总收手不干了,我保证马上找别的活。符总你不敢管,只敢找我的麻烦,这不是欺软怕硬嘛。"

我一下子被噎住。是啊,只打狗子不打老虎,我又装什么正义凛然呢?

我问他干这个怎么赚钱,总不会是塞一百张卡十块钱吧?他说这个来钱来得特别快,每张卡上都印着他和鬼妻的专用手机号,有人打电话过来,就由他俩和嫖客讨价还价。这和联产承包责任制搞法差不多,刨去妹子的点费或者包夜费,留足春姐抽取的台费,剩下的全都是自己的。"搞得好,一个晚上就赚得到一两千。我卡上现在有好几万块钱,明年可以回家盖楼房了。"夜宝恢复得意之色,问我是不是留下来一起干。

去你妈的!我离开夜宝租住的房子,替自己找着理由:陈二只说要我卧底查一查杞人俱乐部,符启明在城南的生意,应该不在调查范围内。

第八章 独门生意

1
兄弟

十二月，俰城地产融资资金断链的事刚爆发，符启明就联系不上了。我打了不少电话给他，一律忙音结束。发几个短信，见字回复！没回。奇怪的是，我对此并不感到奇怪。融资的事，人人都说早晚出问题。我也想着早些把本金提取出来，见好就收，求个安稳。但每一次拿到利息，取钱的想法就从这个月推下个月，下个月又再拖一个月。

我想着如何跟父亲交代，那十二万是他棺材本。

父亲比我晚一天知道消息，打电话来问我。我告诉他那朋友一时联系不上。父亲说你是不是趁早去俰城找一找？

车进俰城，一道卡哨横在前面，乘客被叫下去逐一登记，姓名地址电话和身份证号，还要说明来俰城事由。老彭也在，且是这卡哨的指挥者,拿着一个蟹牌步话机时不时喊几句。我冲他打个招呼。老彭说你来搞什么?钱也陷进去了?

我没有登记,直接回到车上等待车子再次启动。融资的人太多,资金断链后提取不到本金,引发了恐慌,上街闹事。据说还有歹徒趁机混进人群干打砸抢的勾当。俚城当局担心周边各县融资群众不断涌入,导致事态进一步扩大,在进城各路口增设卡哨,盘查进入人员。

我这才真正意识到事态的严重,钱可能真的追不回来了。我打给伍能升、闪雄,一概打不通,所有的人神秘地消失了一样。实在没办法,最后我拨给陈二,竟然接了。电话那一头一片嘈杂,肯定也忙着,融资的事搞得每个人都焦头烂额。

他走到相对安静的地方,问我什么事。我问他知不知道符启明的情况。

"你帮我卧底,还是我帮你卧呀?"

"二哥,互相帮忙嘛。卧底也是人啊。"

"实话告诉我,是不是把钱交给他去赚利息了?"

我只有承认。

"看不出来,我还以为你小子不会卷进去。虽然符启明不是房地产公司的人,但也脱不了干系。他可能是被专案组的人控制了。具体情况,我也不太清楚,现在我抓的是治安这一块。你不要急,我有空再去打听打听……"

"我应该怎么办?"

"能怎么办?融资总额一百多亿,二十多家房地产公司扯了进来,都要被清查资产情况,最后才能制订退赔方案。事情搞这么大,还不是政府来擦屁股?"陈二缓和了些口气,又说,"不要急,耐心地等,不可能是血本无归。要是你投的公司清算以后资债相差不大,有可能全额退赔。过一阵，政府会叫融资户申报数额。"

陈二的话稍让我放心，回到广林，我没给父亲打电话。回到家，抱着女儿心情才会好点。

父亲次日打来电话，我当然敷衍过去，说那朋友正在想办法。又说，凭我和他的关系，那边一旦有钱他会优先解决你这笔。

更大的麻烦出现在几天以后。县电视台反复播出通知，融资群众，有单位的以单位为单位分别登，整理成册后盖公章上报；没单位的，集中在县政府专设办公室登记。去登记的人很多，我排了三个小时，得以坐在搞登记那个眼镜妹子的面前。她先是问数额，接着问我钱投到哪家公司。我想起符启明曾经说过会将我父亲的钱放到邱老板那里。邱老板的陵园叫盛泽陵园，这个我记得确凿无误，就跟眼镜妹子说："我家的钱投在盛泽陵……盛泽公司。"

"我们负责登记的是二十七家公司的融资情况，没你说的这个公司。"

"老板姓邱！"我赶紧补充，"邱守存，你看看他的公司是不是有别的名字？"

"把那家公司给你开的收据拿出来我看看。"

"……没有。"

"搞么子搞？"眼镜妹子瞪我一眼，又问，"有什么拿什么出来，起码也要打张条吧？"

"什么都没有。"

"什么手续、证据都拿不出来，话不就由你说吗？你既可以报一百二十万，也可以报一千两百万。怎么不干脆多说一点？"

"同志，不多不少十二万。是我家老爷子一辈子的积蓄，不是我的。"

"你把你家情况搞清楚再来申报。下一个！"眼镜妹子颇不耐烦地撵我走。她的态度激怒了我,我往背后一靠,挺直上身,端正坐好。我说我要是不走呢?眼镜妹子蛮有经验,冲我说:"你不走我走,你来办登记好了。我正发愁没工夫休息。"说着她端起水杯,离位往办公室外面走。后面无数的群众拥上前来轰我,要我滚蛋。众怒难犯,我想,他们一人一口唾沫,足以把我啐成丐帮帮主。

我回到家里正想着怎么应付父亲,他就已经赶过来了,听他上楼的脚步声我就感觉事情不妙。父亲把楼梯蹬得咚咚响,像是擂响了战鼓。我女儿睿智地哭起来,像是拉响警报,我愈加感到无处躲藏。父亲走进来,问我去登记了没有。我说还没有,明天去。

"你还敢骗我!"父亲双眼喷着怒火,说,"刚才你去登记了,你的朋友根本没给你办手续,也没打条。老周老马老王都在那里登记,看得一清二楚,全告诉我了。你还骗我!"

"不要急,我再去找那个朋友。爸,当初是你自己主动要融进去的,我还劝你……"

"孽障,你想往我头上推是不是?我叫你送钱不打条子不办手续?你有种,要是我死了,你妈也没几天好活。你逼死了双亲,我看你活着有什么脸见人。"

女儿哭声越来越大,她都感觉到气氛不对头。我只好对他说:"爸你忍一忍,小花在哭哩。等我哄一哄。"我的女儿乳名小花。

"你这孽障,当我跟你开玩笑是吧?"父亲真就在我眼皮底下哭起来,老泪四溢、纵横、滂沱、婆娑。

我没找到邱老板,只找到邱老板盛泽陵园的管理处,想查一查那十二万的下落。得到的答复是,邱老板没有房地产开发的项目,也没有任何社会融资的行为。若我不信可以报案,若我不走他们报案。

不后悔是不可能的,幸好知道后悔没用。人的适应能力强,我的心态从不相信到愤怒到无奈到默默接受，只用了一周左右的时间，然后变得嗜睡。前一阵可能有些失眠，自我的调整又搞过火了，失眠一下子变成嗜睡。王宝琴体谅到我遭遇这事有多窝心，一下子变得善解人意，我睡着了她尽量不打扰我。要是小花哭了，她还会将她抱到别的房间，哄她说你不要哭，不要吵着爸爸。爸爸多不容易呀，钱赚不来，往外面送却快得很哩。

快过年了，我上街买东西的心思都没有。兜里其实还有两千多块钱，还没到老黑白片常演的断顿分上。前些天，我妈偷偷塞了千把块钱给我，我哥给了八百，他们提醒我不要让我爸知道。其实我爸也塞给我五百。那天，他找我主要是提醒我千万不要把他痛哭流涕的事抖出去。临走，父亲铁汉柔情地说，"钱不是给你的，给小花多买点营养食品。她正在长身体，你亏待了她我把你打回娘胎。"

有一天，我躺在沙发上翻个身醒来，听见王宝琴在外面逗弄小花的声音，又听见她吹起口哨指导她小便。她故意把口哨吹得像是鸟叫，小花也喊喊喳喳回应。我这才意识到，春天已经来了，冬眠的狗熊也应该醒了。我感到羞愧难当，一骨碌坐起来。这一阵天气都特别好，每天阳光普照。我走进超市买年货，一手一个提篮去采购，手机响了几次我懒得接。

回到家中，我把手机掏出来一看，未接电话是符启明打来的。手机屏显示他的姓名，那三个字嵌进我眼底。我拨过去，却是无法接通。

晚十点，他又打来电话，劈头盖脸问我最近好不好。我说还可以，你最近怎么了，现在在哪里？我心里说托你的福，最近我可想死你啦。

"……一言难尽！"他无限沧桑地感叹了一句，然后说，"我知道这个把月你肯定恨死我了，其实都是身不由己。明天见面再说。"

"我没恨你。"我发现这句话也是真心的。

"恨也没关系。"

次日上午,他打电话叫我去抓篓湖见他。

"你在抓篓湖搞什么?"

"还能搞什么?钓鱼,钓上来直接片着吃。"

见他还有这么好的心情,去抓篓湖的一路我都精神抖擞,阳光透过窗玻璃晒得我外焦里嫩。我在俚城城南转车,又在破中巴车上颠簸个把小时才到抓篓湖。来抓篓湖钓鱼的人不多,大多数人是举家过来铺了餐布在湖边野餐。环湖的大片草地停满各种家用小车。我穿过约莫二十辆中低档车,看见符启明朝我招手。和他一起的有好几个人,我认出何冲以及几个外地老板,都是以前金泉茶楼上见过的。

他扔我一根钓竿钓鱼,扔我一副太阳镜。我没戴,问他这个月是怎么了。

"别说了,被人带走,没法和外面联系。"符启明说起经历,尽量显得轻描淡写。融资断链的事情爆发以后,符启明被专案组隔离审查,还被送到拘留所,一待就是二十来天,目前属于监视居住,他想离开俚城要向专案组打报告申请,经有关部门批准。

本来他想去广林看我,手续太麻烦,只好把我叫到俚城来。

专案组的人把他控制以后,他表现得很配合,很乖巧。赚到的利息,他全部退清。回扣的部分并不在他手里,专案组的人也从相应的账目中一笔一笔查清,证明符启明交代的情况属实。对于罚款,他接受得比较干脆,这在专案组审查的涉案人员中表现较为突出。别的涉案人员无一不是百般狡赖,妄图瞒下一点是一点。具体的罚款额,符启明与对方进行了态度友好的磋商。

"这次的事情,我大概损失了两套房产。不过已经是万幸了。"

我问他:"邱老板的公司没有融资,这是怎么回事?审查名单上没有他的公司。"

"呃,忘了告诉你,你的钱我是放在何冲那里。"他指了指那边,何冲正和一个操粤语的妹子调情。符启明又说,"我是以我的名义放过去的,没有给你单独开户,利息通过我转。有两次,他们公司的利息没及时出账,我还给你垫付,也没专门跟你说。反正,我给你担着。"他拉了一下竿,钓钩是空的,换一条红虫,又放下去。他说:"实不相瞒,我在何冲手里拿的是六分息钱,这次我赚了你的差价——不是故意,已经搞成习惯了。恨我不?"

我没有吭声。账不难算,仅我家这十二万,他每月能赚走两千二。他赚一点我抽一份,到我父亲手里只剩三千。要是父亲得知实情,肯定觉得自己比杨白劳还苦大仇深。杨白劳再苦再累,喜儿好歹和他是一条心;换到我父亲身上,喜儿和黄世仁里应外合。

"但是,你和别人不同。我赚了钱,也帮你担着风险。"他自我开脱。

我还是没吭声。

他又顺着话题扯到何冲。何冲搞的楼盘小,融资额度不大。他嗜赌的名声在俰城尽人皆知,没几个人敢把家产押到一个臭名昭著的赌棍身上,没想坏事变成好事。相反,这一次何冲被其父何大道拖累。何冲的公司是依托泰尚皇城搞起来的子公司,虽然何冲自己这边资债差不多相抵,但事件一发,专案组把他的资债并到泰尚皇城里面一起清算。何大道融资数额是二十七家公司里最大的,清算以后,对融资户的退赔额度不会超过及格线。而且,退赔时会减扣融资户业已收到的利息。

如果按 60% 退赔,再减扣我收到的利息,我家那笔大概还能要回来三万多。我心里大概有了底,稍稍放下心来。愿赌服输,还能退回来的钱，就当是赚头。同期，股票打夯似的猛涨猛跌，股民动辄百十万财产化为空气，他们又能怎样，难道捡起石头砸天？

我问："春姐呢？歌厅关掉了，饭店也转给别人，她去哪里发财？"

"她这一手栽了，不坐个十年八年出不来。过她手头的融资款有七个多亿。她嫁给光哥，我算是和她撇清了，要不然……"

那边，广东妹子一时兴起（十有八九嗑了药），想脱掉衣服往湖水里跳。何冲赶紧把她拽住。虽然阳光普照，气温却不过十来度。符启明看着那边，鼻孔喷响，笑起来，喃喃自语地说："没想到这么快，何冲这小子就反过来跟我混了。他老子这回不死也脱几层皮。"

"外面不是都在传，何大道非死不可吗？他是融资最大的。"

"何冲什么都没有了，眼下正宗穷光蛋。你就知足吧，有妻有女，其乐融融。"

在湖边的酒店吃了一顿酸汤鱼，喝了酒，符启明要我把银行卡号再抄一遍给他。"放出去的钱不知几时退赔得下来，你这边我说担保就一定负责到底。"他把我抄的纸条妥善地夹进皮夹，又说，"利息你一共拿了多少？四万是吧？好的，我再还你八万。你也不要往外说。这种事情……"

"放心，兄弟！"

"兄弟！"

翻过农历年，符启明给我打来五万块钱，两个月后又打两万，最后一万块钱是六月中旬到的账。我及时打到父亲的账上。这几个月除了看书备考，我还找了些零活，出去跟车押货，赚了些钱。父亲这笔账基本是平了，他又可以安心地打麻将。经过这次事件的摧残，父亲受了刺激，也可以说是对财富有了全新的认识。他打牌不在乎彩头，上了桌，别人打得再大他都不憷，一天输个几千眉头都不皱一下。他的老脸不光爬满岁月的痕迹，还有宠辱不惊输赢无意的超脱。这边的房贷他没还，手头还剩五万块时，他赶忙放到一家矿山收七分利息。我妈哭了几回，问他再断链怎么办？他说再断链就认栽，拿不回来拉倒。

"死了都没棺材埋哩。"

"一把火烧掉！"父亲说，"装泡菜坛子里。"

2
南湾村 17 号 402

十月份，我又去参加成人考试，通过余下的课程，攒够了及格小票，兑换到法学本科文凭。小花可以托幼了，我哥住的小区就有幼儿园。眼下，我要找个相对稳定的事情，虽然还没考到律师执照，但可以从法律工作者做起。广林太小，扯来扯去都是亲友，接案子得罪人。我想到去佴城找事。

我在广林憋了几年，想到去佴城，得来刑满释放的快感。

恰逢佴城兴建了一处民资的边区综合医院，投资十几个亿。我估计，经过融资事件的折腾，佴城人的健康状况整体下降，医疗设施有点跟不上。综合医院正在紧锣密鼓地招人。我老婆一去面试就被录用。王宝琴有点缺心眼，但特长是扎针，皮厚油多看不见血管的，她拍一拍捋一捋，总是一针准。打小孩头皮针，她总是不知不觉下手，小孩顶多觉得被蚊子叮一下。医院领导看了她的应聘材料，把她当成注射班护士长候选人。应聘回来那晚，老婆附在我耳畔得意地说，我要当官了。王宝琴去佴城带着走马上任的喜悦，我像是个跟班。

综合医院从城南春申路拔地而起，主楼二十二层将成为城南新地标。我俩找房子就以新地标为中心，在周围巷弄寻找。新医院新招的医护员工太多，周边出租房吃紧。好不容易找到一间，十来个平米，价格合理，但楼下有一家是做臭豆腐的，气味一天到晚攀上过道往我这间房里爬。

老婆顺利地上班，我一直没找到事做。

符启明那天给我电话："据可靠消息，你最近活跃在城南一带。情况属实？"

我呵呵一笑："城南是你家，不请自来，多有冒犯。"

他开车来接我，带我去"星光派"。这几个月，他又恢复了元气，把星光派重新开张，请了一个干练的经理替他打理。我到地方一看，经理就是那个疑似被阉的光头，姓詹。我俩开一个小间，不唱歌，只喝洋酒，瞎扯白话。倒酒妹子是春姐的旧部，她认出了我，问阿花现在过得怎么样。我说在综合医院，妹子就问我要手机号。

妹子长得有点丑。我问她是不是小芙，她说她叫苦瓜。

符启明问了我的情况，见我没找到工作，就说他可以帮我联系俐城最有名的天平律师事务所。我说用不着，我就这能耐，到律师事务所更没有机会。他也不勉强，又说你租的地方不好，一进去那么大的味。你两口子怎么活过来的？我承认那房子租得不理想，正在找。但综合医院新招的医生护士太多，综合医院附近只要租得到的房间，全住满了。

"介不介意住远一点？我给你俩找间房，保证满意，极大提高生活质量。"

我没有反对，因为想到回去吸房间里满是臭豆腐味的空气，我就心惊胆寒。王宝琴当然没有任何理由反对。次日傍晚符启明就开着车拉我们走，还说锅碗炉灶都不要拿了，那边应有尽有。车往南湾方向开，我就隐隐意识到是夜宝以前住的那套房子。果不其然。

符启明打开房门,引着我俩进去。老婆发出一声意料之中的惊叫。

我以前参观过这房间,一切都没变。我问他:"这里以前不是夜宝两口子住嘛。"

"你怎么认得……呃,是的,夜宝是你的小弟。"他说,"你知道的,我被弄进去以后,夜宝两口子没事做,只好走掉。现在这房子让给你两口子住。"

"租金多少?"

"我俩算了,你先住着。"

我说:"以前他俩都是六百一个月,眼下物价一涨,你收个八百八。"

"呃,好的,你真是让我为难。"

这间房门牌号是南湾村17号402,搬过来后,我和王宝琴都转了运似的顺利起来。她经一个月的试用当上了护士长,工资增加五百。我也在城南一家刚办起来的刘一壮律师事务所找到事做。看到事务所挂出的招牌,我误以为刘一壮是个小有名气的律师,其实刚拿到律师执照,年纪也未必比我大。我叫自己不应该小看他,要是有一天他搞大了,我也算这里面的元老之一。现在职场里元老很多。你只要两年不跳槽,肯定有新人管你叫大哥;四年不跳槽就有人尊称你前辈;六年混成元老,不是问题。元老是元老,出门照样两条腿跑。

房子好住,王宝琴待在里面喜欢哼哼歌,煮饭时哼,扫地时哼,上厕所也哼,生活简直处处阳光。有一天她轮休,就搞大扫除,清扫每个角落。在主卧室打扫的时候,她从床底下扫出几张花花绿绿的东西,觉得奇怪。

"招嫖卡。"我说,"相当于妓女广告。"

"你怎么知道?你是不是用过?"她说,"告诉我怎么用?"

"打个电话就会有妹子送上门。但我没用过。"

"赶紧打上面的电话,叫一个来。"王宝琴忽然雅兴大发,逼着我打电话招嫖。一开始我还以为她开玩笑,但她表情越来越认真,还说今天老娘领到了奖金,要请你的客。我被她闹得没办法,索性抓起一张卡片拨上面的号。我知道即使接通,也会是夜宝的声音。正在拨号,老婆扑过来大骂我真不是东西,还在我脸上抓了一把。我俩顺势栽倒在床。席梦思很厚,是央视上榜的名牌产品,在上面做爱,任何声音都被底下的海绵吸得了无声息。

完事之后,老婆不想睡,又不想起床,一腿压在我身上不准我动。她猜想着,这屋主是个什么人。"他有钱,但没老婆,动不动就喊野鸡上门。"她说,"男人一有钱就变成臭流氓,嗯,你没钱倒是让我放心。"我说我有钱也只嫖你,此生别无所求。她叫我别打岔,继续分析屋主是个什么人,为什么会把这么好的房子空出来租给别人。"你说,屋里会不会发生过不好的事情……比如说,他把一个妹子叫来,干完了事那妹子要更多的钱,他不肯给,还打人家。那妹子偏又不是个怕事的,于是硬碰硬,妹子就被一砣子打翻在地……"

"不要乱说,难道是间凶宅啊?"

"你不要吓我!"王宝琴毕竟害怕死人,打个哆嗦,又说,"那为什么这么便宜就租得到手?房子是你的,你愿意租给人家吗?"

我心里咯噔响了一下,隐约想起什么。头次来这里,夜宝带着我逐房参观,我就隐隐地有种不祥之感。当然,我不可能跟王宝琴讲,我俩还要在这里面住下去。

王宝琴本来大咧咧,住进这里以后,变得敏感。好几次,她回家吃饭,告诉我说两个邻居看她的表情都怪怪的。我问男的女的?她说一个中年妇女,一个老太太。中年妇女和老太太看她搞什么呢?我劝她不要疑神疑鬼。老太太嘛新搬来的邻居都会多看两眼,过几天拦住了找你扯几句白话也不要奇怪。

刘一壮律师事务所生意不好,一天基本都是瞎坐,等待,摆出守株待兔的样子。刘一壮还安排我当小工,洒扫、取资料、抄写文件,有时候会叫我给他点烟。甚至,他坐在离我一丈开外的地方,为写一个文件伤透脑筋。火机就在他手边,但他要我点。不过他对人还不错,我请假三天,他很痛快,没怎么为难我。这倒让我意外。我和老婆一起回广林看我们的小花。小花捡了老婆的缺心眼,还不知道牵肠挂肚。我们到时她笑一个,我们要走她就挥手说再见,不撵脚。

来时,老婆从旧房子里面取了两台望远镜,一长一短。我问她这是搞什么?她说租住的那幢楼,楼顶也有平台,空空荡荡的。要是有心情,可以把望远镜架在上面看星星。

我说:"你心情倒是不错哦。"

"那当然,以前住那破房子都还有心情看星星。现在换了这么好的房,更应该享受享受。万一哪天改变了思维结构,我会更具领导气质。"沈颂芬的话,她倒是一直记着。

四月初的一天,气温已经略微地发烫,我们坐在四楼却还回潮,地面开了空调也吹不干。晚上,王宝琴洗了澡,在家待不住,穿着一条新买的睡衣上到顶楼看星星。睡衣几乎垂地,把她身材拖曳得更显修长。由于心情不错,她几乎是飘出家门。我坐在沙发上目送她的背影,头皮麻了一下。果不然,过不了多久她就跑回来,一张脸粉得像脆皮肠。

"怎么了?"

"见鬼了。"她说,"我正在那里看星星,那个老太太蹿上来,刚走进平顶,尖叫一声掉头就往下面跑。"

"呃,怪不得。"老太太那声尖叫,刚才我听得清楚,三楼的门还咣地响一下。

"我以为她见鬼了,到处看看,什么也没有哇。"王宝琴惊魂未定,又说,"我也不敢待了,就下来。望远镜还架在上面哩,你帮我收一下。"

我爬到平顶,月亮挂在当头,清辉徐徐布下,这平顶皎洁得像一个祭台。月亮依旧只是月亮,平顶上除了我没有别人。那架金色望远镜细脚伶仃架在那里。我并不急于下去,还看了一阵星星,又调整镜身,看向不远处的暮山村。相对于星空,山体的黝黑在视野中像深色布帘一样迎风晃动。这个角度看不见安家那幢楼房。

我把望远镜带下去,老婆问:"怎么才下来?"

"被鬼缠住了,我俩打一架,把鬼打跑了我才下得来。"

"天哪!"

我呵呵笑起来,告诉她上面什么都没有。"老太太可能把你当成鬼了。"

她站起来,勾下头去看自己的身体。"我像鬼吗?要不要去她家里解释一下?"

"你下去拍门,再把老太太吓一回,就真要担责任了。"

老婆咋咋舌,不再说什么,早早地去睡,还一定要我陪着她。她受了惊一时缓不过神,即使我俩都躺在床上,她还是用被窝捂住脑袋。

次日下午,我先回到家弄饭,她晚我半小时才进门。进了门,脸上脆皮肠的颜色还没有完全消退。"刚才我又碰到老太太了,和她在楼底下说了会儿话。她还吸烟。老太太说402,也就是这间房死过人。"

我没有吭声,继续翻炒锅里的笋丝。

"你是不是知道了?"

我点点头。她逼我招嫖的那晚，我心里就不踏实。次日，我拨了老彭，问他南湾几年前发生过一桩命案，他有没有印象。他马上想起来这个事，说记得的，现场勘查他也到了的。

"现场的那间房，门牌号记得不？"

"六七年了，哪记得这么清楚？反正是在四楼，不是401就是402。怎么了？"

"没什么。"我说，"我就住在这里，南湾村17号402。我弄了一桌子菜，不知道找谁一起喝酒，想到了你。"

"去你的。我查出三高，戒酒了。"

这桩命案，是佴城农发银行一个科长包养的情人，被行长司机杀死。那是我到洛井派出所之前发生的，童副所领头破的案子。他自认为是他办下的经典案例之一，我进去以后，他反复跟我们一帮新兵蛋子讲起。头一次，我听得有点纠结，科长的情人怎么被行长的司机杀死？仿佛里面玄机重重，大有剧情似的。答案却是意外的简单：行长司机就是科长的舅子，搭帮这个科长，他才谋得这个差事。

"就这么简单啊？"新兵蛋子们听了都失望。

"呃，我又不能跟你们编。以为看电视剧哩？"

现在，对于王宝琴，我是瞒也瞒不住了，索性实话告诉她，这间屋子出过命案。她质问我怎么没有早告诉她。我说："我也是前几天才知道的。怎么跟你说啊，不是怕你担心嘛。"

"不行，这是凶宅，住着早晚撞鬼。"

"那你说怎么办？搬走？往哪里搬？"我安慰她说，"凶宅是凶宅，你不知道的时候，不是住得很舒服嘛。一切都是你心理反应啊。"

老婆一屁股坐在沙发上，无助地四处张望。此刻，她可能和我想的一样，要把日子过下去，有些事情其实不必弄得太清楚。

3
杰出青年

我的老板刘一壮眼下还没有接到一宗像样的案子。这个律师事务所主要是处理诸如离婚、小额债务、家庭纠纷、邻里纠纷之类的事情，我甚至想，把牌子改成居委会也说得过去。

为扩大业务，一些莫名其妙的生意他也接，比如说办公证。有些公证，司法局的公证处是不予办理的，比如说按揭房的转让。按揭还没有结束，银行认可的还是原户主。按揭房即使转让，在银行的户主名不能更改。这种转让交易只能私底下签合同，然后由新的户主继续以原户主的名义交纳按揭款，司法局当然不予公证。我的老板刘一壮却敢搞，每一宗收费五百到一千不等。司法局的房产公证一般只三百块一宗，刘一壮振振有词："司法局都不肯搞的事当然是麻烦事，收你一千、八百块搞下来，我基本上是做好事。"

有一天，刘一壮要我去办这种事，我直截了当地说不干。他问我为什么不干。我说你心里明白的，我们其实不具备公证资格。以后买卖双方扯皮，我牵扯进去是要负法律责任的，何苦来哉？我说出理由，刘一壮还在低头看文件，并不看我。他说："怕我不给你钱是不是？我这说好了，你签一笔字提20%。"

"不干。"

"要不这样，我给你个底价：每做一桩公证，你只须交我五百，多出来的全是你的。你嘴巴子巧一点，一个公证收两千块钱也不是难事。"

"这种事我不干，和钱没关系，是原则问题。"

"没想到招来一个讲原则的，你应该去纪委上班。"刘一壮这才抬起头正眼看我,"当然,眼下我业务蒸蒸日上,正是用人之际。算你运气好,我宽宏大量。不过,你多反思反思,自己处在什么位置。下一次再跟我对着干,你知道会有什么结果的哦。"

我不是个听话的员工,刘一壮非但不怪我,过了几天还弄了一套柒牌立领正装要我穿上。律师事务所要求所有职员西装革履打领带。我天生和西装有仇,穿上去就万分别扭,倒像是衣服反客为主把我穿了。刘一壮平时倒也不逼我,我穿什么无所谓,他要抽烟我赶紧跑过去给他点上就 OK。但这天,他一定要我把立领正装穿上。他悄悄告诉我,事务所另两个人,小刘、小庄都有正装,都是他们自己掏钱备,只有我这一身,是他贴钱买来的。

"跟他们不要说啊。"老板眼巴巴地看着我。

"为什么要给我买?"

"明天你就知道了。明天电视台的人来,你就站在我身后头,要像个秘书的样子。"

我把衣裤换好,竟然相当贴身。刘一壮也大声说好,还说小刘和小庄再怎么穿也没有你这种气质。后来他又说:"你马上把头发弄一弄,弄成板寸。扯个发票,所里帮你报。"

我暗骂他真够大方,嘴上说:"剃头的几块钱我出得起。"

次日我才知道是怎么回事。前个月,刘一壮报名竞选"俚城年度十大杰出青年"。这赛事眼下已经发展到第二阶段,大赛组委会遴选出五十位候选人,刘一壮忝列其中。电视台要来人为他做访谈节目。事务所的几个人,他觉得我穿正装的样子最符合他心目中的要求,所以让我站在他身旁扮秘书。电视台的人到来之前他还征询我的意见:"是不是再戴个墨镜?"

我说:"老板,我们这不是搞黑帮。"

"呃,你说得对。"刘一壮从善如流地一笑,说,"那就不戴吧。"

那天，电视台的一个小妞手持套有台标的话筒，和刘一壮交谈五十分钟。过几天，市台播出的专题节目中，因为要介绍的候选人排得太多，每人只展示一两分钟。电视里，刘一壮坐相也算庄严，只是我侍立一旁占了更多画面。

综合医院注射科的人看了就很惊讶，跟我老婆说，你看你看，那不就是你老公嘛！你老说工作都没有的一个废物，怎么一下子混成社会名流了？你这么深藏不露，现在瞒不下去了吧？一定要请客哟！我老婆解释，但她的同事将错就错，非要抓住这样的机会叫她请客不可。她回来骂我怎么这么高调啊，敢去抢老板的镜头。我能怎么说呢？真后悔没戴一架墨镜。墨镜一戴，刘一壮给观众什么印象与我无关，给老婆省下请客的钱才是正事。

接下来，就是漫长的投票过程。选票是要花钱的，组委会也有说法：不收钱的网络投票，肯定会导致参赛者疯狂刷票，有失公平。参与这赛事，只能用电话投票。每票计话费一元，此收费方案得到物价局核准。一拨赛事投票专号，马上有提示音温柔地指引你：选定您投票的参赛选手后，只投一票请按一，一次投十票请按二，一次投二十票请按三，一次投五十票请按四，一次投一百票请按八。如需继续投票，请在本次投票结束后按#号键。

最近刘一壮心情不错。即便最后没有评上十大杰出青年，他已然在俚城闹出些响动，请他做公证的生意这几天明显地增加。

某天过了晚饭点，天色即将黑下去，老板打来电话，要我赶紧去律师事务所，陪他外出接一单生意。他说："命案，你听说昨天出命案了不？"

我隐约有所耳闻，就在前天，城南又出了桩命案。命案是地方新闻里腿脚最长、跑得最快的。这桩命案，大致情况是一男一女合谋杀了另外一个男人。再具体一点，人们说的就各有不同。有人说那一男一女是狗男女关系，被杀的是女人的老公；有人说被杀的是女人的儿子；又有人说那女的年纪不小，和她一起行凶的却是个小男孩，如果真是一对狗男女，可见这女人定然是个老妖孽；也有人说杀人的是一对母子，被杀的是这儿子从未相认的亲生父亲……听他们越说越乱，简直都有些俄狄浦斯了。事实如何，我懒得理会。我已经不在派出所做事，不会因命案而兴奋。我现在兴奋点在别的地方——如果杀人的凶手找我们辩护，我们事务所可以借这机会上位，博得一定影响力。

我告诉刘一壮："命案的事听说了。怎么了？"他没有回答，忽然转了个话题："喏，把上次我给你买的那套衣服，立领的那套，穿过来。"

"为什么要穿那一套？这么热的天！"

"照做就是了，啰唆！"

说话那天气温往上猛蹿好几度。我没穿那套正装衣服，这个夜晚穿一件T恤、套件短裤是最适宜的。为显庄重，我没有穿短裤，这已经够对得住他了。我就这么去到事务所，任老板批评几句。坐到车上，我们往顾客指定的那处茶楼去。在车上，老板说下午打电话的顾客是城南郭老板，与自己有过一面之缘，现在就帮介绍生意。打电话时，对方跟他明确地说，"把你上电视时那家伙一起带来，让他穿上电视的那身衣服"。

刘一壮也搞不明白，对方何以提出这种要求。郭老板解释是"上次你和你的保镖搭在一起形象不错。这么一搭，容易给顾客建立一种信任感"。他带我走进"次森林"咖啡馆二楼，我一眼看见符启明坐在正中的位置上。不但他在，沈颂芬就坐在他的旁边，两人穿着都配搭得上，仿佛关系不一般。走过去，离得几步，符启明准确地喂我一个眼神，暗示我不妨装不认识。

"我交代你的话,你怎么都忘了?你这保镖,怎么穿成这样?"郭老板瞟我一眼,发话了。他不认识我,今天肯定是被符启明拿来当枪使的。

"不好意思……那套衣服刚洗。"刘一壮示意我在他背后站着,像上电视一样。

郭老板简单地说明一下事由。符老板(他隆重地把他介绍一番)有个朋友出了事,陷进一桩杀人案里头,现在符老板出于朋友情谊,要把他捞出来。只要刘一壮接这桩官司,办得好,凭符老板的本事,日后可以方方面面给刘一壮以帮助。甚至,眼下竞争侔城十大杰出青年的赛事,只要符老板肯插手,刘一壮胜出的概率立马涨几成。刘一壮听得狂点头,脸上是无尽的迷惘与无尽的渴望。郭老板显然是符启明新发现的一棵苗子,这人说话小官僚的腔调十足,谁给他点好处他就给谁扮狗腿子。

郭老板说了一通,符启明挥一挥手要他住嘴。他冲刘一壮说:"杰出青年!"

"符老板,你有什么吩咐?"刘一壮竟然有些紧张。

"吩咐谈不上……你,先站起来。"

"什么?"

"站起来!"符启明摆出慵懒的样子,声音却暗自拔高。吓唬人正是他的拿手好戏。

刘一壮被符启明盯得发毛,真就站了起来。符启明又指了指我,要我坐下来。他还说:"怎么搞的嘛,你一个老板长得像个马仔,带个马仔却是老板派十足……"

"符老板,人的长相又不是自己能决定的,人不可貌相……"

我把刘一壮回拽一把,使他坐回原位。我冲符启明说:"他是我老板,你少说点废话,直奔主题。你有朋友扯进命案,我们能办尽

333

量办,不能办你另请高明,不要耽误时机。"

刘一壮惊讶地看着我。我问符启明:"到底是谁出事了,我也认识吧?"

"伍能升出事了。你没听说?"

我摇摇头,问符启明是怎么回事。

"我也是刚打听明白。"符启明喝了口咖啡,说起这回伍能升惹的事。大概的情况说完,他问刘一壮接不接。

"接啊!"刘一壮早就拿定主意,只是心里存着疑问,"你朋友这么大的事,你不去请俚城有名的律师,怎么想到我这家新开张的店子?"

"当然有原因,我信得过他。"符启明腾出一只手指指着我,操着领导腔调,不容置疑地吩咐刘一壮,"这件事情,由老丁为主去办。你协助他。"

刘一壮没有吭声,看我时眼神里五味杂陈。

4
锐器、钝器

伍能升的母亲沈姨有个情夫,当然,也有可能她是对方的小蜜,这个眼下无从证实。据说,两人关系延绵了二三十年,比伍能升的年纪还要长。如果沈姨当年是小蜜,现在不折不扣变成了老蜜。伍能升父母关系长期失和,原因在此。据不可靠消息,沈姨嫁给伍能升父亲,还是那情夫撮合而成。他看中的正是伍父性格温和木讷,天生带几分窝囊劲,是一堵挡风的墙。那情夫是个油水单位的领导,这二十多年里给沈姨不少零花钱用,还有别的诸多好处。伍家的日子过得不错,是比别家多有一个收入来源。融资事件出来以后,那男人就找尽借口不给沈姨零花钱。沈姨和那男人毕竟有多年感情，时间一久，情人、丈夫对她来说，也不是分得很清楚。她还跟那男人说，你要是缺钱，我还有一些。男人也大气，说手头是紧，我也不能用你的钱是不？你叫我出门怎么见人呢？在钱这件事上，两人并没闹出矛盾，但沈姨发觉那男人此后很少与自己联系。到了每月固定的日子，他也不肯与她会一面。数十年的常规就这么打破了，她感到无所适从。这么多年，她已经习惯了游离于两个男人之间，对她来说，这才是生活的常态。别人背后耳语几句，她根本不会当一回事。

那男人久未露面，沈姨在电话里明确地告诉那男人，钱不钱真无所谓。

那男人说："我们年纪都不小了，少说没用的。回头我转了运，再把一切给你补上！"

沈姨真的信了男人的话，还感动不已，认为自己情人都淳朴得如同老公一样，这世界竟如此温暖。但世上没有不透风的墙，有人悄悄给她透露，那男人其实另有新欢，一个粉嫩的妹子，前不久还在做鸡！融资的事令那男人损失不少，但绝不至于让沈姨断了零花钱。那男人手里所剩不多的钱，都被新欢一块一块地榨干了。这新欢是掏男人钱包的好手，很多男人就喜欢这种女人，女人使尽手腕掏钱，他们只当是给自己挠痒痒，越挠越舒爽。

新人换了旧人，沈姨是可忍孰不可忍，去找那男人评理，但挨了一顿打。那男人伤感地说，我自己老婆都没来闹事，轮得着你发脾气？完全是一个泼妇嘛，我真是瞎了眼哟。痛定思痛，那男人做了自我批评："这也不能全怪你，老子几十年养你宠你不教导你，也有错。"

沈姨从来没见过那男人的脸会拧成这种面容，以前他都好脾气，说话从来轻声细语。脾气不好,怎么能够摆平屋里屋外两个女人?那男人一边发了狠地打她,一边还挂出委屈的表情。沈姨难以想象三十年如一日温驯如猫的男人,打起自己来竟可以如此理直气壮。沈姨想用几句粗口回应,脸上又挨了那男人一顿鞋底板。

打完之后,新人越发的靓,旧人更加的衰。

伍能升发现自己母亲脸上有淤青,却死活不肯说出原因,就知道是那男人动的手。母亲的事,他隐约知道一点,这事自小就是他心里一道阴影,因为有人在背后窃窃私语,他其实是另一个男人的儿子。其实他知道自己很像父亲,有点窝囊。他父亲原本对他不错,但心里这道阴影随着年龄慢慢扩散,他就觉得父亲对自己也透着说不出的冷淡。读小学时,他认识了"孤儿"这词,就觉得自己是个孤儿。

过了几天,母亲脸上又多出几道抓痕,一瞥即知,应是一个女人给母亲留下的记号。伍能升知道这事情越变越复杂,反复追问,母亲还是三缄其口。

那天,伍能升发现母亲涂脂抹粉盖住脸上伤痕,换了她最心爱的衣服出门去,就知道她肯定是会那男人,便尾随其后。母亲要去的地方,伍能升大概知道。那是城南老街子里一间老宅,那男人十多年前买下来送给沈姨,也是两人幽会的场所。买下那宅子之时,他俩都是四十开外的年纪,身体也随同记忆变得陈旧。在这古巷老宅之中,日渐衰老的身体、脸上增稠的褶皱和宅内陈旧的气息相得益彰,彼此只要愿意去体会,就可平添一些情趣。

伍能升一路尾随,终于找准老宅的房门。

最初,他是从父母吵架中获悉这间老宅的存在。父亲情绪激动时,喜欢把那地方称为淫窝。他多次听到,这天终于来到这里。门头上一块木匾"祖德流芳"。门是虚掩着的,他走进去,听见那男人在呵斥母亲,母亲在哭。他在门后面待了一会儿,听明白那男人骂的什么。

此前几天,他母亲气不过,独自守候那男人的新欢,两人干了一架。沈姨虽然上些年纪,但身大力不亏,两人动手时她高声大叫"打死你这个不要脸的"。路人纷纷侧目,看见这样的情景,都以为是家老婆揪住了野老婆,不少人用言语对沈姨表示支持。粉嫩妹子只好当街抱头痛哭,路人也不上来扯劝。若知道这两个女人都是野老婆,他们将做何感想?事后,粉嫩妹子将气全都撒在那男人头上,损失也要那男人弥补。那男人又被洗劫了一番,主动打电话给沈姨,要求见面。

于是有了伍能升在家里看到的那一幕:沈姨非但同意见面,且将自己作死地打扮一番。

伍能升听见里面那男人忽然动手,抽耳光的声音很响,接着是他母亲一声闷哼。他赶紧破门而入。那男人看见他很奇怪,说你是谁?伍能升一拳头打了过去,打在那男人脸上,然后两人对打。伍能升在派出所待那么久白混了,打架还手生。那男人一时不吃亏,一边打一边寻找战机,顺手摸着一个东西敲了伍能升一下,接着又是第二下,第三下……直到把伍能升打翻在地。沈姨见儿子吃了亏,抓起桌上一把水果刀,尖啸一声将刀子斜插进男人身体,插在胯上。那男人咬着牙不肯倒下,怒目圆睁,盯着这对母子,还想进行反击。他像电子游戏里僵尸一般踉跄着,走到伍能升面前。他想接着揍伍能升,但这一刀插得不是地方,他想弯腰弯不下去。伍能升爬起来时手里多了一只青瓷花钵,敲在男人脑袋上。这一敲很解气,花钵一下子化作十余块碎片散落一地。那男人应声栽倒在地,两条腿抽搐一小会儿,便不动弹。

伍能升说当时不是很紧张,因为这个场面,他已经冥想了无数次。无数次的冥想，让眼前的实景仿佛是某种记忆的重现，他感到亦真亦幻，直到沈姨拍醒他叫他赶紧走。她还跟儿子说："一切都是我做的，你没来过这里，知道吗？"

一阵巨大的恐惧感压迫他在母亲面前点了点头，母亲留下来收拾残局。虽然她把一切都往自己身上揽，警察却并不肯信。根据现场状况以及死者头部伤口推断，凶手另有一人。死者个很高，能用那花钵在死者脑门顶正中的部位开瓢，凶手身高预测在一米七五以上。沈姨挨边一米六，她要把花钵敲在那男人头顶，必须举着花钵跳起来砸，其动作接近于NBA里的战斧式暴扣。沈姨哪里肯认，她说那男人被插一刀倒地后，她怕他不死，拾起花钵往他脑门顶砸去。警察跟她说，这个解释不通，男人不管是躺在地上还是卧在地上，她应该是砸在他的面门，或者后脑勺。不管沈姨怎么大包大揽，伍能升还是很快被刨了出来。

巷子里的居民也给警方提供重要的线索。杀人那天，他们看见一个陌生的年轻人惊慌地跑出去。调查的警察拿伍能升照片给几位目击证人看，他们纷纷指认就是这小伙子。

在和伍能升见面之前，我先见到了沈姨。她嘴巴蛮硬，还在坚持说伍能升去是去了现场，但插于本正（即她情夫）一刀，和在他脑门顶敲一钵，都是自己干的。她的语调歇斯底里，因为儿子牵扯进来，母亲出于护雏心理，会表现出某种疯狂气质。我说沈姨我知道你是什么意思。我和伍能升是好朋友，你应该对我有印象。

她用去太平间辨认尸体的眼神看了看我。

我又告诉她："你不要太担心，据我估计，致命的伤应该是锐器伤。"

她没听明白。

"等结果吧。"我说，"若不出意外，人应该是你杀的。"

这话很管用，沈姨像是得到安慰，镇静了下来。稍过一会儿，她凑近一些近乎央求地说："你们既然是朋友，就要确保他万无一失啊。"

"……他顶多到里面蹲几年，不会太久。"

"他还没结婚呢。"一晃眼，伍能升已经年过三十，还是个光棍。

"男人对年龄不太敏感，老一点也能找到年轻妹子。"我和她家长里短起来，以为交谈就此进入亲友模式。沈姨情绪不稳，忽然发起了火。她说："你这律师怎么当的？我不操心，等着看结果，还要请你干什么？你能保证那个王八蛋是刀插死的，不是被敲死的？你靠什么赚钱？我跟你说，只要把小伍搞出去，钱少不了你的。"

她说的意思我都明白。她咒骂一阵，像是忘了自己说到哪里，喃喃自语，忽而又说老于啊我对不起你，马上就会去陪你。她受到的刺激太大，情人、儿子，都是她最珍重的，现在将要一一失去。

之后，我又坐在伍能升对面，不急于问他什么，而是将他打量一番。我们已经有几年不见面。他上半张脸是心思游离的样子，下半张脸长出青灰色的胡楂。见我盯着他，他反复申明他并不紧张。我跟他也不转弯抹角，开宗明义地提醒他案情已经很清楚，用不着再做陈述。我说："你妈的意思，我想你也明白。所以，你面临一个选择。"

他郑重地点点头，表示听明白了。

"死者身上有两处重要的伤口，一处钝器伤，一处锐器伤。尸检还是由老梁做，你知道的，至少四五天他才会出具检验报告。所以，时间还是有的……"我拔烟给他。我俩对着喷一通烟圈，我再往下说，"你母亲想把这事情全都揽到她身上，现在还有操作的余地。于本正死了，他老婆知道你妈和于本正的关系，时间都有这么久，她恨也恨不上来……"

"我知道，我妈一直在欺负那个女人。"

"倒也谈不上，感情的事，真的是……你是不是因为这个，一直对女人有看法？"

他点点头。我这才确定，他讨厌女人，其实是讨厌他母亲。但不管怎么讲，他母亲愿意为他付出一切。

"老梁好歹是我们的熟人，可以叫你爸去联系一下。于本正身上钝器伤、锐器伤哪一处更严重、更致命，老梁发言起到关键作用。但这就用不着我了，刘一壮更精通这一套。"

伍能升想了想，又问我到底怎么想，不妨再痛快一点。

"你也知道，这是过失杀人，不管是你或者你妈，都不会被判死刑，但哪一处伤致命，刑期肯定会长一点。现在就等尸检的最终结论出来。照我看，还是以不变应万变，不要搞任何手脚，等着尸检怎么下结论。"

"我妈还想把事情全都揽到自己身上？其实……"

"你想想，你妈若是帮你承担了责任，你就算早几年出来，日子也不见得好过。"

伍能升点点头。

我的意见，事先跟老板刘一壮交流过。导致于本正死亡，百分之九十都是那处锐器伤。那一刀插中他的股动脉。但伍能升在于本正脑袋上敲的那一下，也不轻，有可能导致事态变化，让要死的人死得更快。刘一壮的意见就是完全顺着沈姨的意思搞，趁这两天还有机会，帮伍能升父亲联系上老梁，使尸检的结论正合沈姨心意。在他看来，这种摆平事情的能力，最能说明律师能力的高低。我还是坚持己见，希望一切顺其自然，各领其罪，各受其罚。一对母子之间，秉公处理才能最大程度地彰显亲情。刘一壮当然不会同意，他反复地说，那样的话，要我们律师搞什么？你在案子里，完全就是一个摆设。你这么搞对得起自己朋友吗？

刘一壮跟我喋喋不休，我就打电话给符启明，把我俩的意见都说给他听。电话那头，他沉思良久，然后说："你不如让伍能升做决定，我们对这兄弟也真正有了交代。如果伍能升愿意顺他母亲的意思，避重就轻，你就把案子推给刘一壮去办。"

挂了电话，我不得不承认，符启明确实想得更周全。

在伍能升面前，我把各种可能的举措，以及我个人的想法和盘托出，供他选择。他决定按我的提议搞，听天由命。他还说："于本正要真是被我那一下敲死的，我也很乐意。多蹲几年班房也无所谓，我比我妈年轻。"

"谁都比自己的妈年轻，这是一条真理。你说这种话有种，我佩服。"

伍能升忽然又说："你肯定我不会死吗？"

我本来相当肯定，但看着他惶惑无助的眼神，一时不知说些什么。那一霎，生死大权仿佛操纵在我手里。一个人无权指责别人对于死亡的恐惧。

5
凶宅经纪人

王宝琴想尽量忘记这房间死过人的事实，但邻居老太太揪着她扯闲淡，时不时说到402死去的那个女人。老太太和王宝琴扯到死去的女人，常常仔细地瞅王宝琴几眼，并且认真负责地说："晓得哦，她长得蛮漂亮，和你其实挺像。小王，你长得也蛮漂亮。"

"真的？"王宝琴并不感到晦气，甚至有些荣幸。我想，老太太也是很策略，拿好话贿赂别人不要本钱，王宝琴偏偏吃这一套。她赞美之辞听得少，那老太太拿她和死人相提并论，她也引以为荣。

不过，这倒也有意外的好处。她听老太太说死去的女人，听得多了，就和死去的女人有一种亲近感。亲近感代替恐惧感，她在402这间屋子里越住越舒服。让自己过得舒服，是每个人的天分，老婆的适应能力，让我颇感欣慰。

"……你说，那男人死了二奶，还会不会再养一个？"有天晚上，她心情一好又扯起这间房子的事。

"你管那么多！"

"我猜他没有养二奶的命，就像你一样，应该在家好好守住老婆。"

"不一样。他没有养二奶的命，我只是没有养二奶的钱！"

"好吧，就算不一样，你要吸取教训。知道为什么他从来都不露面，只是委托符启明来收房租吗？"她努力摆出洞悉一切的表情，缺心眼的征兆却欲盖弥彰。我将脑袋凑近，愿闻其详。她又说："那个人遭了报应，再也不敢往这里来，只好通过别人收房租。"这些很浅显的见地，被她说出来仿佛石破天惊。我忍住不笑，又问她还看得出什么。

"要是把这套房子买下来，会不会很便宜？你有没有想过？"

"这是凶宅！"

"死人是什么样子，我俩又没见过。再说，我俩住了那么久，阳气早就把阴魂熏出屋子了，有什么好怕的？"

我终于笑了。我说你出得起多少钱？没承想，我老婆最近对房产投资有了一定了解。她说这个就看怎么和房主商量。一般买下房产，拿去出租，租金的定位有个常用公式，那就是十二年租金要相当于本金……这个她都搞懂了，看样子，今天这话绝不是随口说出来的。我套着她提供的公式算了算，这套房子在房主心目中的价值也就十二万块。

"十二万买这么一套房啊，哪可能的事？"

"应该还有往下压的空间。"王宝琴目射精光，又说，"你想，租是租买是买。要是一手付清，要他再让一点也是理所当然——这是凶宅啊。"

见她越说越上心，我只好及时浇一瓢冷水。我告诉她："你能这么想，符启明难道就想不到？他早就把这房子买下来了。"

"你早知道啊？他花了多少钱？"

"你的算法有道理，他买来，比你说的那个价格稍微贵一些，但屋里所有的东西都是附送的。"这个价格，确实像是白捡。

"……那我们能不能，再从符启明手里买下来？"

我没有吭声。要是开了口，简直就是跟符启明讨好处。凭他的性格，肯定会把一间凶宅半卖半送给我。见我不吭声，王宝琴又说："他买这房子，自己不住，难道不是等着卖出去？"

我说："要卖也不是想卖给我，他靠这个赚钱。你一心只想压价格，我好意思开口吗？"

"他靠这个赚钱？"我老婆有些惊讶，"他手里头是不是有好多处房产？"

我觉得自己说漏了嘴。符启明肯定不希望这事情传出去。这种生意要做，但只能在私下的渠道进行，总不能上电视打广告吧？

伍能升被判了以后，我被洛井派出所一帮兄弟请去吃饭。有些人和我一样，离开了派出所，是伍能升的事情把我们重新聚在一起。那天吃饭时我们东拉西扯，闪雄忽然扯到徐放辽在沧水营那处老宅，被符启明二十几万收走，半年以后又以三十几万卖出去。这一进一出，符启明就赚下十多万。众人听得咋舌，说这个符启明，脑髓是不是全都用脑白金造的，这么好用？不管把他扔到哪个地方，都止不住他财源广进。

听他们这么一说,我意识到符启明买下402,不是一件孤立事件,这个人一不做二不休,不管进入哪个领域都会拼命做大做强。

此刻,王宝琴又问:"他手里的那些房子……是不是都像这间房一样,都发生过不干净的事?"我说我不知道,真不知道。这种事,难道还好去找他本人证实?王宝琴打定主意,要把这间凶宅买下来。当她从别人嘴里弄明白投资是怎么回事,这大概是她发现的第一个机会。她说:"既然你俩称兄道弟,你就痛快点跟他说嘛。他不赚你的钱,你也保他的本。反正,广林我是不想回去了,住到俚城,迟早是要买房子。"

"以后有了钱,买一套干净的。"

"我们都住进来这么久了,说不干净,也是我俩不干净。"

"以后我们女儿过来,她怕怎么办?"我坚决地说,"租住可以,买房另选。"

"你怎么就不能学学符启明,脑袋好用一点嘛!老是不求上进,我们娘俩要跟你穷到哪个时候?"我老婆忍不住扯我耳朵,拖着隐约的哭腔灌输我说,"哪个规定我们一辈子只能在俚城买一套房?眼下这么好的机会也别放过,先买下来,住下来。以后,你选好下套房,我们把这房子卖掉,添点钱买。"

我不得不佩服,这他妈什么时代啊,能把小学数学不及格的家伙都逼成经济学家。

事不宜迟,晚上我就给符启明打电话,问他在哪。要是他在俚城,我就找个地方请他喝茶,面对面说起这事。我都想好了,到时候装得吞吞吐吐,表情颇有些为难。符启明这么善解人意,会追着我问,我再无可奈何地说出来,在他面前借批评老婆讲明事由。

他接了电话,说不在俚城,下午就去了广林。现在他和杞人俱乐部的一帮中坚分子在野外。融资事件闹出来以后,杞人俱乐部一度陷入瘫痪。去年秋天,一帮中坚又聚拢来,偶尔搞搞活动。

既然不能碰面,我只好B计划,在电话里跟他说这事。但他抢先说:"你猜谁在我旁边?"他一说我就知道是沈颂芬,只能是她。她把符启明的手机抢过去,问我知不知道今晚有什么难得一见的天象奇观。我说我不知道。她惊讶地说你怎么能不知道呢?听得出来,她喝了酒,而且喝得不少。野外是他们的天堂,一开始是他们看星星,喝到一定程度就是人和星星相看两不厌。他们俩最近怎么老泡在一起呢?想至此,我扪心自问,你他妈管得着吗?既然她在,我也不好和他在电话里扯买卖。

次日再打电话过去,符启明倒是回了伾城,听出来我有事,就说我开车来接你,你陪我去个地方放松一下。我说我要上班。他说我代表刘一壮给你放假。那天下午到一处河湾里钓鱼,很少有鱼咬钩,他似乎并不在乎。难得这么好的机会,我可以和他谈买房子的事,但我不直接说事,问他手里是不是有好几套房子。

"你听谁说的?"

"徐放辽家里那套房,夏新漪的案子出了以后,就被你买下来,又转手卖出去是吧?"

他爽快地承认这事,且颇有些得意,夸夏新漪真是个好女人,死都死了,还让他摸通一条财路。徐家那套房成了凶宅,低价抛售也没人敢买。徐放辽记得符启明说过想买,主动联系他,问他还肯不肯买。符启明当时没说买,也没说不买,拖延几天,很快找到下家,就是跑不脱的老村长。老村长有了钱住进城里,他儿子给他在小区买一套商品房,七楼。老村长嫌商品房上不着天下不着地,住得不舒服。他想拿商品房换一处单家独院,头上能有自己一片天空,天井里若有花圃,还可以种几棵莴苣。一套七楼的商品房要换单家独院,基本不靠谱,但符启明一听又是个大好机会。他问老村长:

"死过人的房子你敢不敢要？除了死过人，别的一切都正合你意。"老村长说："有什么好怕的？你是个道士，房子你先帮我弄一弄，驱驱鬼神，我就住进去。"

这笔生意不像闪雄说的那么简单，符启明还是大费周折，先用一部分定金拿下徐家老宅，再和老村长换房（中间穿插了一场盛大的法事），然后把老村长178平米的商品房以45万块钱转卖出去。

符启明说起生意经，一如往常地滔滔不绝。自那以后，他有意识地寻找房源，好在公安系统多的是熟人，做这生意简直轻车熟路。

"……夏新漪都死几年了，这几年里头，我顺手做起这生意。在偁城地区，几乎只有我一个人在干这生意。出了命案，谁想将凶宅出手，马上，总会有人帮卖主联系到我。这种房子，往往先到我这里汇总。用不着宣传，我也搞出些名气。那些不怕晦气，图便宜急着买房的人也在我这里放话预订。我把自己搞成了一个信息平台，生意追着我屁股撵。"

"生意就爱追你屁股撵你。你是刘德华，凶宅是杨丽娟。"

"命哪，我也没有办法。要是以后得了报应，我也要认。"他佯做谦虚状，又说，"不光凶宅咧，我还碰到这样的好事：不是凶宅也当成凶宅卖给我。有一个女的，她男人得病死在家里，她感到害怕，要卖房。她不知跟谁搞到我的电话，跟我说，死过人的房子你都敢买是吧？我这里有一套你要不要？我一问清楚情况就乐了，别的凶宅死人不得好死，她家里正常病死一个人，也当凶宅卖。仅这一个概念的误差，我就能赚好几万。"

我趁着他的兴头说："你赚那么多，也让我搭帮享享福。要不，你就把402卖给我算了。"

"搞了半天，你跟我玩黄雀在后啊。"符启明这才反应过来，"你补我本钱就行。但是，既然你要，我还想推荐更好的给你。你要哪套拿哪套,都是抄底价。"

我想,虽然都是凶宅,也可以挑一挑,挑挑房间,也挑挑死里面的人究竟怎么个死法。服药自杀的总比被人掐死的好接受,被人掐死又比大卸八块的强点吧。王宝琴一听我这么说,就想再去看看。她相信符启明跟我提到的房子,只会比402更好。

"好像是单家独院,有天井。"我跟老婆这么说时,想到徐放辽家那个小院,紧接着我就想到伍能升。符启明跟我提到单家独院时,我怎么没反应过来?伍能升那桩案子,判下来的情况与我们估计的相去不远,沈姨作为过失致人死亡罪判刑12年,伍能升作为该案从犯判5年。没人异议,没人上诉,一桩命案宣判下来,难得如此风平浪静。这能不能说明,那处凶宅其实不怎么凶呢?符启明这生意,业务量还是较小,要不然他肯定会弄出一个方案,给凶宅评级,就像人们削尖脑袋评职称一样。

我老婆说:"单家独院?太好了,我可以把我妈叫来,她可以在院子里喂鸡,做水酸菜,沤霉豆腐。"

两天以后,她换了班才得以在下午三点去看房。符启明开车接我们,其实那条老巷子离得不远,我知道自己又猜对了。门头上,"祖德流芳"的牌匾还在,仿佛安慰我说,凶不凶宅其实都是祖德流芳。王宝琴走进去像游览某处文物保护单位似的转一圈,然后问符启明:"这房子也卖?卖得很便宜吗?"符启明点点头。价钱十足便宜,但听说刚死过人,王宝琴又犹豫起来,说:"刚死过人的啊?那还不如402哩。402里面那女人都死好几年了,要邪也早就邪过路了。"在她看来,凶宅和猪肉反着来,新鲜的卖不上价,搁置越久越值钱。

"那你就拿402好了。"

王宝琴却没有马上回应,迟疑起来。我问她怎么了,她说再看

347

看。符启明呵呵地笑起来，表示理解。女人买件衣服都要挑七八个店子，何况是买房。知道符启明手里货还多，她就不急着拍板。

6
惑星

我走进402，目光顺着被走道框定的狭长空间，可以看见客厅一角。那女人侧着脸，和我老婆且说且笑，之后扭头看我一眼，又扭回去和王宝琴继续交谈。她侧脸一笑尽量装得像初次见面一样客气。她还故意地说："你老公和我想的不一样。"

"怎么不一样？"

"像个，像个……呃，蛮有质感。"

我知道沈颂芬心里充满了某种古怪的愉悦：被前男友的妻子邀请至家中，装得和前男友不认识，而前男友是个必然的合谋者。"这不是俱乐部的沈老师嘛。"我呵呵地笑着，做出意外、惊喜、欢迎兼而有之的表情，并主动过去握手。在王宝琴看不见的地方，我瞪了她一眼。她把这当成是在与她保持默契，用一个心领神会的表情回应。我忽然有了来者不善之感，转而又想，沈颂芬，你又能把我怎样？我混成这个鸟样，不值得你来插一腿，拆散我们这对贫贱夫妻吧？

老婆冲我说："少啰唆，赶快去弄饭。我刚才买了些菜，你看还缺什么。"在别人面前，她更愿意对我做出颐指气使的样子。我走进厨房弄菜，两个女人在外面高谈阔论，大概是天文和星象那些事。她俩正是因为那些天上的事情，而在地上走到一起。

我切菜时听她俩一口一个祸星，听得我心头有些瞀乱。以为她俩在八一个都认识的女人，却又不是。出于好奇，我发个短信问符启明：你们老说的祸星是什么？他很快回过来：惑星，就是行星。

我们一般都这么叫。

一想，倒也理解，她们是天文俱乐部的成员，一样的意思，偏要找平常人不用的词语表达，以示专业素养。

我把饭菜端上桌，沈颂芬故意转换话题，说："小王你不错哦，找的这个老公很能干嘛。"

"哪里，平时他也懒。今天你在家做客，他不敢偷懒。我托你的福气，吃一碗伸手饭。"

"要是我有这么个老公，就好了。"

"沈老师，你哪看得上这种货色？要是你看得上，随便拿去好了。他在我眼前晃来晃去，我早看烦了呢。"王宝琴得意的神色摁都摁不住，像面膜一样贴在脸上。

"说真的？"沈颂芬脸上的表情当然比王宝琴丰富，这方面她也能做她老师。

"……你不是有个男朋友嘛，今天还开车送你来的。"

"哪有？就是一个熟人，马路上碰到。"她把脸对着我，"丁大哥，你有玩得好的朋友，还没结婚，帮我介绍一个。你身边的朋友，肯定也是和你差不多的性格。"

"符启明。"我说，"他没结过婚。"

她俩相视而笑，沈颂芬明朗的笑容给我一种阴阳怪气的感觉，她刚才那些表现，其实对我有那么一点不尊重。在我家里，她不动声色，却又痛快淋漓地放肆了一把。不过还算节制，吃完饭，她说还有急事，走掉了。

我打扫桌上碗筷，问她："沈老师今天是到你那里打针吧？"

"打针。"

"沈老师……"

"沈老师沈老师，刚才随便说说，你就真的对人家有兴趣？"老

349

婆狠狠地抛给我两片眼白，"那种女人，你是知道的，在人堆里如鱼得水，这边奉承几句，那边使几个眼色，一般的男人都会围着她团团转……"

"哪有，就是随便问问。我这种菜，也就合你的胃口。她不是有男朋友了嘛。"

"自以为是。我是没菜吃拿你将就。"王宝琴往盥洗池添加大量洗碗精，又说，"她男朋友应该是个搞艺术的，个子大，有几撇性感的胡须，长得像韩国那个，那个演戏的安贞焕……"

"安贞焕踢球的。"

"那就是安七炫。她男朋友还穿着一件文化衫，前面几个字：求一夜情，管饭。我一看就来火，搞一夜情只肯管饭啊？这不是侮辱人嘛，还穿着满大街跑。"

"呃，你说得有道理。"

"我就搞不明白，沈老师举止有模有样，随时都给人蛮优雅的感觉，浑身上下都是素质，怎么能容得下男朋友穿这种衣服？他俩上街走成一排，这不是让别人以为，沈老师也是被他一碗饭搞来的吗？"

"文化衫嘛，就是一种文化……你那么尊重沈老师，背后还说这些小话，总是不好！"

"呃，你心疼了？"

我没有吭声。沈颂芬的事与我何干呢？但别人提起她，看到她，听说她现在与男人有关的事情，我心底还是腾起一股不适的滋味。但我相信，这是一种条件反射，就像那条狗听见巴甫洛夫的铃声就会分泌唾液。其实人家在搞科学实验，并非一摇铃就管饭。

沈颂芬供职的佴城一中在城南，住的地方肯定也在城南。那次她来我家，王宝琴表现出对她又爱又嫉的意思，即使这样，此后她还邀沈颂芬来家里吃了好几顿饭。沈颂芬是个客气的女人,来我家做客,每次提些东西向王宝琴表示感谢。她们当着我谈星星,背着我入熟人的事情,肯定也会扯到我。我不知道沈颂芬说了些什么,但王宝琴的心情经常被她一番话搞糟。沈颂芬有话不会明说,只会笙箫夹鼓,暗度陈仓。王宝琴听得似懂非懂,情绪也因而变化多端。沈颂芬为什么要这么搞,我不清楚,反正,有两次沈颂芬做客并离开以后,王宝琴莫名其妙地冲我发火。我听得出来,她仍不知道沈颂芬与我以前的关系,这就够了。

城南只这点大,有时候我也会在路上碰见她。大都是隔了老远,看见她和一帮同事坐喷有一中校名的面包车,找地方吃饭。或者,见她和某个男人走在一起。在路上碰到,我当然不会迎着她走过去打招呼,发现有撞面的可能,就闪到马路另一侧。反正,我看到她多次,却从未撞面。

只有一次,见那个男人和她在一起,我没有消失,还尾随了一阵,看清了男人的背影。男人很高大,肩宽腰窄,立体几何般地走在路上。她几乎只齐到男人的肩头。男人长发,让我想起老婆说过,送沈颂芬打针的那个男人,也就是管碗饭求一夜情的那一位。那天我跟在后头,是因为这男人似曾相识。我记起那个名叫安吉瞳的男人。第一次见这家伙,我们就对他实施了跟踪,那一晚沈颂芬想看看嫖客长什么样子。看清那人轮廓以后,沈颂芬表现出鄙夷之色。此后这男人还和小末发生过关系……为什么现在,她跟他又走在一起?女人对某男人表现出恶心,往往也是期待着靠近的信号。是这样吗?我总是思考着这些没有答案的问题,直到他俩钻进一处地下通道。我手上提着菜,在通道口抽了一支烟就往回走。我对自己说,关我什么事呢?

此后不久的某天,王宝琴忽然问:"那个沈老师,以前叫沈颂芬，是你女朋友?"

我点了点头，问她是谁跟她说的。

"这个你不要问。"她有义务为揭发检举的人保密，加重语气问我，"为什么不告诉我?"她的语气是让我知道，如果我早点说出来，有可能坦白从宽。其实在我看来，迟早都是一样。

"你又没问。"我知道这回答很蹩脚，但没想到更好的。

"我就说了，她为什么对我这么好，随时来我家里坐一坐。原来你们俩有这关系。你俩旧情复燃了，偷起来了是吧?"她把某个东西砸在地上，地毯吸走了她预期的声音。于是，她不得不再次发出声音，"把我当成什么了?"

我提醒她："你可能记错了。是你把她带到屋里来的。"

"你俩合谋，里应外合，欺负我这老实人。"

我再次指出："人是你带到家里来的，不是我。"

"这就是你们这对狗男女的阴险，又要偷，又要明目张胆，偷得高兴，看着我什么都不知道就更加高兴!"她肯定不知道弗洛伊德是谁，竟无师自通，对变态心理分析略知一二。

"我不是那种人。你知道的。"

"你不是，难道我是?我偷了不?我当然不会偷的，所以，只有你偷。"她气得逻辑紊乱，又质问，"你们在家里都他妈偷了多少回?"

"一回都没有。"

"你们俩真对得起人，不在家里偷，只在外面偷……老实交代，在外面偷了多少回?"

"也没有，一回都没有。"

她哭了起来，故意扯起嗓门，可能是想惊动邻居。

"我从来不偷。"

"偷了为什么不承认？你要不要脸？"

"你凭什么说我偷？拿证据？"

"你当律师了是吧，证据是吧？你妈逼我就是证据！"她抓着另一件东西又搞了我几下，很疼，一看竟是有机玻璃质的烟灰缸，比一页砖还厚。我只好夺过来，一个拱肘将她弹翻到沙发上。她发泼地猛哭。我坐在她身边，她吃了厉害，终于不敢搞身体侵犯。慢慢地，她放低了声音，委屈地小声啜泣。我抚摸着她的背，心里总想找到最佳的解释，让她相信我的清白。我抚摸了一会儿，还没想出个头绪，她厌恶地拍开我的手钻进里屋。

次日她接着跟我吵，变本加厉，说这几年我心里一直想着那个"骚货"，从未真心爱过她，也从未关心过她。

"我警告你，纯属无理取闹啊！"

"有种你掐死老娘算了！"她睡一夜增长了功力，醒后再闹，一蹦三尺高。我毫无办法，干脆走人。

过两天，她回广林看女儿。临走，她坦率地告诉我，接下来她会离开佴城。她打算毅然地抛开这里的一切，另找个地方重新开始。她这种决绝令我对她刮目相看，刚结婚时她肯定没那么多主见，要不然也不会轻易嫁给了我。她去广林看小花，我觉得自己必须有所行动，将她挽留下来。虽然我有志于当律师，但跟她解释非我所长，这种事情，也无相应的法律条文可资利用。当我不知所措，就想到了符启明。有这样的朋友总是好事，就像晚上迷失在黑暗的郊野，抬头一看，头上的星空会给你指示方向。符启明在电话那头听得喷笑，说你小子也太不小心了。女人都是要小心的，你太不小心了，没擦枪就走火。我说你别幸灾乐祸，给我支个招，怎么解决这个问题。

"你以为我是聪明的一休？脑袋上敲打几下，就有问必答？要不，你过来一下，我俩商量商量。"

我问他在哪，他吐出个陌生地名，那是他时下的住处。他拥有很多套房，却过着居无定所的生活。我问他那地方怎么走，他想了想说："暮山村你还记得吧？暮山村对面的山头就是。你最好是打个摩托上山，要翻一个山头，在第二个山头顶上，看得见一棵大刺槐树，现在开满黄花。树后面就是。"

"真不错，一间带消息树的房子。"

我走去那里，天擦黑才走到那棵大槐树前面，槐花开得流光溢彩，香味令我喷嚏连连。他从三楼一扇窗户探出脑袋，跟我打招呼。那幢楼很破烂，是火砖房，相当老旧。以前这一片是城郊区一个村子，这破房子看着有生产队队部的气味。我上楼，他问我这幢房怎么样。

"死过人吧？大卸八块？"

"不要以为我只在凶宅里出现。我是幽灵？"他呵呵笑着，告诉我这房差不多是废弃在这里，没人住，被他随手捡来的。他象征性地补了几千块钱，就买下这幢几乎坍塌的破房子。

这里尚未装修完成，他先住进来，晚上可以在露台上看星星。地势较高，周边很少住户。他说："这个地方不错，我现在喜欢天文摄影，用得着。两年之内，我要拍一组月相全图，就必须找个能观星的房子，长期蹲守。以前有人拍过月相，用的机子不行。现在我这套机子好几万，拍出的星图在俫城地区绝对是盖了的，在省内也是一流水平。"

我不懂装懂地点点头，走到晾台。薄暮冥冥，天光弥散，眼底的一切柔和地泛着一层蓝。我操起带红外线的双筒望远镜察看这一带的地形，重点看了看暮山村。安吉瞳家的楼房地势应该比这边高，最近似乎重新装修过，墙体某些地方贴了浮雕砖，他似乎想把那房子进一步欧化，说不定会搞出一个哥特式的尖塔。

"你看得见那边吧？"我问，还指了指方向。

符启明点点头，说没事就看看，还说看来看去，那幢房说不定是整个城南最好的观星位置。他又说："那边方便，窄一点的小货车直接开上山顶。这边不行，只有摩托上得来。"

我可不在乎这些屁事，眼下只想弄清楚一件事，问他："既然你看得见那边，就应该看见沈颂芬经常去那里吧？"

他没有否认。

说起王宝琴的事，我要他分析，这该怎么办。他说："王宝琴要离开你，提前几天就打招呼，那就是给你时间表现，问题不大。她不是说你从来不关心她吗？你赶紧想一招，让她实实在在地感觉到，你挺在乎她……你真的在乎她吗？"

"要说当老婆，这种女人不是随便就找得到。这招，你一定帮我想想。"

他一时想不出来，拿着相机抓了一阵暮色。天边的绯红在他镜头里有所加深，像是一些血污压迫着暗云。我催他，他呵呵一笑，说："巧妇难为无米之炊嘛，我又没结过婚，要摆平老婆，哪来的经验？"

"你叫我老远跑到这山头，不会就拿这句屁话打发我吧？"

"你看你，结了婚反倒随时着急上火。都是当爹的人了，要稳重！"他走进屋内，敲响一扇并不显眼的门，朝里喊，老詹，老詹！稍过一会儿，那光头开门走出来，边走边系睡衣带子，前胸几乎完全敞着。他身体颀长，睡衣里的肉瓢子很白，贼白，简直白死了，胸前却长着些零乱的毛。一刹那，我竟想到浪里白条赚得黑旋风下了水，一边戗人家，一边薅人家的毛贴自己身上……这家伙一出场，总能卷起一股妖风，那走姿，那慵懒的神态，哪像符启明雇来的伙计,倒像他老爹或者他老婆。

"老詹,我这兄弟碰到一点事情,你给参谋参谋。"符启明跟他讲起我的事,他听得倒是恭敬。听完,老詹说:"倒不难,小兄弟你回去耐心劝一劝老婆,她肯定熄火。但一个女人随时要拽着箱子离家出走,也够你头疼,这次劝住,她发现这一招管用,下次会变本加厉。你有必要想个法子,一次性解决这问题。"

符启明说:"他想不到,我才找你。"

"噢,那行,办法很多,但我得找到最佳方案。"他又说,"给我十分钟。"

老詹大概刚从床上爬起,人有三急,催迫着他钻洗手间。他一走,我就问:"他能有办法?他结婚了吗?"

"怎么这么问?"符启明奇怪地看着我。

我不知道怎么回答,反正一看他那模样,就觉得他不是正常人的活法。娶妻生子、成家立业,这些对他而言,怕是勉为其难。

"他结过的,不过现在离了。"

"他自己都摆不平老婆,还能想出什么鬼主意?"

符启明扑哧一笑:"这可能是他命不好。他那张嘴哄起女人来——别说哄女人,男人女人都一样,他一哄全晕。他老婆当年可是朗山第一美女,他穷鸟一条,全凭一根好舌头,骗得女人非他不嫁,岳老子脑袋撞墙就拦不住……可惜,天下第二嘴偏碰上天下第一嘴,偏就有人哄跑了他的老婆,搞得他消沉好多年。"见我神情疑惑,他又说,"放心吧,他虽然丢了自己老婆,但要哄你家王宝琴,分分钟搞定。"

王宝琴从广林赶回来,果然不打算罢休,当着我的面收拾起她的行李。收拾得差不多了,我问她要去哪里。她撇了撇嘴,还是告诉我,佛山。我惊奇地说那可是个好地方啊,又名禅城,是有名的武术之乡，黄飞鸿、叶问和李小龙都出自那里。只可惜这些人都死了，要不然我也陪她去。她骂了句丑话，提起箱子坚决地往外走。

四小时后，我发给她短信：都是你熟悉的歌，一路上听着还舒服吧？

如果她没关机，回复短信，事情就好办了。符启明已经跟我分析了各种可能性。过半小时，她回一条短信过来：那些歌都是你挑的？符启明此前分析说，若她在一小时内就给我回复短信，他几乎可以保证，她五天内准会回家。

我回复：可惜我只想起二十来首，要是能想起一百首，你可以一路听到佛山都不重复。

之后她没有回我短信。我心里没底，问符启明怎么办。他回四个字：静待佳音。

那天，老詹想到的最佳计策，是要我回忆王宝琴平时都听些什么歌。在听歌方面，她食性较杂，小家妇们随时挂嘴上哼的《潮湿的心》《爱情的酒》《酒醉的探戈》是她最爱；烂遍大街的网络歌曲《老鼠爱大米》《狼爱上羊》《猪之歌》《白狐》总能让她面色陶醉；有时候她也反复地听毛阿敏、费玉清以及信乐团的伪高腔；有时心血来潮，还要听听叶振棠、卢冠廷这些大叔唱的粤语歌。将这些歌曲的MV混合着刻录在一起，是个与众不同的拼盘，说是冰炭同炉亦不为过。但这样也好，这张拼盘不难让她听得出来，这只能是为她特意准备的。

王宝琴走的那天，我带着所里的小刘尾随她去了长途车站，见她上到哪部车，叫小刘将这张特意刻好的盘交给司机。掏二十块钱，让司机一路上用车载电视反复播这个碟。

我没去上班，在家里玩着游戏，耐心地等候。

门铃果然响了。我打开门，我家王宝琴瘦了几圈。我看着心疼。

她来不及换鞋，我俩热情地拥抱并激烈地接吻。要是换好鞋再接吻，这吻可能摆凉了。吻累了，她瘫在沙发上，骂我真是心狠。"以后我再也不离家出走了。你这种人，我真的一走，就中了你的奸计。我没这么傻，嫁鸡随鸡嫁狗随狗，我不能便宜那些不要脸的，我以后要赖着不走！"她捏紧拳头做了个给自己加油的动作。

"带去的钱花完了是不？"

"外面找工作也不容易，尽是骗子，说是招聘，要我们先掏钱……我要攒私房钱，要不然你对我不好，我想走也走不远。"她还笑。

她问我是不是觉得她傻，我说是的。"以后对我好点。"她这么说的时候，有些虚弱。我轻轻嗯了一声，随手抚弄她的头发，心想，有时候，老婆其实也是自己的孩子呀。她身上一切优点和缺点，其实都是用来和芸芸众生加以区分的特点。

第九章 星空漫步

1
各有所归

小花三岁多，我俩把她带到伒城读幼儿园，要不然，怕她和我们分离太久，日后不亲。为她过来我做了不少工作，比如说，我们已经从402搬出，住进新买的商品房。我们不可能让小花住进凶宅。恐怖片常有这样的套路：小孩住进凶宅，出现了灵异现象，他们看得见大人们无法看见的东西。然后，小孩语出成谶，大人们一个个等着遭殃吧……现在这套房子，是我上一年买下的毛坯房，可以肯定，里面从没死过人。小区叫锦鲤苑，离综合医院三站地，位于综合医院和律师事务所中间，价格又合适，我和老婆商量着买下一套。

房子一买，生活相应有了改变。此前总是一种非正常状态，现在有了固定的房产，我明显感觉生活一点点走向正常。我喜欢平淡的生活，拿到律师执业资格后我心安理得地享受着平庸。城南地带很合我胃口，住户都是从下面各县搬来的，真正的原住民只是一些菜农。大家都是外来人，欣欣向荣地聚在一起，大多数人都懂得必须客气，以聚敛人缘，搞好关系。我和王宝琴都不打牌，也不喜欢应酬，天黑以后就在家里守着我们的小花，新居就像一个洞穴，让人感到安全舒适。

住进新家，有时候天快亮了，王宝琴会带着孩子到楼顶上看启明星升起。她听人说，让小孩多看看启明星，有助于他们及早建立远大的理想；就好比北京人喜欢带小孩去看天安门升旗，以致他们那里当官很容易，一当准是大官。

王宝琴对观星的爱好，也是比较随意，望远镜通常躺在某个角落，积了一层灰。有时候打扫卫生找出来，她擦干净望远镜，忽然又想到自己还有这么一桩爱好。

她和沈颂芬还有联系。这件事让我诧异。我老婆经过一段时间紧锣密鼓的筹备，主动联系上了沈颂芬，一如既往，约她出来交流关于观星的心得。这一段时间，王宝琴刻意地改变着自己，化妆、仪表、服饰配搭、说话时的发语词和修饰音……她将身上的柴火味一点一点地擦掉。在电影电视剧中，这种忸怩作态的人物往往是个笑料，不管怎么伪装，不管穿什么样的马甲，柴火妞永远都是柴火妞。我们的传统，讲求的是清水出芙蓉，天然去雕饰。但我老婆原本就不是清水芙蓉，身上先天的不足挺多，刻意地弄一弄，其实也蛮有成效，并不令我感到滑稽。她要钱，我尽量地给，但我没想到，她刻意地修饰自己，是存了心要和沈颂芬再次碰面。以前的事情，大概激起王宝琴某种斗志。

有时候，我觉得女人其实更好斗，所以，上帝赐给她们柔弱的身体。这是明智之举。

见面的时候，她们依然亲如姐妹。沈颂芬已二十好几，眼下据

361

说找了一个相对固定的男友，是省城的。说到那男人，她一口一个老肖，语气亲切，表情甜蜜。真正见到老肖本人，又隔了几个月时间。老肖从省城赶来那天，沈颂芬打电话说老肖一定要请我俩吃饭。此前，她跟那个老肖说，我俩是她在俚城最好的朋友。于是，老肖有心请我们吃饭，以感谢他不在沈颂芬身边时，我俩代替他好好地照顾她。我不记得我俩对沈颂芬有何照顾，顶多，她来我家吃了几顿饭，添副碗筷而已。当然，我也不介意平淡生活里冒出一些虚浮的外交辞令。

老肖年纪快五十，但保养得很好，表情远比实际年龄年轻，王宝琴还偷偷地跟我说，这老头有点卖萌。他的皮肤像是被福尔马林浸泡过，是白得发虚的颜色。他头发染过，一口浅浅的微笑像是烙在鼻头底下一样，不笑也笑。他做外贸生意，在省城、上海和广州都有公司。也许，他的公司是三个城市三幢写字楼里的三间办公室，那也是相当了不起的事。他对沈颂芬的殷勤，丝毫不加掩饰，痛快地摆出来不怕任何人看见。这也是王宝琴笑他卖萌的原因，因为爱情，他把自己搞成一个小男生。

酒端上来的时候，沈颂芬又开始耍宝，说她从不喝酒。这真是鬼话，沈颂芬酒量很好，有时候，还会主动劝别人喝一喝。老肖说那怎么行哩？好不容易请来丁先生丁太太（王宝琴扑哧了一声），不喝点酒对不住人的嘛。

"你问老丁咯，我从来不喝酒。"

"你不喝酒是你的事，不要逼丁先生给你作伪证嘛。"

"我说他可以作证，他就可以……"

王宝琴赶紧帮腔："你家沈老师和我家丁先生，他俩是初恋情人咧。他俩之间熟得不能再熟，什么都清楚，不是作伪证。"王宝琴一说完，沈颂芬微笑地点头呼应。

老肖装作没听明白："说什么啊？"没人理他。"你们这里的人，真的是……"老肖环顾了在座的三个人，吐吐舌头，觉得我们合了伙涮他。看着王宝琴的笑靥，老肖拿不准这是不是开玩笑。转眼间，老肖脸上的窘迫在加深。我没想到这个老男人会陷入窘迫，一个五十岁男人的窘迫，甚至比十五岁男孩更显天真。

我想，沈颂芬日后别太欺负人家才对。人家五十来岁了，看样子是真当自己找到了幸福。

沈颂芬主动给自己倒了一点红酒，稍微一喝就变了脸色，隐忍着，赶紧往卫生间里逃窜。沈颂芬一离开，老肖就变得局促不安。只过了十来秒钟，他再也挨不住，呼地一下站起来，向我俩道歉，"不好意思，小沈真是不能喝酒。不好意思！"

"去吧！"我挥挥手。

老肖钻进卫生间给沈颂芬拍背。听见里面哕了好几下，胆汁都哕了出来，真不像是装的。

老肖去买单的时候，我跟沈颂芬说："刚才你在里面'下猪崽'（佴城人给呕吐这种行为取了个乳名），你家老肖真的着急了。他心疼你咧。"

"男人不都这样？以前你也挺会照顾人的嘛。"她面对着我，说给王宝琴听。

王宝琴开腔了："男人恋爱时都细心，一结婚就变脸。我们女人，还是要小心谨慎，看人要看三个六月再下定论。"

"我自己拖不起啊，再过三个六月，我都三十多了。他是个细腻的男人，但太爱哭，我不蛮喜欢。他喜欢我念诗给他听，经常听得泪流满面，搞得我不知道该怎么办。"

"好办，赶紧念些毛主席的诗，他还哭得出来，送精神病院好了。"

"去你的。"她说,"你们都觉得他好,要不,我就嫁给他算了。"

沈颂芬和我们说着说着,脸上就恢复了血色。老肖付了账再走回来的时候,她一下子又显得软弱无力,脸色重新泛白。

回去的路上王宝琴问我有什么感受,我说老肖是个不错的男人,懂得疼人。但我觉得他俩不一定会结婚。会结婚的人,往往不会在人前表现出多么的腻歪,不打算结婚的恋人,反倒更乐于在人前大秀恩爱。王宝琴说她也有同感,她看得出来,沈颂芬骨子里有一种游戏的态度,一切仿佛都可以拿来玩。

"我觉得和她喜欢看星星有关。"王宝琴现在爱搞心理分析,"看多了天上的事情,对地上的事情就有些漫不经心。"

"少往玄乎的说,这就是一个人的心态问题。"

王宝琴似乎点点头,又说:"你家颂芬好歹是找了一个,那还有符启明呢?好久没碰见他了。"

"他忙。"

"再忙也要找一个,他年纪也不小了。我们院里今年又来一批年轻妹子,长得好的有几个,不怕符启明眼光长脑门顶,总有一款他看得上。要不要……"王宝琴倒是有一挂热心肠,但我这时扑哧了一下。她嗔我:"笑什么笑?"我也自问,是啊,有什么好笑?稍后才意识到,我在笑王宝琴竟然还当关心一个正常人一样关心着符启明,期待他娶妻生子,按部就班过他的一生。

……难道符启明不正常吗?当然也不是。想来想去,我脑子竟有些督乱。

有老长一段时间,我们见面少了。车有车行,马有马跳,乌龟潜水,王八钻洞,我们本就不是一条道上的人。偶尔在饭局上碰到,从没见他带新的女友,身边时刻跟随的,总是那个老詹。老詹永远光头锃亮,西服笔挺,尾随符启明身后,态度恭谨,而符启明总是糙糙地套件外套——恰是这样的搭配，给人印象很深。既然来了，符启明叫老詹坐下来一块吃饭，老詹稍微搛两筷头，很快又把椅子移开两步，安静坐着。符启明喝得稍多，老詹就上来挡驾，说你别喝我喝。他不由分说抓过符启明的酒杯，一仰脖吞服，一股酒量没底的豪气，脸色却永远低调平静。符启明有时也呵斥老詹别扫了自己兴头，嘴上叨叨，眼里却不无得意。

如果他带个脸泛痤疮的司机或者小弟，甚至带个小三（虽然他还没有大老婆），都不至于给人太多印象，偏偏这个老詹，蛮有话题性。有一次符启明先走，留下来的兄弟就说开了，有人说这老詹有点像外国电影里的伺候祖孙几代人的老管家，忠心耿耿不说，举手投足都彰显着职业风范。我也看得出来，符启明带老詹赴饭局，其实不无炫耀，他是以有老詹为荣，老詹这号跟班让他有一种体面。某些时候……也可能是我想多了……老詹盯着符启明的眼神，分明有些含情脉脉。我明察秋毫地看着，一丝丝诡谲之感便袭上心头。

当王宝琴提到要给符启明介绍女朋友，老詹的眼神又在我脑海里忽闪一下。

王宝琴很快意识到自己瞎操心，又说："真的是，符启明这么大的能耐，身边哪还缺得了女人？"

"你以为他是我呀？"

"那是的，你还以为你是他呀？"

我俩没想到的是，那年十月，沈颂芬真就嫁给了老肖。婚礼办了三场，在省城、伾城和沈颂芬的老家朗山各办一场。嫁人之后，沈颂芬也将辞去教职，跟着老肖去他的公司，帮着他打理生意。

在伾城办的那场酒宴，符启明当仁不让地成为主要负责人，订酒店，联系车队，他一手包办。他们杞人俱乐部的班底还在，沈颂芬在俱乐部里头，已然是二号人物。俱乐部很多成员都听过她的天文课，是她的粉丝，符启明发个召集令，她的婚宴就必然热闹得起来。她自己也说，在三个地方办婚宴，她最期待的就是俚城这一场，粉丝比亲人更容易碰撞出火花。

我估计符启明又会别出心裁，在沈颂芬的婚礼上设置一些别人绝对想不到的情节，却没有。一切都是最常规的搞法，请亲朋好友来喝喝酒，婚宴上搞一场婚庆就完事。

那几天符启明一直显露着疲态，要不然，他肯定不愿意让沈颂芬的婚礼在平淡中推进，而老詹贴在身侧，经常替下他的活，冲他说，符总你休息，我来！其实老詹大他十多岁，这种年龄差距，难免显露几分关爱。

在我记忆中，符启明永远都是精神抖擞的样子，浑身有使不完的力气。那几天，他经常从兜里掏出几粒药丸塞嘴里，无水吞服，或者冲鼻孔喷一种强力提神的粉剂，简直像是打K。

婚宴前一天，我俩去订花篮，他揶揄地问："丁兄，沈妹子嫁人，有什么感受？"

"很好。"我说，"各有各的归宿。"

"我还没有归宿啊，孤魂野鬼，晚上都住在荒郊野地看星星。不过你比我幸福，沈颂芬嫁人，你还能在婚礼现场作一个见证，以你的善良，还可以祝福她。小末去了哪里，我却一无所知……有一说一，沈颂芬嫁这个男人还是蛮有眼光。你当然是个好人，但能力平平。依你的能耐，也只能让王宝琴得到她想要的生活。沈颂芬想要的生活，你未必给得了。"

"一辈子的事情，每个人都会认真挑一挑。再说，你看问题乐观了，王宝琴我都未必满足得了。"

俚城这场婚宴开始之前，也搞接亲的仪式。在朗山，老肖已经接了一回新娘，接到俚城，沈颂芬住进千禧假日酒店，而婚宴订在华翔山庄。婚宴前,老肖必须带着车队,把沈颂芬从千禧假日酒店接过来。我加入女方的陪亲人员,接亲前我和老婆陪着沈颂芬住进千禧假日酒店,等待着车队的到来。那天王宝琴相当来情绪,和沈颂芬在一起显得最是闺蜜情深。沈颂芬有心提拔她当伴娘,无奈王宝琴已结婚生子,这么搞会让知情人看出滥竽充数。

婚宴开始之前一小时,老肖带着车队赶到我们这边,十几辆车堵在酒店门口。老肖手执鲜花又给沈颂芬跪了一遭。走到酒店门口,礼花筒喷出的纸屑溅了每个人一身。女方陪亲人员依次上车。我老婆坐前面去了,和沈颂芬挤一辆车,两个伴娘单独坐一辆车。依着顺序,当我要上车时,一辆尼桑车缓缓开到了我眼前。司机纵使戴着墨镜,我依然看着眼熟。"夜宝!"我冲他招呼,"狗日的,怎么是你?"

"丁哥!"夜宝把墨镜推上脑门,冷冷瞥了我一眼。

"好久没见到你了。现在住哪里?"

他歪着嘴一笑:"混啊,哪好意思见人。"

时间一长,他都忘记叫我老大哥。其实,在这之前我见过他一两次,都是在城南的街上,我看他开着这车驶过马路,意气风发的样子。当时,我想冲他打招呼,但他已经将车开远。我确定是他,虽然坐他旁边的女人已经换了,不再是鬼妻。这天,当我要钻进夜宝的车,符启明在后面大声叫我,要我上他那辆车。他的车排在最后,显然是压阵来的。我坐上符启明的车,车缓缓地驶出酒店,上了马路。迎亲车队故意开得很慢,挂一挡用怠速还踩了些刹车。马路很安静,行道树这时节绿得像是团团阴影。符启明漫不经心地把着方向盘,说他差点都忘了,夜宝当初还是我带来的小弟。

"我跟他不过是一起混文凭的同学,放你嘴里一说,大哥小弟的,挺有黑帮的气味。"

"夜宝脑袋可比你的管用，现在自己都带得有一票小弟。我敢打赌，刚才，他肯定以曾经认你这种货当大哥为耻。"

"你骂他还是骂我？"

"夜宝这种家伙，能穷不能有，一有就要抖。"符启明语带讥诮，旋即又说，"所以，还是你这种不太会混场面的人，更显珍贵。"

那天，在华翔山庄的婚宴现场，我俩还碰到了安吉瞳。他仍是大众情人的模样，身板硕大，长发飘飞，怀抱一大捧百合，也要祝沈颂芬"百年好合"。他兴冲冲地来，隔了几丈远看见符启明，表情倏忽一变。他绕开我俩，从偏门进到里面去。符启明看着安吉瞳的背影，不屑地说："喏，今天来的男人，真不知道到底有几个，和沈颂芬发生……"话没说完，他意识到不妥，把余下的内容活生生吞回去，喉结清晰地做了一次往复运动。

2
散财宴

因手头一桩官司，我去洛井派出所调一些资料。闪雄领着我去办，所里换了很多人，我未必个个认识，有他领着，办事顺手一些。办完事他当然不肯放了我，拽我找个地方吃午饭，还说要打电话叫几个兄弟。我说就我俩吧。我俩在路边随便找一家盒饭店，喝二两一瓶的酒，难以下咽，聊胜于无。话一扯开，自然少不了说起符启明。闪雄说过不久也要离开派出所，不知去哪里混。符启明早就发过话的，找不到事可以跟着他做。闪雄说："明哥很器重我。他跟我说过，所里一帮兄弟最看好的是你，其次是我。"他说这话，脸上是很荣幸的样子。符启明总有本事创造岗位，安排人去干，干活的人有薪水，他也能从中榨取剩余价值。这种剩余价值，用马克思那一套公式去算，绝对算不出任何结果。

闪雄又说："前不久，明哥要我跟着他待一阵……"

"哦，要你帮他干什么事？"

"我也这么想，去了以后，屁事没有，只是成天陪着他。一连半个多月。什么也没干，他还补我双份工资。哪来这样的好事？要是可以干一辈子，我就真不操心了。"闪雄迷惑地看着我，仿佛想从我这里找答案。

"那半个月他都干些什么？"我仿佛又记起自己是个卧底，其实，我随口问问罢了。

"成天待在山上的房子里，他白天睡觉，晚上看星星。有个光头老詹，你也知道的，这人伺候符启明简直像个太监，什么事都由他弄，我想搭把手，他竟嫌我手脚毛糙。符启明也是乡里混上来的，几时变成娇生惯养了？符启明洗个澡，老詹都想进去帮他搓背。"

"哦，搓了没？"我让表情八卦一点。

"那倒是没有。"闪雄呵呵一笑，仔细回忆那半月所见，肯定地告诉我。

我又把老詹从记忆里拎出来，从第一次在盘石坡洞口前撞见他，到最近一次饭局上碰面，把他各种神情都筐一遍，忽然冒出个想法："闪雄，符启明会不会，不愿意和老詹单独相处，所以拉你进去。多一个人，心里少点别扭？"

"老詹有什么好怕的？明哥又怕过谁了？他要是不想见到老詹，直接叫他滚。"

我琢磨着怎么跟这家伙表达我的意思，这肯定出乎他的理解范围，口气变得循循善诱："我说了的，不是怕，仅仅是……有点别扭，会不会？你看，既然老詹变成太监，那符启明就像是当了皇帝，但符启明毕竟不是皇帝，所以既感到很舒服，简直离不开老詹，但多多少少又有些别扭?"

　　闪雄眼底更加无措。我索性一口说破:"他会不会是,怕老詹搞他?"闪雄认真思考起来,稍后竟然郑重地说:"嗯,有这可能。"话音甫落,我俩笑得打起哆嗦,赶紧又干一杯,用酒堵住两张坏嘴。

　　几杯下肚,闪雄还是愁眼前的事:"我还拿不准去不去他那里。你应该知道,符启明和陈二现在是摆开架势了,我们这些兄弟,是夹在中间的,一直都挺为难。"

　　我并不知道符启明和陈二之间摆开了什么架势,只知道陈二一直想搞倒符启明,但我没多问。闪雄干了多年辅警,转不了正编,心里很迷惘。他从小的理想就是当警察,以为干这个,读书成绩差一点没关系,没想就算当个警察,拿笔的机会远大于拿枪的机会,要考试,要写文章。

　　此前不久,公安部下发一个文件,今后各基层派出所罚没款项必须全额向地方财政缴纳,向被罚款人出具财政收据。如果私自罚款不上缴财政,被罚款人一旦举报,一经查实,将由派出所主要负责人承担责任。上缴财政的款子也有返还,那可以说微乎其微。这项规定一出台,即意味着辅警的生存空间已经没有了。我们心里都清楚,派出所不会贴钱养活辅警。所里一帮转不了正编的兄弟,都要另寻出路。

　　闪雄还埋怨:"这么一来,不是变相让嫖娼合法嘛。"他感到愤怒。派出所将辅警培养成嫖客的天敌,就像猫儿见不得老鼠。现在,忽然要宰猫了。

　　前途渺茫,闪雄肚子里憋了不少话想找人说。拿到律师资格以后,我越来越善于倾听,这可以部分弥补我口才的欠缺。那天闪雄还跟我提起两件事,我觉得是有效信息(这也是职业习惯,听别人瞎扯,大脑自动地分拣有效和无效信息)。一是何冲被抓,二是陈二不久将办一场酒宴。

我以为陈二要结婚了，闪雄说不是，陈二要给母亲办七十大寿，而且，要搞成结婚宴一样的大场面。他说："到时一定会给你下帖，等着吧。"

至于何冲，前两年我时常见到他的。他在六桥正对着的那巷口开了一家炒螺店，经营各种海鲜。海鲜每天由浙江发来，他搞的是越南口味，还请了几个越南大厨，派出所去查的时候，那些大厨出示的却是缅甸护照。但口味不错，价钱公道，"枧港炒螺店"开业不多久就赢得偰城食客的口碑，生意越做越大。我们有几次去那里吃，还拿了号牌等座。能让人等座的小吃店，反而吊足了人的胃口。我偶尔也看见他，他比以前胖，常站在展示台前面，给顾客们抓取食材。顾客说多来一点，他也蛮和气，张开手掌狠狠抓上一把添进去，绝不敷衍。要说海鲜，炒香螺、跳螺、花甲、扇贝、蛏子、海瓜子和沙虫，味道其实差不多，但摆开一桌，煞是好看。一结账，往往便宜得令我咋舌。

我感觉得到，只有经历大起大落的人，才有一份平静的心态，将一爿小吃店打理得如此生动。他不像别的小摊小贩喜欢和客人斤斤计较，他若不经意的态度给这店子增添了一份魅力。每次看见他，我都情不自禁联想到古装武打片里金盆洗手的江湖好汉。

有一次我去付账，他忽然记起了我，说你是符启明那个兄弟吧。我点点头，他坚持给我免单。我说下次我可不敢来了。他说下次一定收钱。

我挺喜欢他这种态度。都说好有好报恶有恶报，但一些好人和一些王八蛋混到一定的年纪，会得来殊途同归的人生感悟。

我和符启明说起过他。融资风波之后，何冲要跟符启明混，但符启明庙小养不起大和尚，再说何冲也无法从头再来，建立寄人篱下的心态。起初，他主动交结符启明，因为英雄惜英雄，以后办事多个帮手，若是落难多条后路。但没想到，一切依不得他的想象，符启明要帮他也只能适可而止。我们的社会眼下还不是温馨的大家庭，要说一方有难八方支援，比较扯卵淡。江湖义气，还是电影里面体现得多，现实生活中每个人主要顾及自家生活，对别人的帮助，大都停留在施舍的层面上。时间一久，何冲明白了，只有自己帮得了自己。他量力而为，开起这家炒螺店，虽然只是小生意，但我认为他找到某种真实的生活状态。有的人不这么以为，他们坚信，狗怎么改得了吃屎？何冲后面的事证明了他们见解深刻——拿人往坏处设想，得来的见解往往显得深刻。何冲带人用化学试剂偷偷制毒，经过一段时间的摸索试验，成功弄出一批土冰，价廉物美，广受佴城毒友青睐。

闪雄参与抓捕行动，参与问讯，对这件事了解比较清楚。他也认为，何冲其实没有退路，他想收手不干，但收不了。仅仅弄一个小吃店，自己管饱，他还有一票兄弟，怎么办？他以往生活形成的惯性，已不容许他只赚几个小钱糊弄日子。一切外在的压力都逼着他必须赚到更多的钱。两个缅甸籍的越南大厨也嫌他，觉得跟他这么混，永远都出不了头，要走。何冲问他们干什么更赚钱。他俩说有一种生意，他们做起来比炒螺专业得多。在他们那边，很多化学物品，诸如麻黄碱、甲苯、乙醚、丙酮、高锰酸钾、硫酸和盐酸，都是军管物品，严禁民间买卖。没想来到这边，硫酸竟然成了生产过剩物资，几百块钱一吨地随意处理。甚至，在药店里也随便买得到含有盐酸麻黄素的药，稍加处理提炼成毒，利润都是百分之一千以上。在两个缅甸人看来，这简直就是遍地黄金却无人开采。缅甸人跟何冲摊牌，要么跟着他干，要么他俩自立门户，反正要做赚钱买卖。掂大勺的活，何冲只能另请高明。

何冲点了点头,说要什么东西你们开单。我是本地人,毕竟比你们方便。我们一起干吧,赚了钱五五分账。

抓捕何冲时,在他库房中查到上百公斤土冰,以及成吨的制毒原料。这么大的规模,他无论如何是没法活着出来了。

和闪雄喝酒后的第三天,我收到陈二的请柬,他即将给母亲过寿。这张请柬我拿在手里,有些犯糊涂。陈二一直是以正直自居的,为什么会铺排这么一桩酒宴?记忆中,他就从未做过这么高调的行为。很快,符启明给我打来电话,问我是不是接到陈二的请柬。我就更奇怪了,反问他:"莫非他也请了你?"

"当然没有,他怎么会请我呢?但我肯定会去。"符启明说,"他请的人不多,但现在他是洛井派出所的教导员,很可能会升到所长。到时候,没被他请的人,会比接到请柬的还多。"

我想起陈二曾要我卧符启明的底,便劝他:"这恐怕不好。陈二没请你,你去的话,搞不好会起反作用。"

"虽然他没请我,但这酒宴也是冲我来的。"

我不由得发蒙,问他为什么,他就说话只说到这里,不肯解释。虽然不知其意,但我相信符启明不是随口乱说。

陈二请客的日子很快到来,符启明开车接我,但车开到离酒店一里远的地方,他就叫我自己下车。他说:"我俩还是分头过去。"我嗯了一声,自己早有这个意思,刚才在车里面还不好提出来。

陈二为母亲祝寿办的宴席,规模之大还是令我吃惊不已,绝不输于佴城任何一场婚宴。凭他在城南的影响力,以及冉冉升起的仕途,城南各个单位、各街道居委会、各开发商都自动地赶来祝贺。这摆明就是借职务之便,聚敛钱财嘛。我以为陈二不是这种人,以为他是对这些现象深恶痛绝的人,但眼前的一切皆是事实。我有一种大失所望的感觉。我一边感慨,一边往收礼台抹了五张红色的钞

373

票。瞟了一眼,礼单上写的数字都不小,不像一般人家收礼,大都两三百块钱。我送了五百,大概刚爬上及格线。

陈二站在离我几丈远的地方,脸上挂着笑容向来客作揖,真诚地致谢。他穿着一身红色唐装,和他母亲身上穿的旗袍色调一致。寿宴这么大的场面,陈二的母亲却并没有笑容。

祝寿的人像漫溢的水,一波一波涌入。符启明挤进了东南角的一张桌子,我注意到,那一个角落有五六张桌子,都是城南街道上有头有脸,但一不上班二不做生意的人物。陈二请客,他们比别人来得更勤快,也没见陈二把谁挡在门外。那些人扎堆在一起,颇有些睥睨众生顾盼自雄的气势,与我们这边踏踏实实过小日子的老百姓截然区分开。和我坐一桌的某些人也正看向东南角,像是看一帮电影明星走红地毯。他们指指戳戳,念叨那边那些人的名字,能将那些大佬的名字一串串念出来。城南的老百姓认为他们就是城南的黑社会。对此说法,我一直嗤之以鼻,要说黑社会,他们真的只算山寨货。

开宴之前,陈二发表了一通致词,很长,他还从衣兜里拿出讲稿,不合时宜地念了二十多分钟,使得桌上菜肴摆得略微发凉。有些人懒得听他长篇大论,已经吃开了,我却听得很认真。归纳一下,这位领导说了以下几层意思:

首先,这次的宴席并不是找借口聚敛钱财,陈二拍着胸脯表示自己并不是那种人。这是散财宴。俚城有个古怪的风俗,就是散财宴。人情往来,最主要的项目就是婚宴,一个人一辈子吃婚宴送出的礼金,少不了几万几十万。但有些人一辈子不结婚,这一项的开支,就有去无回了。俚城人最讲求公平,礼尚往来,不能亏待不结婚的人。于是,散财宴应运而生,事主可以找一个通常情况下不必请客的由头,代替婚礼。"散财宴"名字的由来,应是指一个人既然笃定不结婚，不繁殖后代，那么聚财置产对他来说也没什么意义……但我觉得逻辑有了矛盾：既然认为聚财置产已了无意义，又何必找个由头收礼呢？散财宴，其实还是为了聚财。

其次，既然敢把大家聚起来搞一场散财宴，就是让大家作个见证，此后陈二将一门心思扑在工作上，扑在维护城南的治安上。办散财宴明志，颇有些庞德抬棺战关羽的气概。当然，这比喻未必恰当，符启明等人不是关羽，陈二也不会把自己仅仅当成二脑壳庞德。

再次，前不久，在陈二主管下，一起特大制毒贩毒案件得以告破，主要案犯基本落网。这一役，使得陈二对城南治安情况的好转大有信心。

其四，宜将剩勇追穷寇，不可沽名学霸王。虽然陈二前回破获大案，但城南仍有治安隐患存在。陈二还认为，派出所长期以来的辅警巡逻员制度，也是弊大于利，警察队伍长期得不到肃清，与黑恶势力形成了"你中有我我中有你"的局势（说到此处，东南角有人高喊"这不就是《无间道》嘛"，引发嘘声一片）。陈二认为，最新的文件将取消辅警和巡逻员，为城南治安的彻底治理打下坚实基础，城南治安的好转已经指日可待。

……

这第四条，分明是说给符启明听的。听至此，我往那边看看，符启明一脸的不在乎。陈二请酒也就罢了，还公开下战书。

闪雄不知几时坐到我身边，我忍不住多一句嘴，跟他说："陈二要干就干好了。他要打击的家伙全都在这里，何必摆明了说嘛。这难道不是打草惊蛇？"

"说不说都一样，城南的治安情况，其实是秃头上的狗蚤，谁都看得见。"

"说不说不一样，漏嘴皮招灾，闷肚皮发财。"

"他挑破了说出来,也许是抢占心理优势。"

闪雄说得也自有道理。其实,城南的一切状况都摆在台面上,警察在明处,符启明也算不得在暗处,彼此之间没多少可隐晦。符启明早就知道陈二在查他的底,那又能怎样?他的"家底"大都在城南,是一套复杂的人际网络、多年打拼出来的地域空间以及不须工商登记的专属经营权,这些没法带往别处,离开了城南就意味着白手起家,从头再来。

刘欢同志饱含深情地唱《从头再来》,是因为他本人不须从头再来,一日三餐有安稳饭。

符启明现在要干的事情,只能是和陈二玩"猫捉老鼠",陈二有能耐就捉住他,没能耐就干瞪眼。问题不在于发现问题,而在于如何解决。陈二知道符启明干的那些破事,要想抓住、落实、办成铁案却是不易。就好比说,一加一等于二谁都心知肚明,但谁能把它证明出来,谁就堪比陈景润。

3
夜晚的宝盒

我给符启明打去电话,说有事找他。他只是问我,这事急不急。我想了想,说:"不急,帮一个朋友向你求个情。"

"借钱?"

"那倒不是。那朋友的饭碗现在拽在你手里。"

他在那一头朗声笑起来,又说:"事情好说,好说也就不必急着说。你来我这里,面谈面谈,怎么样?我现在在山上,好久没见你了。"

稍一停顿,又说:"我想你。"

我知道，符启明已经听出个大概，他这语气，显然说明此事不难应承下来。要我去他那里，肯定是有好东西留待与我分享。我到的时候，他坐一楼，老詹却没出现在他身旁。有个客人比我先一脚到。那人我有印象，好像是某房产老板的跟班。符启明用脸盆大的一个搪瓷缸泡满茶水接待他。他有事求符启明，符启明爱理不理，那人说些什么，符启明总是劝他"喝茶喝茶"。那人温顺地把茶水接二连三灌进嘴里。那缸茶水喝完以后，那人就告辞走掉了，走出来时还冲我打个招呼，说不好意思哦，占你的时间了。

街面上有些混子，大多时候一脸横相，但偶尔跟人讲客气，其彬彬有礼的态度反而让人更加瘆得慌。主要是这几年，黑帮片不光有港产的，日产、德国片和意大利黑手党也屡见不鲜了。于是，佴城这些街头青皮、街尾混子渐渐意识到，当流氓也要用文化武装自己，讲一讲礼貌，有时候比横眉竖眼金刚怒目更有威慑力。我猜得不错，这家伙是求符启明养他以及他手底下几个兄弟。他以前跟的叶老板因为融资的事进去了，他带着一票小弟，见天要吃要喝，他不得不另寻靠山。但眼下武校遍地开花，持证上岗的私家保镖都供大于求，他们这种捞不到职称的打手，基本属于被淘汰品种。这家伙不知到多少地方求职碰了壁，才变得如此低眉顺眼。

"这几年物价飞涨起来，小弟越来越难养活，谁都不想当老大。早几年，扔几包烟，就有人跟你后头当马弁，忠心耿耿，鞍前马后。以前都是小弟给老大交份子钱，什么时候开始反过来，老大给小弟发工资了？养他们，还不如养几个妹子。我现在妹子都懒得养，养他们给我当爹啊？"

"你现在真不碰女人？"

"这有什么好奇怪？"

我想和他扯扯光头老詹，心里惦记要干的正事，喉头一滑，跟他提到夜宝。他一听，马上打断我，说那事用不着多说。"改天，你叫他来我这里一趟，当着我的面说明一下情况，表个态。以后，他照干那事情。"我没想到这么容易就解决了，还以为他会拿夜宝发一通感慨。

才四点多钟，他叫我给他打下手，弄几个菜吃。菜一般，酒是洋酒，他掺了雪碧和冰块，喝起来简直是饮料。我不免多喝了几杯。他一边吃一边说起陈二的事。"陈二上次逮着何冲，以为会顺藤摸瓜把我也扯出来。他一直等着这么搞我。其实，我和何冲早就分着干了，彻底分开。我就是有天大的胆子，也不会碰毒品。人都是怕死的。"他狠狠地说，"我是人。"

我点点头，喝酒，冰块流进嘴里我就像嚼炒黄豆一样嚼出脆响。

"既然你来帮夜宝求情，看样子，我的事你知道不少？"

我摇摇头，喝酒。

酒喝着像是饮料，没想后劲蛮足，吃完饭我不愿走路，心想我在沙发上偏着睡一会儿，攒些力气再下山。没想到，睁开眼时天已全黑。我躺在床上，而不是刚才那张沙发上。我有些吃惊，他要独自把我弄上三楼不是很容易。老詹依然没有出现。

"几点了？"我问他。

"还早。"他还是用他惯有的模糊语气回答我，"要看星星，现在还早。"

我下床，慢慢睁开眼，将视力恢复到正常值，见他这间房的墙上挂了很多大幅照片，每一幅都绚丽异常，流星、银河、星云、星团、飘摇无定的深空光线……我想起他曾经说过现在喜欢搞一搞天文摄影，随口问："你拍的？"

"知道这是用什么拍的吗？是用拉西拉天文台直径两米多的天文望远镜和专业的广域照相机拍下的。整个国内，没人能把这些深空天体拍到这个水平。"还有一帧看似抽象水墨的,他说是智利天文台用8.2米的大家伙拍出来的银河中心区域。

他给我隆重介绍他的宝贝,最近刚托人从国外搞来的原装最新款斯普雷利天文望远镜。举凡天文摄影爱好者,皆对这一款宝货心怀追慕,拿它搞天文摄影,黑圈、色差都可以降到最小值,成片效果轻易达到国际大赛的要求……一说到这上面,符启明简直变了个人,唠叨个没完,也不在乎我是否能听懂。

"还没有直接卖到国内,托人捎带,花了我不少冤枉钱,十来万哩。要是俱乐部那帮人知道我现在有这玩意儿,一定会赖在我这里不肯走。置了这一套,我就更不想装修这间屋子了,这里光污染还是较重,好东西摆进来,效果也是打了折扣。迟早换个地方——真想买下一个天文台。"他又指了指墙上的照片,"不过,跟天文台那些口径几米长的射电一比,这东西就可以扔进垃圾堆啦。"

我想,一有机会,你还想和人家一个国家抗衡了?给你一个8.2米的大家伙,俺城也难得找到起吊的设备啊。我劝他:"量力而为,不要盲目攀比。"

"你真像我妈。"

他拿出一台Nikon995,与斯普雷利目镜串接,让我试手,随意地抓拍星空。我对处理长时间曝光毫无心得,他建议我用快门线。我拍下一张原片,他放进电脑里,用PS软件编辑原片,在色阶中编辑了蓝、红、绿三色,调整色度层次,一张图片即将做出来。我已经看出,图片里的星空呈现令人心醉的宝蓝色,星云散淡地弥漫在穹顶中分线附近,银河的两条旋臂显露大致的形态。模糊的旋臂,却是由成千万上亿的恒星构成,每颗大概都堪比若干个地球,而我在地球一处毛孔上得以窥见这个整体,并随手拍下。我脑子奇怪地飞动起来。仰望星空,揣测宇宙是易于成瘾的事情。

此刻,他指着显示屏里日渐呈现的图片,指指点点。他编辑的过程,有点像以前的暗房显影,终于定格成美丽图片。我忍不住问:"是我拍的吗?"

"当然。"

"但我肉眼看到的都不是这个样子。"

"当然,要不然我们搞天文摄影做什么?就是要化神奇为无比神奇。"

见我来了兴趣,他趁热打铁,教我怎么用赤道仪寻找各种天体。确定所在位置的经纬度,将赤道仪盘面上E读数归零,然后在《天体高度方位详表》中查找自己所要寻找的天体,根据天文日历换算此时该天体的赤经赤纬。调准确以后,那东西就清晰地呈现在镜头之中。

我随即上手,按此方法找寻天狼星和角宿一。用微杆调定方位,一看,它们便懒散地出现在镜头之中,像是有些顽皮、却又不敢不听训斥的孩子。我忽有感慨:"有了这宝贝,天上那些东西,就像你存在冰箱里的东西,想哪时取出来,就哪时取。"

"要是有更好的,天上的东西就像是装在衣兜里。"他得意地对我笑笑,又说经过一年左右的时间,月相全图他基本已经完成。但完成以后,他还来不及得意,就发现那只是入门级别。接下来,他的目标是星迹摄影和追踪难以把握的深空天体,比如船帆座超新星的蛛网结构、狮子座三重星系的全家福、气体尘埃云有如魔术般变幻的颜色……那些需要足够的运气。就算星空是自家的宝盒,这盒子毕竟太大,要把每样东西找出来,绝非易事。

又说:"等钱挣够了,我还想去挪威拍极光。三两天肯定是不行,最好守完一个极夜周期。一个人去也不行,至少邀三个人,实在无聊了还可以打打麻将。"

我想象着在极夜地区打麻将的乐趣。打累了，手一边搓麻将（在那里用机麻肯定会少了些情趣，应该到旧货市场淘一副竹骨麻将带去，用手搓牌才是）一边抬起眼睛看向窗外。老麻将碰撞的声音有如佳醴陈酿，妖娆的极光在虚无缥缈之处流转不定，幻化无穷。我或许被那种冷艳之美吓一跳，或许痛快地想到死。

时间实在不早，我要回去，他坚持不让，说难得还有人陪他在山上守夜。我说老婆那边没法交代，他抢先把电话打给王宝琴。电话里，他让她一百二十个放心，说这一晚我俩是在做正经事，绝不会嫖娼，谁嫖娼谁不得好死。王宝琴在电话那头咯咯咯笑了起来，似乎在说，符大哥，我不信他，也不敢不信你嘛。

夜愈加地深，周围那几幢房子都熄了灯，他所谓的"光污染"正被黑夜清洗。他将赤道仪调至帝王速，这个速度专门用于追踪深空天体。串线将望远镜的视域与电脑对接，显示屏也是一片深黑。他的显示屏有二十几英寸，但他并不满意，大概是想将一面墙全都搞成LED显示屏。搜寻时，他全神贯注，浑然忘我。我想他大概忘了自己在哪里。

与此同时，他所掌控的"赚钱机器"正在开动，在这无边夜色之中，哗啦啦地给他造钱。

城南一带，所有的发廊、美容厅、休闲会所都被他掌控。那些老板和老鸨可以坐店营业，但往各宾馆派发招嫖卡，则是符启明独享的业务。拿到卡的人电话招嫖，其实都是打给符启明手底下的人，再由他们安排哪个店子的妹子出台。这就好比没开医院的人掌控了120，每转接一个求医电话，就有相应的好处费。

以前，春姐还没进去的时候，这项业务由她主管。她不像符启明那样千头万绪，手里的业务繁多，忙也忙不过来。天一黑，春姐就兢兢业业地管理这项业务。春姐被抓以后，符启明只好亲自管理这业务，但他不安心，一有机会就甩开生意，找个地方看星星。在他看来，赚再多的钱，还不是为了更新设备更好地看星星？因为疏忽，他手底下的人有了可乘之机，虚报收入，甚至偷偷地组织一帮妹子做生意，这就坏了规矩。

规矩也是春姐被抓以后，他灵机一动想出来的。春姐在的时候，"春光灿烂"的妹子既在娱乐城中陪客，又"送外卖"。当时，城南很多店子都是两手经营：既坐店，也养几个小弟到各酒店宾馆里塞卡。有时候，顾客在酒店住几天，搜集的招嫖卡有一副扑克牌那么多。符启明将"春光灿烂"改组成"星光派"以后，就知道陈二紧盯着自己，店子里养一帮妹子是定时炸弹。他想把那些妹子都遣出去，如果顾客有需要就打电话帮他们联系。但这样一来，自己的业务就损失一大块，他又不甘心。

据夜宝说，符启明某次与朋友吃饭，包装好的一次性餐具给了他灵感，那就是任何产业都可以进一步分工，各司其职，共谋发展。于是，他和城南美容厅、发廊以及夜总会的老板老鸨约定，"星光派"里所有陪客的妹子全部遣散，重新分配，到其他各家店子做生意；"星光派"顾客若有需要，都从别的店子回请。交换条件是，各店辞退发卡小弟，或将小弟交由符启明部署。此后，城南招嫖卡统一发放，顾客电话依照编定的顺序转接至各店，轮流出台，以避免恶性竞争的乱象出现。合作各方肝胆相照，互利共赢。

假设是政府行为提倡城南各家操持人肉生意的店子结成合作社，还下来专管人员负责监督电话轮流转接，利益均沾……那么，这种事情一定搞不下去。符启明出面，以他在城南的威望，以及若干年里在圈内树立的公正形象，一旦开了金口，别人都要买他几分薄面。

符启明总是用创造性的智慧为自己带来财富，这次又奏效了。城南这一地下产业从无序到有序，开创了全新局面。据说，符启明还借鉴新型管理模式,请顾客享受服务后填写意见单,为出台的妹子打分,以此为依据,明确奖惩制度。这以后,各店妹子出外台,都统一着装,精神面貌焕然一新。有些妹子还自学起了礼仪课程(可以享受加分)。符启明还打算年底搞那么一场联谊会,像政府各系统一样,进行内部争先评优的表彰。发卡小弟们也有奖项争夺,奖状当然免了,钱是不会少。夜宝跟我讲起这些时,我很想问问联谊会上,是不是还有才艺表演?但他一脸稀烂的表情,我就不多问。

符启明就是这种胸有大局的人,甚至,晚上看星星的时候,偶尔觉得某些星星摆得不是位置,他都很想将它们调一调,让布局更为合理,让星空更加灿烂。

现在,符启明手底下这帮人搞坏了规矩,生意伙伴多次向他反映情况,要是他不处理,这种合作无法继续下去。一摸底,夜宝也在干吃里扒外的事,但不是主谋。不管怎么搞,夜宝只能是个当跟班的料。这次他站错了队,以为带头反水的那几个人会完全接管符启明手中的业务。符启明查实情况以后,就把以前在派出所结交的那帮兄弟用上了。

虽然派出所摆出要辞退辅警的架势,其实也没么容易,文件规定的日期已过,罚没款一直没有上缴财政。辅警兄弟们的活动比以往更活跃,不管所里是否"放狗",他们每天都在外面打野食。符启明正好给他们提供情报,对反水那帮人和他们私自招来的妹子实施全方位打击,只要他们一冒头,妹子一出台,就抓捕、重罚。这种高压的打击态势一直持续,毫不手软,只消个把月时间,那一拨人在城南根本无法立足。符启明这才着手清理门户,叫光头老詹专管这一块业务,反水的那些人统统弃用,换上新的人手。这是肥缺,只要喊一声,多的是人等着干。甚至,他还预留了几个位置,给即将投奔自己的辅警兄弟。

夜宝没钱给自己的尼桑加汽油了，这才傻了眼。他干这个已经好几年，当自己是资深的从业人员，没承想老板变了脸，自己像一只破鞋被扔了出来。他深深地感悟到，打盹儿的老虎依然是老虎，资深的破鞋永远是破鞋，他和符启明对着干，是自讨没趣，自毁前程。再要他干别的，他不想从头再来，还是喜欢干发卡的行当。这钱赚得容易啊。于是夜宝想到了我，提着几只沙鳖和几瓶酒来找我，求我帮他在符启明面前"美言几句"，要我将他深刻的检讨口头传达给符启明。

在我眼前，操控这一切的城南大佬，正对漆黑的天空痴迷不已。谁也看不出来，他轻易地镇压了一场颠覆活动，运筹于帷幄之中，决胜于无形之势。我静静看着他用电脑操控着赤道仪，一寸一寸搜索深空，扫荡天体。此刻，他大概有了什么发现，遂离开座位，把眼睛杵向目镜。某一深空天体正向他揭开神秘的面纱。他持续盯着那陌生的面目，神情越来越远离身边的一切，仿佛脱窍而去，悠然遁走，在星空漫步。

4
星迹

爱好到一定程度都是毒品。若不中毒，一辈子像开空调一样对待自己的爱好，冷了就加温，热起来又赶紧降温，保持恒定温值，倒是从容，但活到蹬腿的时候，心里肯定也有蛮多遗憾。符启明自己已经出现中毒迹象。经过若干年打拼，他手头的生意已经形成稳定格局，加之任用得才，管理有序，现在他可以当甩手掌柜。三十郎当岁，他已经过上了理想中的生活。别人夸他，他平静地说，只不过提前十年不惑。

那年六月我跟他跑了一趟云南,在与缅北交界的丛山和小镇之中转悠了半个月。白天,我俩在边境小镇的互市上闲逛,吃那些叫不出名字的热带水果和食物;或者找地方看斗鸡打架,押钱赌一把,丰俭由君,掏十块钱也有人陪着你玩;或者躺进茶馆里吸一吸竹筒水烟,再叫个皮肤黑亮的小妹捶腿。小妹子捶得不如内地专业,但那种没心没肺的感觉,像是回到了解放前。钱都是他掏,管吃管喝,还反复交代我,不要替他省。

那半月,生活从未这样惬意过,但我心里放不下老婆孩子,只想尽早赶回佴城。他劝不住,只好骂我真是没出息。

他还在云南待了一阵,之后往西藏跑一跑,去喜马拉雅山脉拍照片。他说,没有比喜马拉雅山更好的前景。如果把那里山作为画面前景,拍摄星迹,肯定会得来震撼人心的效果。

星迹摄影是天文摄影领域中一个主项。照片上的"星迹"其实是地球自转造成的。将照相机的曝光时间设置得足够长,镜头里的星星会移动方位,在照片上划下或长或短的痕迹。如果将镜头对准北极星,曝光一小时,那么,得到的照片里,唯有北极星不动,仿佛是圆规的定脚,其他的星星围绕它做圆周运动,甚至划出封闭的圆形轨迹。星迹摄影是一项体力活,在野外一搞一整夜是家常便饭,为了得到一张效果上佳的星迹图,必须不惜成本。

有时候,他选定一个位置让我长时间站着不动,充当活体道具。射灯光打在我身上,我整个身体成为略微泛白的前景。照片拍出来,无数条轨迹线穿刺着我的身体。

某夜,他心血来潮,劝说我脱光衣服,裸体站着充当前景。他说:"不照你的脸。你的身材其实还可以。你不想年老以后多一份回忆?"他巧舌如簧,试图说服我,但我对自己的身体没多少信心。他既产生这想法,哪肯罢休?在他不屈不挠的劝说下,我拗不过,便给自己灌了些白酒，赤裸身子在一处山巅站了整整一小时。我想，有了符启明这号朋友，什么样的事情都有可能做出来。那一小时里，我一直呈仰望的姿势，夜空，以前我以为是黑色的，那天夜里竟然看出来，它包含的颜色层次异常丰富，可说应有尽有。

我回到佴城，他已经到了喜马拉雅山麓。他打电话告诉我说，国内这一侧的角度不是太好，要有可能，去一去尼泊尔是上选。

他在那里待了好长一段时间，我们打电话时，他的声音从高海拔的位置传来，伴有播放老电影时那种胶片擦伤的杂音。我从他话音之外听出来空气稀薄、气候寒冷、天象奇诡等诸多附加信息。

他将照片发至我的手机上。因为像素损耗过多，我手机里得来一团团模糊的光影。

他已经在很远的地方，过自己渴望已久的生活，而我一直有生活在泥淖里的感觉。

我女儿小花已经知道害羞，不肯穿开裆裤，但时不时尿在床上。她喜欢上网，一眨眼工夫就溜进电脑室，自己揿开电源，不用关键字，也能找出《喜羊羊和灰太狼》。她也喜欢看《笨笨熊》，光看还不算完事，指着笨笨熊叫我模仿，我不肯干她就哭。

我怎么模仿得出笨笨熊用尾巴钓鱼这些高难度动作？

小花还学会了骂脏话。我和老婆稍加分析，断定她是跟幼儿园阿姨学来的。整个下午，她们在屋子内睡觉，那帮阿姨就架开桌子在屋门口打扑克，既守住孩子又赌钱，极易打发时间。有的阿姨一出牌就骂脏话，仿佛这么一搞会增加胜算。小花不像别的孩子嗜睡，睡不着也不吭声，就这么染上说脏话的坏习惯。她回到家，翻箱倒柜找出一摞扑克牌，撂一张牌就骂一句脏话。我可以肯定，其中一个阿姨是竹山人，我家小花骂脏话已经染上竹山颇有难度的方音。竹山人读一个 Z 的音就咬掉自己一截舌头，天长日久，不断地咬，舌头依然还完好，不啻是个奇迹。

骂脏话也掩不住她的可爱，我舍不得打她。王宝琴要打她，巴掌总是撂在我的身上，说你再骂，你再骂我就打死你爸爸，让你没有爸爸！但这对小花没有威慑力，她还搞不清没有爸爸和丢了玩具之间的区别。

待在律师事务所，大多数时间都闲着上网，还爱上了几款小型益智游戏。刘一壮很想把纪律搞起来，但是没生意，人都留不住，他也不好意思树立一派雷厉风行的形象。因我上班清闲，接送小花一直都是我的事。我起懒床，小花也养成拖沓的脾气，经常九点、十点钟才去幼儿园，是班上的迟到大王。下午四点钟，我就去接她，别的小朋友坐在教室里眼睁睁地看着小花欢蹦乱跳扑进我的怀抱。她的小伙伴肯定当她有一个好爸爸。她脸上有得意之色，我看得出来，心里暗自一痛。我想，等到拼爹的时候，你就会恨我了。

幼儿园离得不远，有天我抱着小花往回走，快走到一处公交站台，小花提醒我说手机响了。我一接，又是符启明。他要我猜他在哪里，我说夏威夷。他说在乐山大佛的肩上打麻将。我说那里还摆的有麻将台？他说这机会可不是天天都能碰到，请他游玩的方老板面子大，搞出这样的场面。在这地方摸几圈，赢了增运，输了开悟。又说他把我的裸体照（其实就一个背影）拿给昨晚在旅途碰到的一位女士看了，女士很感兴趣，想认识我。

我说："到哪里都改不了拉皮条的毛病。"

"感不感兴趣？这女的长得真不错，小末加上夏新漪顶得上她。"

"年纪也是两个妹子的总和吧？"

"蛮有韵味咧，谈天说地，我好歹也算俩城名嘴，在她面前都开不了口。她是个跑单帮的驴婆，我把你QQ告诉她了。要是联系得上，她会过去找你。"

387

"你自己享用。你是个光棍,怎么来都不算……"我本想说"乱搞",看看怀里的小花,赶紧闭了嘴。

小花对什么都好奇,我挂了电话,她问我什么是拉皮条。我脑门子就痛,她每学会一个新词就要反复说上好几天。我怎么才能让她忘掉这个词?但心里还是乐呵,怀里抱着宝贝女儿,时不时听朋友打电话说起新鲜事。我的生活重复得有些窒息,他打来电话瞎扯几句,我就搭帮他吸几口新鲜空气。

近一段时间,以前派出所的兄弟忽然接二连三、你追我赶地结婚——其实也是形势所逼,以前大伙泡妹子不亦乐乎,哪有空结婚?但眼下再不结,等所里把辅警全部辞退,他们手头的女朋友很可能鸡飞蛋打。趁着女友还不知道将来的形势,生米赶紧煮成熟饭。

酒宴赴得勤快,每次赶到地方,旧日兄弟往往已经占了一桌,伸手招呼我过去,享受专席待遇。遍插茱萸,就少符启明一个,眼下他不知漂在哪里。兄弟们喝到兴头上憋不住提他,大江南北,长城内外,无所不在。以前,符启明要我替他送份人情,碰面时再还我,从宽哥结婚那次开始,就再也不麻烦我了。他不来,有人替他来,当老詹拱进会场,用不着招呼,他也晓得往我们这一桌钻。他代替符启明,也有专业的态度,揣摩好了要是符启明来,会坐哪里。但符启明会有什么样的表现,他可学不来。他通常不吃饭(据说他胃口很挑),倒一点酒一个一个地敬,若是白酒,他碰一下喝低两筷头,若是啤酒,碰一下喝一杯。他谦恭,又略显机械地敬完一圈酒,告辞便走。从来没人拦他。他永远融不进气氛之中。

其实我估计符启明安排老詹替他,也经过一番思考。老詹冷不丁地出场,以及匆匆离去,总能彰显出他的神秘,衬托出他的成功……当然,也许是我想得太多,有了老詹,符启明对我们总有些疏远……我怎么啦?我嗔怪自己无聊,其实,私下里还打听过老詹的情况。

不问不知道，一问吓一跳，这个不吭不哈的老詹，十多年前就是俸城名人。他是省师范大学毕的业，花五年左右时间，成为市二中骨干教师，职称等着他拿，职位等着他爬。当时俸城刚开始卖保险，老詹辞了教职去干这个，干一年当上组训，接下来又是辞职。他发现，自己在与人沟通方面有着无与伦比的天赋，别人卖不出去的保单，他费一把唾沫可以在一个人身上卖出双份，既然如此，卖什么已经不重要了。这样的人才，一脚踏入利润更高的直销行业，因为他已经拥有一帮铁杆粉丝，不管他推销什么，他们都争先恐后地掏钱。随着名声的积累，他的营销课就像明星开个唱，听者众多，而且每一场下来总要掀起几个高潮，才算对得起听众。他深知这帮乌合之众的兴奋点在哪里，怎么调起情绪，利用群体的力量制造出仪式感，然后让他们对自己形成依赖。他享受这份众星捧月的快感。名利双收以后，他也随了大流，换掉糟糠之妻，娶到一个谁见谁硬的性感妹子。那妹子曾是他粉丝，以前掏钱给他，娶到手后她就接管了他的财权。他乐意看这粉嫩妹子替自己数钱，看她喜笑颜开，看她在自己怀里浪出水来，真真切切陶醉于自己的成功。但有一次推销药品，吃死了人，他不得不削光脑袋进到监狱待几年。出狱以后，年轻老婆竟然被另一张嘴骗走，还搭上他所有的积蓄。从此以后老詹不管季节更替，永恒地保持着光头造型，而且钢牙一咬，装哑巴，无论什么场合也不开口。

符启明得知老詹的经历，大感兴趣，拿出三顾茅庐的耐性上门拜访，直到撬开老詹的嘴。从此以后，老詹就铁了心跟着符启明，鞍前马后跟他转。事实证明符启明独到的眼光，有了老詹，他才得以成为甩手掌柜，天马行空，四处逍遥。

5
法制连线

那天上午，拖到十点半，小花仍然赖着不肯去上幼儿园，非要我带她去吃洋快餐不可。这时候刘一壮将电话打来。他说城南出命案了，现在情况还不那么清楚。他知道我以前在洛井派出所干过，积累得有"人脉资源"，要我打听一下具体的情况。事务所生意不好，刘一壮头脑便活络起来，遇有案情就主动出击，和对手竞争，抢得先机。辩护命案，不一定赚多少钱（其实也不会少，买命的钱啊），但一定赚来影响。不管时光怎么转变，命案都是最具关注度的地方性新闻。

我问他："你打听到多少情况？"

"就是没打听多少咯？吃早饭时看见市里好几辆警车往这边来，停在暮山村那个口子上，我估计出了重大案子。小刘刚听人说，是出一件命案。别的都还弄不清楚。"刘一壮说，"刚刚出炉，很新鲜的一个事情咧。"

我把电话拨给陈二时，脑子里忽然想到安吉瞳。就这么闪了一下，旋即就想，应该不可能吧，这些年，为什么总是身边的人遭遇这些破事？夏新漪被人杀了，后来伍能升又杀了人……掰开指头算算，也就两人，但我在城南一共认识几个人呢？算算百分比，肯定超高，这么叨念着，我心头划过一丝不祥之感。

陈二没接电话，过一个小时才打给我。

"是问今天这个案子是吧？正在查。"陈二猜出来我要问什么，电话一通他劈头盖脸地冲我说话。我知道，这是他事务繁忙的征兆。他说，"在暮山村发的案，案犯叫安志勇，弄死了一个妹子，是出台卖的。这妹子应该死了十天以上，安志勇和他母亲一起肢解了尸体，埋在自家院子里……现场比较惨，我们今天去的人都吐了。城南也冒出个恶魔杰克啊。"

我静静地听。

"……怎么不吭声？这些你都知道了？那我暂时就知道这么多。现在还在审讯，话不多说。具体情况，你可以看看这几天的'法制连线'，电视台的人刚才也到了。"

我把这些情况说给刘一壮听，他很是失望，说没搞头，两边都没搞头。尸块都找出来了，这案情估计是八九不离十。我们帮杀人嫌犯辩护没问题，但这人杀人分尸，还焚尸啊。刘一壮权衡利弊，不想当搅屎棍子。死了的妹子那边，也用不着请律师，公诉人可以在法庭上痛快地激昂一番了。

"法制连线"是地方台和市公安局合办的一档专题节目，命案案情如已基本摸清，研判准确，不存在重大疑点，一般都会搞到这档节目上去。据说这节目在地方里收视率一直是稳居第一的，本地人白天听来发案消息，晚上就会守候这档节目。

两天以后，节目播了出来，我得以详细了解整个案情。

节目开始，画面是案发现场，尸块用了模糊处理，既吊胃口又不至于倒胃口。主持人的讲述作为背景音。刚被抓获时，安志勇只说那妹子是在他家浴室里洗澡时溺毙的。这种说法没能持续多久，随着刑侦人员逻辑缜密的一通讯问，安志勇很快改了口，承认妹子是死在他的床上，但同时也反复强调，妹子是自己死的。虽然，在后面的讯问中安志勇不再改口，一直咬定妹子是自己死的，刑侦人员依照长期的办案经验，确信此案已基本告破。

节目切换至主持人在演播室的画面。他用一种循循善诱的腔调说，这妹子为什么早不死晚不死，偏偏死在安志勇的床上？如果妹子是突发疾病猝死，安志勇为什么不打120，而是将尸体肢解？安志

391

勇当然不肯承认，避重就轻是每个人的本能。但没关系，口供只是一个方面，如果别的证据形成完整的证据链，也可以解答现场遗留下来的重重疑问。

画面切至安志勇受审的画面，主持人讲述案发过程。半月前某夜晚，安志勇电话召妓，一个妹子去暮山村陪他过夜。既然是银货两讫的买卖，废话少说，两人很快上了床。两人搂在一起。安志勇喜欢前戏，不管女友还是妓女，一视同仁。他受日本AV教育良深，认为前戏是做爱不可或缺的一部分。没多久，安志勇觉得怀中这妹子反应有些不对，激吻之中，她的嘴唇一点一点变凉。安志勇赶紧亮开灯一看，妹子的表情也怪异得很。他正不知所措，这妹子浑身出现抽搐症状，转眼间就断了气。安志勇想要报警或者拨打120，却鬼使神差地拨通他远在江西的母亲。母亲捺起性子听他说完情况，劝他不要着急，等她回来一起商量对策。次日，他母亲从江西坐飞机返回佴城，母子俩商量至半夜，开始动手肢解尸体，并从摩托车中抽取汽油焚烧尸块，汽油燃尽，尸块烧成焦炭状，再埋进自家院里的花圃。

安志勇打算将烧焦的尸块分批转移出自家院子，真正做到毁尸灭迹。十一日傍晚，他骑摩托将一部分尸块带至抓篓湖，系上石头沉入湖底。次日，尸块就被抓篓湖附近农民用渔网捞出，一看这是人体组织，捂着鼻孔，赶紧拨打110。公安局成立专案组，摸排走访，仅用两天时间就锁定疑凶，并在暮山村的出口蹲守。安志勇并不知道自己已成怀疑对象，某日傍晚，他再次运一批尸块外出，刚下到山口，即被蹲守警察控制，抓了个现行。

公安局和"法制连线"栏目是关系户，节目编导在摸排期间就已介入，拍摄下刑警和技术人员的工作场面，也拍下了安志勇被一干刑警扑倒在地的画面，抓拍得到位，甚至有了摆拍的味道——场面调度和机位转换，都像精心设计过。接下来，市公安局李局长和刑侦大队黄队长分别出镜，打起官腔，陈述此案件破获的重大意义……

这一期"法制连线"有一个古怪的标题，"9·26命案追踪：我市著名摇滚歌手的不归路"。我不知道"不归路"是否可以理解为死路、挨枪子。案情正在进一步调查之中，节目主持人提醒广大观众注意后续的报道。但当天的节目并未至此结束，接下来，还有相当大的篇幅介绍安志勇的人生经历。编导们在"好看"两字上大做文章，深挖人物背景，整理出安志勇人生轨迹，试图给观众以深刻启悟。

安志勇十七岁就顶去世的父亲职位，进到市药管局配送中心当司机，负责给市内各药店送药。但他身上的文艺细胞使得他不甘于这种平淡生活，自学多种器乐，还停薪留职去音乐院校进修两年。九十年代中期，安志勇更名安吉瞳，回到俚城组建"大头托托乐队"，在俚城各大中专院校开办个唱，在一代年轻人中间颇具影响。此处插入采访：安吉瞳的粉丝若干回忆当年"大头托托乐队"给生活带来的巨大影响。其中，某中年妇女追忆往事，潸然泪下。看着中年妇女的哭相，我才意识到安志勇其实已不年轻。当年很多人将其称为"俚城黄家驹"或者"大头歌神"。

这个节目只用了两天时间做出来，挖掘材料却是充分，编导不知从哪个箱底找出了当年"大头托托乐队"自费拍摄的唯一一部MTV作品，是用笨重的M9000摄像机拍摄，灌录在方头方脑的VHS盒带里面。MTV是乐队代表作《求爱奇遇记》，伴着歌声，画面里时常闪现安吉瞳卖萌的模样，星眸忽闪，深情款款；与此对应，画面时不时又切换出两位走台步的美女。两位美女友情出演，穿着比基尼走起猫步，乍一看像是到了棕榈海滩，稍微定睛一看，不难看出

393

来那是抓婆湖一侧的黄土岸。美女长相不错，其中一个不慎露齿，满嘴四环素，显然是个七〇后。这支MTV据说是寄给中央电视台，参加每年一度的MTV电视大奖赛。当年，全国各地，不少歌手都是倾家荡产自拍MTV参加央视大赛，摸奖似的豪赌一把，一旦出人头地，便红遍全国，此后到处蹿台搂钱。但安吉瞳没有这么好的命，作品寄去，首轮即遭淘汰。这事情对安吉瞳打击极大。

此后若干年，安志勇一蹶不振，不再将精力投入自己的歌唱事业，反而屡屡对自己的女粉丝图谋不轨。粉丝对他表示崇拜，他平易近人地冲她们说，你再崇拜，就是看不起我啊。我不用你的崇拜，只要你不拒绝我的邀请就行。他以恋爱之名，同时玩弄多名女性的感情。因为受害女青年没有及时报案，助长了他的嚣张气焰，他在这条不归路上越陷越深，直至后来与女青年发生性关系时，时常有变态的要求。此处插入采访：被采访的某女人背对观众，声音经过模糊处理，说话也是吞吞吐吐。大意是，安志勇曾将其捆绑、倒挂起来，还播放日本A片给她看，逼着她配合自己做各种不常见的、难以启齿的行为。记者问她你做了吗？她以沉默回答，吊足胃口。又切至另一条采访画面，并伴随着主持人的声音，"而且，他的这种行为因得不到及时制止，还在进一步加深。"另一名女人同样背对观众。当记者问起"他都对你做了什么"，该女人沉默了一会儿，啜泣有声，稍后发展为失声痛哭。

既是安志勇犯案，这期节目我看得过瘾，但看到此处又觉得大有问题。案情还没有水落石出，节目对案情却有指向性的误导。一切似乎都在暗示观众：那个妹子的死与安志勇的变态行为关系甚大，安志勇就是变态杀人狂。可能就在这一刹那，我产生了为他辩护的冲动。我不喜欢这个人，替他辩护基本上也讨不到好，但我很想在庭辩上把"法制连线"的一帮自以为是的法盲数落一番，一逞嘴瘾。

节目竟还没完，接下来又播到安志勇可怜的母亲，此时已经成为同案犯。不难看出来，她曾经是楚楚动人的美女，现在满头银发也遮不住当年的风采。她以前的男人，也就是安志勇的父亲去世以后，她就嫁给了江西一个商人，离开偲城。被记者镜头拍摄时，她悔恨不已，认为一切都是自己的错。她过早离开安志勇，放任他一个人生活，除了给他充裕的生活费，不再承担任何管教义务。她以为多给儿子一些钱，就可以弥补做母亲的不足，但现在发现自己错了，却为时已晚。事发之后，安志勇打来电话，说自己想报案，还是她唆使他不要报案。她认为，妓女毕竟干着见不得人的营生，即使失踪，也未必有人报案，未必有人追查。

我觉得这个可怜的母亲最可悲之处在于：她的话里话外，似乎也认定自己儿子在性行为上有不良取向，对那妹子造成了不可挽回的伤害。不难推断，安志勇打电话向母亲说明情况，并提出报案时，做母亲的并不相信儿子的话。她和刑侦人员，还有那档节目编导的思路如出一辙：妹子怎么会自己死呢？早不死晚不死偏偏死在你床上呢？舐犊情深，出于私心袒护，她阻止了儿子报警。

6
辩护律师

那天看了一期糟心的"法制连线"，我竟然产生为安志勇辩护的念头。我对安志勇素无好感，那天看完"法制连线"，却有个声音老在耳畔萦绕：那妹子为什么不可以是自己死的？

节目播出的次日中午，我接到沈颂芬打来的电话，她问我知不知道安吉瞳被捕的事。我说当然知道。她稍一沉默，一针见血地问："他会不会死？"

我听出来,沈颂芬刚刚哭过,现在讲话还抑制不住波澜壮阔的心绪。我想了想,告诉她:"不一定。"

"到底会不会死?"她的心跳拌和在她声音里。

"这个真不好说。我掌握的情况眼下也不够。"我对情况的了解大都从电视里来,一面回忆电视画面,一面跟她说,"要是真按法律条文,疑罪从无,警察眼下好像也确证不了安志勇杀人。但你知道,我们这边远地方,非正规的操作并不少,不要对法律环境太乐观。根据我的经验,他们是想安志勇自己承认杀人了事,这是最简单的破案思路。如果没有别的证据,即使他自己承认也是孤证,按说死不了;但要碰上严打,就难说了。安志勇道德败坏,在俰城也算是恶名远扬了,产生的社会影响比较大。这些,其实都会影响判罚的尺度……"

"他在里面,会不会被屈打成招啊?"

"打倒是不打,他们多的是办法——累你几天合不了眼,比毒打几顿还难受。毕竟,安志勇肢解尸体、焚烧尸体是事实,因为这个他就出不来,警察有的是时间审他,可以从他嘴里慢慢地掏情况。"

"肢解尸体,还焚烧尸体……我没想到,这种事情他也干得出来。"

"如果只有这些,那也只是侮辱尸体的罪名,顶多判个几年。从目前的情况来看,能查实的也就是,呃,侮辱尸体而已。"

"那好……你愿不愿意替安吉瞳辩护?"

我没有吭声,浑身的血却不管不顾地热了起来。沈颂芬以为我不想干,又说:"他家不会少给你钱……我就可以给你。"

"不提钱!"

"不提钱不行,我知道你刚进入这行,有老婆孩子,日子过得紧巴。不要嘴硬,你老婆都把情况给我说了,你赚钱紧巴巴的,她怨死你了。"

"让她怨,不离开我就行。"

她哑了一会儿,又说:"我知道你不是心胸狭窄的人。我帮他请过律师了,俚城的事务所大都不肯接,肯接的,听他们口气对这案子也没多大信心,顶多去走走过场。这个案子在俚城影响很坏,对他特别不利。但你刚才说的那些话,我心里一下子就亮了。"

我担心她忽然就对我寄予巨大的希望,告诉她:"我对情况了解得不多。电视里说,安志勇有变态的爱好,喜欢在床上折磨女人。我又不知道他对那妹子到底做了什么。"

"我和安吉瞳生活过一段日子,对他很了解。应该说,他是有一些古怪嗜好,但绝对没有暴力倾向。古怪嗜好和暴力倾向,我分得清楚。"她停顿,又像是哽咽,"……通常,通常情况下,和他在一起过的女人都……都舍不得离开他……现在有那么多传言,我估计有些女人是痛恨他,故意搞落井下石的事。这些对他很不利……"

"别说了,这案子我接。"

"那好,我尽快过来跟你会合。"

"不急,我找渠道先和他们母子见一面。"

"我马上就会过来!"

那天晚上,我心绪不宁,在阳台上吸烟,不知道刚才的决定是否源于冲动。这时候,忽然想打电话给符启明,征询他的意见。我这才发现,对他已有某种依赖的情绪,当我拿不定主意,头一个准是想到他。电话拨过去,稍后接通,我听见细密的水花拍打岩石的声音,以为他到了海边。他说他在青海湖畔。我告诉他安志勇背负的案情。符启明静静地听着,那一头水浪的声音时近时远,我听出来他在湖畔踱着步子。

"为什么要把这个事告诉我?"

我真想告诉他,我已经度过了那种狭隘期。在沈颂芬嘴里,这男人叫安吉瞳,但在我看来,他就是安志勇,真实,普通,玩女人很有几手。这样的男人眼下多的是,不止他一个,我不能因为他泡下了我的前女友,而对他的看法失之偏颇。但我不愿说那么一大堆废话。我反问:"……刚才,你肯定以为,我是要讨你开心对不?因为,他以前泡过你的小末,你肯定恨过他。是这样吗?"

"差不多吧,刚才你说话的时候,我心里就这么想。"

"其实,我是打算给他当辩护律师。今天中午,沈颂芬打来电话问我肯不肯帮安志勇辩护,我没拒绝她。"

"呃对,你是这样的人。你心里有她,她心里有这个男人。"

"昨晚,我看市台的'法制连线',就有帮他辩护的想法。案子还没有彻底告破,节目主持人说的话就很成问题。他们几乎已经将安志勇看成杀人凶手,还把他以前爱勾引女人的行为,爱搞一搞SM的行为都找出来说……"

他打断我,故意跟我装糊涂:"什么SM?长沙麻将?"

"别装了,SM,萨德和马索克,施虐、受虐。《鹅毛笔》还是你推荐我看的。"我揭穿他,他笑了起来。我接着说,"我只是受不了一个人在没被宣判之前,就已经被舆论定了罪。我受不了电视台那帮人自以为是的嘴脸。"

"真看不出来,你年轻时候不吭声不吭气,现在却变成一头愤青。"

"我现在也是年轻。"

"但我还是要问一开始那个问题:为什么要把这事告诉我?"

"我自己想辩护,也答应了沈颂芬,但是心里还是犹豫,不知道自己这么做对不对。于是想到了你,想听听你的意见。这几年下来,其实……我对你有那么一种依赖,没有主意的时候就会自然而然想到你——是不是觉得我很好笑?"

"怎么会呢？难得你痛快说出来，我感到很荣幸。我没想到，自己在你心目中原来这么重要。"

"那你也说说，对这事你怎么看？"

"你有把握吗？"

"不知道，我还要去了解他的案底。电视节目里面看到的东西，不管什么用。"我将现有思路和盘托出，"现在最大的麻烦是，肢解尸体和焚烧尸体都是不争的事实，凭这两条，安志勇待在里面就出不来，肯定要遭受轮番审讯。警察当然怀疑人是他杀的。我俩都干过警察，将心比心，要是我俩办这案子，到最后查出来这妹子不是他杀，是自己发什么病死的，会不会很没劲？"

他也好笑："这厮最好是一死以谢天下。"

"即使警察眼下没有找到安志勇杀人的证据，他们也有足够的时间，慢慢撬他的嘴。举证责任本来在警察那边，但眼下，他们抢到了主动权，以逸待劳，可以从容地审，哪用得着举证？若我帮他辩护，首先要做的是抢着找证据，证明妹子有可能是自己死的。要是证明不了，我就只好在法庭上维护疑罪从无的原则，尽量让他从轻判罚。安志勇，活罪难逃，起码要坐上几年牢，但是，他最起码有资格不当冤死鬼，对不？"

"那妹子无缘无故怎么会自己死？"

"喏，所有人都会像你这么想，想来想去，就认为安志勇杀了人是最好的解释。"我说，"她为什么就不可能是自己死的？现在所有人都宁愿相信人是安志勇杀的，越是这样，越是应该有人提醒大家，不管你愿不愿意，还有别的可能存在。"

"我支持你。虽然我恨这个安志勇，但我支持你。"他的声音瓷实、有力，给予我信心。

沈颂芬叫我带她一起去看安志勇，我说现在还不是时候。我到看守所见到他,他标志性的长发已经剃掉了,表情还是尽量地平静着。我坐下来,他还冲我笑了一下。"我认得你,你是沈颂芬的第一个男朋友。"

"你怎么知道?"

"她跟我提过你,好几次提过。"

我想这算是什么呢?套近乎吗?我只说:"不扯闲篇了,言归正传。眼下你的案子仍在侦查阶段,没有移交检方。眼下我是你的律师,但还没成为你的辩护人。我可以给你提供相关法律解释,你也应该尽量配合,按我说的去做。"

接下来,我叫他再次回忆事发当天的状况,尽量地细致入微,不要漏掉任何情节。他点了点头,说破案片喜欢看的,警察们都是从最细小的地方找到关键线索。我只好夸他聪明。

"马桑一脸病容,让人感到可怜。不知怎么的,这也算她的特点。我对有特点的女人比较有兴趣,那天不是第一次叫她,她以前来过我这里。那天一看见她,我就有一种不祥的预感。她气色很差,进屋以后就一直在喘。我给她泡了一杯罗汉果。罗汉果不一定有平喘的功效,但肯定不会搞死人,对吧?枸杞子、决明子、胖大海、迷迭香都喝不死人,对吧?"他沉默时还显出镇定,一俟开口说话,明显是受过强刺激的模样,思维游移,明显带有神经质。我捏着纸笔,却没有记下什么。直到他说,做爱之前,马桑主动要求去浴室里洗个澡。我打断他,问他那些卖肉的妹子是不是都这讲卫生,饭前便后要洗手,上床之前要洗澡。他说不一定,主要是他家浴室弄得很漂亮。他把浴室弄成温泉的模样……

"她在里面洗了多久?"

"不是很久……哦对,她打碎了一瓶香水,她自己带来的香水。"

"她们是不是都会事先喷喷香水?"

"依我的经验,这并不多。这些女人哪有这种素质?那天她把自己搞得很香很香,搞得我老是打喷嚏。"

"她擦的是什么香水?"

"呃,我正好能闻出比较常用的十几款香水,故意留意过的……马桑用大卫杜夫的 Cool Water,通常译成冷水香波,太掉价了。什么年代了啊,还香波,人家一听以为是洗发水。我觉得,要译成真水凝冰,这销量肯定要翻几倍……"稍微多说几句,他仿佛忘了自己处境,越来越放得开了。又说,"做这种生意的妹子,很少用大卫杜夫,一般都是喷一喷兰蔻或者雅芳。"

"了解蛮多嘛。你的女朋友也不少,为什么还要找妓女?"

他的回答让我意外:"不要叫得这么难听,我把每个来我家的妹子都看成女朋友。"

"现在,你的名声在俚城很恶劣,基本上和西门庆有的一比,你知道不?"

"和我上床的女人都是自愿的。"他这时委屈地说,"有些女人是主动来找我,不是我勾引。我总觉得,自己不能像女人一样挑三拣四。她们看得起我,我不能不给面子?"

"……没想过要结个婚什么的?一结婚,老婆管着,少干些伤天害理的事。"

"说实话,我不结婚,是因为我觉得自己不属于任何一个女人,我属于一大群人。我要遵从我内心的召唤。我也渴望家庭幸福、天伦之乐,但有些东西你不能强求。"

我暗笑,你小子也太把自己当回事了。

晚上我坐在家里,看着笔记本上寥寥几笔记录,想象着安志勇说出的情况。沈颂芬打来电话,邀我出去坐一坐,喝茶。我看看妻子,还有孩子,其乐融融。我说算了。她又问白天和安吉瞳见面,问出了什么情况。

"呃,这小子确实阅人无数。"我想了想,告诉她。

她问我怎么听出来的。

"……他都闻得出来比较常用的几十款香水。"我忍不住夸张,而且毫无愧疚,并说,"我从来没闻出来,你以前喷不喷我都搞不清楚。他闻得出来……几十款啊。"

"你这是嫉妒。"她竟然笑出声来。

"呃,也许是吧。"我很高兴她笑出声来,要不然,最近她脸上堆满阴霾。

第十章 真相就是命运

1

马桑

死者马桑的身份很快得到确认。尸体已经严重烧焦，提取不到有效的DNA材质，马桑的衣物也已经烧成灰烬。警方避开DNA检验程序，以美容厅提供的电话记录和安志勇的供词构成证据链，证明马桑的身份。如果安志勇不肯配合，闭上那张臭嘴死不吭声，死者身份的确认将是一个巨大的难题。

在公安局里我见到了马桑的父亲马应当。马家也确实悲惨，一听就是一出特大苦戏。马桑的母亲和一个姐姐都已死亡，马桑再一死，全家就只剩下一个孤苦伶仃的老人。老人一直在乡下守着几块薄地种菜，种好的菜批给菜贩，菜贩撅下来的烂叶老菜帮子自己吃。这几天他来到俚城，白天住在一家小旅馆（住宿费由警方支付），晚上去夜市乞讨。我在夜市上找到他，请他随便吃些什么，并询问马桑的一些情况。他并没因为我是被告律师而拒绝我，尽他所能予以配合，我问什么他就认真作答，态度诚恳，瞅准时机向我哭穷。他叫我领导。不管是谁，他都喜欢以"领导"相称，即使不准确，总比"同志"受用。

"领导，我家马桑妹子是苦水里泡大的，活到二十七八，一天福都还没享，就这么一下子被姓安的王八蛋搞死了，呜呜，搞死了呀……"他一把鼻涕一把泪。

我问他怎么想到要报案。我看得出来，马桑在外谋生，和他的联系并不多，大不了隔一段时间寄一笔钱回去，他们之间应该不会常有电话联系，书信往来更是上世纪的传说。马桑失踪才半个月，怎么就引起了马应当的注意？

对于这个问题，马应当也是很谨慎，想了想才说他父女时不时会通一通电话。我问是他给她打，还是她打给他。他又想了好一阵才说："她打给我。"

"你家没座机也没手机，她打到哪里？"

"……打到隔壁三黑家的杂货店，那里面有一台电话机嘛。"

"呃，过几天我去查查这个三黑家的电话记录。"

"我记错了，"他很快就纠正自己，"是有人打电话告诉我马桑失踪几天了。我问他怎么办，他说报警啊。我说不能乱报警，他说不报的话，过了时限就报不响了。"

我知道是美容厅的人指导他这么做，问他哪天报的警，他记不清楚。一般来说，因家人失踪而报警的人，对日期都记得非常牢靠，但他记不清楚。美容厅的老板怕承担罪责，但手下妹子失踪，不报也是不行，他们打电话要马应当报案，想想也是在情理之中。但我也得来些经验，案件中合情合理的地方，往往掩藏着大问题。

我也不多问，次日找陈二帮着查一查。这事不费吹灰之力，陈二很快反馈消息，马应当是十月十二日打电话报的案。这和抓婆湖附近农民捞出尸块、报警是同一天。当时我想，这是一种巧合——也许，这仅仅是一种巧合。我不想捉着马应当继续问下去，面对他，询问就是讯问。被问时，他一直战战兢兢，比罪犯更像罪犯。

忙了一天，不想去家里热饭，在街边叫一盘炒粉，忽然想到夜宝，给他打个电话，说我请你吃五块钱一盘的炒粉，你来不来？这近乎威胁，要是我说搞了一大锅沙鳖请他吃，他可以得体地拒绝，但他拒绝一盘炒粉，就是狗眼看人低。他很快地赶到我这里，开着东风日产，那车现在又加满了油。

他走过来，贴着我坐。"怎么了哥？什么事？"

"马桑死掉的事，你不会不知道吧？"

"人又不是我杀的。"

"这个我相信，呃，不是你。"我拍拍他脑袋，在他面前我得摆出老大哥的威仪。不是我装逼，而是有些傻逼只吃这一套。又说："安志勇既然叫外卖，那么，他的电话肯定是打到你们总台上的吧？"

他点点头。"总台"是符启明将城南性产业重新组合以后，设置的一个外卖总号，2147547，谐音是"尔要试妻吾是妻"——城南的嫖客们应该对此记忆颇深。"那天我也在总台守线，接到安志勇打来的电话，按照顺序，应该转给金圆美容厅做，但是老詹打给了心雨。"

"心雨"就是马桑所在的那家店子。我问夜宝，老詹为什么要这样做？他说鬼知道哩。我问这样乱了秩序的情况多不多，他说几乎没有，除非是顾客点名要找哪个妹子。但这情况很少，要是点名的话，电话往往是打给妹子本人。

那天，安志勇选择了"随机"。安志勇总是选择随机，他的记忆中并没有保留任何妹子，也许，随机对他来说就意味着邂逅。说到这里,夜宝忽又想起什么,告诉我:"有几个妹子都主动打过招呼,说要是安志勇打电话叫人,她们愿意上门。但几个妹子都这么说,叫谁都不合适,公平起见,还是随机。"

我想,要是符启明年终开的表彰会有"优秀嫖客"这一奖项,安志勇会是有力的竞争者,那些妹子都会投他的票。我赶紧提醒自己,集中注意力,干正经事。又问:"老詹怎么知道电话是安志勇打来的?"

"安志勇打来电话,我一边记一边问他,暮山村121号是吧?老詹听出是安志勇,走了过来。"夜宝吸溜着狭长的绿豆粉皮,问我,"哥,你又去派出所干活了?"

"现在我帮安志勇辩护。"

"他杀了马桑,老詹也要扯进去?他不叫马桑去,死的就会是另一个妹子。"

我本想说,也许就不会死。但我说:"鬼知道哩。"

王宝琴天天上班,她们的工资跟效益挂钩。她朋友不多,主要是综合医院的同事。刚来时,她和以前在春光灿烂夜总会的妹子时不时聚一起说说话,后来慢慢淡了。有天晚上吃饭,王宝琴告诉我她又和从前的姐妹见了一面。小芙突然打来电话,约她到江畔花园吃烧烤。她问我记不记得小芙。

"怎会不记得呢?小芙怎么突然想到叫你?过生日?"

"打电话时她也那么说,但我知道今天不是。她是十二月份生的。她骗我我也去,好久没有见到她们了。去了以后,有两个我认得,一个叫苦瓜,一个叫金玫,还有一个不认得。她其实也不是想见我,酒一喝就说起那个女孩,马桑,你应该听说过。"

我点点头,不动声色地问怎么了。

"马桑我不认识,但她们一说,这妹子造孽啊。她本来就有病,家里穷,传不下什么财宝,只传了她一身怪病。她家的女人,二十几岁就会犯病,浑身没有力气,肌肉开始萎缩,感个小冒就会住一两个月的院,三十来岁就会死。"

"一家都是这样?"

"不是说了嘛,她家女的才有这病,传女不传男,活见鬼了!她妈死得早,她有个姐姐二十一岁开始得病,前几年死了。马桑二十五岁还没开始犯病,以为自己可能命好一点,摆脱那种病。今年年初,她老是抽筋,一只手拿东西,一不小心就往外掉,还流斜口水,一查并不是面瘫……"

"重症肌无力?卢伽雷氏症?闭锁综合征?"我脑袋里浮现出一系列患有这些怪病的伟大人物,他们与命运的抗争是永恒的励志传奇。我见过马桑的照片,那是一个鲜活的女孩,我没法将她和那些绝症联系在一起。

"具体的,小芙也说不清楚。小芙和马桑关系最好。小芙贪小便宜,不招人喜欢,但她对马桑很好。小芙身体不好,马桑有绝症,小芙一直都照顾她。现在马桑死掉啦,小芙很伤心。我从没见过她这么伤心,就像死了妹妹……"

"呃,确实是死了妹妹。"我打断她,问,"那么说,马桑姐姐不是车撞死的?"

"怎么了?你听别人说过?病死的撞死的都一样惨嘛。"王宝琴不能肯定。

我分明记得,马应当跟我不是这么说的。那天,他说到家事老泪纵横,那个惨啊,让我觉得他一字一句都是控诉命运不公,造物弄人,没想到这里面还有假话。他说他大女儿马敏是车撞死的,大货车。马应当为什么要骗我?为什么要隐瞒大女儿的死亡原因?我相信,这不会是他本人故意为之,是有人教他这么说。想到这里我吓了一跳。

回过神,我又问她:"小芙还说了马桑的什么事?"

"她发现自己也有遗传的那种病,很绝望,以前自杀过一次,但是没死。"

"能不能联系一下小芙?我有话问她。"我向她摊牌,正在当安志勇的辩护律师,有些情况要向小芙打听。王宝琴听我这么一说,脸色一变,说:"你怎么能帮杀人犯辩护?要是这个狗东西不死,小芙知道是你帮他说话……那怎么行嘛。"

"辩护不是帮坏人说话。你作为一个律师的老婆,怎么好意思讲出这种浑话!"我唬住她,要她帮我约小芙出来问些情况。王宝琴被我一脸认真的模样吓了一跳,想了想,还是拨了小芙的电话。

系统声音不紧不慢地说,你所拨打的用户不在服务区。

2
破茧而出

安志勇纵已招供,警方对待死者身份不敢掉以轻心,要做成铁案。功夫不负有心人,老梁从烧焦的尸体中找到一筒骨髓。安志勇当天用的火候没到,这筒骨髓没有完全炭化,可以抽取DNA样本,拿去和马应当比对成功,死者确实是马桑,铁板钉了钉。

同样的一段时间里,我始终没找到小芙,她手机总也打不通。我叫王宝琴找个时间去小芙住的地方,以及心雨美容厅,仍然找不到人。别的妹子告诉她,小芙已经离开俚城,到省城找事做去了。我当然不甘心,要老婆找找当天吃饭时同来的那三个妹子。马桑的事,她们多少也知道一些。其中一个叫苦瓜的,如果我没记错,曾在符启明的星光派里见过,当时她在干端盘倒水的活。听说苦瓜已经去美容厅干活,虽属意料之中,我仍不免感慨。但我相信当初见到时她那副淳朴的表情,找到她,应该问得出一些情况。

那天王宝琴回到家里,我还来不及问她,她就连说怪事。

"怎么了?"

"苦瓜妹子也不在那里干了,说是回老家嫁人。前几天还一起吃饭,都没听说她有男朋友,怎么突然就嫁掉了?而金玫,忽然变了个人,和她说到马桑,她说她也不晓得太多情况——不比我多。还有那个妹子,林俊芬,她干脆就说跟马桑还没碰上几面,说不上十句话。"

我听得出来,王宝琴刚才去美容厅找人,就像钻进了一场破电视剧,所有的人全被编剧瞎编排,要她们失忆就集体失忆,理由都不给一个。我却并不奇怪。王宝琴一头雾水,此时我心里却模糊地想到一个人。

符启明打来电话,告诉我他即将回来了。我哦了一声。他告诉我最近颇有斩获,一帧有关超新星爆发的图片获得国内天文摄影深空类金奖;而他在喜马拉雅拍摄而成的一组星迹图,命名为《心在高原——光与影的神迹》,入选南美洲星空摄影双年展,并有望竞逐"天与地"组别金奖。他告诉我,那是天文摄影的顶级赛事,相当于电影界的奥斯卡或者文学界的诺贝尔。我又哦了一声,对于这种拿人家屁股当脸的说法,我不愿意太当回事。

"你怎么了?"

"没什么,只是为你感到高兴。你只要想干好的事,就像被西门庆盯上的妹子,没有能侥幸跑脱的。"

"数月不见,你讲话也是功力大增,我竟然听不出是夸是骂。呃,我马上要在星空漫步网做一个专访,不多聊,有空看看这个网,网址百度一下。回来时喝酒。"

他先是去了广东领取国内奖项,回佴城停留了几天,主要是办出国手续,之后去了美国,再转道南美几个国家,参加星空摄影双年展的巡回展出,到处接受采访,不是帅哥,也谋杀了记者手中不少菲林。中央十三频道上播出他得奖的消息,不过并未大肆报道,只是以新闻快讯的方式,寥寥几句话摆平了他的辉煌业绩。他身着礼服,手握奖杯,在颁奖仪式上发表感言。新闻没有播出符启明说的获奖感言,但我想他肯定操一口纯正的佴城方言,因为纯正所以牛逼,却让翻译伤透了脑筋。翻译是个巨胖的女人,脸都憋红了。

王宝琴看了颇有感慨,说:"喏,你一辈子也碰不到一次这么露脸的机会了。"

"一般人都碰不到。你以为符启明这么好用的脑袋,是随便一对夫妻随便生得出来的?"

"9·26命案"的侦破工作已经宣告结束,案卷移交司法机关,开庭时间应该不远了,我围绕着案子加紧做准备。这期间,我脑袋里慢慢形成一个思路,不是辩护思路,完全是破案。若我这思路能被证明,安志勇和马桑的身份有可能完全倒转。

但是,我只是这么一想,都觉得有些离谱。

符启明载誉归来,一到佴城,市电视台那档文艺专栏的编导守着他,专门为他搞了一期节目。他群发了短信,告诉我们播出日期。王宝琴现在算得上符启明的粉丝,接到短信,和别人换了班,那晚上守着市台看符启明的出现。

他已经有了受访经验,和主持人侃侃而谈,应答自如,一脸表情也像影视明星般流畅。他先是说起由西南到西北诸省份的游历,旅程中难忘的事情,然后又说到多年拍天文摄影积累的心得。主持人夸他是个有感召力的人,总想唤起别人的兴趣。访谈进入尾声,主持人准备一些常规的问题叫他作答,以便凑够时间。问题都很无聊：对你影响最大的一本书是什么？你最想去的地方是哪里？可不可以问你一个私人一点的问题：你有老婆孩子吗？

"……你最尊敬的人是谁？"

他不再对答如流，沉默了好一会儿，然后开腔："你可能想不到，我最尊敬的人，并不虚无缥缈，他就是我身边的一个朋友。一个很普通的朋友。我有一段做警察的经历，是辅警。那时候认识一个兄弟，他一直令我印象深刻。"

"为什么？"

"我也没法说得清楚，说得清楚，可能也没这么深刻了。"他的表情变得用力，想组织精准的语言，"我这个朋友，其实他没有任何突出的能力，放在人堆里，谁也不会注意。但是我知道，他有一种平静，一种很罕见的淡定……这个朋友，不会因为你是百万富翁就鄙视你，也不会因为你一无所有就高看你一眼……"

"哇哦，符老师，我打断您一下……您说反了吧？"

"没有，我就是这个意思。"他嘘了一口气，表情放松了些，又说，"我表达得很准确。我接触的人不少，越来越觉得，足够淡定的人才足够强大，你不管怎么变化，他都像一个参照物——像一把尺，量你。"

"呃，你这个说法倒是很有意思。"主持人用这一惯口掩饰自己听不明白的尴尬。

王宝琴比主持人听得明白，此时斜了眼睛看着我。她说："符哥说的人好像是你。"

"呃，是吗？为什么是我？"我提醒她，派出所里有几十号兄弟。其实我知道他是说我，心里一热，但只是刹那间。我不知他用意何在。他是对我好，但要说他尊敬我，那就显得太过夸张。我哪有他说的那份淡定，生活让我伤透了脑筋，但我知道他说的就是我。我及时提醒自己，淡定！

王宝琴也拿不准："是啊，为什么会是你？你淡定吗？"

这时，符启明和主持人身后的大屏幕又切出一帧照片，我一看，正是在云南边境的那晚，他说服了我，让我脱光衣服拍下来的。符启明扭头看了看屏幕，我担心他跟别人说，这就是他那个朋友。他什么也没说，又扭过头来，继续回答主持人无聊的问题。王宝琴看得很仔细，却根本没看出来，照片上那个裸背男人正是我。

两天后符启明就请客喝酒，场面搞得比较大，在一家新开的黔菜馆里搞了一个大包间，十六人大桌计有六桌。当天来的人不少，我带着一家子坐在角落里，看着符启明一桌桌地推杯换盏。喝得一阵，座上客渐渐地稀了，他走过来跟我打个招呼，说我不要急着走，散席后他要找我好好聊聊。他说这话时王宝琴眼睛就很亮，一直盯着我。符启明一转身走到另一桌，他总是忙。王宝琴凑近我嘀咕说："前天他说的那朋友，肯定是你。"

"有意思吗？我是你偶像最尊敬的人。"

"他拿你当宝耍，别太当回事。"她撇撇嘴。

王宝琴带着小花先走。我以为他会叫几个人留下来陪他聊，进了卡座只有他和我。他喝咖啡，我喝茶，有一搭无一搭地聊。我以为他把我留下来有什么重要的事情扯，其实他自己也没想好，只不过需要一个人陪着。我俩说了一大堆废话，他呷一口咖啡，眼睛看着窗外夜色，若不经意问起安志勇的案子，问我准备得怎么样了。

我盯着他脸上每一个细节，嘴上无奈地说："能怎么搞？尽量保住这家伙的命吧。"

"命保得住？"

"应该保得住。这小子，也不是什么好东西，又没结婚，得不到老婆探亲救火的机会。他蹲进去以后，也不能随便打电话叫妹子了。"

看样子，只能回到二十年前，想那个了就去挠墙。但愿他不要在里面憋死。"

"要是他活着出来，他家神龛上供你的一张标准照。"

就在那一刹那，我头脑里对案情的那一套设想，突然变得清晰具体。但我不让他看出我的想法。夏新漪的那件命案，我和他搭档，私设专案二组。我知道他脑袋有多么管用。也正因为对他智商有着大概了解，我的设想才敢于天马行空，将诸多细节串联在一起。

3
命案脉络

"……我是说，'9·26命案'你们破得太神勇，从报案到锁定嫌疑人，只用了两天时间，对不对？锁得也太准了，没有排查范围，直接就冲着安志勇去。"

"有什么不对路？"

"要是有个人买股票，只只都赚，这说明什么？股神？肯定不是，我们这种比澳门赌场还捉摸不定的股市，怎么分析也出不了股神。可能性只有一个，这人出老千，搞到了内部消息。"

"你到底要讲什么？"陈二纳闷地看着我，用牙签撬着梭螺肉吃。是我请他来吃梭螺肉的，就像前几天请夜宝吃炒粉，不来就狗眼看人低。当他发现我有心分析案情，嘴角就挂出一丝浅笑，倒要看看我如何班门弄斧。

"十月十一号，烧焦的尸块在四十里外的抓篓湖被农民发现。从城南到抓篓湖都是土路，一路没有任何摄像头。难道那些农民当场看见安志勇往抓篓湖抛尸？"

"当然不是。"

"那天马应当从竹山打来电话,报了案。但按正常程序走,要把尸块和马桑画上等号,没有十天半个月怕是不行吧?确认了死者身份,再去顺藤摸瓜,调取美容厅的电话记录,这才可能找到安志勇。这在两天内绝对办不到,何况,尸块严重烧焦,根本确定不了死者身份……就算你们刑侦队全是福尔摩斯,也要开几天小会吧?"

"你是不是辩护不下去了,想从我们操作程序上找漏洞?"陈二发现我步步紧逼,马上倒打一耙。

我说:"操作上没有问题。我只是怀疑,这案子破下来,并不是你们对外面说的,从掌握的大量信息中排查出重要线索……"

"那你当自己是福尔摩斯是吧?那你说说,这案子是怎么破的?"

"有人打电话提供线索,甚至,直接举报就是安志勇干的。"

陈二眼珠子一转,我就知道自己又猜个正着。一切正有条不紊地走入我的设想。陈二说:"你这人怎么这样?叫你给我卧底,你阳奉阴违,回过头又老想从我嘴里掏东西。"

"难道你不觉得这里面有问题?"

"有什么问题?"

"举报的人怎么知道安志勇抛尸?他应该不是跟你们描述样貌特征,这会耽误时间。他是一口就说出安志勇的名字吧?"

陈二把梭螺放嘴里啪啪地吸汁。他以前明明不吃这东西,来之前也在电话里重申,但这一霎他自己忘掉了。

我趁热打铁:"你们有纪律帮举报人保密,但我并不问他是谁,只问是不是有人举报。"

"你是破案还是辩护?"

"破案也好,辩护也好,目的一样,都是要追查事实真相。我知道你和安志勇也没仇,难道不想把事实彻底弄清楚?"

"你觉得还会有别人?这案子案情一目了然的嘛,妹子死在安志勇的床上毫无疑问，就看她是怎么死的。"

"怎么死的，最重要。"我说，"告诉我，举报那人是怎么说的？"

"……是个人才。你和符启明离开的时候，他们都为符启明感到惋惜，以为放走了人才。但我知道，真正可惜的是你也走掉了。"

"举报那人是怎么说的？"

"……匿名举报，我们也不知道是谁。他说那天在城南，骑着摩托车和安志勇发生剐蹭，责任在他，他应该赔钱，但安志勇神色慌张，不用他赔钱，骑着摩托往抓篓湖方向去。他闻见摩托车后备箱里有焦臭味……"

"就这些？哪天举报的？"

"就是报案后的第二天，十月十二。"

"不符合逻辑。"我说，"这案子还没对外公布，举报人怎么知道你们在查，急需破案线索？太雪中送炭了吧。他们两人在哪里撞上的？城南对吧？安志勇骑着摩托往那个方向去，抓篓湖离得有四十里，中间好几个村寨和山塘水库，举报人怎么知道安志勇一定是去抓篓湖？再说，两人发生了剐蹭，闻见一股焦臭味，凭什么确定就是尸臭？"

"但是……靠这线索抓到了人。"

"所以，你们事后也没问安志勇那天抛尸是否和人撞上，对吧？只要举报人提供的线索有效，他说的什么细节无关紧要，你们感谢人家还来不及。"

"你到底发现了什么情况？听你的意思，这倒像个圈套一样。"陈二当然是不肯信。办案时间越长，越不相信戏剧性的东西。

"现在我也不好多说，只是有疑点的地方，必须找出来多想几个为什么，对吧？"

"你怀疑别的谁了？"

"没有。要不要再来一瓶啤酒？"

从陈二嘴里问来的消息，只是印证了我那一套设想。在我的设想当中，已经推断出某个举报人的存在，此时一问，果然不出所料。这几天，"不出所料"已经频频在我脑中出现。我几乎说得出举报人是谁，但警察并不知道，他们也不打算弄清楚。

回到家中，我关上电脑房的门，独自在里面想事情。电脑开至百度主页面，搜索栏里的关键词设置为"致命毒药"，回车以后，相关网页成千上万，但找不到我想要的内容。但我知道，这只是因为关键词设置得不够正确，有待进一步优化。

我在纸上面写了几行字迹，都是我最近留意到的细节。把它们罗列在纸上，慢慢就看出彼此之间存在某种关联。纸上面写着这些内容：

安志勇：过气歌星、宅男、电话召妓、大众情人兼最佳嫖客

马桑：出身贫苦、家族遗传疾病、病情开始发作、绝望、有过自杀经历

马父：乞讨成性、隐瞒死因、十月十一号不可思议地报案

举报人：匿名、十月十二号举报、编造事实

老詹：管理总台、让马桑插队出台

小芙：马桑最好的姊妹、消失

苦瓜：消失

林俊芬：敷衍

夜宝：不在服务区

举报人说当天与安志勇的摩托发生剐蹭，再见到安志勇时我会

问他，但现在我就确定那是编造事实。看着上面的字迹，我一再地犹豫，抽了几支烟。但是，往下我仍然写出了那个名字：符启明。我不愿意写他的名字，但事已至此，他跃然纸上，不容我回避。其实我早就可以写出他，或在"老詹"后面写上"符启明亲信"。当时我忍住了。

我相信手中已经备齐了所有的拼板，就等着把它们拼成整图。我脑袋里对案情的一套设想，是在符启明那天邀我聊天，无意中提到这案子的一刹那，突然具体、清晰、完整。现在，零零碎碎的细节已经串联成流畅的影像，在我脑中播放。

……马桑得了绝症，按说要经历怀疑、愤怒、无奈、接受的过程，生命在这过程中一点点消耗。但她和别人不一样，她已经经历过两次，母亲与姐姐死亡的过程在她脑海里刻有深深的印痕。她想痛快一点，心一横吞服一把安眠药。吞药自杀一般都死不了，她也被救活了，忽然发现自己已进入残生，变得有些勇敢。这当口，有人适时提醒她，横竖都是个死，还不如死得值价一点。父母养你这么大也不容易，不如利用死亡赚一笔钱给老人家，也算报答养育之恩啊。

她问，那我应该怎么死？

九月二十六日晚，安志勇电话召妓，此后，一切都走入别人的预谋。

做爱之前，马桑主动要求先洗个澡，其实，她在浴室里服用或者注射某种药物……我全知全觉的视角受到了阻碍，但我倾向于马桑给自己注射某种针剂。事后她打碎香水瓶不外乎两个目的：将注射器粉碎后，玻璃碴混进香水瓶的碎屑当中。大卫杜夫冷水香波的玻瓶是蓝色的，和皮试用玻璃针管的颜色相差无几。再者，如果药水有什么气味，香水可以将它掩盖。

当天，马桑扔进浴室垃圾桶里的东西早已被处理掉，无从查找。那针头呢？针头是钢制镀铬的，无法混进玻璃碴中。我去现场寻找了一番，安家浴室开一个窗，外面是一片草地。我想，马桑会否将针头扔出来？我细细寻找三个多小时，一无所获。

马桑给自己注射的药，也是高手配制，甚至可以控制发作时间。然后，马桑精准地死在安志勇的床上。要是安志勇及时拨打120，情况又会怎样？马桑背后那个高人的目的，我只是模糊地揣测着。安志勇被突如其来的情况搞蒙了，这时候他拨了母亲的电话，母亲出的是馊主意。他俩分尸焚尸，进一步陷入那个人的阴谋当中。

这高人为什么是符启明？除了对他的智慧略有了解，我还能列出如下理由：

他痛恨安志勇远甚于我。我不知道沈颂芬与安志勇从什么时候开始，但他当年清楚是安志勇破坏了他和小末的感情。这是作案的情感动机。

他掌控佴城城南的招嫖业务，手下有老詹这种忠实奴仆，而且摸清了安志勇有召妓的习惯。他的山宅正对安家宅子，可以监视安家的动静。这是作案的必要条件。而马桑的病情，她自杀未遂的行为，以及人皆有之的报恩思想，就成了他作案的充分条件。

同时，他也掌控了佴城地区的凶宅买卖，所有凶宅必经他手。如果马桑死在安宅，这宅子就成了凶宅。我清晰地记得，符启明说过，安宅是整个佴城最佳的观星位置，稍事改造，就是一处天文台。他走火入魔的爱好，成为作案的另一动机；谋下安志勇的那处宅子，就是他的作案目的。他设置这么个圈套，既消旧恨，又能收获梦寐以求的东西。

照此推测，这一段时间他一直漂游在外，也就有了新的解释：所有有预谋的犯罪，罪犯总是要想尽一切办法制造不在场证据。符启明这一点做得很充足，案发之前，他已经离开佴城半年多，与案情保持着风马牛不相及的距离。他的整个计划具体实施，应该都是老詹所为——与马氏父女打交道、安排马桑去暮山村、观察安志勇动向、指挥马应当适时报案，以及向警方举报。

整个过程在脑中过了一遍，我的注意力集中到那种致命毒药上面。有什么毒药可以如此精准地控制人的死亡过程？我要给自己设想的各个细节找出事实依据。

我查找出的资料说明，致人死亡的药品不胜枚举。最早用于毒杀的是砒霜；随后较为常用的，是从龙葵中提取的颠茄；人类进入化学时代，新的毒药井喷般涌现出来，氢化氰、尼古丁、氯仿、乙醚、斑蝥素、天仙子碱、巴比土酸盐、蓖麻毒、琥珀酰胆碱、氰化钾……

我对药理知识一无所知，无法做出进一步推断，只好叫王宝琴询问综合医院的药剂师。"这要怎么问啊？"我说了半天，她似懂非懂，还觉得问不出口。我只好把问题写在纸上：请问，哪种毒药，或者哪些药物的配剂，可以控制人的死亡时间？可以保证人在服用或注射后，半小时左右死亡，又难以查找死亡原因？

我让王宝琴把纸条拿给药剂师看，当天晚上，王宝琴带来药剂师的答复，就写在我那问题的下面：你去公安局问问。

4
安乐死

律师事务所搬进鸿信大楼，这是业务拓展生意红火的标志，因为鸿信代替了综合医院大楼成为城南新地标。新地标一面墙上有刘一壮新注册的名称：稳赢律师事务所。办公室是新装修的，一百多平米的空间破开成许多隔间。一个妹子走到我这里，叩了叩隔间壁板，很松脆的声音。她叫小曾或者小珍，刘一壮新聘来的秘书。"丁先生，刘总请你去他办公室。"她浅颦轻笑。我站起来，她就温顺地走在我身前五尺远的地方，在转弯处还稍稍停留，扭动身体摊开一只手，是在给我指路。

我走进去，他在抽雪茄。他抽雪茄的样子像是吃两块钱一份、抹了很多粉辣椒的热狗肠。他抛来一支给我，我放回他桌子上，不抽。我抽烟。抽烟的不一定非要抽雪茄不可，在我看来这完全是两回事，但他觉得抽雪茄就是抽顶高级的烟。

"你知道外国人为什么抽雪茄吗？"他拼命吸了口，又徐徐地往外喷，"因为外国人那根东西比较大。"

看样子他把雪茄当成保健品。我问："你不是要专门告诉我外国人那根东西比较大吧？"

"呃，当然不是。"他让秘书出去，给他守门。他又说，"办公室新装修了，办公设备也更新了。你是元老，你看看，还缺些什么？"

"呃，每个人配一辆车就更好。车身必须喷上'稳赢'两个字，这就成了流动广告，可以进一步提升我们所的影响力。"

"这个慢一步再说，联合国也不是一夜就建成的。你接的那个案子，安志勇杀人的那个案子，怎么样了？"

"资料都备齐了，就等着开庭。"

"有把握吗？"

"这反正是死马当作活马医，帮他减点刑期。"

"那好，这有个案子，是合同纠纷。既然你那个案子准备得差不多了，开庭还有一阵，你就先搞一搞这个。"他递给我一个文件夹，我打开粗粗看了几眼，合同标的不小，一千七百多万，正在扯皮。委托的是原告方，提供的单据详尽，对方确已违约，只要去搞会有不少收入。这官司简单得可以不请律师。这完全是一块肥肉，谁叼住谁就赶紧往窝里跑，不肯示人。他怎么这么轻易就抛给我呢？我属于不相信天上会掉馅饼的少数人。

"这么好的事情为什么给我？"

他慈祥地说："别人都忙。而且，这几年你确实劳苦功高，我这个业务兼当福利发给你。你搞下来，自己可以买辆车了。"

"我可不可以转给别人？"

"你这么做辜负了我的好意。"他手指密密匝匝地交叉起来，摆在胸前，用一种期许的目光打量着我。

"我现在忙，虽然资料找足了，应付开庭多还要多做些准备。"

"你何必在这个小案子上多费手脚？我给你这个案子办下来，挣钱至少是杀人案的十倍。老丁，以前我一直以为你是个聪明人。"

我脑子里忽闪了一下，闪过"贿赂"这个词。贿赂之物无所不包，但拿一件案子的诉讼代理权行贿，我算是开了一回眼。当然，老板怎么可能贿赂手下员工呢？我又觉得这毫无道理，便说："这案子是有人叫你一定转到我手上的，对吧？"

"你这个人，就是有点太自以为是。"

但我从他眼里已经看到肯定的回答。我当然知道是谁会这样做，除了那人不会有其他可能。有时候我反感他的自作聪明，欲盖弥彰。他的一系列行为，正将我的那种负疚感一点点抹掉。我冲我的老板说："真的没空，这个案子你自己做啊。"

"你是越来越不听话了。丁一腾，这个事务所是我说了算吧？你要知道，让你滚蛋也是一句话的事情。"

"刘总，你不会真的开除我是吧？我鞍前马后跑了这么多年，对这家事务所很有感情，离开这里我也能干活吃饭，但我的一腔感情无处安放。"

他脸上却阴晴不定:"你几时也变得这么油滑了?"

"刘总,你是地主老儿不知光棍汉两头都饿得慌……都是这狗日的生活逼的啊。"

我走出去,忽然很有成就感,看着隔间里那一个个同事,觉得他们像是每一个盆里养的一株植物。和他们一比,我依然还是动物。我知道刘一壮肯定马上就给那人汇报情况,接下来,那人还会有什么举措?我简直拭目以待。这个时刻恰是最让人享受的:谜底即将揭开;对方还有什么掩饰手段,都在反证你的正确;整个谜团变成了一条狗,向你摇尾乞怜。

果然,第二天中午连宝给我打来电话,说晚上兄弟们聚一聚。"好久不聚了,一定聚一聚,呵呵哈哈。"我知道会有人给我打来电话,没想到是连宝。

晚上我到指定包间的时候,洛井派出所一起混的那帮兄弟来得特别整齐,还包括老彭、马凯这些虽是干警,但和辅警特别贴心的兄弟。遍插茱萸少一人,数一数人头差了伍能升,他因故不能来,符启明便提议大家起立先敬他一杯。闪雄碰杯后竟把酒倒在地上,遭大家一顿痛斥,提醒他伍能升尚在人世,只是不能赴宴而已。气氛转瞬就点燃,兄弟们开始捉对子干杯,有冤的报冤,有仇的报仇。派出所将辅警全都解散以后,兄弟们各奔各的生计,有的开车有的当保安有的做起小买卖。也许还有人在符启明手底下拉拉皮条,但这不便说出来。一喝酒,大家自然而然地提起符启明的好。只要能帮上忙,他总是不遗余力。苟富贵不相忘,这样的兄弟比黄金珍贵。

我就不奇怪了,饭局是符启明精心策划的,但他不给我打电话,而是指示连宝打给我。

酒稍微喝得一些,这些兄弟竟相倒起苦水。虽然在派出所里干的是辅警,所领导们时不时地拿大伙当"狗"放出去,但大多数时间,还能觉得自己是人。现在出了派出所自谋生路,干来干去总觉得没有干辅警有劲。那身制服一穿,总是有些唬人,走在路上一般人不敢惹。多少年辅警干下来,在城南少不了要得罪一些人,现在一脱下制服,那些人就开始找茬。有几个兄弟已经莫名其妙地挨了揍。

他们七嘴八舌商量对策,最后统一意见,以后还是要抱成团,拧成绳,以暴制暴,谁找麻烦揍谁。一说这种事,难免群情激愤,嘴皮子说得发烫,酒灌得越发勤快。闪雄却又丧气地来了句:"兄弟们……现在喝了酒,说这么多狠话都他妈的没用。以前有情况兄弟们一窝蜂地出动,那是因为都在一个派出所干事,有组织,有据点。现在我们东一个西一个,哪个碰到事情赶紧打电话,大家还没聚拢,该遭殃的兄弟都不知道挨别人揍第几轮了。"话音甫落,场面便安静下来。刚才说的一通痛快话全是在放屁,现在遭人报复就是因为这帮兄弟分散开了。要聚一回不容易,眼下能聚在一起,那是因为穷兄弟中间竟然爆冷冒出个财主,肯掏钱大宴宾客。

"符总!"闪雄两只眼睛定定地看着符启明,"符总,你把兄弟们都搞过去,都帮你干事,兄弟们又可以成天搞在一起了。我知道,你有这个能力。"

一桌人的眼睛都齐刷刷盯着符启明。

"……承蒙兄弟们看得起,我现在都是自身难保。"

"怎么了啊?"

"你们也就是被人揍。我说句不好听的话,有借有还,你们当初在所里,哪个没揍过别人?现在挨上几顿,也是还以前旧账。我不一样,我今天还在这里请你们吃饭,说不定就是吃告别宴,下一次不一定哪里见。"

"到底怎么了?谁在找你麻烦?"闪雄义气万分地说,"说出来,兄弟们帮你摆平。"

"越熟的人越能背后捅刀啊……不说算了，败兴。"他拿眼光环视全场，薄薄的眼光就像剃刀片子，看到哪里割到哪里。好几个兄弟目光随着他走，一个一个地搞脸部扫描。他眼光落到我脸上，随即又落在连宝的脸上，他当然不会让闪雄怀疑到我头上。

我不知道我脸上已经挤出了微笑，以致闪雄厉声地提醒我："丁哥，你笑个毛啊！"

"闪雄，有种你跟揍你的人拼命去，要刀要枪都可以跟我要。你跟自家兄弟装什么凶样？"符启明呵斥着闪雄，仿佛闪雄已然成为自己手下。他又说，"接下来的日子，其实我最不好过，这个也没办法跟兄弟们明说。说实话，这几天我都想到了死。"

"符总！"

他把手一挥，示意闪雄闭嘴。他接着说："自杀不是一件容易的事，真的，最好还是找个帮手，帮着我安乐死。"

老彭一脸扫兴的样子，说："启明，今天来喝酒，不是来听你这些屁话的哟。"

"都是真的，谁帮我安乐死我给他钱。有人干不？"

"谁敢动你，我闪雄头一个不答应！"

"闪雄，你是不是要我把你嘴巴皮一针一针缝上？是不是要我把你舌头拽得像吊死鬼一样长，再打一个死结？"符启明故意生气，指着他骂开了，"在兄弟们面前装狠算什么鸟？你装得越狠，以后挨打越多，信不信？你要真有狠劲，帮我搞搞安乐死，我给你五十万。"

闪雄终于不吭声了，他都不知道自己怎么就惹恼了符启明。杀鸡儆猴，全场寂静。大伙都是冲着兄弟聚会那份欢悦来的，没承想符启明总让人意外。虽不是鸿门宴，但符启明搞得大伙一惊一乍，哪还有半点滋味？

425

"丁兄！"此时，他忽然转过脑袋看着我，并问，"为什么五十万都没人敢干？对了，现在你不是在干律师嘛。我倒想咨询一下，帮别人搞搞安乐死会犯什么罪？"

"……故意杀人罪。"

"呃，是嘛。那自杀的人会有什么罪？"

连宝抢着替我回答："自杀的人都死掉了，还能定人家什么罪？判他活过来再死一次？"

"看来，死人也有好处啊，死了一次，就不会再死第二次。"符启明低着头，若有所思，然后猝不及防地将头抬高，像是一次意外勃起。又说，"所以，我就奇怪了。那人本来就要死，来个人帮他搞搞安乐死，让他死得轻松一点，明明就是助人为乐嘛，怎么就变成了故意杀人？依我看，这法律也不是完全正确。"

他既然扯到安乐死的话题，别的一些人也想投其所好，就此讨论几嘴子，但是说不上来。他们哪曾想过这个问题？这问题只能让那些吃饱饭没事干的人去动脑子。

"……有哪部法律完全正确，那就好办了，全世界都可以拿去用用，用不着那么多人敲破脑袋抠法律条文。"虽然不合时宜，我还是在酒桌上给他们普及一些基本的法律常识，"制定法律根本做不到完全正确，那该怎么办？能做的，就是尽量避免错误发生。比如说'疑罪从无'原则，这也不完全正确。疑罪可能有也可能无，为什么必须'从无'？找不足证据，就必须把疑犯放了。疑罪从有，避免不了错判，真凶固然得到惩罚，冤案也是在所难免；疑罪从无也许会放走真凶，但不会造成错判。安乐死也是这样，要是让它合法化，那会带来更多的操作问题。有的人杀人，他会理直气壮地说他在帮人搞安乐死；甚至有的人将谋杀伪装成安乐死，增大刑侦难度。安乐死本来就是一个难以界定的概念……希特勒也可以说，他绝不杀人,只是帮该死的低等生物搞搞安乐死,他大概觉得自己最有资格拿诺贝尔和平奖……"

"扯什么鸡巴淡呀!"老彭肯定被我喷晕了,他一口喝光啤酒,狠狠地转身找厕所。

这帮兄弟大都听不明白我讲什么,便拿我开涮,说我如今变成个律师,一讲话就喷出一股酸菜坛子味。我也不在乎,这些话本来就是讲给符启明一个人听的。我相信他能听懂,他的全部神经都绷这上面了。

5
毒药

看守押着何冲进来,他穿一身湖蓝底色镶白条的衣服,进门便故意冲着我露出满脸惊喜状,仿佛我们很熟。他说:"没想到你会来看我。"

"……我是有事找你。"

"我就当你是来看我,别这么计较啰。"他坐下来,抽着我递去的烟,吐出来又用力吸进鼻腔,一丝一缕也不剩下。他问:"找我有什么事?"

和派出所那帮辅警兄弟喝酒以后,次日,我又见了安志勇一面。这次面谈我带有针对性,反复要求他详细回忆马桑死时的各种症状,一丝一毫都不能遗漏。他感觉到我真心想救他一命,就拼命敲打脑袋,回忆当天的点点滴滴。马桑死亡的过程在他脑海里反复重播,直至忽然张开嘴,哕了一大口。

通过关系,我从俳大医学院图书馆里借来一堆书,躲在家里摆出做研究的姿态,了解那些能置人于死地的毒品,一样一样地对照马桑临死症状，看能不能对上号。我翻看其中一本毒药学经典著作，第一章第一段话就让我泄气不已：一般人不可能意识到，事实上，任何一种物质，不管其性质如何，都可以充当一种毒药。即使是水，如喝得太多，也会置人于死地。这一事实早在16世纪初就被卓越的内科医生和炼金术士第奥弗雷斯特·波巴斯特·冯·霍亨海姆（Theophrastur Bombasturs von Hohenheim）所认同。他在书中写道："所有物质均为毒物，没有不毒的物质，毒药甚至就是解药，只不过剂量不同。"

我没想到，现实中竟有这么多毒药，我们就生活在毒药堆里。我不知道这本经典著作权威何在。譬如，喝水过量能把人喝死，这个我老早听说过，但不知道竟是中水毒而死。我还以为是撑死的。

正一筹莫展，那个傍晚陈二给我敲了个电话，说在楼下等我，有事。我走下去，他从车窗里探出头来向我招手，我走近时他送我两瓶本地产的洞藏红坛"酒魂"酒。他说："刚升了二级警督，没别的送，给朋友各送两瓶酒。"

"你怎么也搞这一套了？"

"以前有点不近人情。想来想去，有几个靠得住的兄弟也不容易。"他感叹着，将两瓶酒强行摁到我怀里。我没想到他把我也当成靠得住的兄弟，霎时间有些受宠若惊。他指了指驾驶副座要我坐上去。我问他还有什么安排，他说溜一溜圈子，说一说话嘛。上车以后我才知道他为什么将我视为兄弟。他说："老彭都告诉我了，你小子，原来偷偷地整符启明的材料。你也想一手就搞得他永不翻身是不？你查到了什么？"

我摇摇头，说哪有这事？

"还跟我装！老彭说得很明白，符启明都被你搞得想找个人把自己弄死。但你还提醒他，自杀可以，要人帮忙不行。"陈二痛快地笑起来,"我还是没看走眼,数来数去,就你小子最厉害,平时一声不吭,只顾埋着脑袋下狠手。符启明什么人?我都拿他没办法,却被你搞得求生不得求死不能。你小子铁锁横江啊!"

看来我又失算,原以为喝酒时没人听懂我和符启明说了什么,没想到,他们已经看出来,符启明满肚皮怨气是冲我来的。阴差阳错,陈二笃定我和他是一条战壕里的兄弟。

陈二又说:"要不然,我俩联手吧。我不会抢你的功,只要把符启明搞下去。他不遭报应,天理不容啊……你到底查到了什么?"

"你呢?"我反问。

"我查到的东西,估计你也猜得到,主要还是控制着城南的卖淫产业。但我手上这些材料,只够他进去待几年。"陈二把车开进一截越来越黑的马路,这一截路的路灯全都熄灭。他又说:"可惜,上次搞何冲,没有把他一起扯进来。沾着毒品,那就好办了,不死脱几层皮。查来查去,塔昆是符启明手下老詹介绍给何冲的,但这一点根本顶不了事……"

"老詹说他根本不知道塔昆会制毒,对吧?"

陈二点点头。

"何冲还在看守所吧?能不能让我见见他?"

陈二痛快地答应了。

陈二给了我和何冲见面的机会,见面我就问他:"塔昆是詹祖文介绍给你认识的?"

"塔昆去哪我不知道。"

"你清楚,我不是公安局的,也不是要找塔昆什么麻烦。都说塔昆是个毒药高手,我只想知道他用毒到底有多高明——你可以当我是来听故事的。"

何冲觑我几眼,那神情是信我的。

"……塔昆从小就摸着毒药长大的,他对毒药感兴趣,也有这方面的天赋。我怀疑塔昆手上有几条人命。碰到我之前,他像狗一样到处跑,肯定是靠他研制出的那些毒药挣钱,帮人摆平一些事情,让另一些人莫名其妙见了阎王,也结下不少仇家。他干这种买卖,挣的钱竟然不够花,真是咄咄怪事。划算一下,他觉得还是研制毒品更有搞头,赚钱多。"说了这些,何冲又忍不住作了个小结,"要想赚钱多,你不能一手就把顾客搞死,要让他们慢慢地死。"

"你怎么知道他当过杀手?"

"有次喝了酒,他跟我说起这事。大概是说我一直对他好,他愿意为我两肋插刀。我也没当回事,开玩笑问他,怎么帮我插刀?他说要是我想哪个去死,他可以办到。我问他怎么办到,他说用药。弄点药,想让人怎么死就怎么死,神不知鬼不觉。"

"你以为他是喝醉了,开玩笑?"

"当时不是那么想……我有点感兴趣,想想要谁死。我把我恨的人都想一遍,发现虽然恨,但我并没想任何一个人去死。要是搞死了谁,我心里的恨全都变成了悔,那岂不更窝心?"

"你其实是个好人。"我夸他。我这是真心的。将心比心,若是我不小心捡到一盏阿拉丁神灯,能够支使里面的大个子神仙满足我三个愿望,那我至少要用其中一个愿望,干掉自己最恨的人。即使一下子找不出具体的人,我也会把机会攒着,看今后谁他妈敢来惹我。

他咻咻笑了起来,很享用别人的夸奖,就像幼儿园大班的孩子。我又问:"那天,他说没说过,用什么样的药把人弄死?"

"提到一个名字,好像叫什么琥珀什么碱。"

"琥珀酰胆碱?"

"你也知道?应该是这个名字。"他又回忆了一阵,认真地点点头。

和我想象的一样，琥珀酰胆碱。在我比对的数十种毒药当中，这正是可能性最大、和马桑死亡症状最吻合的一种。它会引起呼吸急促，肌肉兴奋，最后让人因肌肉兴奋过度而导致衰竭，停止呼吸死亡。何冲又说："这小子神就神在他自己研制出一种缓释剂，和那什么碱混在一起，注射进人体以后可以控制死亡时间，就像在人身体里安上定时炸弹。"

"这家伙真是个天才！"

我在笔记簿上记下"琥珀酰胆碱"几个字，并加重着号。接下来，我也不急着走，我俩围绕塔昆有一搭无一搭地乱扯。我不是见好就收的人，喜欢扩大战果。果然，何冲又说出一个让我兴奋不已的情况：塔昆能弄到一款新型注射器，针头是用特种钢化塑胶制成的，使用起来和钢针没有差别，不同的是这东西易燃易销毁，一根火柴就点得燃，然后像蜡烛一样滴泪，迅速化为无形。这种东西很有市场。粉哥躲避警察抓捕时，毒品可以放马桶里冲走，但销毁注射器一直是难以攻克的技术难题。

……马桑打破香水瓶，并不是要隐藏注射器的玻璃碎屑，而是用浓重的香味减弱、稀释、掩盖塑胶注射器燃烧后遗留的焦臭味？

下午我向沈颂芬做了汇报。她在咖啡厅等我。她是我的雇主，我办这案子产生的经费由她支付，一坐下来她就叫我拿发票，收据也行。她信赖地看着我，我如芒在背。发票也就两千来块钱，我知道我不会自己买单。我只说，不急。

喝了半杯咖啡暖暖胃，我告诉她安志勇的案子，我有把握打赢。我说："侮辱尸体，顶多判个几年，这个是躲不过去的。"

"侮辱尸体，真难听。"

"那没办法，制定刑名的家伙也许语文不怎么样，就憋出这样一个名字。"我打开案卷，跟她讲起新的发现。当然，有关符启明的部分，我不会透露给她。

开庭还有半月，我已准备妥当，蓄势待发。按庭审程序，我必须按两步走，首先提出疑点，提交证据，将安志勇的罪名定格在"侮辱尸体"。而提出的疑点，应会引起警方重视，重新立案侦查马桑死因。我知道这次辩护应是我从业以来难度最大的一次，为了表述准确无误，我像个作家推敲着字眼，偶有灵光迸闪，赶紧在纸上记一笔。我想象着庭审现场会被我的发言弄出一波三折的效果。庭审的戏在影视剧里面屡屡出现，总会留下让人难忘的台词。这次编剧是我，主演也是我，丁一腾。

这一段时间我避免和符启明联系。他倒是打了几次电话约我吃饭。电话里，他的腔调一如往常，只说只要我在俚城，咱们兄弟还是定期聚一聚。他也颇有感慨地跟我说起，多少年下来，数数真正的兄弟，无非我和你……我总是找理由拒绝。随着我对案情的掌握，就对他产生一种疏远感觉。我想象着自己在不久以后的庭审上将做出的精彩表演，同时也就担心，这份精彩会在庭审前被符启明三寸不烂之舌阻挠，备好的整套说辞会胎死腹中。

对于他的能耐，我心里没底，回避是最简单可行的办法。

我一直拒绝与他见面，他也没在电话里坚持。某天傍晚，他发来一条短信：现在干吗？找个地方聚聚？

我回：忙！

他再发：忙什么？还是案子的事？

我又回：还行，案子的事差不多了，家里的事永远一堆。

稍后他又发来一条：明天能不能抽空陪我走一趟？出趟远门，机票我帮你订好，你明天上午九点赶到靛房机场，那有支线小飞机。去哪儿你也不必问，我自有安排。

我正拿不定主意，又一条短信悄然钻进手机：不管你来不来，我都会在机场等你。

6
昆虫记

靛房机场夹在群山褶皱之中，在佴城西南角，"文革"时曾是小型军用机场，八十年代流行飞播造林，恢复使用了一阵，后面就废弃。这几年，领导同志发神经将它改建成民用支线机场，但线路单调，航班稀少，肯定赔本经营。一个城市有无机场，档次仿佛有了差别。领导们花钱上档次倒也无可厚非，但城区竟找不到一辆机场大巴。

我打车赶去，车开以后看着窗外一片片稻田，仍然疑惑自己的决定。他知道我已将他情况摸透，接下来他会有怎么样的反应？符启明可不是坐以待毙的家伙。他这短信藏有攻心计，有话摆明了说，却是以多年交情暗中相逼。我能否信他？他就算下个套子，眼下也取得主动，倒要看我敢不敢往里钻。理智告诉我，防人之心不可无，这当口更是要时时提防，处处小心。

这天我起得很早，房间尚在幽暗中，老婆和女儿的鼾声此起彼伏。我家王宝琴正好碰上一天休息，我可以脱身干任何事。美好的一天！我那么想，然后又问自己，去还是不去？

洗漱完毕，我就到楼下打车。

去机场有个把小时路程，司机是个闷人，不说话，也不允许我在车里抽烟，他说二手烟容易使他追尾。我说马路这么空，前面几乎看不到车屁股。司机又说，吸烟有害健康，害别人的健康就是谋财害命。我闭了嘴。道理都在他嘴里。

路程过半，我仍想不通自己为什么要赴约，随着他飞向未知之地。司机放着歌碟，都是新近流行的网络神曲，忽然蹦出孙楠的一首老歌。这哥们在我耳畔反复唱着：不见不散，Be there or be square，不见不散，Be there or be square……当初乍听这歌，以我蹩脚的英语水平，想不明白不见不散为什么译成"不在这里就在广场"，特意查了一下，才知道 square 在俚语里有"呆板、无趣"的意思。现在再听这歌，我恍然明白，虽然觉察到危险我仍然去，只是因为，符启明是个有趣的人。

一个有趣之人邀我去未知之地，不去就没意思了。

机场很空，看不见几个人。一架 CRJ 刚好降落，我走进航站楼，能看见稀稀拉拉几个旅客从那架飞机上走下来。符启明在等我，就他一人。看见我来，他神秘一笑，就仿佛要带着我私奔。

"我知道你会来。"

"我是不是逃不出你的五指山？"

"你还真把自己当孙猴子了？"他攀着我的肩，带我去检票。

飞机在云团中钻进钻出，个把小时后，停在广州白云机场，然后坐大巴往鹏城方向走。一路上，他都没告诉我要去哪里，干什么。终于，我憋不住问了一句。他只淡淡地答："聪明人，到了你就知道了。"

他带我去到一处并不起眼的小区，掏出门卡通过总门和单元门禁，上到一幢楼的七层，娴熟地打开一间房门。那架势，让我怀疑他的凶宅生意已经扩大到繁华的珠三角地区。这里人多命案多，凶宅自然也多。他大概是嫌做零售不过瘾，要升级为打批发。他这号人，干任何事都不会原地踏步……正瞎想，符启明忽然冲我解释："租下来的，可不是凶宅！"我哧一声，笑了。

屋内，陈设简陋，阳台装了蓝莹莹的全景玻璃，在玻璃前面，摆着一架粗短的望远镜。跟他认识这么久,我对观星略有了解,知道那台望远镜不是往天上看的。

"偷窥用的?"我指了指那怪模怪样的东西。

他竟然点点头,告诉我:"这叫观鸟镜。"

"这里有鸟吗?"

"我拿它来看人,它还是叫观鸟镜,没办法的事。"

飞机拉近了距离,以前我坐火车到鹏城需二十个小时,而坐飞机加大巴前后只四个多小时,下午三点就进到符启明租住的这房间。这时间点不早不晚。他在小区内的净菜店买一份配菜,荤素搭好,洗净,切好,进到厨房只管上火烹。我坐客厅听着符启明炒菜弄出的热闹声音,不免记起来彼此刚认识的那些日子,因为没钱,总是凑在一起打发时光,粗茶淡饭,加一瓶廉价烧酒,就能折腾出无穷欢悦……想想已过去很久,想想又近在眼前,时间总是令人猝不及防。

屋里免不了会有一些书,翻了翻找不到我想看的,就把眼球凑近观鸟镜,正好看见三丈之外另一幢楼的另一套房间,里面似乎没人。

他弄菜的技艺略有提高,那一桌菜吃着有了路边盒饭店的档次。他歉意地说炒菜是他最弱项,怎么搞也提不高。我说:"你请个一级大厨帮你料理一日三餐。"他说:"老詹的手艺就很好,下次你可以尝尝他的手艺。"无怪乎哉,我看出来他是越来越离不开那个头不长毛的家伙。我俩喝了不少,按他以前的习性已经滔滔不绝,但这天他出奇的安静,仿佛带我来这里,就是想让我适应他性情的某些变化。我也不多问。

鹏城临海,夜晚来得早,几杯酒下肚,外面已经黑下了。忽然,他说:"可以了。"

我顺着他的指向一扭头，发现观鸟镜正对的那房间有了动静，客厅已经亮灯，一男一女的身影闪动，应该是夫妻俩。"你用那个看看。"符启明一边么说，一边还喂我一个怂恿的眼神。我估计这正是此行的目的所在。我再次凑近观鸟镜，不需调试镜身，对面整间客厅都在视线之中。我吸了一口气。虽然那女的剪了短发，一身打扮很职场，我不难认出来，是小末。

"你经常飞过来，就为偷窥人家两口子怎么过日子？"

他点点头："有一段时间了。她男人在一家证券公司，收入不错。她去年刚从焊森诚地产辞职，开了一家门店，卖进口零食和限量版玩具，最近又上马手工香皂，带一帮小女孩DIY。现在她有一帮小粉丝。"

"摸得一清二楚啊。"

"对，就像法布尔观察昆虫。"他似乎不想让我分析他的表情，将脸隐藏在暗处。又说，"前一阵，天气还热，两口子天一黑就喜欢在阳台上做那事，用一块大被单包着，里面两条光人，全是采用反交。她男的技术不错，很讨她喜欢。"

我又往那边看看，阳台上摆了几盆花草，园艺不精，花草一概呈现要死不活的样貌。他在我身后幽幽地说："现在可看不到。"

"我知道。"我扭转身，面对着他。他的脸和夜色一样暗淡。我想，前不久那些黄昏，那男人把小末弄得高潮迭起的时候，表情所有的变化，都被他尽收眼底。我不免打起了记者的腔调："当时，你的心情怎么样？"

"还好，第一次看现场直播，脸皮抽得厉害，很快就调整过来了。"符启明竟然开心一笑，又说，"第二次，我就想，我就是那男的，那男的就是我。这么一想，滋味就全出来了。多看几遍，心里就越来越平静……怎么跟你说呢？有些东西，你没看见，就会发挥想象没完没了地打扮它;一旦随时现在眼皮底下,它就打回了凡身。所以我得感谢老詹,他是个神人,想出这么个办法来调节我的心情。"

我咀嚼他的语意:"这次来,你不会是要告诉我,一切都是老詹的主意?"

"……你小看我了。"他苦笑,"丁兄,你是好人,但你有些麻木不仁,自以为是。我一直当你是最好的兄弟,但你并不了解我。昨天我要你跟我走,你是不是还下了很大的决心,怕我对你下毒手?"

我没吭声。

"所以,我离不开老詹,那也是没办法的事。认识么多兄弟,搞到后头竟然是他最了解我,用不着我多说,每样事情都做得恰到好处。"

"包括杀人?"

"这都是我的事,和他没关系。我的事你已经知道不少,还等着查漏补缺,对吗?老熟人见面,难得的机会,你再看看小末,等下我会满足你的好奇心。"

小末和她男人重复着每个家庭必干的琐屑,弄一桌晚饭,吃罢,清理完毕就窝在沙发里看电视。沙发很深,他俩坐进去就从我眼底消失。

我俩退回房内,他扭开茶几上的台灯,从旅行包里掏出一样东西,是我平时用的记事簿。我分明记着这东西放在摩托后备箱里,几时又到了他手中?他燃起一支烟,冲我说:"没什么好奇怪,只能你查我,不能我查你啊?"

我问他:"好看吗?"

"好看得很哩!"他翻了几页,其中一页被他折了个角。他将那页摊开,用手指叩了叩我写的一行字。我凑近了点,正是"琥珀酰胆碱"五个字。他说："还是你厉害,这个东西竟然被你查了出来。名师出高徒,你不要忘了,一开始你要学破案,还想拜我为师。"

我点头承认,并提醒他:"你这就等于承认了……告诉我,我是不是出不去了?这间房子外头,都是你的人?我知道,你手底下有几个不要命的。"

"黑帮片看多了,兄弟。只有我一个人。"

"要是没个帮手,你一个人对付不了我。"

他没有说话,将身体尽量摊开,摊在椅背上,仰着脑袋暴露出短脖子。他朝着我微笑,似乎还抛了个媚眼,仿佛说,亲爱的,杀了我啊!

我不知说些什么,便从桌上的烟盒里掏出一支烟点燃。一炷烟雾在顶头的灯光下现出摇曳不定的身姿,摇曳几下散开,消失。我心说,这就是所谓"图穷匕见"的时刻?这个时刻竟若不经意地到来,突兀摆在眼前。

"你想说什么?"

"虽然我一直认你是最好的兄弟,你毕竟跟我不一样。我们这种人,都是靠兄弟义气过活,你帮我,我全力回报你,你对我好,我可以割下脑袋给你当板凳,谁找你麻烦谁就是我的仇人,别的用不着废话。但这一套对你没用,你心里有个更大的东西,和这东西一比,兄弟义气是狗屁。"

我听得有些糊涂:"不要浪费时间了,你到底想说什么?"

"整件事情,你基本上摸清了,但还有些细节,我可以帮你补充一下。不会不爱听吧?"

我摆出愿闻其详的表情。

"……马桑有那种治不好的病,我知道她自杀的事,产生这个想法。我在这山头整晚看星星,只要把望远镜放低一点,又能观察安志勇的举动。"

"安志勇也不过是被你们观察的昆虫。照你那么说,小末离开你,倒不冤枉。她是昆虫,活该喜欢另一只昆虫……你是不是也观察过我?你有这爱好。"

"没这个必要,兄弟。"符启明苦笑一下,继续说,"老詹查一查电话记录,马桑去过安志勇家。电话回访,安志勇的评价是良好……呃,我开始提议搞电话回访的时候,他们也当我是扯淡,但事实证明,搞回访以后业务量增加得很快。你想,马桑要是准确地死在他的床上,他那一套别墅就要改名叫凶宅。佴城的凶宅都和我有关系。"

"你果然是冲那套房子去的。你说过,那是佴城最好的观星位置。"

"不要把我说的每句话都当语录记着,我不希望你哪天变成我。"他虚张声势地自信着。

"不是当成语录,当成呈堂证供。"

"好的,那你就全都记下。"他接下来说出的内容,我听着并不新鲜。当初,他想怎么整垮安志勇煞费一番苦心;最近一段时间,我琢磨他的思路,也死掉不少脑细胞。着手实施这个计划,他就不再自己出面,交给老詹去做,包括怎样说服马桑。他开始了外出摄影,有一段时间还拉上了我。这个老詹,雪藏多年的一张好嘴现在重新派上用场,没下多少力气就说服马桑,经他的嘴一说,死神也对马桑展露出一张亲善的笑容。马桑被老詹煽呼得热血沸腾,同时她也说通了她父亲。她保证自己的死可让父亲拿到二十万。先期付的十万放在马应当手里。看着一坨坨的钱,马应当两只手直打哆嗦,有些拿不稳。

符启明的计划是:马桑给自己注射药物,死在安志勇的床上,次日由老詹先行打电话给安志勇，查问马桑下落。安志勇如果承认马桑在自己家里意外死亡，那么老詹名正言顺地介入其中，搞私下调解，索要一笔巨款。安志勇搞妹子厉害，三十好几的人还要问他妈要零花钱，手头哪有积蓄？到时，老詹就劝说安志勇用自家房产赔付。安志勇的房子归了符启明，符启明则支付剩下的十五万，各得所需，皆大欢喜。

"你没想到安志勇竟然把尸体肢解了，是吧？"

"我要做这么大的事，哪能不方方面面想个清楚？这种事情只能干一次，干不好想推倒重做，尽善尽美，没机会的。我方方面面都想了个透彻，一切尽在掌控。"

安志勇如果隐瞒了马桑的死，符启明的计划也不会因此中断。老詹严密监视安志勇的动向，这所房子正是最好的观测点。安志勇断然不敢报警，他肢解、焚烧尸体的行径都被老詹掌握。老詹会安排马应当适时地向警方报案。如果警方侦破找不到突破口，老詹打个电话，稍一点拨，就水落石出了。警察自然不会追查提供线索的电话，他们愿意将一切功劳记在自己身上。

7
尽在掌控

这个夜晚符启明倒是为我敞开门户，有问必答，知无不言无不尽。我暗想，是否应该爽它一把？但房间一直笼罩着诡谲阴沉的气氛，哪能爽起来？

这地方不是高尚社区，入夜后，绿化带照样有一帮老头老太太跳广场舞，孔雀传奇的重金属噪音让人无处逃遁，劲的节奏鼓点，丧钟一样，敲得人心惶惶。符启明不受干扰，条理清晰、细节饱满地讲述着他干过的那些事。同时,他手也没闲着,不断地给我沏茶,把茶具把玩得像魔术道具。茶叶前后换几种,我到底喝不出差别,只是尿憋。鉴于所谈事情的严肃性,我又不好老去钻厕所。

"为搞到一套房子,你花的力气未免也太大了。"

"房子事小,做一个男人,应该快意恩仇。"

"我却很奇怪,你把我找来,把一切都跟我说了,怎么保证我不更好地对付你?"我说,"你想说服我替你隐瞒,开庭时不提和你有关的一切,对吧?"

"因为我们是兄弟,同仇敌忾。"

"但你很清楚,我是干大事的人,不把兄弟义气当回事。刚才你这么说,我还以为你真了解我。"我阴冷地笑了起来。

"所以我也说了,有些事你以为自己懂,其实并不清楚。谁是兄弟,谁是敌人,你从来都弄不清楚。"

"你还有事情要让我知道?"

"本来不想让你知道……"他手边有一台笔记本电脑,此时他调出一个视频,点开全屏然后调转过来给我看。

我立马意识到,刚才观察小末的日常生活,只是垫场戏,现在才进入重点。乍一看,画面不太清晰,显然 DV 镜头焦距没调好。一男一女在床边嬉闹,男人只穿裤衩,女人穿了吊带短裙,那男人很快就会将她扒光。我估计自己看的是一部 A 片。男人走过来调了一下效果,画质瞬间提高。我再定睛一看,男的是安志勇,女的是小末。安志勇一条短裤兜不住沉甸甸的欲望,小末也呈含苞待放的状态。

画面里,安志勇的头发剪至齐到耳垂。我一直记得他长发披肩,以致刚才没认出来;至于片中的小末,和刚才用观鸟镜看到的,已全然不同。这片子显然是多年以前拍的。安志勇喜欢冗长的前戏。

因为在搞自拍,与小末嬉戏时他还注意到,不停地把小末挪动到画面的中央。不难看出来,安志勇对付女人有一手,既温柔,又透着一股阴狠。小末在镜头前不断调整自己,身体一开始稍显僵硬,被他慢慢弄软,成了一块橡皮泥,想怎么捏怎么捏……

符启明看这段视频时愤怒的心情,我体会不到千分之一。我真想提醒他:兄弟,人都是自私的,我怎么会和你同仇敌忾呢?

按部就班,我想接下来就要进入床戏。这对男女却没有脱光衣服。安志勇竟然沉住气,把衣服和长裤重新穿上,要把小末也从床上拉起来。小末挣扎几下,很不耐烦地随着安志勇离开镜头。

看至此,当我意识到自己感觉失望时,便暗骂,你这货,怎么能感到失望呢?

过不多久,再次出现在镜头前的有三个人,多出来那个女人是沈颂芬。我揉了揉眼皮,沈颂芬毫厘不爽地出现在眼前。我的心跳开始剧烈。画面里,她是学生时的打扮,这也透露着视频拍摄时间。沈颂芬也许没觉察到 DV 的存在,表情自如。安志勇用手机播放蹦迪的音乐,那只山寨手机迸发出超响的声音,架子鼓的节奏摧枯拉朽。音乐一起,安志勇和小末便开始扭动,彼此身体配合已经相当熟练。沈颂芬则怔立当场,那两人围着她跳。终于,她身体弹了一下,加入其中。

安志勇悄然退走,从床后面一只皮箱里拽出一瓶红酒,三个高脚杯。喝下一杯红酒,她俩像是加满了油,仅仅是扭一扭腰身还不解恨,便将自己脑袋当成鞭子,一圈一圈甩开了。安志勇穿插在她俩中间,他的胯部猥亵地扭动着,形成强有力的召唤。两个妹子不由自主地将身体贴上他,三个人像麻花一样扭在一起。

我知道那酒里加了药,也猜到后面的情节——一个毫无想象力的人,也能猜出 A 片的情节。因为 A 片没有情节,只是千篇一律地展示着人的欲望与本能。

他们扭动的幅度越来越大，特别是沈颂芬，说不定，这还是她头一次嗑药。她动静太大，令人不安。沈颂芬一开始只是配角，此时成为绝对的主角，因为她的扭摆最先升级为抽风。

安志勇忽然一把抱住沈颂芬……

是这样，我分明看到：安志勇忽然一把抱住沈颂芬。沈颂芬想挣扎，安志勇熟练地将她抱紧，腰部稍一使劲，就架得她双脚蹬不到地面。沈颂芬凌空蹬着腿，并开始啜泣有声。小末赶紧抱起沈颂芬的脚，两人将沈颂芬身体拉平。他们似乎在喊号子，喊到三以后，将沈颂芬扔到那张巨大的床上。沈颂芬还没爬起来，安志勇已经爬到她身体上，用手摁住她的肩膀，任她挣扎、哭泣……

我的目光从画面上移出，看着对面的符启明。他仍然保持微笑，仿佛"一切尽在掌控"。他一辈子都对这种状态孜孜以求。

"是什么时候的事情？"

"那时她俩都还没有毕业……是那年冬天，虽然这里面他们都穿着夏天衣服，其实是冬天。他们三个人都在海南三亚。这事情发生以后，我和小末分了，你还来不及安慰我，沈颂芬又把你甩了……不会没有印象吧？"

我迅速搜索着记忆。那次，沈颂芬跟我说她妈病了，她回朗山照顾。我还拿着一架金色望远镜去朗山找她，想把她感动一番。回头想想，彼时的恋爱观还遭受革命片的洗礼，以为女人都容易被一个小道具打动。那次我把朗山医院找了个遍，她却在遥远的地方拍A片。

我目光移回视频，曾经最为熟悉的一具身体裸露出来，我禁不住打了几个响亮的喷嚏。我可以平静地面对如今的她，但我仍无法从容面对她从前的模样。我赶紧把视频关掉。

"你怎么弄到的这个东西?"

"他拍了这个不久,我就看到了。小末要离开我,我知道和安志勇有关,叫了个朋友去暮山村,趁安志勇不在,抄他家,结果找出这个。"

"然后呢?"

"那时候还年轻,越看越嫉妒,找人把安志勇揪住打了一顿,要他不再去找小末。这家伙一打就答应了,在我面前,他口口声声说是小末缠着他,他没办法……"

"……沈颂芬呢?你问过没有?"每个人只关心和自己有关的部分。

"问了,他说是沈颂芬喜欢他。这个杂种永远都说是那些女人觍着脸皮泡他,而他并不感兴趣,又不好意思拒绝。"

"这杂种……"

"他也说了,倒是喜欢沈颂芬的声音。他在俜大元旦晚会上听过沈颂芬朗诵诗歌,就注意她了。他带小末去三亚,随口问沈颂芬愿不愿意一起去……"

"随口?"

"你别急,这杂种真这么说。没想到,沈颂芬招呼一声就真答应去,甘愿当电灯泡。他们三人去了海南,天涯海角,天远地远,他不会浪费搞女人的机会,也有的是办法。这个,你自己也看到了……"他无奈地一笑,又说,"他只是临时起意,不搞白不搞。一张床上应付两个妹子,在他看来是个蛮有意思的游戏,但他那么一弄,沈颂芬对你就没兴趣了,就像现在的猫儿有了鲜鱼吃,哪还肯吃死老鼠……呃,我这只是打个粗浅的比喻。"

"你早就知道,不告诉我。"

"说了没用,我不喜欢干没用的事。今天让你知道,也是逼得没办法。你这人,永远弄不明白谁是敌人谁是朋友。"

"她俩知道你掌握了这视频?"

"这个……我把安志勇揍了一顿后,就一声不吭,对小末加倍地好。但她就是不肯理我,我找到她,她给我翻白眼。那时我还不懂冷静地处理事情,拿这个视频给小末看,跟她说,要是她再对我这么冷淡,我就拿这东西放到网上去,放本地网上。安志勇在佴城是很出名的,别人只知他名气,没见过他到底多厉害。这视频一放上去,肯定在佴城闹出轰动。这话一说,小末还是很害怕,顺了我一阵。记得不,那个元旦我趁热打铁请了几桌酒,搞出结婚的样子。两个人的事,一个人越起劲越适得其反。我再怎么搞也没效果,多威胁她几次,她也疲了。她说走就走,我再也找不到她。想到她,我只有反复看这段视频,越看越受不了,到后来就有些恨女人,看不起女人。"

我点点头,脑袋里浮现出那个冬天,他和她"结婚"的情景。我问:"沈颂芬呢?"

"也知道,我拿着这个去省城给她看,让她替我找小末。她是个性子烈的,不怕我曝她的光。"他尴尬一笑,又问,"恨我不?"

"是因为沈颂芬也在里面,你就没有挂到网上?"

"这倒没想过。我只是吓吓小末。不会这样做。今天也不是想打动你,既然你喜欢把什么事情都弄得清清白白……"

"你是狠人,少绕弯子,只要告诉我,你想怎么样?"

"……我对自己有个中肯的评价,我有罪,但罪不至死。"他动了动嘴皮,无耻而又坦诚地说,"既然安志勇怎么判都是侮辱尸体的罪,又何必搭上我?其实,不扯进这件事,我也要坐牢的,陈二已经盯了我好几年。他很快就会动手,揪着组织卖淫罪就会判我几年。这个我就认了。我是个有身份的人,不会逃跑。我知道跑路是怎么回事,一个人隐姓埋名,没有身份没有地位,被人整只好忍气吞声,

445

跟坐牢又有什么区别？我这种人，无论何时何地，出来以后照样东山再起。"

我不无揶揄地说："一个人自我感觉很有身份，基本上是自讨没趣。"

他没有理我，继续说："你帮安志勇辩护，只要不扯到我，我就倾尽全力帮你，包括让马应当、小芙出庭作证，证明他家有遗传疾病，证明马桑有过自杀行为。马应当该拿到的钱，我一分不少地给他。你掂量一下，我真的干了天理不容的事？你又何必治我个故意杀人罪？"

"事情是你自己干出来的。"

他疲沓地看我一眼："我反正是要进去蹲几年，但不想是因为这个事。陈二把我弄进去，我认。进去以后，你有空多来看我几回，陪我瞎聊几句就行。"

8
闲棋一着

我抱女儿走出小区电栅门，见符启明把车停在路边，应是等我。很多时候，他有事也不打电话，直接开着车去截他要找的人。我拧开驾驶副座的门坐进去，问他："不会是顺路吧？阳光幼儿园。"他闷声开车，气氛不对头。车子驶过阳光幼儿园，继续往前开，这时我才意识到，确实有事。他终于开口说话："小孩迟到一会儿，没事的。"

"到底怎么啦？"

又是沉默。作为一名成功人士，他学会了闭嘴。

车行驶在我们混派出所时巡行游弋的区域：农贸市场已经变成

城南汽车总站；六桥拓宽成了风雨桥，桥上还有小商品市场；纺织厂外，我们吃腰花补肾的那家盒饭店，已经推平，变成城南中心广场的一溜花坛……熟悉，却透着陌生。这块生机勃勃的土地，没有什么建筑物能够长久屹立。

终于，他不得不开口说话。"事情有些麻烦。"他说，"从鹏城回来以后，我就一直找不到老詹，他跟我玩消失。"

"你家老詹丢了，找我没用。"

他一脚把车踩停。"但这事和你有关系……"他无奈地看看我。记忆中，他很少在我面前流露这种眼神。稍后，他又说，"找不着老詹，我心里没底，不知道他要干什么。他什么事都干得出来……"

"你直接说和我有关系的部分。"

他嘴皮嗫嚅着，想要抽烟，又顾忌到小花。

"你女儿挺像你。"

"少说废话。"

"能不能下车说话？"他眼睛看着我，嘴朝小花努了努。

他买来一只大大卷。我俩挪开几步，看着小花将糖抻得像面条一样长，再一点点吸嘴里。我不免感慨："我查出你所有的事情，你都蛮有把握摆平我，老詹也就一时找不见，把你吓成这样。"

"对你我有把握，老詹我把握不住。以前我根本就没想到，问题会出在他身上。"

"你太相信他了。"

符启明只得点点头，"这也是没有办法的事，处理同样的问题，他总能棋高一着。"

"就像安排你去把小末当成动物观察。一般人是想不出这种招。"

"不光是这个……最近这一年，我已经习惯了听他安排。"

"我一直以为你不会听任何人安排，你天生就是用来支使别人。"

我说,"天上星星歪了你都要扶一把,一切尽在你掌控。"

"我说了,别拿我的话当语录。"他苦笑,"以前我也这样想,那是还没碰到老詹。我请他出山一块打拼,就摆好了刘备请孔明的心思,他真比我能耐,我服他。事实上,我碰见的人,确实没一个盖得过他。"当他说起老詹,眼角就微微起皱,浮现些许鱼尾。在我印象中,以符启明的能耐,习惯了睥睨众生,以前哪曾把谁真正放在眼里?他请老詹出山共襄大举,但他小看了老詹。和老詹一比,符启明只是小字辈,老詹叱咤风云的时候符启明还在葫芦嘴学杀猪。老詹一开始显着谦恭,但这人不是池中之物,自不会寄人篱下。反过来,符启明像一匹桀骜不驯的野马,一般人虽奈何他不得,其实他等有人将自己降伏。一旦这人出现,这匹野马反而显现出最温驯的性情。

符启明和老詹之间到底哪种状态?是刘备撞着了诸葛孔明,还是唐三藏揭掉五行山的符谶放出孙猴子,同时又没门路搞来一道紧箍咒?能做这样的类比吗?

"一直以来,老詹对你顺从惯了,你都没有察觉,其实他是在扮猪吃老虎,慢慢地,你只有对他言听计从的份,是不是?"

"你是不了解老詹……"符启明当然羞于承认,又说,"当然,老詹也不了解你。这案子扯到我也扯到他,我说了你这边我能摆平,但他信不过。从昨天回来一直到现在,他的电话总是打不通……痛快了说,我担心这几天他会干出对你、对你家人不利的事情。"

"是不是想多了?"

"不会。我约你之前,他就跟我提过,一定要有所行动,防止你在庭审时把我们扯出来。我跟他交代,我可以将这事摆平,他竟然用看狗的眼神看我。我抽了他……我第一次抽了老詹耳光,他当时有点反应不过来。"说到这里,他看了看自己不经意扬起的右手,仿佛那天抽老詹一记耳光,是比叫马桑送命更大的决定。又说,"但我不后悔抽他,应该让他知道,自己是谁。"

我什么也没说。我能说些什么?说你做得对?

他猛抽几口烟,又说:"也不是讨你的好,都到这时候了。"

"那你说怎么办?"我知道他想好了怎么应对。

"小孩这几天能不能先送回广林,要你爸妈带一带?找个理由跟二老说一说,要他们轻易不要出门。也就一个星期,等开了庭,老詹就没理由再找你麻烦了。到那时他还想惹事……"符启明两眼发狠地一凸,"还有你家王宝琴,这几天也要防着点。你知道的,我出去时间太久,手底下一帮兄弟都是听老詹安排,现在我对他们任何人都没有把握。是不是请以前所里的兄弟帮着盯一盯场面?"

一个护士替病人打打针,身边还站着个保镖,这样的奇葩场景,也是闻所未闻。此时容不得我多想,权衡利弊,我打算求个稳妥,在符启明找到老詹之前,的确要有所防备。事不宜迟,符启明当即就开了车往广林去,将小花先送到我父母那里。我哥住的小区安保条件不错,保安、门禁、视频监控和狗,一样都不少。再回伄城,我也不难找出理由搪塞王宝琴,就说最近我爸妈都闲着没事,想孙女想得心疼。但王宝琴那头,又如何叫人守护?

我跟王宝琴解释小花的去向,她没过多怀疑。此后几天倒还平稳,我叫闪雄帮忙,这几天只要王宝琴上班,就去她那里守着。输液大厅多的是靠椅,又有空调,冬暖夏凉,从来不缺民工蹭坐歇脚。闪雄混杂在民工中间,一坐就是一整天,大不了吃吃护士妹子丢来的白眼。

第四天晚上,我还在事务所检看出庭的材料,忽然王宝琴打来电话,一接,却是闪雄的声音,"哥你快过来,嫂子揪着我不放。"说完这句,他就挂了,都来不及说在哪里,我只得又回拨了电话。

我赶到的时候,王宝琴阴着脸,倒是没揪闪雄的衣襟,只盯他死死的。闪雄站在灯柱下抽烟,不敢离开,看我走近就尴尬地笑。

"我看他面熟,晓得是你以前派出所的兄弟。他在我那里赖着坐几天也就算了,下班还跟着我。丁一腾,你什么意思?"

我搂着她肩说:"站在这里惹眼是不?他是我兄弟,既然来了,一起到家里吃个饭。有话等会儿跟你说。"她委屈地撇撇嘴。路过小区的净菜店,我示意她进去买几样菜。她不放心地看看闪雄。"他不会跑,骗你不是人。"我向她打保证,她又撇撇嘴。

王宝琴安静地到厨房弄好饭菜,全都端上桌,忽然抹了抹眼睛。她以为我听了谁的谗言,不信任她,找朋友查她偷人的证据。我不知怎么跟她说,闪雄却憋不住笑。"不是这样,谁说你偷人,打死我都不信……"我动了动舌头,嚅了嚅嘴。若符启明在,他不难找个理由,轻易打消王宝琴的质疑,但我脑子并不比我舌头快,一急就想到老实交代。我让闪雄下去买两包烟,他心领神会,走了就不再上来。

当然,跟王宝琴说起符启明的事,我掐头去尾,只说我办的安志勇的案件,有可能把符启明一个熟人扯进来。虽然我跟符启明打了保证,庭审时不会扯出那家伙,但那家伙做贼心虚,这几天找不到人……

王宝琴的脸色在听我讲述过程中发生着微妙变化,知道我并不是冲着她,先是一点点放松,再听下去,脸皮绷得更紧。她说:"照你这么说,小花就有危险?"

"也不一定,只是以防万一。说不定是符启明想多了,他那熟人去哪里泡妹子也不一定。"

"到底怎么回事?"

"一时半会儿说不清楚。"我叹了一口气,不想再重复。我感到累。

王宝琴狠狠地盯着我,忽然下了命令:"我们赶紧把小花接回来!"

"怎么了?"

"以后几天我也不上班了,我们母女就待在屋里,哪也不去。那些歹人,总不至于拿炸药炸开房门吧?"

"那当然,我们家好歹也是中华人民共和国的地盘!"

到这分上,王宝琴一定要把小花放置在自己眼皮底下,才会稍稍放心。我只好借了车,带她赶到广林,将小花接回家。

那天忙到很晚,睡前将门窗查了一遍,好让王宝琴安心。她们母女已钻进被窝,床头暗灯给房内营造一种安全舒适的气氛。纵使上下眼皮不停瞌在一起,我一直睡不下,走进浴室洗个澡。水一淋,忽然想到:老詹失踪,会不会是符启明的安排?他对我仍然放心不下,不好直说,就让老詹唱黑脸,暂时消失,对我形成威胁?

我及时掐熄这想法。

庭审如期到来。马应当阵前反水,在庭上道出马桑病情并呈交病历,令控方大为傻眼。安志勇因侮辱尸体罪被判五年,附带民事赔偿。民事赔偿的金额只有六万四千多,不知道是用加法还是用开平方算出来的。马应当欣然接受,令控方再次跌破眼镜。判五年已是这个罪名最高的刑期,但安志勇和他母亲狠狠地松了口气,当自己从死神眼皮底下走了一回。

判决下来以后,我第一个电话却是打给符启明。"现在案子已经判了,都按你的预计,都在你的掌控。现在你家老詹也应该现面了吧?"

"还是找不到他,这家伙!"符启明这回反应稍慢,又说,"什么意思?"

"没意思,我们两不相干了。叫老詹放心出来,遵纪守法就行。

他再有什么举动,我管不了,陈二也盯着的。"

"谢谢你的提醒。"

我除了买菜还买玩具,左提右夹带到家里,通知她们娘俩,明天又可一如往常,当妈的上班,当崽的上幼儿园,各安其分。菜弄一大桌,王宝琴仍有点回不过神,问我符启明那熟人现面了没有。

"没现面也没事,我在庭审时根本没扯到他,他没有理由找我麻烦。"

"但我心里还是不安稳!"

"紧张了几天,哪能一下子就放松?"我抚摩着老婆的背,顺手还捶了几下,引发小花尖叫,爸爸打妈妈!我只好作势抽自己几下,才让女儿安静下来。

次日我陪小花待在家里,外面下雨,人躺在床上懒得动弹,小花喷着轻鼾,一直没醒。这时医院的电话打来,说王宝琴出了事。我抱着女儿赶往综合医院,脑子想着老詹,当然还有符启明。我咬了咬牙,很想告诉他们,上次庭审虽然结束,但以找到新线索为由要求重审,法院没有任何理由拒绝受理。

到地方才知道并不是我所想象,王宝琴这天上班神情恍惚,给一患者注射头孢甲肟之前,用的是美洛西林钠的皮试液。皮试正常,她再将头孢甲肟吊给患者,很快出现过敏反应,患者当场昏厥,心跳紊乱。王宝琴是老实人,推着患者送急救室时,忽然记起自己拿错了皮试液。她勇于承认错误,当场向患者的儿子道歉。患者儿子不接受道歉,还饱饱地赏赐她一顿拳脚。现在我老婆躺在外科的病床上,尚未苏醒。

打人那家伙知道自己打了律师的老婆,头皮便发麻,不停地给我道歉。我很想友好地邀他搞一场拳击比赛,以此检查一下,自己当年练成的武把式是否摆生锈了,但我忍住。我接受调解,只要王宝琴受的伤不带后遗症,这事就好解决,只是钱的问题。我发现自己并不愤恨眼前这个低眉顺眼的胖头，我脑子里惦记的仍然是老詹和符启明。

次日中午，符启明从闪雄那里得到消息，赶到医院，抱着一捧鲜花提着一盒滋补品。我把他堵在门外，告诉他，王宝琴不想见他。

"你总不会以为，打她的人是我叫来的吧？"

"别装了，我当然不敢说这事和你有关系，但这几天王宝琴不是紧张过度，就不会出这样的错。"

他低下头想了想，跟我说："还是老詹厉害。昨天他冒出来，说是自己去了广隆寺参加业余禅修班，到那边必须关手机，理由充分。他是下了一着闲棋，只消失几天，却让我紧张起来，然后通过我达到威胁你的目的。他实在是个狠人。"

"不，你们都是好人，吃斋念佛，长命百岁。"我终于压不住火，冲他说，"是黑是白都是你在说话，事情办得好是你脑袋灵光，事情有麻烦就往人家身上赖。谁又晓得，这一切会不会全都是你的安排？老詹只是你一颗棋子，要他杀人他就杀人，要他吃斋他就吃斋。"

"你不相信我？"

"我不相信你？"我看着他那张讶异的脸，差不多就要相信了。我又说："符启明，你抬举我了，我有什么资格相信或是不相信你？你又何必在意我信不信？我信不信，你的目的全都达到了，你从来就没失算过。"

符启明继续着那一脸的难以置信，稍后把东西搁地上，转身离开。

9
认命

结婚以后我一直没带王宝琴出门旅行，她忙，我也忙，一年忙到头也没攒下钱。现在王宝琴不敢再去医院上班，成天待在家里守着小花，不让小花读幼儿园。我反复跟她说，先前预计的危险现在已没有理由存在，但她不肯信我。或者，危险已经潜伏在她心里。

安志勇的案子判下来后，已是初冬。我和王宝琴带着小花飞往三亚，去海滨度假。当我告诉王宝琴，我想带她出去走走，她立马想到三亚。我对三亚还是心存顾忌，符启明给我看的那个视频，就是在那地方拍摄的。我提了别的一些景点，近的有凤凰古城，稍远一点九寨沟，不行还有首都北京。王宝琴总是用一个字推翻我的所有提议：冷！

这笔旅游开支是替安志勇打官司赚来的。安志勇母亲的现任丈夫支付了我五万，我刚看到账面上现出数字，就有了旅游的想法。我想离开这个地方，避一阵。接下来，陈二就要对符启明动手了。符启明正在遣散他手下一众干将，而他自己留下来断后。陈二一直和符启明玩着猫捉老鼠的游戏。陈二也是贪多求全的人，老想一脚踹得符启明永不翻身，所以老嫌自己手头掌握的证据不够，一直隐忍、延宕。现在，符启明这番动向必会引起陈二的注意，他非动手不可了。

他肯定也会找我，要从我这里挖些有用的东西。到那时，我若坚称自己什么也不知道，陈二一定跟我翻脸。我躲着他，倒不是因为害怕，而是受不了他到时用无比失望的眼神提醒我，你是多么不识抬举啊！

她们娘俩坐香蕉船冲浪，我坐在沙滩椅上晒太阳，蜈支洲山海相连的一角尽在眼底。眼前夏意正浓，我意识里还没从冬天倒过来。冬天火辣辣的阳光如此不真实，让人恍如隔世离魂来到此地。我身上的短袖衫是新买的，颜色鲜艳得让我担心自己变成一株有毒植物。沙滩躺椅让我昏昏入睡，知觉稍一模糊，符启明就在脑子里浮现出来,叫醒我。我一睁眼,他的形象从巨大的天空中消失。

我一直不知道那件事做对了还是做错了。我放过他,他又会不会像他说的那样,以组织卖淫罪束手就擒?如果他被抓,适量判刑,我是不是有理由宽宥自己;如果他逍遥法外,我是否又悔不当初?抓他不忍,放他不甘……

他真的故意杀人了吗?

手机一直关着,我知道,只要揿开电源接通让人无处逃遁的信号,无数个未接电话就会扑腾扑腾地冒响,像十二道金牌催我的命。我不会让这些电话坏了我好不容易攒起来的心情。

她们娘俩从香蕉船上下来,一人一身连体泳衣,小花踩着柔软的海沙踉跄朝我跑来,脸上挂者纯天然无污染的微笑。

在海南待了一周,我告诉王宝琴腰里还别着几万,够花。她肉疼,说咱们飞回去,细水长流,下次再出来。我呵呵哈哈。下了飞机,我终于打开手机,一接通那让人无处逃遁的信号,短信便噼里啪啦挤进手机。这几天未接来电攒的有几十条,多数都是陈二打来的。我不做理会,马上打给符启明,打不通,说明他已出事。

一如所料,既然符启明已栽在陈二手里,陈二怎会忘记我手头还有符启明的材料?陈二这次肯定想搞得符启明铁证如山,翻不了身。

正犹疑,陈二的电话再次打来,像是嗅着了我刚开机。我接通后抢先问他:"符启明怎么了?"

"兄弟情深哪,他不出事你就不接我电话,对不?"

"有屁快放!"

陈二愣了一会儿,才说:"你也知道,故意伤害是躲不了,但这事还没完,那人还没脱离危险。要是他死了,罪名当然就是故意伤害致死。符启明命大,死罪躲得过,蹲监是免不了。"

"伤害谁了?"

"真不知道?詹祖文,那个光头。"

我脑袋出现短暂短路——以为短暂,稍过一会儿仍是短路。陈二这时候问我在哪里,我马上告诉他。这时,我也急着从陈二嘴里听来更多东西。

我就在街角等着,很快,陈二开着车来,载我到僻静角落找了一家盒饭店。他说两个人吃盒饭够了。我说十个人也可以吃盒饭。伴着盒饭店弥漫的油烟味和烧酒味,陈二潦草说完符启明弄残老詹的过程,紧接着就追着我问,手里还有符启明什么材料。

"没有。"

陈二把脸一拉,说:"丁一腾,你故意叫我来给你讲故事是不?你当我一天没事干?"

"我真没有,你总不能逼供吧?"我笑。陈二正义凛然的表情一直摆在眼前,我也不知道自己为何笑得出来。

陈二狠狠地盯我一阵,稍后表情又缓和下来。"你要明白,你和我都是好人,符启明和我们不是一个类型,是坏人。"

"……怎么说呢?"我明知陈二这颗脑袋,很难去理解与他不一样的人,但还是竭力跟他讲明我的意思。不得已,只好打起比方。"就好像男人和女人,有时候好男好女合不到一块,一好一坏没准还是绝配。"

"好像我要搞你似的……少啰唆,你肯定有他情况。"

"没有。即使有,我也没义务给你。"我索性摊了牌,静观对方表情的丰富变化。

"为什么?"

我想了想,还是用假想的情况说明问题:"陈哥,毫无疑问,你肯定是好人;而符启明,也许是坏人。但是,假设这世界上只有我们三个人，你们俩仍然水火不相容，只能留下一个……那我宁愿帮着他对付你。"

"为什么？"

"……因为，如果世界上只剩我俩，待在一起没意思。"

"你这家伙，终归和符启明是一伙的。"陈二脸色一变，很快又恢复。符启明反正已落马，他心情倒不错，稍后竟夸起我来，"也好，毕竟做过兄弟，落井下石的人是杂种，不计前嫌的是好汉。你想有意思，我俩划拳怎么样？谁输了谁开饭钱。"

此后数天，我一直打听着和他有关的情况。那老詹后来脱离了危险，符启明故意伤害的行为没有弄死人，只是老詹胯下那根王八东西，不能用了。我四处找关系，想跟符启明见一面。如果他需要，我可以给他辩护。我交际不行，好歹在俾城混这么多年，又干上了律师，疏通关系见他一面按说不难，但一直没有如愿。其间沈颂芬也打电话，问符启明的情况。我说还没见着他人，情况我还说不清楚。

"你是律师，怎么见不着他人呢？"

我说不知道。其实，原因很简单，他不想见我。

那天上午，我收到个同城快递，是符启明指使人，将一大包东西寄给我。东西用一个木箱装着，同时送来的还有一封信，是他写的。他说本来想把一辆帕萨特送给我，但那车已经查扣了，只有这台斯普雷利，送给我。"你不用，就给你老婆，她毕竟也是会员。有了这东西，她的江湖地位将会与日俱增"他的措辞不禁令我莞尔，那箱东西我也没有扛回家去，扔在了办公桌底下。我心里清楚，王宝琴只能是半吊子货，那管低倍率望远镜够她这辈子探索星空了，我可不想她被这台斯普雷利激发起探测宇宙的万丈雄心。

就在那天下午，忽然接到沈颂芬电话，说她刚见到符启明，现在想跟我聊聊。回到佴城,她都住酒店。我问明哪家酒店,就扛着斯普雷利赶了过去,她在大厅的茶座等我。前一阵她从我这里问不出情况,就赶过来,通过别的关系见了符启明一面。

"……其实,我一度也很喜欢他。你不生气吧?我喜欢他是在你结婚之后。"

"不生气。他拒绝了你?"

"他还是对小末一往情深。"

沈颂芬问我对符启明的事知道多少,我想想,说并不清楚。我从别人嘴里听到一些说法,但毕竟没有接触符启明的机会,没有第一手材料。而沈颂芬问我时的表情,显然是知道一些情况的,也憋不住说给我听。我得满足她。果然,沈颂芬掀动嘴皮说了起来,"符启明这次出的事,追根溯源,也是他这人太有魅力了。"她第一句话,就做出总结。我"哦"了一声,愿闻其详。

在沈颂芬的讲述中,我结合以前听来的零星情况,以及符启明留在脑海中的印象,勾勒出事发当时的一幕一幕。

符启明陆续将手下一帮兄弟遣散,那天又送几个人,临走喝一顿送行酒。兄弟们散后,他已经趴在桌上不省人事,老詹留下来照顾他。他叫老詹离开,老詹却不肯走,义气地说要坐牢我们一起坐,我在里面早混得熟了,吃不了亏的,还可以照顾你。看着老詹他当然是有些感动,这年头人心不古,忠心耿耿也成了化石般弥足珍贵的品质。

老詹一个人没法把符启明弄到山宅去,就近找一家小宾馆开一间房,把他放进去睡。老詹自己也不走,守着主人,像一条狗一样。

但这条狗除了忠心耿耿,还自有一番情趣,这是符启明始料未及的。他醒来,发觉屁股很疼,撕裂般地。他见自己被剥了个精光,老詹赤条条地躺在另一张床上,只穿了个短裤。他马上回过神,知道发生了什么事。老詹这人男女通吃,是以前坐牢养成的习惯。符启明偶尔也觉得老詹对自己的好,透着一股女人般的柔情。

或许,老詹愿意陪符启明坐牢,是因为他把坐牢看成了与符启明厮守的机会。在牢子里,男人之间发生这种事司空见惯。那天老詹也喝了一些,他提前把老板当成牢友,加之符启明已喝得不省人事,老詹便有些肆无忌惮。

防不胜防,这下实实在在被插了后门。符启明坐在床头,盯着老詹,心头有了浓烈的失落之感。小宾馆房间狭小,窗帘布拉紧了,只一道光透进来示意已是白天。符启明由此想象着,自己已经身在牢子里……"强奸"这个词,他并不陌生,但此前的理解都是男人祸害女人。今天忽然知道,原来还可以有别的理解。陈二要抓捕他,他并不担心,组织卖淫罪顶多判个三五年,他觉得还有盼头;但这下,意外被人插了后门,他忽然觉得,永世不得翻身了。

符启明抽了老詹几耳光,要把他搞醒。老詹眯着眼睛看了符启明一眼,竟妩媚地一笑,又心满意足地睡去,似乎在说,生米已经做成熟饭,你能怎么办呢?

这个微笑彻底激怒了符启明。他想你何必这么得意?他又想,是啊,你这么做了,我又能怎么办?符启明这样想着,走出小宾馆。对面马路有个杂货店子,一个老头守在那里。他走过去,想买一包烟,发现里面还摆着许多鞭炮。他买了一团震天雷,每个足有五号电池这么粗,一拃长,装个手柄准像手榴弹。

他回到房间,老詹仍然睡得很香。符启明把其中一只震天雷插到老詹胯下,看着就像老詹又长出一只阳物。他燃上一支烟,吧唧两口,再凑向引信,并捂上耳朵。一声巨响,老詹翻下床来,只是冷哼了几声就昏厥过去。房门反锁了,被店老板捶得如同战鼓……

沈颂芬声音依然好听,但现在讲述符启明的事情,和当年给我

459

朗诵诗歌完全不同。她憋红了脸，真正进入情绪，仿佛事发当时她就在现场见证。我憋不住抽起了烟，抽了两口被她拿去。我俩同抽一支烟，烟杆在我俩手中交递，烟雾在两张脸中间腾起。说到老詹趁符启明酒醉干的事，符启明好几次使用"非礼"这词。她忽然问我："也就是被插了后门，符启明就吃不起这点亏？你们男人，把这个看得很重？"

"反正，比非礼严重得多。"

"强奸？那也不至于……"

我怎么跟她解释呢？她脸上浮现出天真模样，让我想起刚认识她的情景。也就那么几年，记忆中却已布满尘埃。

我和犯人接触较多，在监牢里，一个男犯要强行进入另一个男犯的身体，其实就是一种征服。这是监狱里约定俗成的规矩，牢头彻底征服一个新丁，新丁向狱霸俯首称臣，往往依靠这一行为完成。插一次后门，让对方尊严尽失，就牢牢压制了对方。老詹是个老班房瓢子，监狱里整套行事法则他都了然于心，他在里面待了多年，思维方式也注定与常人不同。符启明信任老詹，甚至慢慢颠倒了彼此间的关系，对老詹言听计从，但老詹也小看了他。符启明即使顺从，又怎会彻底屈从别人？

是这样吗？这已找不到答案，我只能暗自揣测。

而且，我也隐隐觉得符启明这次意外而又出格的举动，与我关系甚微。如果不是老詹的一着闲棋搞得我们乱了阵脚，如果不是王宝琴分神打错了针，如果在医院里我不拒绝符启明的探望……符启明当天是否能控制自己？一切都是后话了。当我们讨论生活中不可避免的种种意外，说来说去，最后都会扯到"命运"的层面。从前一桌喝酒，也时常扯到命运，符启明总是拽着酒杯敲响桌沿，冲我们说："要说命运，就是无话可说时找借口嘛。都扯到命运了，还废什么话？喝酒喝酒！"

沈颂芬忽然想到，符启明还有话托她带给我。"他说，开庭时他也会把马桑的事说出来。既然到了这地步，他也不想隐瞒，痛快地交代一回。"沈颂芬问我，符启明和马桑之间，到底还有什么事情。我没吭声。我没能见着他面，如果看着他，我还是要提醒他，要不要和盘托出，一定考虑清楚。

话已说完，我指了指拿来的那个箱子，跟她说："这是符启明送给你的。"打开盖，她一眼看出来是台斯普雷利，脸上有了真正的惊讶。她说："我和他好久没来往了，他怎么会记得我哟？是他送给你的吧？"

"我没那爱好，今天正好送给你。"

"我的天哪……你老婆不是也喜欢看星星嘛。你怎么不给她？"

"什么人遛什么鸟。"忽然，我凝神地、又是恶狠狠地看着她，又说，"她有个双筒望远镜就够了，不像你。"

"天哪……"她熟练地回应着我的眼神。

她说斯普雷利太重，要我帮她搬到房间里去。进了房间，我放下那东西，站直身体，就闻见她的呼吸。我俩狠狠地吻了一通，仿佛是要尽释前嫌。她脱光身子，躺在床上，我说我去洗个澡，浑身都是汗臭。我用力地搓着身子，感觉自己从未有过的脏。巨大的水流使浴室腾起了水雾，我在这层雾气中回顾这些年的事情。那一幕一幕同时呈现，又转瞬即逝。

我走出去，她已经睡熟，身上搭着一条空调被。我并没找到旧梦重温的快感，符启明给我的那段视频，却在脑海里回放。

我轻轻开门出去，忽然很想买一堆吃的东西，摆到老婆和女儿面前。

晚上天气晴好，哄女儿上床以后，我和王宝琴搬着沙滩椅上到楼顶，燃两盘蚊香，躺着看星星。从海南回来以后，她就去网上淘了一对沙滩椅，放在阳台上，或者放在楼顶，躺上去，想象身边波涛汹涌。我问她要不要取望远镜，她说哪这么麻烦？躺着看，看累了睡，最好。

她白天上班，累得不行，一会儿就睡去。我把天空仔细地看上一阵，忽然想起符启明说过，他的理想就是建一个天文台，给屋子安装玻璃穹顶，晚上任何时候醒来，睁开眼就可以看到整个星空。我想告诉他，其实用不着玻璃穹顶，像我这样就能达到他要的效果啊。那穹顶有什么用呢？防雨吗？下雨天反正也看不到星星。或者是为了防蚊子？点两盘蚊香效果也是差不多的啊。

当然，这只是我的理解，在他看来，一切升级换代的措施都不是多余，一分投入就必有一分收获……也罢！我自以为对他很熟悉，要是他找我写他个人事迹材料，我说不定能写够一本书。但我不敢说，我懂得这个人。

图书在版编目（CIP）数据

天体悬浮/田耳著. -- 上海:上海文艺出版社, 2020(2021.11重印)
(田耳作品)
ISBN 978-7-5321-7718-9
Ⅰ.①天… Ⅱ.①田… Ⅲ.①长篇小说－中国－当代 Ⅳ.①I247.5
中国版本图书馆CIP数据核字(2020)第136448号

发 行 人：毕　胜
策　　划：李伟长
责任编辑：江　晔
装帧设计：付诗意
封面插画：何文通

书　　名：天体悬浮
作　　者：田　耳
出　　版：上海世纪出版集团　上海文艺出版社
地　　址：上海市闵行区号景路159弄A座2楼 201101
发　　行：上海文艺出版社发行中心
　　　　　上海市闵行区号景路159弄A座2楼206室 201101 www.ewen.co
印　　刷：上海天地海设计印刷有限公司
开　　本：889×1194　1/32
印　　张：14.625
插　　页：2
字　　数：353,000
印　　次：2020年8月第1版　2021年11月第2次印刷
I S B N：978-7-5321-7718-9/I · 6130
定　　价：58.00元
告 读 者：如发现本书有质量问题请与印刷厂质量科联系　T:13817973165